ROBERT BAUR

Engelsflug

SEILTANZ Als Exkommissar Robert Grenfeld am 1. Januar 1927 den Ufa-Palast am Bahnhof Zoo verlässt, wird er Zeuge eines Unfalls. Ein Taxi überfährt einen Passanten und rast davon. Im Mantel des Opfers entdeckt Grenfeld die Kinderzeichnung eines gestohlenen Gemäldes und wird misstrauisch. Eine gestohlene Lithografie mit dem Titel ›Zirkus‹ gleicht der Zeichnung bis ins Detail. Die Kriminalpolizei kann keine Anhaltspunkte für einen Mord entdecken, sodass der ehemalige Kommissar auf eigene Faust zu ermitteln beginnt.

Eigentlich hat Grenfeld längst vor der Gigantomanie und Vergnügungssucht der Reichshauptstadt kapituliert, wacht als Beobachter und Bewahrer des Vergangenen über den Dächern der Stadt. Ganz anders Olja Grekova. Die junge krimisüchtige Stenotypistin einer Galerie wünscht sich nichts sehnlicher, als es ihrem Idol ›Joe Jenkins‹ gleichzutun und mit Grenfeld eine Detektei für Kunstdiebstahl und Versicherungsbetrug zu gründen.

Auf der Suche nach dem Ursprung der Kinderzeichnung finden sie im Flüchtlingslager Wünsdorf bei Zossen eine Spur. Außenseiter, Kriminelle und Sonderlinge kreuzen dabei ihren Weg. Ob sie Opfer oder Täter sind, bleibt bis zuletzt ungewiss.

Dr. Robert Baur, Jahrgang 1963, studierte Andragogik, Psychologie und Soziologie. Seit Anfang der 90er-Jahre konzipiert und leitet er Workshops für Mitarbeiter und Führungskräfte großer und mittelständischer Unternehmen. Dort nutzte er schon bald die Methode des »Storytellings«. Mit »Mord in Metropolis« ist dem Autor ein viel beachteter Krimi rund um Fritz Langs Stummfilm »Metropolis« gelungen. »Engelsflug« ist der zweite Fall um seinen Ermittler Robert Grenfeld.

www.baur-robert.de

Bisherige Veröffentlichungen im Gmeiner-Verlag:
Mord in Metropolis (2014)

ROBERT BAUR

Engelsflug

Kriminalroman

GMEINER SPANNUNG

Personen und Handlung sind frei erfunden.
Ähnlichkeiten mit lebenden oder toten Personen
sind rein zufällig und nicht beabsichtigt.

Der Abdruck des Gedichts »Sehnsucht nach der Heimat« von Said Gabijew auf Seite 145 erfolgte auf freundliche Genehmigung des Shaker Verlag. Das Gedicht ist erschienen in: Steffi Chotiwari-Jünger: Sehnsucht nach der Heimat. Lakische Prosa aus dem Kaukasus

Das Zitat von Dostojeskis auf Seite 328/329 entsammt der Ausgabe: Fjodr Dostojewski: Schuld und Sühne. Aufbau Verlag (1956).

Besuchen Sie uns im Internet:
www.gmeiner-verlag.de

Im Ehnried 5, 88605 Meßkirch
Telefon 07575/2095-0
info@gmeiner-verlag.de

1. Auflage 2016

Lektorat: Sven Lang
Herstellung: Mirjam Hecht
Umschlaggestaltung: U.O.R.G. Lutz Eberle, Stuttgart
unter Verwendung eines Fotos von: © ullstein bild – Granger, NYC
Druck: CPI books GmbH, Leck
Printed in Germany
ISBN 978-3-8392-1890-7

Man sagt:
Wo bist du geboren, Adler?
In einer engen Schlucht.
Wo fliegst du, Adler?
In die Weiten des Himmels.

Rasul Gamsatow, *Mein Dagestan*

Though nothing will drive them away
We can be heroes, just for one day

David Bowie, *Heroes*

KAPITEL 1

10. Januar 1927,
Berlin, Hardenbergstraße 29

Als Robert Grenfeld um 23 Uhr zusammen mit seiner Frau Helen inmitten tausend anderer Besucher den Ufa-Palast am Zoo verließ, blies ihnen ein eiskalter Wind ins Gesicht. Der Wetterbericht hatte die kälteste Woche des Jahres vorausgesagt und er schien recht zu behalten. Schwarze Limousinen und Taxis stauten sich bis in die zweite und dritte Reihe der Hardenbergstraße, um die vom Film betäubte Menge aufzusaugen und auf die überhitzten Cafés der Umgebung zu verteilen. Die Straßenbahnen, die unentwegt auf dem Mittelstreifen hin und her fuhren, nahmen kaum jemanden auf. Wer zur Premiere des Films *Metropolis* eingeladen war, brachte seinen eigenen Chauffeur mit oder konnte sich ein Taxi leisten. Mit den herausströmenden Besuchern breitete sich eine Duftwolke teueren Parfums aus, die selbst der zugige Ostwind nicht vertreiben konnte. Helen hakte sich bei ihrem Mann unter und ging jeder Konversation aus dem Weg. Der heutige Abend sollte ganz ihnen gehören. Trotz der Kälte wollten sie zu Fuß bis zur Gedächtniskirche gehen, die Tauentzien entlang bis zum Wittenbergplatz, um dann die Nacht im Kakadu ausklingen zu lassen. Der zehnte Tag des Jahres 1927 sollte den Neuanfang ihrer Beziehung markieren. Doch gerade als sie sich erfolgreich aus dem Gedränge der wartenden Masse lösen konnten, wurde Grenfelds Aufmerksamkeit auf einen ungeheuerlichen Vorfall gelenkt. Auf der gegenüberliegenden Straßenseite, zwischen dem Parkhotel und dem Café Corso, hatte ein Taxi einen Passanten überfahren. Grenfeld sah den Fußgänger zu Boden gehen. Der Wagen überrollte den Mann und fuhr davon. Er hätte wetten können, kurz davor irgendeine Art Blitzlicht wahrgenommen zu haben.

Betäubt blieb er stehen, sah sich um, doch niemand auf dieser Seite der Straße schien etwas bemerkt zu haben. Der Aufprall eines fallenden Körpers kam gegen das Quietschen der Elektrischen, dem Hupen der Taxis und dem Brummen der wartenden Limousinen nicht an. Helen sah ihn fragend an, und für einen Moment überkam Grenfeld das Verlangen bis zu der kleinen russischen Bar seines Freundes Jaschtschenko weiterzugehen, dort eine Soljanka zu essen und mit mehreren Wodkas den Vorfall aus seinem Gedächtnis zu löschen. Die Gelegenheit war nicht ungünstig. Mittlerweile versperrte ihm eine Straßenbahn die Sicht und möglicherweise hatte er sich das alles nur eingebildet, wen würde es wundern, nach einem Film von zweieinhalb Stunden. Wenn er dort hinübergehen würde, und das wusste der ehemalige Kommissar, konnte er die Bar, den Abend und den Neuanfang mit Helen vergessen. Er machte zwanzig, vielleicht fünfundzwanzig Schritte nach vorn, doch dann gab er auf und raunte ihr zu: »Da drüben ist ein Unfall passiert – wir müssen rüber.« Er war froh, dass sie keine Fragen stellte, sondern sich seinem Tempo anschloss und mit ihm die Straße zwischen Taxen und Limousinen überquerte. Von Weitem sah Grenfeld den leblosen Körper am Fahrbahnrand liegen. Noch immer schien ihn keiner bemerkt zu haben. Der hell erleuchtete Ufa-Palast mit der eigens für diesen Film gebauten Fassade und die davor wartende Prominenz reichten aus, um ihn zu übersehen.

»Mein Gott«, schrie Helen, riss sich von ihm los und stürzte auf den Mann zu. Obwohl die Finger seiner rechten Hand leicht zuckten, wusste Grenfeld sofort, dass er tot war. Das Gesicht war unter der Last der zweitausendfünfhundert Kilogramm so zerquetscht worden, dass man unwillkürlich wegsah. Das weiße Hemd, das unter einem abgewetzten Wintermantel zum Vorschein kam, war durch und durch mit Blut getränkt. Die hellroten Rinnsale, die sich wie Äderchen auf dem nassen Asphalt verzweigten, hatten längst die Bordsteinkante erreicht, unschlüssig welche Richtung sie einschlagen sollten. Der Mann hatte nur noch einen Schuh an, und Grenfeld sah, dass der große Zeh sich durch das dünn gewordene Garn der schwarzen Socke gebohrt hatte. Sein Blick schweifte umher, bis er den fehlenden Schuh wie ein gekentertes Boot mitten auf dem nassen Asphalt liegen sah. Grenfelds altes Polizistengehirn begann zu arbeiten, so als hätte es niemals seinen Dienst quittiert. Der Mann war um die dreißig Jahre alt und hatte sich wie jemand gekleidet, der großen Wert auf ein gepflegtes Äußeres legte, obwohl ihm anscheinend die finanziellen Mittel dazu fehlten. Grenfelds Analyse kam ins Stocken, denn die Widersprüche häuften sich. Der elegante moderne Haarschnitt, die muskulöse Figur, kräftige Hände, die teuren Schuhe, das Seidentuch, der abgewetzte Wintermantel.

»Was um alles in der Welt soll das werden?«, rief Helen mit schriller Stimme. »Eine Andacht?«

Grenfeld hatte nicht gemerkt, dass er vor sich hin murmelte, eine Eigenart, die er sich in zwanzig Jahren Tatortbesichtigung angewöhnt hatte. Meist war ein junger

Kommissaranwärter dabei gewesen, der eifrig notierte, was er von sich gegeben hatte.

»Tu etwas, wir müssen Hilfe holen!« Helen sah ihn kopfschüttelnd an.

»Er ist nicht mehr zu retten!«

»Das wissen wir nicht. Du bist kein Arzt!« Helen fingerte nervös an ihrem Seidenschal, schließlich stand sie wütend auf und rannte zum Parkhotel.

Grenfeld durchsuchte die Mantel- und Hosentaschen und fand zu seiner Überraschung nichts als ein zerknittertes Blatt Papier und einen Hotelschlüssel. Beides steckte er ein.

»Na, na! Seit wann beklaut man einen toten Mann?«

Ruckartig drehte er sich um und sah einen jungen Portier, der nervös mit einem Schlüsselbund spielte. Er schien aus dem Nichts gekommen zu sein. Auf seiner viel zu großen Schirmmütze prangten die goldenen Buchstaben *Hotel Äquator*. Die schwarze Hose mit den seitlichen Streifen hingegen war zu kurz geraten. Die ganze Erscheinung sah lächerlich aus und erinnerte ihn an einen Pat-und-Patachon-Film.

»Falls es Sie interessiert, ich habe bereits telefoniert. Die Schupos werden jeden Moment eintreffen.«

Grenfeld wusste, dass er kein Recht hatte, die Habseligkeiten des Toten an sich zu nehmen, und fragte sich, was der Bengel mit einem unverkennbar bayerischen Akzent unternehmen würde.

»Ich habe das Malheur beobachtet, vom Treppenhaus im vierten Stock. Es war ein Unfall. Die Scheiben des Wagens waren beschlagen. Da saßen mindestens drei Personen drin. Ich wette, die haben nicht einmal bemerkt, dass sie den armen Kerl über den Haufen gefahren haben.«

Grenfeld beschloss vorerst zu schweigen. Freiwillig würde er die beiden Sachen nicht rausrücken. Der Portier kniete sich nieder und betrachtete kopfschüttelnd den Toten. »Jeden Tag schafft es einer, sich hier überfahren zu lassen. Ich sage immer: Nur der Kopf hat sich an den rasanten Verkehr gewöhnt. Die Beine laufen immer noch zwischen den Pferdedroschken. Vom Kopf bis in die Beine, das dauert.«

»Halt einfach mal die Klappe, mein Junge. Verrat mir lieber, wo der Fotograf gestanden hat.«

»Ein Fotograf? Hier? Weiß ich nicht. Nur eines weiß ich, wenn ich nachher die Klappe halten soll, dann muss Ihnen das was wert sein. Die Polizei …«

Mit einem Mal schnellte Grenfelds Hand nach vorn, packte den Jungen am Ohr, zog ihn nach oben und presste den Kopf ganz nah an seinen Brustkorb.

»Du weißt nicht, wer ich bin, mein Junge, nicht wahr?«

Der Portier nickte mit gequältem Gesichtsausdruck.

»Droh keinem in dieser Stadt, den du nicht kennst. Hörst du, *keinem*!«

Es brauchte nicht mehr, um ihn einzuschüchtern. Das Äquator war ein heruntergekommenes Stundenhotel, eine Absteige jener Sorte, in der man schnell lernte, dass es Leute gab, mit denen man sich besser nicht anlegte. Und diese Kaulquappe würde schnell lernen, dessen war sich Grenfeld sicher. In ein paar Jahren, wenn er selbst zu einem Hai mutiert war, würde man ihn mit solchen Taschenspielertricks nicht mehr beindrucken können.

»Robert, um Gottes willen, was tust du da?«

Er hatte Helen nicht kommen hören. Sie stand mit drei Männern im Schlepptau hinter ihm und starrte ihn an.

Im Parkhotel hatte sie einen Arzt aufgetrieben, der sich sofort über den leblosen Körper beugte, aber nach kurzer Untersuchung nur den Kopf schüttelte. Mit einem Mal sammelten sich immer mehr Menschen um die Unfallstelle und führten Diskussionen über die aktuelle Verkehrssituation. Nicht zuletzt wollten sogar einige der üblichen Wichtigtuer gesehen haben, wie der Unglücksrabe, ohne nach rechts und links zu sehen, kopflos den Fahrdamm überquert hatte. Grenfeld entfernte sich langsam, bevor die Uniformierten auftauchten, und Helen folgte ihm widerwillig.

Der sechszylindrige Kompressormotor seines Mercedes 630 Roadster surrte gleichmäßig durch die nächtlichen Straßen. Helen starrte schweigend vor sich hin. Grenfeld fragte sich, ob sie ihre Rückkehr bereits bereute. Vor mehr als einem Jahr war sie ausgezogen, nachdem er den Polizeidienst als Kriminalkommissar an den Nagel gehängt hatte. Er hatte sich zurückgezogen, jeden gesellschaftlichen Kontakt vermieden und seinen Weltschmerz mit Hingabe und Spirituosen zelebriert. Helen war geflüchtet. Er hatte ihr das nie zum Vorwurf gemacht. Ihre Rettungsversuche waren allesamt gescheitert und nun galt es, sich selbst zu retten. Das Seltsamste aber war, dass auch Helen ihm nie einen ernsthaften Vorwurf machte. Als Tochter einer der reichsten Bankiers in der Hauptstadt konnte sie die emotionalen Abgründe, in denen sich ihr Mann bewegte, nicht nachvollziehen. Das war alles. Sie zog zu ihrer Freundin nach Paris, umgab sich – wie einst in Berlin – mit Künstlern und entwarf Kostüme für bedeutende Filme und Revuen. Das unsichtbar glitzernde Seil, das dieses ungleiche Paar seit Jahren verband, war für

Außenstehende unerklärlich. Seit wenigen Wochen wohnten sie wieder gemeinsam in ihrer alten Villa in der Douglasstraße. Es war nicht mehr als ein Versuch mit ungewissem Ausgang.

»Was sollte das eben?«, fragte Helen plötzlich.

»Was meinst du?«

»Das mit dem Portier. Was hat er dir getan?«

»Er hat mir gedroht.«

Helen lachte bitter. »Ich hatte eher den Eindruck, *du* wolltest ihm drohen!«

Grenfeld fuhr den Wagen an den rechten Straßenrand und bremste. Dann zog er das gefaltete Papier und den Hotelschlüssel aus seiner Manteltasche und reichte ihr beides.

»Gehört das etwa dem Toten?«, fragte Helen ungläubig.

Grenfeld nickte.

»Du kannst das nicht einfach an dich nehmen. Gerade du solltest das wissen. Die Polizei muss die Leiche identifizieren.«

»Es war kein Unfall«, sagte er trocken.

»Woher weißt du das?«

»Das Taxi hat kurz vor dem Aufprall beschleunigt, ich hab es genau gesehen.«

»Es war ein Taxi? Aber es ist doch möglich, dass der Fahrer den Fußgänger nicht bemerkt hat.«

»Genau das werden sie glauben und der Junge vom Hotel wird es bestätigen.«

»Tödliche Unfälle sind an der Tagesordnung. Gestern ist ein Taxi in eine Menschengruppe gerast. Nur die Polizei konnte verhindern, dass man den Fahrer auf der Stelle lynchte.«

»Eben, sie würden mir nicht glauben.«

»Und der Junge? Warum ist er so sicher, dass es ein Unfall war?«

»Wer sagt denn, dass er sich sicher ist? Das Äquator liegt mindestens fünfzig Meter vom Unfallort entfernt.«

Behutsam faltete sie das Papier auseinander. Eine einfache Strichzeichnung kam zum Vorschein: Ein schwarzer Mann dressierte ein Pferd in einer Manege. Daneben lag ein weiteres Pferd auf dem Boden. An den Rändern hatte das Blut des Toten seine Signatur hinterlassen.

»Eine Kinderzeichnung«, rief Helen überrascht und wendete das Blatt. Auf der Rückseite: ein russischer Text, maschinengeschrieben, dessen Überschrift mit zwei wellenförmigen Linien unterstrichen war.

»Und der Mann hat nichts mit sich geführt? Ausweis, Papiere, ein Portemonnaie?«

Grenfeld schüttelte den Kopf. »Man hätte genügend Zeit gehabt, es verschwinden zu lassen.«

»Und was jetzt?«

Grenfeld polierte kreisförmig die beschlagene Fensterscheibe.

»Was ist mit September? Du wirst doch Gennat keinen Korb geben? Er hat mir versprochen, sich für dich einzusetzen.«

Grenfeld murmelte etwas Unverständliches, wollte den Motor wieder anlassen, da griff sie nach seiner Hand. »Es geht mir nicht ums Geld. Das ist mir vollkommen egal.« Helen zögerte. »Ich will nur vermeiden, dass du …«

»… dich wohlfühlst?«

»Dummkopf!«, zischte sie und drehte sich beleidigt zum Fenster.

11. Januar 1927, 11 Uhr, Friedrichstraße 191

Grenfeld entdeckte einen freien Parkplatz auf dem Mittelstreifen, doch wie so oft hatte er Angst, sein Wagen könnte eines schönen Tages von einem der mächtigen Doppeldeckerbusse erfasst und nach Süden bis zur Friedenssäule mitgerissen werden. Wahrscheinlicher war allerdings, dass der Bus der Linie fünf mit der Mouson Zahncremewerbung kurz vor dem Abbiegen in die Leipziger Straße seinen Wagen rammte. Außerdem war auf Berlins Straßen erster Ordnung, wozu die Friedrichstraße zu Recht gehörte, das Parken zwischen drei und sieben Uhr nachmittags verboten. Wohl oder übel lavierte er daher seinen goldgelben Mercedes durch die schmale Toreinfahrt in den engen Hinterhof, wo er regelmäßig ab Mittag von einem Lastwagen der Galerie Goldschild eingeparkt wurde.

Wenn er ehrlich war, musste er zugeben, dass er die Büroräume im vierten Stock nur deshalb gemietet hatte, um vor Helen und der restlichen Welt Geschäftigkeit vorzutäuschen. Tatenlosigkeit rangierte im Ansehen der Hauptstadt weit hinter einer kriminellen Laufbahn. In Helens Familie jedoch galt das Nichtstun als ansteckende Krankheit. Seit er von ihrer geplanten Rückkehr erfahren hatte, schien es ihm unmöglich, den ganzen Tag in der Douglasstraße herumzusitzen und hin und wieder einen Spaziergang um den Hundekehlesee zu unternehmen. Als er dann Hals über Kopf das Büro, ein ehemaliges Atelier, angemietet hatte, und der Vermieter ihn nach seinem Gewerbe gefragt hatte, hatte er gleichsam spontan wie unsicher »Private Ermittlungen« geantwortet. Eines Morgens prangte ein blank poliertes Messingschild neben dem Eingang, direkt über jenen von *Paul Grimm, Zigarren*, der *Galerie Goldschild* und dem *Solnoi-Verlag*. Später hatte er herausgefunden, dass sowohl die Galerie als auch der Verlag an diesem Ort nur Nebenstellen betrieben. Während sich das Stammhaus der Galerie in der Viktoriastraße befand, dienten die Räume unter ihm als Notlösung. Im ersten Stock, über dem Zigarrenladen, wurden die Kunstwerke zwischengelagert und im zweiten Stock befanden sich zwei Büros der Buchhaltung. Hinter dem Solnoi-Verlag im dritten Stock verbargen sich junge, russische Journalisten, die für die Emigrantenzeitschrift Rul schrieben, sich aber – aus Gründen der Unabhängigkeit – nicht entscheiden konnten, in die edleren Büroräume des Ullstein-Verlags überzusiedeln. Als Grenfeld das in Erfahrung gebracht hatte, konnte er mit seiner Entscheidung für das Haus endlich Frieden schließen, kam doch die Atmosphäre des Vorläufigen seinem Lebensgefühl mehr als entgegen.

Grenfeld eilte das breite Treppenhaus nach oben und spürte sofort, dass die Chefin im Haus war. Hinter der halb offenen Bürotür der Galerie war es heute merkwürdig still. Er hoffte, unbemerkt in sein Büro gelangen zu können, da hallte eine dunkle Frauenstimme durchs Treppenhaus. »Grenfeld! Vor wem sind Sie auf der Flucht? Vor mir?«

Thea Kolb leitete die Kunstgalerie, bekannt für ihre unverblümte Ansprache, die ihr jüngst eine Beleidigungsklage eingebracht hatte. Sie winkte ungeduldig und Grenfeld blieb nichts anderes übrig, wie ein gehorsamer Dackel, der aus Übermut den falschen Weg eingeschlagen hatte, zu seinem Frauchen zurückzutrotten. Ihre Anspannung war deutlich sichtbar. Noch nicht bei ihr angekommen, platzte es aus ihr heraus: »Wir sind bestohlen worden. Was sagen Sie dazu?«

Grenfeld blickte unwillkürlich auf die schwere Holztüre, die keine Spur eines Einbruchs aufwies.

»Nicht hier. In einem Hotel. Wir bereiten gerade eine Auktion vor. Eine peinliche Angelegenheit, zumal wir das Bild im Auftrag eines Sammlers verkaufen.«

Der Exkommissar sah wie jemand aus, der sich nur mit Mühe für die Angelegenheit erwärmen konnte.

»Sie waren doch bei der Polizei. Was ist mit Diebstahl? Kennen Sie sich da aus?«

»Ich muss Sie enttäuschen, ich war bei der Mordinspektion.«

»Hören Sie, Grenfeld, ich mag Sie nicht zu einem Auftrag überreden. Ich weiß, dass Sie es nicht nötig haben, da muss ich mir nur Ihren neuen Wagen ansehen, aber warum schrauben Sie dann nicht endlich Ihr Schild ab und ersetzen es durch *Private Studien. Aufträge unerwünscht!*«

Grenfeld musste grinsen. Sie hatte recht. Ein solches Schild entsprach exakt seinen Vorstellungen.

Thea Kolb spürte, dass sie mit Druck nichts erreichen würde. Sanft fuhr sie fort: »Ich sitze gehörig in der Klemme. Ich muss das Bild zurückhaben. Von mir aus löse ich es aus, Hauptsache unser Ruf wird nicht beschädigt. Die Polizei …«

»Um was für ein Bild handelt es sich denn?«

»Eine Lithografie von Erich Heckel, koloriert.«

Grenfeld zuckte hilflos mit den Schultern und versuchte erst gar nicht, seine Unwissenheit in Sachen Kunst zu verbergen.

»Die Werke von Erich Heckel habe ich zum ersten Mal in der Galerie Fritz Gurlitt gesehen, später im Kunstsalon Paul Cassirer. Aber das ist lange her. Der Galerist Ferdinand Möller wird nächstes Jahr in Berlin eine Galerie eröffnen und …«

»Wo soll denn die Auktion stattfinden?«, unterbrach Grenfeld ihren Redefluss.

»Im Hotel Esplanade, am 29. Januar.«

»Ja, aber warum waren die Bilder dann schon im Hotel? Ich meine, wenn die Auktion erst in zweieinhalb Wochen stattfindet.«

Das Gesicht von Thea Kolb erinnerte ihn an seine Lehrerin, die jeden Tag an der Dummheit ihrer Schüler verzweifelte. Und auf einmal sprach sie ganz langsam und betonte jedes Wort: »Die Werke werden *vor* der Auktion ausgestellt, damit interessierte Kunden sie begutachten können. Also was ist jetzt?«

Er spürte den Hotelschlüssel des Toten in seiner Manteltasche – schwer wie ein Stück Blei – und nickte kaum merklich. Thea Kolb entschied, dies als Einwilligung zu deuten.

Als Grenfeld endlich die Tür zu seinem Büro hinter sich schloss, holte er den Schlüssel und die Zeichnung aus seiner Manteltasche und legte sie vorsichtig auf seine Schreibtischunterlage. Auf dem Balkon wartete bereits der Rabe, den er seit seinem Einzug regelmäßig fütterte. Auch wenn der Hausmeister ihn regelmäßig ermahnte, dies zu unterlassen. Die Luft war stickig und als er das große Atelierfenster öffnete, flatterte der Vogel davon und der Verkehrslärm drang wie ein ungebetener Gast in den Raum. Das ehemalige Atelier eines Kunstmalers, im vierten Stock des Eckhauses Nummer 191, ragte wie ein Turm aus der Häuserzeile hervor. Bei Bedarf konnte er auf der Dachterrasse weit in die Friedrichstraße blicken. Der Hausmeister hatte ihm angeboten, die herumstehenden Gemälde, Bücher und Kunstzeitschriften zu entsorgen, doch Grenfeld hatte abgelehnt. Am offenen Fenster betrachtete er die Passanten auf der anderen Straßenseite. Emsig kreuzten sie die Fahrbahn, immer auf der Suche nach neuen, luxuriösen Annehmlichkeiten, die sich hinter den kilometerlangen Schaufensterauslagen verbargen, bis sie hungrig und durstig bei Aschinger oder im Café Zielka landeten, um später in die U-Bahn abzutauchen. Die Auftaucher lebten gefährlicher, wenn sie – noch benommen von der abgestandenen Luft im Untergrund – kopflos die Friedrichstraße überquerten und von den schnell heranfahrenden Taxis überrascht wurden. Nicht selten zerrten wachsame Mitbürger sie im letzten Moment auf den sicheren Mittelstreifen. So hätte es doch sein können, dachte Grenfeld, als er zum Schreibtisch zurückging. Der Tote gestern war einfach unvorsichtig, kam von seiner Geliebten oder einer käuflichen Dirne und rannte kopflos über die Straße, um die Bahn zu erreichen. Wütend schloss er das Fenster mit einem Knall. Er hatte Talent, sich selbst etwas einzureden, doch in diesem Fall wollte es nicht gelingen. Er sah sofort einen Film vor seinen Augen, wie das Taxi auf den Mann zufuhr, um dann – wenige Meter davor – zu beschleunigen. Er ging zum Schreibtisch und nahm erneut die Kinderzeichnung in die Hand. Zwei Pferde und ein Dompteur in einer Zirkusmanege. Plötzlich fiel ihm auf, dass im oberen Teil des Bildes etwas ausradiert war. Beharrlich hielt er das Papier gegen das einfallende Tageslicht. Zuerst dachte er an einen großen Vogel, doch dann erkannte er eine Rakete, aus der ein Kind herauszufallen schien.

11. Januar 1927, 14 Uhr, Hotel Äquator, Hardenbergstraße

Das Kraut und die Würste, die er bei Aschingers Bierquelle hinuntergeschlungen hatte, lagen ihm wie eine ungesicherte Schiffsladung im Bauch. Sie begannen sich zu rächen, als er sich die Treppe zum Äquator hinaufquälte. Glücklicherweise war die Pforte unbesetzt, sodass er ohne lästige Erklärung nach oben gelangte. Der alte Kasten hatte schon bessere Zeiten erlebt. Abgewetzte Teppiche, herunterhängende Tapeten, abgestoßene Fußleisten – jeder Gast konnte von Glück sagen, dass sich ihm in den düsteren Gängen nicht alles offenbarte, was die Absteige zu bieten hatte. Die ungeschminkten Prostituierten, die an ihm wie Geister vorbeihuschten, verstärkten den Eindruck des Morbiden mit ihren müden, fahlen Gesichtern, auf denen die letzten einhundertdreiundsiebzig Nächte unwiderruflich eingraviert waren. Zu einer späteren Stunde hätten sie ihn umworben, aber um diese Uhrzeit ignorierten sie den Eindringling. Grenfeld steuerte auf das Fenster im obersten Stock zu und sah auf die Hardenbergstraße hinunter. Er hatte es geahnt. Nur mit den Augen eines Adlers hätte man die Unfallstelle vor dem Café Corso einsehen können. Jetzt – im Tageslicht – sah selbst der gestern noch so strahlende Ufa-Palast wie ein alter abgeschminkter Schauspieler aus. Gerade als er sich umdrehen wollte, stand ein großer, beleibter Ringer vor ihm und zog die Augenbrauen fragend nach oben in Richtung seines nicht mehr vorhandenen Haaransatzes.

»Wir wollen was?«, bellte er. Grenfeld wusste, dass jetzt schnelle Antworten gefragt waren. Doch in diesem Moment löste sich die Säure des Krauts, breitete sich bis in die letzte Ecke seines Magens aus und brachte seinen Einfallsreichtum zum Erliegen. Die kleine Zeitverzögerung reichte dem Grobian aus, um ihn mit beiden Händen am Mantelkragen zu packen und gegen die Scheibe zu drücken. »Hier oben haste nichts verloren, Freundchen. Unser Betrieb beginnt um sieben. Bis dahin ist der Laden für dich passé. Haben wir uns verstanden?«

Grenfeld erinnerte sich an die Gesetze des Pokerns und röchelte gequält: »Halblang, Meister. Wollte nur mal 'nen schönen Gruß vom Schwertfeger aus dem Präsidium ausrichten.«

»Rudi von der Sitte? Ist der nicht längst in Pension?«

Der Ringer lockerte seinen Griff nur halbherzig und Grenfeld nickte. Er hatte nicht die geringste Ahnung, in welchem Verhältnis sein früherer Kollege zu diesem Stundenhotel stand.

»Und du bist sein Nachfolger?«

»Sittenpolizei gibt's nicht mehr. Heißt jetzt Inspektion K, gehört zur Kripo. Wurde letztes Jahr neu organisiert.«

»So, so, Kripo«, murmelte der Ringer beeindruckt, ließ los und strich den Mantelkragen glatt. »Sag das doch gleich. Ganz doof ist man ja auch nicht. War letztes Jahr auf der großen Polizeiausstellung unterm Funkturm, 'ne feine Sache. Aber worum geht es denn?«

Grenfeld zückte zwei Geldscheine und der Ringer nahm sie lächelnd an.

»So früh? Lass den Ricken noch 'ne Stunde, gestern war viel los hier.«

»Ich brauch nur eine Auskunft, nicht mehr.«

Der Ringer stopfte die Scheine zurück in Grenfelds Manteltasche. »Spucke gibt's umsonst, das war schon immer so und so wollen wir das auch in Zukunft halten. Wir hatten stets ein gutes Verhältnis zur Sitte.«

»Ihr habt da einen jungen Portier aus dem Süden, Klappe wie Kleidung zwei Nummern zu groß. Hat gestern Nacht einen Unfall beobachtet.«

Auf der Stirn des Ringers bildeten sich tiefe Falten. »Wo steckt der Mistkerl?«

»Genau das wollte ich dich fragen.«

Er deutete Grenfeld an, ihm zu folgen. Mit einem Mal erschien ihm der Angreifer nicht mehr gefährlich. Die gerötete Kopfhaut auf seinem Hinterkopf wies dunkelbraune Flecken auf und es schien so, als ob ihm jede Stufe Schmerzen bereitete. Unten an der Rezeption stellte er zwei Gläser auf den Tisch, holte triumphierend eine Flasche Cognac hervor, schenkte ein und wartete, bis Grenfeld ausgetrunken hatte.

»Aus Gerolds Weinstube, fein was?«

Der Exkommissar sah ihn fragend an.

»Ach so, der Mistkerl. Abgehauen ist der, ganz einfach. Lässt mich im Stich. Die Mädels sagten, ab Mitternacht wäre die Pforte nicht mehr besetzt gewesen. Da haben sie sich selbst mit Zimmerschlüssel versorgt. Seltsam ist das schon.«

»Weshalb?«

»Na ja, ich täusche mich selten in Menschen. Der hatte doch nichts. Provinz – vom Kuhdorf in die große Welt. Der war froh, dass er hier ein Auskommen hatte. Selbst die Uniform hat er sich von mir geliehen.«

»Und seine Adresse?«

»Na, Königsallee im Grunewald, gleich die Villa neben Stinnes. Hier unterm Dach hatte er sein Schlaflager. Er hat mir mal was von einer Freundin erzählt, die im Café Zielka bedienen soll. Franzi oder so.«

»Und er heißt *Mistkerl* mit Nachnamen?«

Der Ringer lachte laut auf. »Max Wegmann. Versteh mich nicht falsch, ich hatte was für ihn übrig. Der Max hätte es zu was bringen können, wenn er nicht so vorlaut gewesen wäre. Träumte immer vom Adlon, Esplanade oder Excelsior, so in der Reihenfolge.«

Grenfeld wollte gerade gehen, da hielt ihn der Ringer sanft aber bestimmt am Oberarm. »Sollte mal wieder 'ne Razzia kommen, wie heißt das Codewort?«

Der Exkommissar reagierte nicht gleich.

»Na, das Zauberwort?«

»Stinnes«, flüsterte er geheimnisvoll und riss sich los.

Das alles gehörte zu seinem alten Leben und Robert Grenfeld hatte nie vorgehabt, es wieder aufzunehmen. Gefälligkeiten hier, für Gefälligkeiten dort, eine Hand wäscht die andere und bis man sich umsah, hatte man sein klebriges Spinnennetz über die Stadt gespannt. Nur ein blutiger Anfänger würde diesen kahlen Mann, Hausverwalter eines mickrigen Stundenhotels, unterschätzen. Mindestens die Hälfte dessen, was der Mann gerade von sich gegeben hatte, war gelogen und heute Abend würde er wissen, dass auch Grenfeld gelogen hatte. Durch irgendwelche obskuren Verbindungen würde er in Erfahrung gebracht haben, dass sich sein Büro in der Friedrichstraße, Ecke Kronenstraße, direkt neben der U-Bahn-Station Mitte, hoch oben in einem Turm befand. Und nur ein Anfänger würde höhnisch über die Vorstellung lachen, wenn der Kerl bei der nächsten Razzia dem leitenden Kollegen das Wort »Stinnes« zuflüsterte, nur um Sekunden später zu merken, dass er mächtig gefoppt worden war. Irgendwann würden zwei Gorillas bei *Paul Grimm* auftauchen, zwei edle Zigarren kaufen, sich über sein Schild *Private Ermittlungen* lustig machen und ihm dann demonstrieren, welche Schlagkraft die halbautomatische Taschenpistole Liliput mit einem 6,35 Millimeter Kaliber doch haben kann. Und nur deshalb, weil er all die Möglichkeiten in Betracht zog, machte sich Grenfeld die Mühe, nebenan im Café Corso eine Nummer im Polizeipräsidium zu wählen, um dort einen Kollegen von der Inspektion K zu bitten, das Äquator, zumindest für ein paar Wochen, auf die weiße Liste zu setzen. Dann kaufte er eine B. Z. am Mittag, bestellte eine Melange mit Apfelkuchen und Schlag und hoffte, damit die Magensäure besänftigen zu können. Auf Seite sieben las Grenfeld, dass sich gestern Nacht in der Hardenbergstraße ein Unfall ereignet hatte, bei dem ein Mann auf der Fahrt ins Krankenhaus seinen Verletzungen erlegen war. Der Fahrer des Unfallwagens sei flüchtig, den Toten hatte man noch nicht identifizieren können. Das Gesicht des Mannes sei bis zur Unkenntlichkeit entstellt. Daraufhin folgte das übliche Geschreibsel über die drastische Zunahme privater Automobile auf den Straßen Berlins und die Laschheit der Behörden bei der Vergabe von Fahrerlaubnissen. Grenfeld ließ die Zeitung sinken, schloss die Augen und dachte an Helen. Es war eine dreiste Lüge, ihr vorzumachen, im September wieder bei der Mordinspektion anzufangen. Dreist und ungerecht, vielleicht auch unnötig. Er hatte die Sauferei auf ein Minimum reduziert und gab sich auch sonst alle Mühe. Ein Anruf von Helen bei Kriminaloberrat Gennat würde genügen, um ihn auffliegen zu lassen, und es war nur eine Frage der Zeit, bis sich beide über den Weg liefen. Eine bleierne Müdigkeit bemächtigte sich nun seiner, der er gern nachgegeben hätte, doch er hatte der Galeristin versprochen, um 16 Uhr im Büro zu sein. Sie wollten gemeinsam zum Hotel Esplanade fahren. Taktisch unklug, ließ er seine Augen geschlossen, sodass die Müdigkeit siegte und er einschlief.

Als Erstes drang das monotone Gemurmel der Kaffeehausgäste in sein Bewusstsein, dann das Klappern von Besteck, Gläserklirren, ab und zu lachte jemand laut auf. Langsam öffnete er die Augen und sah wie durch einen fernen Schleier Locken von kastanienbraunem Haar, mandelförmige Augen, eine glitzernde Kette mit grünen und schwarzen Perlen um einen grazilen Hals. Er hätte nichts dagegen, das verschwommene Bild einzurahmen und für den Rest des Tages anzusehen.

»Die Chefin war ganz schön sauer. Du hast sie versetzt.«

Kein Zweifel. Die Stimme gehörte jener Olja Grekova, der er vor gut einem Jahr eine Arbeit als Stenotypistin in der Galerie Goldschild verschafft hatte.

»Wie hast du mich gefunden?«, fragte Grenfeld verwundert und streckte sich.

»Dein Wagen steht vor der Tür. Zweisitzer, goldgelb, Mercedes Roadster, gibt nicht viele davon«, erwiderte Olja trocken und zündete sich eine Zigarette an. Dann kramte sie umständlich in ihrer Handtasche und legte vorwurfsvoll den Hotelschlüssel vom Esplanade und die Zeichnung auf den Tisch. Sie machte einen langen Zug und sah ihn eindringlich an. Grenfeld überlegte, an welchen Filmstar ihn dieser Blick erinnerte. An Pola Negri vielleicht?

»Kannst du mir das erklären?«

»Olja, wie oft habe ich dir schon gesagt, mein Büro ist keine öffentliche Wärmestube.«

»Da ist doch was faul. Im Hotel Esplanade wird eines

unserer Kunstwerke geklaut und was finde ich auf deinem Schreibtisch?«

»Übersetz mir das lieber. Was heißt das auf Deutsch?«

Olja rollte mit den Augen. Seit einem Jahr nahm Grenfeld bei ihr Unterricht, und sein Freund Jaschtschenko bemühte sich mindestens doppelt so lang, ihm die russische Sprache beizubringen.

»Das ist eine Speisekarte. Du kannst sie selbst übersetzen.«

Grenfeld stöhnte. »Datum: 22. Mai 1924. Überschrift: Mittagessen, 1. Kohlsuppe, 2. Kompott. Abendbrot: Kakao mit Semmel. Ist das richtig?«

»Perfekt. Woher hast du das?«

»Am besten, du hältst dich da raus.«

Sie lachte gekünstelt und ihre Wangen nahmen in Sekundenschnelle eine rötliche Färbung an. »Weißt du, was das ist?«, zischte sie und wendete das Blatt so, dass ein Glas umfiel. »Diese Zeichnung, die ich auf deinem Schreibtisch gefunden habe, ist ein recht gelungenes Abbild unserer gestohlenen Lithografie! Ich kann mir das einfach nicht erklären, zumal du nicht wissen konntest, welches Bild gestohlen wurde.«

Vor einigen Wochen hatte Grenfeld zum ersten Mal ein Automatenrestaurant besucht. Er wollte einen Himbeerkuchen, warf Münzen in den Schlitz und bekam Würstchen mit Senf. Er ahnte, dass er jetzt das gleiche dumme Gesicht an den Tag legte. Das Leben war ein großer Automat voller Verheißungen. Man warf einen Groschen ein und bekam garantiert eine Überraschung serviert.

»Ich muss ins Esplanade. Vielleicht haben sie das Zimmer noch nicht geräumt und ich finde etwas raus über den Kerl.«

»Um Gottes willen, welcher Kerl? Sprich mit mir!«

»Morgen, ich versprech dir, morgen erzähl ich dir alles. Und jetzt lass mich das allein regeln.«

Olja beugte sich nach vorn. Ihre Stimme zitterte vor lauter unterdrückter Wut. »Morgen, mein Lieber, wird meine Chefin die Polizei einschalten und die werden jeden Einzelnen von uns verhören. Dann werde ich lügen müssen und, wenn es deine Kollegen nicht merken, merkt es der Mann von der Versicherung garantiert. Was, meinst du, denken die, wenn ich Ihnen erzähle, ein ehemaliger Kommissar mit Büro über der Galerie besitzt eine Skizze von diesem verdammten Druck und hatte zufällig während der Zeit des Diebstahls einen Zimmerschlüssel vom Hotel Esplanade? Das Beste kommt noch. Wir haben die Bilder im Studierzimmer eingeschlossen und dein Zimmer dürfte genau darüber liegen.«

»Das Zimmer gehört nicht mir.«

»Wem dann?«

Sie verstummten, weil ein Kellner das leere Geschirr abräumte. Grenfeld schielte auf die Uhr. Es war mittlerweile 19 Uhr. Helen würde auf ihn warten. Sie hatten sich um sieben zum Abendessen im Restaurant Horcher verabredet. Der alte Kellner begann, nun das Tischtuch zu wechseln, die Bügelfalten glatt zu streichen, als gelte es, einen Wettbewerb als gewissenhaftester Ober der Stadt zu gewinnen. Er sah zu Olja hinüber und musste lächeln. Die Röte ihrer Wangen hatte sich auf die gesamte Stirnpartie ausgedehnt und war im Begriff, ihren Nacken zu erobern. Unablässig spielte sie mit der großen schwarzen Perle ihrer Kette, die als einzige einen breiten Riss aufwies. Dann stand sie auf.

»Ich könnte meine Chefin anrufen. Ich könnte ihr

sagen, du hast eine heiße Spur. Vielleicht verschiebt sie den Anruf bei der Polizei um ein oder zwei Tage.«

Grenfeld nickte und Olja verschwand in einem Nebenraum hinter der Kuchentheke.

Er stand hastig auf, nahm Schlüssel und Zeichnung an sich und bezahlte. Anschließend verließ er durch die Drehtür das Corso und eilte zu seinem Wagen, auf den sich eine dünne Schneeschicht gelegt hatte. Im selben Moment hielt vor dem Hotel Äquator ein Taxi, aus dem zwei Damen in Begleitung eines Herrn ausstiegen. Grenfeld rannte los. Die Frauen stritten lautstark mit dem Chauffeur über den Fahrpreis. Als er ankam, schlug eine der Damen mit ihrer Handtasche bereits wild auf den Fahrer ein, während der Mann, peinlich berührt, ebenso dilettantisch wie erfolglos, den Streit zu schlichten versuchte. Ein Blick auf die kniehohen, glänzenden Lacklederstiefel unter dem weißen Pelzmantel und Grenfeld ahnte, was passiert war. Die Stiefelmädchen hatten ihren knausrigen Freier vor der Gedächtniskirche aufgegabelt, und der Chauffeur wollte sich die paar Minuten Fahrtzeit ordentlich bezahlen lassen. Grenfeld bahnte sich einen Weg zur Hintertür des Taxis, ließ sich in das Polster fallen und flüsterte dem Fahrer ins Ohr: »Ich übernehme die Fahrt der Damen und jetzt los, aber schnell!« Der nutzte die Gunst des Überraschungsmoments und raste mit offener Tür davon. Die Frauen schrien laut fluchend hinterher. Nach wenigen Metern bremste er heftig, worauf die Tür mit einem Knall zuflog. Schließlich ließ er eine Schimpftirade auf Russisch los und bearbeitete mit seinen Fäusten das Lenkrad. »Die mit den kobaltblauen Stiefeln sind die Schlimmsten«, lamentierte er und blickte in den Rückspiegel.

»Kobaltblau ... welche Dienste bieten die Damen an?«

Der Fahrer hob beide Hände nach oben, als wollte er ein Gebet sprechen. »Das weiß der Himmel, mein Herr. Wohin soll es gehen?«

»Hotel Esplanade.«

Der Chauffeur stöhnte. Auch diese Fahrt würde ihm nur wenig einbringen. Grenfeld sah sich um und meinte für einen Augenblick, Olja vor seinem Wagen gesehen zu haben. Dann entdeckte er auf dem Beifahrersitz eine abgegriffene Ausgabe von *Schuld und Sühne*.

»Interessante Lektüre«, murmelte er.

»Ein Kollege hat mir den Roman geliehen, um die Wartezeiten zu überbrücken. Aber wissen Sie, die Geschichte ist nicht gerade dazu geeignet, die Stimmung zu heben.«

»Ehrlich gesagt, meine Frau hat mich vor einigen Jahren in den Film geschleppt, aber ich fürchte, ich habe nur den Anfang mitbekommen. Im Kino hole ich grundsätzlich meinen Schlaf nach.«

»Das Wort zählt nichts in dieser Stadt, nur die Bilder, meint Dojo, der Kollege, der mir das Buch geliehen hat. Ein begnadeter Philosoph und Literaturwissenschaftler, ein Experte für Dostojewski, was sage ich, ein Fanatiker. Wir nennen ihn Dojo. Eigentlich heißt er Michail Bachtin.«

»Philosoph und Taxifahrer?«

Der Chauffeur lachte bitter. »Sie wissen doch. Auf den Straßen Berlins tummeln sich die Adeligen und die russische Intelligenz. Ein Kollege von mir war Schatzmeister beim Zaren.«

»Fahren Sie einen Umweg«, befahl Grenfeld.

»Wie bitte? Einen Umweg, wohin?«

»Das ist mir egal.«

Grenfeld sah durch den Rückspiegel das Gesicht des Fahrers, das gerade noch entspannt, nun misstrauische, ja ängstliche Züge angenommen hatte.

»Sie müssen das verstehen, erst im Dezember bin ich überfallen worden. Nachts um zwei wollten drei junge Burschen in die Heerstraße, dann nach Schildhorn. Auf der einsamen Waldstraße haben sie mich verprügelt und ausgeraubt.«

»Fahren Sie die Strecke öfter?«

»Ungern. Sie sehen ja, wie das endet, und alles wegen der paar Groschen. Mein Standplatz ist am Potsdamer.«

»Und gestern Abend, so gegen 23 Uhr? Die Premiere im Ufa-Palast?«

»Sie sind von der Polizei, nicht wahr? Ist es wegen des Unfalls gestern Nacht?«

»Woher wissen Sie davon?«

»So was spricht sich schnell herum.«

Grenfeld beschloss, alles auf eine Karte zu setzen. »Es war Mord. Ein Taxi hatte den Mann absichtlich umgefahren. Sie können mir helfen, herauszufinden, wer das getan hat.«

Der Fahrer bremste ruckartig und hielt am Straßenrand. Dann drehte er sich um und starrte seinen Fahrgast an, als sähe er ein Gespenst. »Wie bitte? Mord? Wer behauptet denn so was?«

»Ich war zwanzig Jahre Kriminalkommissar und bilde mir solche Sachen nicht ein. Ich habe alles beobachtet. Grenfeld ist mein Name.«

»Alexander Kaleko, Professor für Sprachwissenschaft. Ich fahre Taxi, um zu überleben. Diese Woche habe ich Tagschicht.«

»Hören Sie, Herr Kaleko. Lassen Sie uns keine Zeit

verlieren. Sie hören sich unter Ihren Kollegen um. Ich bin sicher, dass an so einem Stand den lieben langen Tag viel schwadroniert wird. Vielleicht fällt Ihnen etwas auf. Rufen Sie mich an?«

Der Fahrer wurde bleich. »Oh nein, wenn ich mich als Spitzel eignen würde, hätte ich auch gleich in meiner Heimat bleiben können. Die GPU hatte immer Bedarf.«

»GPU?«

»Sowjetische Geheimpolizei, die Nachfolgeorganisation der Tscheka. Altes Geschäft, neuer Name.«

Grenfeld beugte sich nach vorn und nahm *Schuld und Sühne* in die Hand. »Worum geht es da?«

»Eine Kriminalgeschichte, das wissen Sie doch.«

»Wie gesagt, meine Allgemeinbildung …«

»Es ist die Geschichte eines fast perfekten Mordes. Ein Student, namens Raskolnikow ermordet eine Pfandleiherin samt einer Zeugin, weil er glaubt, als genialer Mensch über dem Gesetz zu stehen. Am Ende gesteht er, weil er erkennt, dass seine Theorie falsch war.« Kalekos Gesichtszüge entspannten sich. Er hatte nur selten Gelegenheit, in seinem Taxi literarische Gespräche zu führen. Grenfeld blätterte durch die Seiten und entdeckte eine Widmung: *Für meinen lieben Nikolaj, dem Kapitän der Straßen.*

»Nikolaj, wer ist das?«, fragte er.

»Das ist mein Spitzname. Dojo hat ihn mir verpasst. Jeder Kollege bekommt einen literarischen Namen. Ich ärgere mich darüber und das reizt ihn. Ein Spiel eben.«

»Ich weiß nur eines, da draußen hält sich irgendjemand für so genial, dass er das Leben eines jungen Mannes binnen einer Minute auslöscht, indem er ein Taxi als Waffe benutzt. Sie könnten mir dabei helfen, den Mörder zu finden, aber das liegt natürlich ganz bei Ihnen.«

Der Fahrer ließ den Motor an und fuhr schweigend bis zum Potsdamer Platz, wo er in die Bellevuestraße einbog.

»Tun Sie mir einen Gefallen und halten nicht direkt vor dem Hotel, Herr Kaleko?«

Der nickte und bremste vor dem Gebäude des ehemaligen Wilhelms-Gymnasiums. »Herr Kommissar, je mehr ich darüber nachdenke, desto mehr glaube ich, dass es kein registrierter Fahrer war. Das Risiko, durch die Nummer erkannt zu werden, ist viel zu groß. Aber es gibt 'ne Menge gestohlener Fahrzeuge.«

»Auch Taxis?«

»Natürlich. Keiner meiner Kollegen lässt seinen Wagen heutzutage ohne Not einsam herumstehen. Vor den bekannten Lokalen warten Kerle, die für gutes Geld aufpassen.«

Grenfeld zahlte und steckte ihm eine Visitenkarte zu. »Na, Professor, und da sagen Sie, Sie eignen sich nicht für solche Ermittlungen? Melden Sie sich, wenn Sie etwas herausgefunden haben!«

Er sah dem Wagen nach und zündete sich eine Zigarette an. Die bleierne Müdigkeit war verschwunden und einem Gefühl konzentrierter Erregung gewichen, das er nur zu gut kannte, doch in letzter Zeit selten verspürt hatte. Früher hatte er sich tagelang, ja wochenlang in einem rauschhaften Zustand befunden. Zeit und Raum waren belanglos gewesen, alle Energie war auf ein Ziel hin ausgerichtet: Die sperrige Wahrheit, koste es, was es wolle, mit List und Tücke ans Licht zu zerren. Er hatte das unbestimmte Gefühl, dass der Professor sich wieder bei ihm melden würde. Fast beschwingt machte sich Grenfeld auf den Weg ins Zimmer 301 des alt ehrwürdigen Hotel Esplanade, dessen Existenz nur dem unbedingten Willen des Kaisers und einer Investition von fünfundzwanzig Millionen Goldmark zu verdanken war. Und während Grenfeld den Lieferanteneingang suchte, wusste er noch nicht, wie er den diensteifrigen Etagendamen aus dem Weg gehen sollte.

11. Januar 1927, 19 Uhr, Potsdamer Platz

Alexander Kaleko hatte gelogen. Jetzt, am Taxistand Potsdamer Platz, starrte er auf die Normaluhr unter dem Ampelturm, und die Ereignisse der letzten Nacht flimmerten wie Filmausschnitte vor seinem geistigen Auge. Um 23 Uhr hatte er vor dem Ufa-Palast auf Kundschaft gewartet. Er war nicht einmal ausgestiegen, um mit seinen Kollegen über die schlechten Trinkgelder zu lamentieren. Er befand sich in einem Dämmerzustand, denn er hatte seit achtzehn Stunden seinem Körper keine Ruhe gegönnt. Eigentlich endete seine Schicht um acht, aber er konnte es sich nicht leisten, eine Filmpremiere ausfallen zu lassen. Seit er das weiße Pulver schnupfte, hatte er sein Einkommen verdoppelt. Unzählige Fuhren hatte er absolviert, zumeist kurze Strecken: Filmkritiker ins Zeitungsviertel, gut betuchte Herrschaften ins Villenviertel Grunewald, Schauspieler zur Weinstube Schwannecke in die Rankestraße. Die höchsten Trinkgelder gaben wie immer jene, die am wenigsten davon besaßen: Statisten, die zur Premiere eine Einladungskarte erhalten hatten und sich zur Feier des Tages ein Taxi gönnten. Irgendwann zwischen der fünften und sechsten Fuhre war ihm auf der Hardenbergstraße ein Fotograf aufgefallen, der offenbar den festlich beleuchteten Ufa-Palast knipsen wollte. Mit seinem weiten Mantel und dem Hut, tief ins Gesicht geschoben, sah er wie eine Vogelscheuche aus. An die nächsten Fuhren konnte er sich nicht mehr erinnern. Nach der zehnten Fahrt nahm er wahr, wie eine Menschenansammlung auf Höhe des Café Corso sich um einen am Boden liegenden Mann kümmerte. Er fuhr langsamer, dachte schon es wäre der Fotograf, wollte anhalten, entdeckte dann aber einen herbeieilenden Schupo und entschied, weiterzufahren. Einige Minuten später, vor dem Gloria-Palast, winkte jemand mit Umhängetasche und Stativ in der Hand aufgeregt nach einem freien Taxi. Der graue Mantel, zwei Nummern zu groß, den Hut tief ins Gesicht geschoben; kein Zweifel: der Fotograf. Doch erst auf dem Rücksitz kam das blasse Gesicht einer jungen Frau zum Vorschein. Er sah sofort, dass sie sich in einem Ausnahmezustand befand. Ihre belegte Stimme und die wässrigen Augen verrieten ihm, dass sie geweint hatte. Sie wollte nach Schmargendorf in die Rheinbabenallee, »kürzester Weg«, wie sie trotz Tränen selbstbewusst forderte. Er war neugierig geworden, versuchte ein Gespräch anzufangen, doch sie starrte schweigend auf das angelaufene Seitenfenster, durch das man längst nichts mehr erkennen konnte. Mit ihren kurzen Haaren und den Sommersprossen sah sie wie ein Junge aus. Als sie den Fahrpreis bezahlte, zitterten ihre Hände. Er sah der jungen Frau nach, wie sie eilig die Allee überquerte, um in die Luciustraße einzubiegen. Routinemäßig kontrollierte er die Rückbank und entdeckte dort eine Fototasche mit einer nagelneuen Leica Kleinfilmkamera. Sofort nahm er die Verfolgung auf, doch erst in der Miquelstraße holte er sie ein. Er hätte rufen können, doch aus irgendeinem Grund genoss er es, ihr unerkannt zu folgen. Die dicken Stämme der Alleebäume gewährten ihm Schutz. Am Ende der Straße verschwand sie hinter einem Gartentor einer verwinkelten Villa. Dort angekommen spähte er durch die Äste einer Hecke, doch sie war wie vom Erdboden verschluckt. Eine heilige Ruhe schien auf dem Viertel zu liegen und nur das warme, gelbliche Licht, das durch die Fensterscheiben der Villen schimmerte, zeugte von Leben. Die Tasche hing federleicht über seiner Schulter und er erinnerte sich daran, wie schwer und sperrig die alten Apparate gewesen waren. Mit einem Mal dachte er, dass sich für die Bewohner solcher Viertel alles leicht anfühlen musste, nicht nur das Fotografieren, sondern das ganze Leben. Und plötzlich überkam ihn eine Sehnsucht, irgendwann einmal durch ein schmiedeeisernes Tor, die Steinplatten hinauf, zu so einer beleuchteten Villa schlendern zu können. Jetzt öffnete sich die Tür eines Holzschuppens und die junge Frau trat heraus. Mantel und Hut hatte sie offenbar im Schuppen versteckt. Für einen kurzen Moment sah sie in seine Richtung, drehte sich um und verschwand. Wie er so da stand, frierend mit der Tasche um die Schulter, war es ihm unmöglich, die Leica zurückzugeben. Menschen, die hier am Rand der Stadt wohnten, so dachte er, die fern vom Lärm des Molochs unter dem Schutz von Fichten und Birken ausruhen konnten, bedurften keiner zusätzlichen Stimulanz. So viel Glück musste genügen. Er wandte sich um und trabte den Weg zurück. Er hatte das Gefühl, mit der Leica einen kleinen Ausgleich hergestellt zu haben für den Unbill und die Schmähungen, die er als Chauffeur Tag für Tag zu erleiden hatte. Alexander Kaleko wusste, dass er all das diesem seltsamen Kommissar hätte mitteilen müssen, aber hätte man ihn dann nicht wegen Diebstahls angezeigt? Er startete seinen Wagen. Auch heute würde es nichts werden mit dem Feierabend. Im Sportpalast hatten sich zwanzigtausend Anhänger des Reichsbanners Schwarz-Rot-Gold versammelt, um in einer Kundgebung die Republik zu verteidigen. Das Geschäft durfte er sich nicht entgehen lassen.

11. Januar 1927, 19 Uhr,
Hotel Esplanade, Bellevuestraße 16–18 a

Behutsam öffnete Grenfeld die Tür des Zimmers 301. Sofort hatte er das Gefühl, der Tote sei anwesend. Während seiner Zeit bei der Kriminalpolizei hatte er die Wohnungen unzähliger Ermordeter durchsucht und jedes Mal durch den ganz eigenen Geruch des Bewohners dessen Anwesenheit gespürt. Heute wie damals hatte er den Eindruck, das Opfer wandte sich an ihn mit einer Bitte. Es war keine direkte Aufforderung. Er vernahm keine Stimme. Für derartige Phänomene fehlte ihm die esoterische Veranlagung. Allein aus der Präsenz des Toten zog er die Schlussfolgerung, die Tat in dessen Namen aufklären zu müssen. Niemals hätte er sich seinen Kollegen mit derartigen Überlegungen anvertrauen können. Die hektische Betriebsamkeit, mit der die Ermittler unmittelbar nach ihrem Eintreffen den Tatort überzogen, ließ vermuten, dass sie solchen Erfahrungen aus dem Weg gehen wollten. Heute verharrte er, ohne den Lichtschalter zu betätigen, in der Mitte des Zimmers und rührte sich nicht. Er wollte mit allen Sinnen in die Welt des Toten eintreten. Das blasse Licht der Straßenlaternen drang durch die goldenen Brokatvorhänge und reflektierte feine Farnmuster auf die weißen Wandpaneelen aus Zedernholz. Im Spiegel über der Schminkkommode sah er die faltenlose, hell weiß leuchtende Überdecke des Doppelbetts. Wasser rauschte durch die Leitungsrohre, ein Fenster wurde geschlossen, ein Glas auf eine Marmorplatte gestellt. Nur gedämpft drangen die Geräusche an die empfindlichen Ohren jener, die sich ein Zimmer im Esplanade leisten konnten. Grenfeld setzte sich auf das Bett und wartete. Er hatte nicht die geringste Lust, den Rückzugsort des Toten durch elektrisches Licht zu entweihen. Er war sich sicher, dass Olja bald auftauchen würde. So schnell ließ sie sich nicht abhängen. Sie würde das Licht anknipsen, mit ihren hübschen, feuerroten Wangen durch das Zimmer stolzieren und ihn fragen, was er hier im Dunkeln zu finden gedenke. Er ahnte, dass es darauf keine vernünftige Antwort gab. Hatte der Mann, der in diesem Bett genächtigt hatte, tatsächlich ein Kunstwerk gestohlen? War es ein Auftragsdiebstahl? Hatte man ihn nach der Übergabe überfahren, um einen Mitwisser zu beseitigen? Widerwillig schob Grenfeld die schweren Vorhänge zur Seite und öffnete ein Fenster. Seine Hände begannen, routiniert jeden Winkel des Zimmers zu durchsuchen, doch weder im dreiteiligen Spiegelschrank noch in den Kommoden wurde er fündig. Plötzlich hörte er Stimmen, die sich dem Zimmer näherten. Oljas Stimme erkannte er sofort, die zweite war ihm fremd. Er hatte nicht vor, neue Bekanntschaften zu schließen. Ehe sie eintraten, hatte er sich hastig unter das Doppelbett gerollt und spürte dabei, wie sich etwas Kantiges in seinen Rücken bohrte. Unbarmherzig wurde das Licht angeknipst und die Totenruhe entweiht.

»Frau Grekova, wir verstehen, dass Ihre Chefin zunächst einen privaten Ermittler zu Rate ziehen will, doch Sie müssen auch unseren Standpunkt verstehen. Im Falle eines Diebstahls sind wir verpflichtet, die Polizei zu benachrichtigen. Wo bleibt eigentlich Ihr Privatdetektiv?«

Es folgte ein gequältes Stöhnen und Grenfeld konnte sich lebhaft Oljas Gesicht vorstellen.

»Wer hat in diesem Zimmer übernachtet?« Oljas Stimme klang nervös.

»Sehen Sie, wenn Sie von der Polizei wären, dann könnte ich Ihnen das natürlich mitteilen. Aber es ist ein Grundsatz unseres Hauses …«

»Der Gast hat nicht bezahlt. Also wozu die Diskretion?«

Er hörte, wie jemand die Decke über ihm glatt strich.

»Sehen Sie sich das an! Soll so etwa ein gemachtes Bett aussehen? Na, das Zimmermädchen wird was zu hören bekommen. Hier, das offene Fenster!«

Grenfeld hörte, wie jemand es mit einem lauten Knall schloss.

»Also hören Sie, Frau Grekova. Die noch ausstehende Summe der fünf Übernachtungen wurde heute früh von einem Herrn beglichen, der im Auftrag des Gastes auch dessen Koffer abgeholt hat.«

»Sie haben einem Fremden das Gepäck überlassen?«

»Das ist nicht ungewöhnlich, wenn der Herr uns eine Vollmacht zeigt.«

In der resoluten Stimme der Dame verbarg sich eine Spur von Unsicherheit und Grenfeld war gespannt, ob Olja es merken würde.

»Sie waren froh, dass Sie den Gast los waren?«

»Na ja, sagen wir so, nach vier Übernachtungen – und Sie kennen unsere Preise – machten wir uns Gedanken, ob das Äußere des Herrn auf eine Begleichung der Summe …«

»Er sah heruntergekommen aus?«

»Wie gesagt, wenn Sie von der Polizei wären, dann …«

»Wenn ich Polizist wäre, dann würde ich sagen, es hat nie eine Vollmacht gegeben. Vielleicht ist es auch in Ihrem Sinne, die Polizei herauszuhalten?«

Grenfeld war beeindruckt. Besser hätte er es nicht angehen können.

»Also gut. Der Gast hatte sich unter dem Namen Maurice Levy Blondin eingetragen, Pariser Adresse, Beruf Flugingenieur. Wir hatten wirklich befürchtet, dass er das Zimmer nicht bezahlen kann. Im Lauf der Jahre hat man einen Blick dafür, wissen Sie, obwohl man sich irren kann, gerade bei den Franzosen. Er hatte durchaus einen teuren Anzug und teure Schuhe getragen, aber beides nie gewechselt. Mantel und Hut hingegen waren abgetragen. Dann der feine Herr heute Morgen. Er hat die Summe auf einen Schlag beglichen und sich als Kollege von Herrn Blondin vorgestellt.«

»Verstehe, das klang überzeugend.«

»Eben. Und da haben wir eine Ausnahme gemacht und den Koffer ausgehändigt.«

»Lassen Sie mich bitte kurz allein? Vielleicht finde ich einen Hinweis.«

Grenfeld hörte, wie die Türe leise geschlossen wurde. Sein Rücken schmerzte mittlerweile bedenklich und er war froh, sein Versteck verlassen zu können. Als er unter dem Bett hervorkroch, entdeckte er den Grund seiner

Pein: der Verschluss einer prall gefüllten Tasche, auf der er gelegen hatte. Olja stand am Fenster und zündete sich eine Zigarette an. »Ich hatte wirklich Angst, du schläfst ein und fängst zu schnarchen an.«

»Blödsinn«, erwiderte Grenfeld entrüstet und richtete sich auf.

»Du schläfst in letzter Zeit überall ein«, sagte sie zärtlich. Dann drehte sie sich um. Die Röte war gänzlich aus ihrem Gesicht gewichen, hatte einer fast heiteren Erregung Platz gemacht, und er ahnte warum. Oljas Plan war seit Langem, von ihrer langweiligen Tipperei im zweiten Stock zu ihm in den vierten zu wechseln. Es verging nicht eine Woche, in der sie ihm nicht ihre Idee schmackhaft machte, die Welt der Kunst mit jener der privaten Ermittlungen zu verschmelzen: Kunstraub, Fälschungen, Versicherungsbetrug. Und der Fall schien geradezu ein Paradebeispiel ihres Lebensentwurfs zu sein, bestens geeignet, um ihren zukünftigen Kompagnon endlich aus seiner selbst gewählten Lethargie zu reißen.

»Vergiss es!«, knurrte Grenfeld, als hätte er Oljas Gedanken lesen können.

Sie sah ihn herausfordernd an, während er versuchte, die Tasche hinter seinem Rücken verschwinden zu lassen.

»Hier geht es nicht nur um Versicherungsbetrug. Da ist was mächtig faul. Der Gast von 301 wurde vor meinen Augen ermordet. Darum müssen sich die Kollegen im Präsidium kümmern.«

Sie schmunzelte süffisant. »Soweit ich weiß, brauchst du für einen Mord Beweise, und ich frage mich, ob eine Menge Vermutungen und eine Kinderzeichnung ausreichen?«

Natürlich wusste Grenfeld, dass sie recht hatte.

»Vielleicht finden sich ja in der Tasche Beweise? Ich meine, in der, die du gerade vor mir verstecken willst.«

Entnervt gab er auf und schleuderte sie mit Wucht auf das Bett, sodass der Verschluss aufsprang und ein glitzerndes Kleidungsstück zum Vorschein kam.

Olja hielt es in die Höhe. »Ein Engelskostüm mit aufgenähten Sternchen für ein Kind von, ich würde sagen, zehn bis zwölf Jahren.«

Grenfeld zuckte müde mit den Schultern und sah auf seine Armbanduhr. Es war 22 Uhr. Er dachte resigniert an Helen, an ihr geplantes Essen und an eine absurde Entschuldigung, die er sich einfallen lassen musste.

»Was ist jetzt? Wir werden doch nicht wieder einschlafen?«, rief Olja sarkastisch und schnippte mit den Fingern.

»Das gestohlene Bild, ist es wertvoll?«

»Das ist ja das Erstaunliche. Die anderen Bilder werden auf der Auktion ein vielfaches einbringen.«

Grenfeld hörte eine Autotür schlagen. Er ging ans Fenster. Ein Taxi war vorgefahren.

»Die russische Menükarte. Mir ist da etwas eingefallen«, flüsterte Olja verschwörerisch.

Er nickte gedankenverloren und beobachtete, wie der Chauffeur dem Portier ein Hündchen in einer Wolldecke so behutsam überreichte, als handele es sich um eine chinesische Vase aus der Ming-Dynastie.

»Als meine Schwester Mascha und ich vor fünf Jahren hier ankamen, sind wir in Wünsdorf gelandet, einem Auffanglager für Flüchtlinge. Das Essen, ich meine, das war genau das, was wir damals bekommen haben.«

»Und was willst du mir damit sagen?«

»Vielleicht sollten wir in Wünsdorf mit den Recherchen beginnen?«

»Wegen einer Essensliste? Ich bitte dich, die kann von überall sein.«

»Schon, aber irgendwo müssen wir anfangen, oder?«

Grenfeld verzog sein Gesicht, als hätte er Sodbrennen. »Ich werde morgen zu meinen ehemaligen Kollegen gehen. Ich werde ihnen das Ganze auf den Tisch knallen und das Präsidium erleichtert verlassen. Und du, Olja, wirst die Auktion vorbereiten und die Buchführung für deine Chefin erledigen. Dann kommst du zu mir und wir gehen ins Kranzler.«

Die giftgrüne Mischung aus Enttäuschung und Verachtung, mit der Oljas Blick ihn nun traf, schmerzte körperlich, aber er war alt genug, um zu wissen, dass dies langfristig das kleinere Übel war.

13. Januar 1927, 10 Uhr,
Polizeipräsidium, Alexanderplatz

Sein Gefühl protestierte vehement und verlor. Als Robert Grenfeld am Donnerstagmorgen durch die verwinkelten Gänge des Polizeipräsidiums schlich, um eine Beichte abzulegen, folgte er einer diffusen Regel, die irgendeine Autorität noch diffuserer Natur erfolgreich in ihn eingepflanzt hatte: Einmal Polizist – immer Polizist. Und schon tauchten blitzartig und ohne Vorwarnung Bilder aus dem Gruselkabinett seiner Vergangenheit auf. Sie ähnelten den Fotos, die links und rechts in den Schaukästen ausgestellt waren: unbekannte Tote im Gebüsch einer

Parkanlage, in heruntergekommenen Abrisshäusern, aus der Spree gefischt, vergiftet, erdrosselt, erschossen, bestialisch zerstückelt. Das Sammelalbum in seinem Kopf, und was noch schlimmer war, in seinen Gedärmen, hatte nach zwanzig Jahren Kriminaldienst ein so beachtliches Gewicht erreicht, dass er es nicht mehr zu tragen vermochte. Vor zwei Jahren hatte er alles hingeschmissen und war – ohne Ankündigung – Hals über Kopf aus der Zwingburg geflohen, zunächst hinaus auf die Dirksenstraße, dann in seine Lieblingskneipe, dem Kakadu, und schließlich ins Admiralsbad, wo er bis zum frühen Morgen das Gift der vergangenen Jahre ausschwitzen wollte. All das ging ihm jetzt durch den Kopf, während er die Treppen hinauf zur Mordinspektion eilte. Er hatte sich alles so schön zurechtgelegt, was er dem großen Ernst Gennat sagen wollte, jenem Leiter der Mordkommission, dem er als Einzigen vollkommen vertraute. Umso größer war jetzt seine Überraschung, als das Büro des Dicken verwaist und selbst Gertrud Steiner, seine Sekretärin, nicht an ihrem Platz war. Das Zimmer hatte sich nicht verändert. Der präparierte Frauenkopf, den man aus der Spree gefischt hatte, glotzte immer noch traurig über dem durchgesessenen, grünen Sofa auf die Besucher herab. An der Wand: Fotografien männlicher und weiblicher Mörder, daneben ein vergilbter Pharus-Plan von Groß-Berlin. Sogar die Axt, einst sichergestelltes Mordwerkzeug, lehnte neben dem Sofa. Der süßliche Geruch vergilbter Akten vermischte sich mit dem scharfen Angstschweiß derjenigen, die hier verhört wurden. Unentschlossen schritt Grenfeld zum Fenster und beobachtete die ratternde Hochbahn. Er hörte jetzt Schritte auf dem Gang, ein kurzes Zögern und die Tür wurde ruckartig geöffnet. An Haltung und Händedruck erkannte er sofort die militärische Vergangenheit des jungen Mannes, dessen Augenklappe in dem schmalen Gesicht überdimensional groß wirkte. Offenbar hielt er hier allein die Stellung. Grenfeld begann, umständlich zu berichten. Er verhaspelte sich mehrmals, wiederholte unnötigerweise ganze Passagen und alles nur, weil er während des Formulierens die Sinnlosigkeit erkannte, dem Grünling all das auf die Nase zu binden. Außerdem hatte er während des Redens beschlossen, die Sache mit der Zeichnung und dem gestohlenen Kunstwerk zu verschweigen, weil er Thea Kolb nicht in den Rücken fallen wollte. Der junge Kommissar hörte mit angespannter Aufmerksamkeit wie jemand zu, der gelernt hatte, Aussagen nach Widersprüchen zu sezieren. Dann setzte er sich auf den Schreibtisch und strich seine Bügelfalte glatt.

»Der Sachverhalt ist mir bekannt, Herr Grenfeld. Kriminalrat Gennat legt großen Wert darauf, dass alle ungeklärten Todesfälle in unsere Kartei aufgenommen werden. Natürlich wäre es vorteilhaft gewesen, wenn Sie, nun ja, den Weg schon früher zu uns gefunden hätten.« Er sah auf den Boden und räusperte sich. »Aber, um es kurz zu machen, wir wissen, wie der Unfall passiert ist.«

»Sie haben den flüchtigen Taxifahrer?«

»Taxifahrer? Nein, wir haben die Aussage eines Zeugen, der behauptet, der Fußgänger sei kopflos in ein Auto gerannt. Kein Fall für die Mordkommission.«

»Wie heißt der Tote?«

»Das Opfer ist uns unbekannt. Aufgrund der, na ja, Deformation des Schädels konnten wir das Bild nicht an die Presse geben.«

»Und der Zeuge?«

»Da bitte ich um Verständnis, Herr Grenfeld, dass ich mich nicht befugt fühle, Ihnen hier Auskunft zu geben, so leid es mir tut. Ich bin noch Kriminalanwärter. Vielleicht wollen Sie warten, bis Herr Gennat wieder im Büro ist? Das kann aber dauern.«

Während der peinlichen Stille, die nun entstand, zupfte der Anwärter unablässig an seiner Augenklappe. »Sie haben hier im Präsidium gearbeitet?«

»Zwanzig lange Jahre. Büro hundertvierzehn, am Ende des Ganges.«

»Darf ich fragen, warum Sie …?«

»Meine Frau. Sie ist reich.«

Der junge Mann lachte stockend. Er war sich nicht sicher, ob man ihn auf den Arm nahm. »Sie behaupten, Sie hätten den Unfall gesehen. Darf ich fragen, von welcher Stelle aus?«

»Wir standen vor dem Ufa-Palast.«

»Also auf der gegenüberliegenden Straßenseite?«

Grenfeld nickte. Er wusste, dass der Anwärter sich gerade die Hardenbergstraße in ihrer vollen Breite vorstellte und zweifelte, ob man auf eine solche Distanz überhaupt etwas beobachten konnte.

»Wo sind denn die Kollegen?«, fragte Grenfeld.

»Nun ja, wir hatten gestern Abend einen Todesfall hereinbekommen. Sie sind vor Ort. Ein junger Kerl … ist aus dem fünften Stock eines Hotels kopfüber in einen Kellereingang gestürzt. Er hatte anscheinend versucht, mit einer Leiter auf einem Balkon eine kaputte Glühlampe von der Leuchtschrift auszuwechseln.«

»Gibt es Zweifel?«

»Die Freundin des Toten. Sie hat Andeutungen gemacht, aber deren Glaubwürdigkeit lässt zu wünschen übrig.«

»Welches Hotel?«

»Das Äquator, ein Stundenhotel.«

»In der Hardenbergstraße?«

Der Kriminalanwärter nickte.

»Ein junger Mann, so um die achtzehn. Blond? Portierskleidung?« Nur das Zucken des linken Augenlids verriet Grenfeld, dass er richtig lag.

»Wie kommen Sie darauf?«, fragte der junge Kommissar.

»Zufallstreffer«, murmelte er missmutig und griff nach seinem Hut.

»Ich werde Herrn Gennat Bescheid geben!«, versprach die Augenklappe dienstbeflissen, doch das klang bereits wie eine Drohung.

13. Januar 1927, 11 Uhr,
Magdeburg, Zirkus Blumenfeld, Königstraße 62–63

»Ist er endlich aufgetaucht?«, frage der Alte ungeduldig und Viktor, der fünfundzwanzigjährige Artist der Sokolow-Truppe, stand breitbeinig im Büro des Direktors und schüttelte missmutig den Kopf.

»Wer springt für ihn ein?«

»Sergej.«

»Ja und? Wird das gehen? Was ist mit der Kleinen, zieht sie mit?« Der Alte ärgerte sich über die Einsilbigkeit des Russen wohl wissend, dass jede weitere Frage die Sache nur verschlimmerte. Der Artist zuckte mit den Schultern, was den Alten veranlasste, dies als ein Ja zu deuten.

»Ich mach mir Sorgen«, sagte Viktor, als er schon fast aus der Tür war. Der Direktor war von dem seltenen Ausbruch an Offenheit überrascht, wollte ein aufmunterndes Wort sagen, doch es fiel ihm partout nichts ein. Ilja, einst der geniale Kopf seiner Hochseilartisten, heute seine rechte Hand, war nach Berlin gereist, um das dortige Gastspiel vorzubereiten. Seine Rückkehr war überfällig. »Vielleicht hat er endlich eine Frau kennengelernt?«

Viktors Gesicht zeigte eine Mischung aus Verwunderung und Verachtung. »Er würde die Kleine nie allein lassen«, murmelte er, und der Direktor wusste, dass er recht hatte.

»Außerdem würde er uns die Premiere nicht vermasseln. Schon gar nicht hier in Magdeburg.«

Der Alte nickte. Ilja hatte lange verhandelt, um das begehrte Gebäude der Blumenfelds mieten zu können. Die Zirkusse Strassburger, Barum und Hagenbeck gaben sich hier regelmäßig die Ehre.

»Spannt ein Netz«, sagte der Alte plötzlich.

»Niemals«, flüsterte Viktor erschrocken.

»Nur so lange Ilja weg ist!«

»Wer ein Netz braucht, ist unsicher. Dann geht man nicht auf das Seil.«

»Weiß ich alles!«, schrie der Alte. »Morgen, nur morgen werdet ihr ein Netz spannen.«

»Wir halten es wie die Wallenda-Truppe. Wir verzichten auf jede Sicherung, aus Prinzip.«

»Zum Teufel mit euren Prinzipien. Ich spüre es im Magen. Glaub mir, siebzig Jahre bin ich nun in dem verdammten Gewerbe. Siebzig Jahre! Dazu meine Ahnen und

Urahnen, die durch jedes Dorf dieses Planeten getingelt sind. Keine Pissbude, in der sie nicht aufgetreten sind, kein Mast, den sie nicht erklettert hätten. Keinem Bürgermeister, dem sie nicht in den Hintern gekrochen wären, um ein Papier mit einer Unterschrift zu bekommen. Wenn ich sage, ich spüre es in meinem Magen, dann ist das ein Befehl!«

Viktor schüttelte verständnislos den Kopf und schloss leise die Tür. Der Alte schob den Vorhang beiseite und blickte durch das Guckloch hinunter in die Manege. Boris, Sergej, Dimitrij, Alexej und Wladimir wärmten sich auf. Nur die Kleine saß auf der Laufplanke, aß einen Apfel und spuckte den Kern in hohem Bogen aus. Sie müsse sich nicht aufwärmen, hatte ihm Ilja einmal erklärt. Ein Vogel wärme sich auch nicht auf, bevor er wegflöge. Jetzt sah er Viktor, wie er mit schnellen Schritten die Manege durchquerte, um der Gruppe seine Worte zu überbringen. Es würde ihnen nicht schmecken. Dennoch bestand er darauf, denn er wollte das Mädchen schützen. Der Alte schob den Vorhang zu und betrachtete den Terminkalender. Mit krakeliger Schrift stand neben dem 24. Januar »Berlin, Messegelände«. Auch das war Iljas Idee. Er wollte partout den Platz unter dem neuen Funkturm und hatte unzählige Anträge gestellt. Man hatte ihn ausgelacht, man hatte ihn verhöhnt, ja gewarnt, mit seinem Zirkus in die Hauptstadt zu kommen. Selbst der Beamte im Rathaus hatte ihn mit einer Mischung aus Mitleid und Neugier gemustert, bevor er mit einem überdimensionalen Stempel seinen Antrag genehmigt hatte.

»Ich nehme an, Herr Sternheim, Sie wissen, was Sie da tun?«, hatte er gefragt, und der Alte hatte eilig geantwortet: »Es ist ein Winterzelt, eine Spezialkonstruktion der Firma Gerhardt. Die Ringling-Brüder brachten mich auf die Idee«, sogleich ahnend, dass dieser Bürokrat nicht die geringste Ahnung hatte, von welchen Brüdern er sprach.

»John Ringling von Barnum & Bailey, dem größten Zirkus der Welt«, schob er nach, doch auch dieser Name zauberte keine nennenswerte Reaktion auf das Gesicht des Beamten.

»Die Konstruktion ist mehrfach verstärkt, die Kuppel abnehmbar, das Zeltdach mit Cellon imprägniert, die Sitze beheizt, der Boden mit Kokosmatten …«

»Das meine ich nicht!«, unterbrach ihn der Beamte gereizt, stand auf, ging ans Fenster und winkte ihn zu sich. Umständlich öffnete er die Fensterflügel und weil der Alte zögerte, rief er ungeduldig: »Kommen Sie schon, Herr Sternheim, ich meine es gut mit Ihnen. Sie haben mit mir einen heimlichen Verehrer Ihrer Kunst vor sich. Ob Ihr Zelt dem Schnee und Eis standhält, das müssen meine Kollegen von der Baupolizei prüfen. Aber das ist jetzt das kleinste, verstehen Sie, das geringste Problem.«

Der Alte verstand nicht, worauf er hinauswollte.

»Dort drüben, gegenüber der National-Galerie, können Sie den Zirkuspalast der Familie Busch sehen, am Bahnhof Börse.« Der Mann zielte ungeduldig mit dem Finger nach Nordwesten, als wollte er eine Tontaube abschießen. »Vor den Augen von fünftausend Zuschauer zaubern sie Tag für Tag atemberaubende Schaustücke: Robinson Crusoe, Quo vadis, die Gorillabraut, Ben Hur. Sie lassen eine Stadt mit Mensch und Tier unter dreißigtausend Liter Spreewasser versinken, welches aus der Zirkuskuppel in die Wassermanege stürzt. Ihre Pyrotechniker setzen den halben Palast in Brand. Paula Busch selbst stürzt mit ihrem Hundert-PS-Wagen in die Löwenschlucht und verbrennt auf dem Scheiterhaufen mit einer Boa im Arm.«

»Was wollen Sie mir damit sagen?«, unterbrach der Alte nervös.

»Welches Schauspiel gedenken *Sie* den Berlinern zu bieten?«

Der Alte zögerte einen Moment. Der Staatsdiener zog die Augenbrauen nach oben und nickte so, als habe er einen Angestellten beim Zuspätkommen erwischt. »Sie müssen es mir nicht sagen, verstehen Sie mich nicht falsch, nur ...«, und jetzt drehte er sich nach Südwesten. »Dort spielt die Haller-Revue im Admiralspalast, da liegt der Wintergarten mit seinen sensationellen Varieté-Shows unter einem künstlichen Sternenhimmel. Und dort am Zoo der Ufa-Palast mit Platz für zweitausend Kinobesucher.«

Der Beamte sah den Alten herausfordernd an. »Gigantomanie«, flüsterte er. »Hier herrscht der Größenwahn, überall!«

Der Direktor hatte den Vertrag sorgsam in seiner abgewetzten Ledermappe verstaut und die Amtsstube verlassen. Sicher, er hatte erstklassige Artisten engagiert, exotische Tiere und eine beeindruckende Pferdedressur. Doch der Beamte hatte recht. Es würde nicht genügen. Nicht hier. Als er die Stufen des Treppenhauses hinunterstieg und das Licht der untergehenden Sonne die kahlen Wände für einen Moment in einen warmen Farbton tauchte, dachte er, wie irrwitzig es war, seine ganze Hoffnung auf die Kunstfertigkeit eines stummen Mädchens zu setzen. Ilja hatte sie irgendwann angeschleppt und sie als seine Schwester vorgestellt. Er nannte sie »Mienchen«, doch niemand wusste, ob es ihr richtiger Name war. Der Alte hatte ihm gedroht, die Unkosten für den zusätzlichen Schlafplatz von seiner Gage abzuziehen. Von da an sah er Mienchen Tag für Tag in der Manege sitzen, ganz oben, auf den höchsten Rängen. Monatelang folgte sie Ilja überall hin, beobachtete stundenlang, mit höchster Aufmerksamkeit und scheinbar ohne jede Ermüdung, die Proben der Hochseilartisten. Dem Alten war sie unheimlich. Jedes Mal, wenn er sich ihr näherte, flüchtete sie auf einen anderen Platz und das ärgerte ihn. In Breslau dann, letztes Jahr, ging ein Schrei durch die Kantine und alle stürzten in die Manege. Der Alte hatte an einen Unfall gedacht, doch als er das Zelt betrat, sah er Mienchen achtzehn Meter über dem Boden mit einer überdimensionalen Ausgleichsstange. Ilja brüllte etwas auf Russisch und das Mädchen blieb stehen. Ein freches Grinsen breitete sich auf ihrem Gesicht aus, dann ließ sie die Stange fallen, als wäre ihr soeben ein harmloser Streich eingefallen. Zuerst wankte sie, dann wurde sie ruhig und zog schließlich einen Wurstzipfel aus ihrer Rocktasche. Und während Ilja die Strickleiter nach oben kletterte und die anderen in Windeseile das Sicherheitsnetz spannten, begann sie zu kauen. Dann spuckte sie das Wurstende aus und die Menge lachte. In diesem Moment konnte der Alte in den heiteren Gesichtern der hart gesottenen Kerle die Bedeutung dessen lesen, was sich hier abspielte. Dort oben war keine Artistin, kein Mitglied einer alten Dynastie von Seilakrobaten. Dort oben stand ein mageres Mädchen, das aus irgendeinem Grund nicht herunterfiel. Plötzlich – ohne Vorwarnung – ließ sie sich in das Sicherheitsnetz fallen und der Spuk war vorbei. Carl Sternheim jedoch, der in seinem Leben drei Zirkuszelte verloren hatte und wusste, dass dies sein Letztes sein würde, witterte auf einmal die Chance, die ihm das Leben bot. Das Publikum würde sie lieben, dessen war er sich sicher.

13. Januar 1927, 16 Uhr, Friedrichstraße 191

»Grenfeld!«

Er brauchte sich nicht umzudrehen, um zu wissen, dass es Thea Kolb war, die ihn gerufen hatte. Es schien ihm neuerdings unmöglich, sein Büro zu erreichen, ohne von ihr abgefangen zu werden. Ein immenser Standortnachteil, wie der Exkommissar ernüchtert feststellen musste.

»Jetzt warten Sie doch!« Das Klacken ihrer Absätze kam unerbittlich näher. »Sie haben eine Spur?«

Grenfeld drehte sich um und war erstaunt, die Galeristin in so guter Laune anzutreffen.

»Eine Spur wovon?«, fragte er bösartig, um zu testen, wie tragfähig ihre Stimmung war.

»Um Gottes willen! Wie viele Fälle bearbeiten Sie denn? Ich meine weder die gestohlene Nofretete noch die Sammlung von Paul Cassirer. Nur mein belangloses Kunstwerk, das sich im Esplanade in Luft aufgelöst hat. Meine gute Olja verriet mir, Sie hätten bei einem Toten eine Skizze der Lithografie gefunden?«

»Nur eine Zeichnung.«

»Aber das ist doch ein Anfang. Ich habe mit der Versicherung gesprochen. Sie sehen ein, dass eine Anzeige aufgrund einer drohenden Rufschädigung in meinem Fall nicht unbedingt notwendig ist. Man müsste nur nachweisen, dass ein Privatdetektiv ernsthaft in der Sache ermittelt. Und …«

»Sie wollen das Bild nicht unbedingt zurückhaben?«, unterbrach Grenfeld.

Thea Kolb sah wie ein Schulmädchen aus, das beim Lügen ertappt wurde. »Hören Sie, die Versicherungssumme übertrifft sogar den Preis, den wir auf einer Auktion erlangen würden. Ich erspare Ihnen die kunsthistorischen Einzelheiten.«

»Na dann.«

»So warten Sie doch! Die Dame von der Versicherung hat mich gefragt, wie viele Mitarbeiter Ihre Detektei beschäftigt, und da habe ich vier angegeben.«

»Wie bitte?« Grenfeld glaubte, sich verhört zu haben. »Ganz abgesehen davon, dass ich keine Detektei führe, wer soll das sein?«

Thea Kolb lächelte unsicher. »Ich werde Ihnen Olja ausleihen. Im Moment ist das Fräulein sowieso nicht zu gebrauchen. Sie wandelt auf den Spuren von Sherlock Holmes. Alles Ihre Schuld.«

»Jetzt hören Sie mir zu, Frau Kolb. Hier geht es nicht nur um Kunstdiebstahl, das …«

»Dann wäre da noch der Besucher in Ihrem Büro, vielleicht ein weiterer Kandidat?«

»Welcher Besucher?«

»Ich glaube, der Erste seit Eröffnung Ihrer Unternehmung, wenn ich mich recht entsinne, abgesehen von Ihrem grauenhaften Federvieh.«

Während Grenfeld nach oben eilte, immer zwei Stufen auf einmal, dachte er zuerst an Kriminalrat Gennat, doch die Galeristin hätte dessen Leibesfülle sicher erwähnt. Auf der letzten Stufe griff er reflexartig nach seiner Waffe, die jedoch seit Langem in der Schublade seines Schreibtisches ruhte.

Als er die Tür öffnete, sah er als Erstes den schwarz glänzenden Ledermantel eines Mannes, der durch das Atelierfenster auf die Friedrichstraße blickte. Auf dem Sessel saß Olja, deren jugendliche Lässigkeit offenbar der Angst gewichen war. Ihr blasses Gesicht hatte eine seltsam längliche Form angenommen und ihre Finger spielten nervös mit ihrer Kette. Vor ihr lagen ein Ausstellungskatalog der Galerie, die *Elf Abenteuer des Joe Jenkins von Paul Rosenhayn*, daneben die Zeitschriften *Die Dame und Revue des Monats*. Auf seinem Sekretär entdeckte er eine Schreibmaschine der Marke *Adler 25* sowie ein Flakon der *Parfümerie Schwarzlose*. Kein Zweifel, Olja hatte sich häuslich eingerichtet.

»Eine Aussicht haben Sie hier oben, phänomenal!«, sagte der Mann, ohne sich umzudrehen. »Den Überblick behalten, das ist das Wichtigste heutzutage, was meinen Sie?« Er drehte sich um und lächelte.

Grenfeld erkannte in dem eisigen Lächeln nur den Ausdruck eines Mannes, der keinen Widerspruch duldete. Er antwortete nicht, zog seinen Mantel aus und warf seinen Hut auf das Sofa. »Nur damit *ich* den Überblick behalte, wer sind Sie und was wollen Sie?«

»Das ist doch seltsam. Ich habe mich hierher bemüht, um Ihnen genau die gleiche Frage zu stellen.«

Durch die Wände drang das Hämmern der Schreibmaschinen. Draußen auf dem Geländer des Balkons sah er seinen Raben unruhig hin und her wandern.

»Sie tauchen in meinem Hotel auf, stellen meinem Verwalter unangenehme Fragen nach meinem Portier, der einige Stunden später in unserem Haus einen tödlichen Unfall erleidet. Sie geben sich als Kommissar aus, doch ich kann mich nicht erinnern, dass die Sitte hier eine Zweigstelle unterhält. Sie haben uns belogen.«

Im Raum entstand eine unangenehme Stille. Der Vorwurf hing bleischwer in der Luft, doch Grenfeld widerstand der Versuchung, sich zu rechtfertigen.

»Sie *waren* einmal bei der Polizei, Herr Grenfeld. Dann kommen Ihre ehemaligen Kollegen vom Morddezernat und stellen bei uns alles auf den Kopf. Alles in allem ist das für die Art von Diensten, die wir anbieten, nicht gerade geschäftsfördernd.«

»Ich habe meine Kollegen von der Sitte informiert. Man wird Sie in Ruhe lassen.«

»Das ist erfreulich, wirklich. Nur verstehe ich nicht, warum in meinem Haus ein Mitarbeiter, und sei er auch noch so unbedeutend, sterben muss. Können Sie mir das erklären?«

»Wäre er unbedeutend, dann wären Sie jetzt nicht hier.«

Der Mann lachte kurz auf. »Sagen wir so, er war nützlich.«

»Er war jung, unerfahren und neugierig.«

»Schon, aber Max hatte einen Hang zur Faulheit. Ihm wäre es nicht im Traum eingefallen, ohne Anweisung auf das Dach zu klettern.«

»Das habe ich mir gedacht.«

»Für die Polizei war das ein Unfall und ich werde den Teufel tun, sie vom Gegenteil zu überzeugen. Aber Sie wissen offenbar mehr?«

»Vielleicht haben *Sie* ihn ja vom Dach gestoßen?«

»Und aus welchem Grund?«

»Weil der Gute etwas gesehen hatte, was nicht für seine Augen bestimmt war.«

»Na gut, nehmen wir mal an, es wäre so. Warum tauche ich dann hier auf?«

»Auch ich besitze eine gute Wahrnehmungsgabe.«

»Ich glaube, Sie und Ihre bezaubernde Assistentin lesen zu viel Kriminalromane.«

Grenfeld schnappte sich den Ausstellungskatalog und blätterte so lange, bis er die Abbildung der gestohlenen Lithografie entdeckt hatte. Er riss die Seite heraus und drückte sie dem Eindringling in die Hand.

»Vor einigen Tagen ist dieses Kunstwerk im Esplanade gestohlen worden.«

»Ja und? Was hat das mit mir zu tun?«

»Hören Sie sich um, dann werde ich Ihnen alles erzählen, was ich weiß.«

»Sie unterschätzen mich, Herr Grenfeld. Ich gebe mich nicht mit kleinen Hehlern ab.«

»Keine Angst, das Bild liegt in einer Preisklasse, die Ihrer Position angemessen ist.«

Grenfeld sah den Brustkorb des Mannes sich heben und senken. Die Situation gefiel ihm nicht. Der Gedanke, als Laufbursche für einen ausrangierten Kommissar herhalten zu müssen, verursachte in ihm ein Gefühl der Unterlegenheit, was geradezu nach einer Korrektur schrie. Doch aus irgendeinem Grund ließ er seine Waffe im Mantel stecken und starrte zuerst auf Grenfeld, dann auf Olja, ungläubig, als wäre er soeben von einem Scharlatan hypnotisiert worden. Widerwillig schielte er auf die Katalogseite. »Wissen Sie, ich habe mich nie um diesen Kunstkram gekümmert. Ich hatte genügend damit zu tun, im Haifischbecken da draußen oben zu schwimmen.« Er machte eine vage Handbewegung zum Atelierfenster, dann sah er zu Olja, als betrachte er eine kostbare Vase. »Und Sie überlegen sich mein Angebot?«

»Welches Angebot?«, fragte Grenfeld scharf.

»Ich habe ihr eine Stellung angeboten. Nicht was Sie denken, etwas Seriöses.«

»Sie arbeitet für mich.«

Der Mann nickte und ging langsam zur Tür, nicht ohne einen abschätzigen Blick auf das Atelier zu werfen. »Was immer er Ihnen zahlt, bei mir würden Sie mehr verdienen«, sagte er grimmig, setzte seinen Hut auf und ging. Kaum war die Tür ins Schloss gefallen, schmiss Olja ihren Joe-Jenkins-Roman an die Wand. Grenfeld freute sich, dass ihr Zorn wieder die Oberhand gewonnen hatte.

»Was nimmt der sich eigentlich heraus? Dieser …«

Grenfeld zündete sich eine Juno an, öffnete das Fenster, nahm Kekse aus seiner Tasche und warf sie auf den Balkon. Im Tabakdunst beobachtete er, wie der Rabe sie gierig aufpickte. »Er heißt Hugo Machowski, schwimmt nicht ganz oben. Das meint er nur. Immerhin gehören ihm das Eldorado, zwei Bordelle und ein Stundenhotel in der Hardenbergstraße.«

»*Das* Eldorado?«

Grenfeld nickte.

»Hält der arrogante Schwachkopf mich für 'nen Kerl?«

Er grinste. Das Eldorado in der Lutherstraße gegenüber der Scala war das angesagteste Travestie-Lokal der Stadt. Es lief so blendend, dass Machowski nächstes Jahr ein zweites in der Motzstraße eröffnen wollte.

»Wie gehen wir jetzt vor?«, fragte Olja ungeduldig. »Und versuch mich ja nicht wieder abzuwimmeln. Die Kolb hat mich für zwei Wochen abkommandiert und vor *der* fürchte ich mich mehr als vor dieser Attrappe. Großes Maul und nichts dahinter.«

»Du hattest Angst vor ihm.«

Olja presste ihre Lippen wie ein trotziges Kind zusammen. »Einen Moment der Schwäche, mehr nicht.«

»Ich kann nur sagen, deine Instinkte waren in Ordnung. Es wäre unklug, den Mann zu unterschätzen. Machowski ist ein neuer Typ von Ganove. Er arbeitet auf eigene Rechnung, umgeht die mächtigen Ringvereine. Die Sitte hatte ihn eine Zeit lang observiert, aber er ist gerissen.«

»Vielleicht hat er den Mann umfahren lassen und anschließend seinen Portier beseitigt, weil der alles beobachtet hat. Dich hat er nur verschont, weil es hier zu viele Zeugen gibt.«

»Möglich«, murmelte Grenfeld. »Ich muss die Freundin des Portiers finden, eine Franzi. Sie soll drüben im Café Zielka bedienen.«

»Na dann.« Olja erhob sich.

Blitzschnell sprang Grenfeld auf und packte ihren Arm. »Ich sagte, *ich* werde sie finden. Dieser Fall ist nichts für dich.«

»Und warum nicht, wenn ich fragen darf?« Sie baute sich vor ihm auf.

»Deine Kriminalromane dort …«

»Ja, was soll damit sein? Hast du einen davon gelesen?«

»Nicht nötig. Romantik für Backfische und gelangweilte Angestellte. Das hat nichts, aber auch gar nichts mit dem Elend da draußen zu tun.«

»Als ob ich das nicht wüsste. Es geht nicht um die Romane, nicht wahr? Du hältst mich für unfähig, weil ich eine Frau bin. *Das* ist es!«

»Und wenn schon«, knurrte Grenfeld.

»Jetzt werde ich dir mal was sagen. Ich bin dir dankbar, dass du mir die Stelle bei Frau Kolb vermittelt hast. Aber ich für meinen Teil will nicht als Tippse enden wie Tausende meiner Geschlechtsgenossinnen, ohne Sinn und Verstand, Tag für Tag, jahraus, jahrein, Zahlenkolonnen tippen. Ich möchte sein wie …« Olja zögerte. »Clärenore Stinnes.«

Er lachte laut auf. »Wenn's weiter nichts ist. Fehlen nur noch der Rennwagen und ein millionenschweres Erbe.«

»Als ob es darum geht«, zischte Olja, riss sich los und stürmte wutentbrannt aus dem Büro.

Grenfeld schloss leise die Tür, hob den Krimi vom Boden auf und ging zum Fenster, dort, wo noch vor wenigen Minuten Machowski gestanden hatte. Im Gegensatz zu Olja ärgerte er sich nicht über den Eindringling. Es war nur folgerichtig, dass er hier aufgetaucht war, auch wenn er von der Geschwindigkeit überrascht war, mit der man sein Domizil ausfindig gemacht hatte. Das Tageslicht zog sich zurück und der grelle, künstliche Schein der Lichtreklame begann erneut die Friedrichstraße zu dominieren. Von hier oben konnte er den immerwährenden Strom der Passanten beobachten, wie sie von Schaufenster zu Schaufenster pilgerten oder versuchten, sich zwischen Bussen, Taxis und Privatautos einen Weg zur anderen Straßenseite zu erkämpfen. Gegenüber, vor dem Palast der New Yorker Versicherungsgesellschaft Equitable, der seit 1905 das Café Zielka beherbergte, hatte sich ein Bettler auf dem Asphalt niedergelassen. Vor der noblen Granitfassade im Renaissancestil mit Säulen aus grünem und rotem Marmor wirkte er unwirklich. Erst jetzt entdeckte Grenfeld, dass auf seinem Kopf ein kleines Äffchen herumturnte. Vom unteren Stockwerk des Treppenhauses drang ein Geräusch nach oben. Jemand schloss eine Bürotür ab und stieg die Treppen hinunter, die Eingangstür fiel ins Schloss, dann kehrte Stille ein. Grenfeld musste sich eng an den linken Fensterrahmen drücken, um den Bettler mit dem Affen beobachten zu können. Ab und zu blieb jemand stehen, die Zuschauergruppe wuchs an, blockierte den Gehweg, nur um sich ebenso schnell wieder aufzulösen. Die Passanten waren zu abgestumpft, um länger zu verweilen. Schließlich konkurrierte wenige Meter weiter vor Loeser & Wolff ein orgelnder Kriegsinvalide mit »Kopfschuss und Nervenschock« um das Mitleid der Flanierenden. Eine junge Frau mit einer knallroten Strickmütze überquerte die Straße. Sie steuerte zielgenau auf den Eingang des Café Zielka zu, wich dann jedoch ab und blieb vor dem Affenmann stehen. Es war Olja. Auch ohne markante Kopfbedeckung hätte er sie erkannt, denn jetzt kniete sie sich vor dem Bettler und drückte ihm irgendetwas in die Hand. Plötzlich sprang das Äffchen auf ihre Schulter. Grenfeld schüttelte den Kopf, unfähig zu entscheiden, ob er lachen oder fluchen sollte. Sie wollte partout Franzi auf eigene Faust ausfindig machen. Er hätte sich gern geirrt, doch er sollte recht behalten. Ein paar Minuten später war sie hinter der Drehtür verschwunden. Direkt über dem Bettler konnte er in den hell erleuchteten Räumen des Cafés die Billardtische sehen, darüber lag das Reich der Schachspieler und im dritten Stock befand sich ein Konzertsaal für Kabarett und Varieté. Nachdem der Eigentümer, der glücklose Billardspieler Robert Zielka, vor zwei Jahren Konkurs anmelden musste, gaben sich die Besitzer die Klinke in die Hand, doch keiner hatte genug Kapital, den Laden zu sanieren. Für Grenfeld würde es auf ewig *das Zielka* sein. Irgendwo dort arbeitete die Freundin des Portiers Max, dessen Laufbahn so schnell ein Ende genommen hatte. Olja würde sich durchfragen, dessen war er sich sicher. Sie war hartnäckig. Sie würde die Frau aufspüren, und wenn auch nur, um ihm zu beweisen, dass sie längst den Spürsinn eines Joe Jenkins und die Kühnheit einer Clärenore Stinnes besaß. Beides traute er ihr zu, doch er hasste es, sie in eine Welt hineinzuziehen, der er längst den Rücken gekehrt hatte. Er ließ sich auf das Sofa fallen, knipste die Stehlampe an und las die ersten Seiten der *Abenteuer des Joe Jenkins*, jenes Amerikaners, der in Berlin, Stockholm und London mit Leichtigkeit und Eleganz einen Fall nach dem anderen löste. Ein Wunderknabe, immer dann zur Stelle, wenn das Pendel der Welt in die falsche Richtung schlug. Grenfeld schloss die Augen und sah das Bild der neunzehnjährigen Maria Sandmayr vor sich, erdrosselt mit einem Schild um den Hals: *Du Schandweib hast verraten dein Vaterland, du wurdest gerichtet von der schwarzen Hand.*

Es war ihm unbegreiflich, warum ihn ausgerechnet dieser Fememord seit Jahren verfolgte. Es war ein Fall aus Bayern, Jahre her und längst in den Archiven der Polizei verschwunden. Mit Sicherheit, dachte Grenfeld, hätte Joe Jenkins ihren Mörder gestellt und zur Strecke gebracht. Nur die Justiz hätte ihn laufen lassen. Er lachte grimmig in sich hinein, dann knipste er die Lampe aus, schloss die Augen und lauschte dem gleichmäßigen Verkehrslärm, der nur ab und zu durch ein Hupen unterbrochen wurde. Vielleicht hätte er Olja folgen sollen, dachte er noch und schlief ein.

Grenfeld wachte mit leichten Kopfschmerzen auf. Es war 19 Uhr. Er hatte über zwei Stunden geschlafen. Er richtete sich auf, starrte einige Minuten auf die Lichtspiegelungen an der kahlen Wand und konnte nur unzulänglich das aufkommende Schuldgefühl verdrängen, Helen wieder nicht angerufen zu haben. Dann stand er auf, ging zum Schreibtisch und öffnete die unterste Schublade, wo sich Reste seines früheren Lebens befanden: eine Entlassungsurkunde, noch vom Polizeipräsidenten Grzesinski persönlich unterschrieben, vergilbte Exemplare der Zeitschrift *Archiv für Kriminologie*, eine Zigarrenkiste und ein Cognac der Marke Monnet, ein Abschiedsgeschenk seiner Kollegen. Ganz unten verbarg sich seine alte Polizeimarke, die er längst hätte abgeben müssen. Nicht viel für zwanzig Jahre Polizeidienst und das Wichtigste fehlte: eine neun Millimeter Armee-Pistole 0/8. Er durchsuchte sorgsam die anderen Fächer, doch die Waffe war unauffindbar. Grenfeld dachte an Machowski und verfluchte seine Angewohnheit, nichts, aber auch gar nichts abzuschließen. Er schlüpfte in seinen Mantel, lief das Treppenhaus hinunter und wurde draußen von Schneeregen überrascht. Er schlug seinen Kragen hoch und überquerte im Lichtschein der hell erleuchteten Galeriefenster den Innenhof. Beim Anblick seines Wagens zögerte er, dann lief er durch den Torbogen hinaus auf den Gehweg der Friedrichstraße, wo er sich, den Equitable-Palast fest im Blick, in den Strom der Passanten einreihte. Etwa dreißig Meter vor dem Eingang zum Café blieb er stehen. Er war überrascht, den Affenmann trotz des Wetters noch immer dort vorzufinden. Vom Fenster seines Büros aus hatte der Bettler wie ein Hüne ausgesehen, doch jetzt erkannte er, dass es ein schlaksiger Junge mit einem graugrünen Soldatenmantel war. Unruhig, vor Kälte zitternd, marschierte er auf und ab, während das Äffchen auf seiner Schulter festgefroren schien. Ab und zu sprach er die Vorbeieilenden an, doch bei der Witterung schenkte ihm niemand Aufmerksamkeit. Grenfeld ging weiter und fragte sich, was Olja ihm wohl zugesteckt hatte. Auf einmal drehte sich der Junge zur Hauswand, ließ den Affen unter seinem Mantel verschwinden, kniete sich hin und nestelte geschäftig an seinen Stiefeln herum. Erst jetzt entdeckte Grenfeld den dicken Wachtmeister, der auf dem Mittelstreifen auf eine Gelegenheit wartete, die Fahrbahn zu überqueren. Der Junge machte sich klein, presste sich gegen das Treppenportal. Wenn er Glück hatte, würde ihn der Polizist übersehen, im schlechtesten Fall wegen Bettelei festnehmen und herausfinden, dass er aus irgendeiner Fürsorgeanstalt getürmt war. Grenfeld war nur wenige Meter von dem Jungen entfernt, als dieser sich umsah und den ehemaligen Kommissar erschrocken anstarrte. Er war sich sicher, das blasse sommersprossige Gesicht mit den großen Rehaugen schon einmal gesehen zu haben. Plötzlich rannte der Junge los. Erst einige Meter zum Eckladen von Loeser & Wolff, machte dann abrupt kehrt und hastete die Treppenstufen zum Zielka hinauf. Oben an der Drehtür entstand ein Gerangel, jemand fluchte und Grenfeld sah den Portier straucheln und schließlich zu Boden gehen. Der beleibte Schupo vom Mittelstreifen kam nun erstaunlich schnell in Fahrt, lief zu Grenfelds Überraschung nicht direkt zum Eingang, sondern überquerte in einer halsbrecherischen Aktion die dicht befahrene Straße in Richtung Leipziger, wo er um die Ecke verschwand. Grenfeld nickte anerkennend: Er wollte dem Jungen den Fluchtweg abschneiden. Grenfeld nahm die Treppenstufen nach oben, vorbei am laut fluchenden Portier, durch die Drehtür den Gang entlang zum Billardsalon. Er würde nicht im Hinterhof suchen. Der Polizist war clever, doch so ein Straßenjunge besaß Instinkte, von denen die Polizei nur träumen konnte. Nein, in einen Hinterhalt würde der sich nicht locken lassen. Kurz ließ er seine Blicke über die achtundvierzig Billardtische streifen, von denen heute nur die Hälfte belegt waren. Ein Ober zwängte sich an Grenfeld vorbei, auf seinem Silbertablett eine Lage Kognak, Korn und Aufschnitt. An der Wand zeugten vom Rauch vergilbte Spielpläne von vergangenen Turnieren und besseren Zeiten, als der Weltmeister Hugo Kerkau noch selbst mit den Gästen trainierte. Nur ungern löste sich Grenfeld von dieser Atmosphäre konzentrierter Gelassenheit, vom Klang zusammenprallender Kugeln, vom abgedämpften Licht über den mit grünem Filz bezogenen Spieltischen. Er verließ den Salon, kehrte jedoch kurz darauf zurück und steuerte auf den Ober zu, der am Fenstertisch Bestellungen aufgenommen hatte und nun seinen Notizblock studierte.

»Gibt es hier eine Franzi?«, fragte Grenfeld.

Müde aufblickend murmelte der Ober: »Wer will das wissen?«

»Die Polizei, wer sonst«, erwiderte er und deutete mit einer Handbewegung auf seinen Mantel, so als könne er jederzeit durch eine Polizeimarke seine Frage legitimieren. Grenfeld spürte, dass er ihm nicht glaubte. Die Aura des Polizeipräsidiums war von ihm gewichen und hatte stattdessen dem säuerlichen Geruch eines Privatschnüfflers Platz gemacht. Glücklicherweise entschied der Ober, seine Zweifel zu ignorieren. »Oben im Konzertsaal. Sie hat oben bedient.«

»Hat?«

»Nun ja, sie hat gekündigt. Vielleicht was Besseres gefunden.«

»Seit wann?«

Der Ober zuckte mit den Schultern. »Ich glaub seit Montag, mehr weiß ich nicht.«

»Haben Sie einen Jungen gesehen in einem alten Militärmantel mit einem Äffchen auf der Schulter?« Grenfeld wartete die Antwort gar nicht erst ab. Das dümmlich spöttische Gesicht des Obers reichte ihm.

»Wo wollen Sie hin?«

Grenfeld zeigte nach oben.

»Da können Sie nicht rauf. Geschlossene Gesellschaft. Ein Schauturnier mit Emanuel Lasker.«

Grenfeld nahm die Treppe in den zweiten Stock und drängte sich durch die Menschenmenge, die sich lautlos, fast andächtig, vor der offenen Tür des Schachsalons versammelt hatte, um den Weltmeister spielen zu sehen. Im dritten Stock ließ er den Konzertsaal links liegen und stieg die Treppen weiter nach oben, bis er die Tür zum Dachgeschoss erreichte. Das verrostete Vorhängeschloss lag geöffnet auf dem staubigen Fenstersims. Es war geknackt worden. Grenfeld zögerte und lugte durch die dreckigen Scheiben auf die westliche Seite der Friedrichstraße. Schräg gegenüber ragte der Turm mit seinem Atelier dunkel aus der hell erleuchteten Häuserzeile empor. Früher hätte er seine Waffe geschnappt und den Dachboden gestürmt, keine Sekunde hätte er gezögert, den Burschen da rauszuholen. Doch heute? Es war ihm wieder eingefallen, woher er den Jungen kannte. Er und seine Clique waren eine Zeit lang Dauergast im Präsidium, Inspektion Diebstahl. Vor zwei Jahren waren sie dann im Branddezernat gelandet. Man hatte sie verhaftet, weil sie wohl etwas mit einer Serie von Brandstiftungen zu tun hatten, die damals ganz Neukölln in Aufruhr versetzt hatte. Grenfeld war es leid, so untätig herumzustehen, und stieß widerwillig die knarrende Tür auf. Eine kalte, modrige Luft strömte ihm entgegen. Er betätigte einen Schalter, doch das flackernde Licht beleuchtete nur den vorderen Teil des Dachstuhls. Hier hatte man offensichtlich alles gestapelt, was sich seit dem Bau des Gebäudes als überflüssig erwiesen hatte: Requisiten, Bühnenbilder,

Notenständer, defekte Billardtische, Pianos und Wanduhren. Seltsamerweise hatte man die vertikale Lagerung einer horizontalen vorgezogen, sodass der gesamte Raum aus meterhohen, fragilen Türmen bestand, deren Spitzen vom Lichtkegel einer einsam herabhängenden Glühbirne nicht mehr erfasst wurden. Vorsichtig bewegte er sich weiter nach hinten, immer auf der Hut, keine der staubbedeckten Kunstwerke zu Fall zu bringen. Dann und wann blieb er stehen und lauschte. So ein Äffchen musste irgendeinen Laut von sich geben, dachte er, doch je tiefer er sich in die Dunkelheit des Speichers vorarbeitete, desto lauter drangen die Geräusche der Friedrichstraße durch die Ritzen des Dachstuhls. Er kletterte eine steile Holztreppe nach oben, wo auf meterlangen Wäscheleinen Tischdecken und Handtücher des Cafés hingen. Dann wurde es dunkel und Grenfeld fluchte. Entweder hatte die Birne ihren Geist aufgegeben oder jemand hatte ihm absichtlich die Orientierung genommen. Er verharrte an seinem Platz, hörte seinen eigenen Atem und dachte an den dicken Wachtmeister. Vielleicht hatte der den Jungen längst im Hinterhof erwischt. Er tastete sich nach vorn, seine Hand schob ein feuchtes Tischtuch nach dem anderen beiseite. Langsam gewöhnten sich seine Augen an die Dunkelheit und er konnte Abstufungen von Grau bis Schwarz erkennen. Weit hinten im Dachstuhl, an der Eckfront des Equitable, schien es ein Glasfenster zu geben, durch das in war nach meiner Zeit. Wir suchen regelmäßigen Abständen die Lichtreklame hereinleuchtete. Von dort oben musste man einen herrlichen Blick auf die Kreuzung haben, dem pulsierenden Herz der Stadt. Wenn er sich schon blaue Flecken holte, dann wenigstens um den Preis einer exklusiven Aussicht. Erst zögerlich, dann mutiger, schließlich immer rücksichtsloser, stolperte er vorwärts, stieß einen Blechkübel um, ritzte seine Hand an einem hervorstehen Nagel und scheuchte Mäuse auf. Mit der rechten Hand fühlte er den Handlauf einer weiteren Treppe. Je höher er kam, desto lauter wurde der Lärm. Er hatte nun das Gefühl, das dröhnende Motorengeräusch jedes einzelnen Busses zu spüren. Oben angekommen, eröffnete sich ihm eine atemberaubende Aussicht. Durch eine Glasfront konnte man über das gegenüberliegende Modegeschäft Adam hinweg weit nach Süden sehen. Als sich seine Augen an das wechselnde Licht der Reklameschriften gewöhnten, erkannte er die Umrisse eines Sessels, vor der Glasfront mittig ausgerichtet. Langsam ging er auf den Sessel zu und war aus irgendeinem Grund nicht überrascht, darin ein schlafendes Äffchen zu finden. Er bückte sich, um das Tier zu streicheln, und hatte im selben Moment das Gefühl, jemand näherte sich ihm von hinten. Bevor er sich umdrehen konnte, traf ihn etwas Hartes im Nacken und alles wurde dunkel.

Als er wieder zu sich kam, lag er auf dem Boden. Unter dem Gewicht seines Bauches gab der Dielenboden leicht nach. Er hatte nicht die geringste Lust, seine Augen zu öffnen. Ein dumpfer, pochender Schmerz legte sich über seinen Schädel wie ein schwarzes Tuch. Auf diesen rauen Dielenbrettern, geweiht mit süßsaurer Rattenpisse, wollte er verharren, am besten für eine lange, unbestimmte Zeit, und auf keinen Fall der Tatsache ins Auge sehen, dass er von einem minderjährigen Herumstreuner in einen Hinterhalt gelockt worden war. Er war nicht in Form. Seine Instinkte hatten sich offenbar mit dem Auszug aus dem Präsidium verabschiedet. Immerhin hatte er, auch ohne seine Augen zu öffnen, das Gefühl, als ob sich jemand in seiner unmittelbaren Nähe befand. Er hob versuchsweise den Kopf und obwohl sein Nacken schmerzte, schaffte er es, seinen Kopf nach rechts zu drehen. Im Sessel neben ihm hockte der Junge. Mit der linken Hand streichelte er das schlafende Äffchen, in der rechten hatte er eine Waffe auf ihn gerichtet.

»Darf man aufstehen?«, fragte Grenfeld leise stöhnend. Er hatte nicht vor, seinen Gegner aufgrund seines jungen Alters erneut zu unterschätzen. Der blickte durch die Glasfront hinunter auf die Kreuzung, verfolgte mit unruhigen Augen die Lichter des Verkehrs, so als säße er auf dem Oberkieker am Potsdamer Platz. Obwohl der Körper des Jungen sich kaum bewegte, konnte er dessen Nervosität spüren.

»Wenn Ihr Kollege kommt, werde ich schießen«, sagte er hastig, mit bebender Stimme.

»Natürlich kannst du das tun«, entgegnete Grenfeld, während er sich vorsichtig aufrichtete. »Du wirst schießen. Der Wachtmeister wird schießen. Dann rufen sie einen Mannschaftswagen. Die stürmen den Dachstuhl und am Ende werden sie dich mit der Nase himmelwärts raustragen. Aber das ist sowieso Quatsch, denn die Waffe funktioniert nicht.« Er betrachtete das dunkelbraune Fell des Affen, daneben die zitternde Hand des Jungen, der die Waffe wie einen Fremdkörper hielt. Er war sich sicher, dass es seine war und sie mit viel Glück Ladehemmung hatte.

»Ich gehe nicht zurück. Ich gehe nirgendwo mehr hin«, flüsterte der Junge so leise, dass Grenfeld zweifelte, ob er ihn richtig verstanden hatte.

»Den Teufel werde ich tun, einen Kerl wie dich irgendwohin mitnehmen.« Zum ersten Mal konnte Grenfeld eine leichte Entspannung im Gesicht des Jungen wahrnehmen. Er war auf dem richtigen Weg und würde die Flucht nach vorn antreten. »Im Übrigen irrst du dich auf ganzer Linie. Ich bin kein Polizist.«

»Ich habe Sie im Präsidium gesehen, früher.«

»Früher, ja, das ist lange her. Die Brandserie im Sommer fünfundzwanzig, als Dachstühle wie dieser reihenweise in Flammen aufgingen.«

Der Junge lachte, doch sein Lachen war bitter. »Da kamen wir gerade recht, ihr brauchtet einen Schuldigen.«

»Warum hat Olja dir die Waffe zugesteckt?«

Zum ersten Mal blickte der Junge ihn aufmerksam an. Die Frage schien ihn zu verunsichern. »Sie kennen Olja?«

»Natürlich. Und jetzt bist du an der Reihe.«

Der Junge zögerte, dann ließ er die Pistole um einige Zentimeter sinken. »Es ist ein Geschäft.«

»Was für ein Geschäft? Mein Gott, lass dir nicht alles aus der Nase ziehen!«

»Ein Geschäft auf Gegenseitigkeit.« Grenfeld war sich sicher, dass es Oljas Worte waren. »Ich helfe ihr und sie mir. Ich soll herausfinden, wo Franzi jetzt arbeitet.«

Grenfeld hatte alle Mühe, seinen aufkommenden Ärger zu unterdrücken. Postwendend würde er Olja wieder zwei Stockwerke tiefer ins Büro der Galerie bugsieren, eigenhändig.

»Und wofür brauchst du die Waffe? Für Überfälle?«

»Ich muss mich schützen.«

»Vor wem?«

»Das geht Sie nichts an.«

»Du irrst dich schon wieder. Das ist nämlich *meine*.«

»Dann holen Sie sie doch!«, flüsterte der Junge trotzig.

»Worauf du Gift nehmen kannst!« Erst jetzt erinnerte

sich Grenfeld, warum ihm gerade dieser Junge im Präsidium aufgefallen war. Unter all den Straßenkindern, die mit verschlissenen Kleidern, struwweligen Harren, übel gelaunt und mit demonstrativer Abgeklärtheit auf den Gängen des Präsidiums auf ihre Vernehmung gewartet hatten, hatte sein Gesicht herausgestochen. Die helle Haut, die großen, braunen Rehaugen – sein Ausdruck hatte etwa Sanftes, Feminines, zumindest Androgynes, und Grenfeld ahnte, wovor dieser Junge sich in den Nachtasylen zur Wehr setzen musste. Möglicherweise aber zog er daraus Kapital. Er sah sich um. Aus den Relikten des alten Café Kerkau, dem Vorläufer des Zielka, hatte er sich eine gute Stube eingerichtet. Rechts lagerte in einer Vitrine das alte Porzellangeschirr, in der Mitte stand ein Billardtisch und darüber hing an Eisenketten jenes Schild *Café Kerkau*, das bis 1905 an der Glasfassade des Equitable angebracht war. Auf einer umgedrehten Obstkiste lag ein Buch mit dem Titel *Der Weg zum Reichtum – Eine praktische Anleitung in vier Teilen*.

»Werden Sie mich verpfeifen, wenn ich Sie laufen lasse?«, sagte der Junge plötzlich.

Grenfeld atmete tief durch und ließ sich mit der Antwort Zeit. »Ein Ort des Rückzugs ist ein heiliger Ort«, verkündete er und war sich sicher, den kitschigen Spruch in Oljas Roman gelesen zu haben.

»Danke«, murmelte der Junge kaum hörbar.

»Hör zu, ein heiliger Ort wird durch eine Waffe entweiht. Jetzt gib mir endlich das Ding oder ich …!«

In diesem Moment hörten sie ein knarzendes Geräusch.

»Ist hier jemand?«, schrie eine Stimme. »Komm raus, Bursche. Ich werde dich kriegen!«

»Gib mir die Pistole, mach schon!«, zischte Grenfeld.

Der Junge sprang auf, rannte zur Treppe und wieder zurück.

»Verdammt, vertrau mir!« Grenfeld packte ihn an der Schulter, dann griff er nach der Waffe. Für einen kurzen Moment trafen sich ihre Blicke. Die Schritte wurden lauter und der Junge ließ los. Grenfeld steckte hastig die Waffe ein, lief zur Treppe, eilte die Stufen hinunter und erkannte kurz darauf den Lichtkegel einer Taschenlampe. Mit jedem Schritt schmerzte sein Nacken. Er war wütend. Auf Olja und auf den Schupo, der ihm jetzt penetrant ins Gesicht leuchtete.

»Wer da?«, keuchte der Polizist außer Atem, seinen Gummiknüppel bedrohlich in der Luft schwenkend.

»Herr Wachtmeister? Sind Sie das?«, hörte er sich rufen. »Kommissar Grenfeld, Inspektion B eins, Dezernat neun. Hier oben ist niemand. Wir haben den ganzen Dachboden durchkämmt. Haben Sie meine Kollegen gesehen?«

»Inspektion Diebstahl?«, fragte der Wachtmeister verunsichert. Letztes Jahr waren sämtliche Abteilungen im Präsidium umbenannt worden. »Was suchen Sie hier?«

»Ein anonymer Hinweis auf obdachlose Einbrecher. Aber hier ist niemand, wieder mal Fehlalarm, Kollege.«

»Sie bluten ja an der Stirn, Herr Inspektor.«

»Ich bin gegen einen Balken gerannt. Kein Wunder, bei der mageren Beleuchtung. Und was suchen Sie hier?«

»Einen Jungen mit einem Affen.«

»Welcher Affe?«, fragte Grenfeld und imitierte das dumme Gesicht des Obers vom Billardsalon.

**13. Januar 1927, 20 Uhr,
Polizeipräsidium, Alexanderplatz**

Vor dem Schreibtisch des Kriminalrats Ernst Gennat versuchten Kanther, Hellriegel, Nagel und Dr. Tiefenbacher, alles erfahrene Kommissare der Mordinspektion IV, mit viel Mühe den Eindruck konzentrierter Wachsamkeit vorzutäuschen. Gennat blickte in die Runde und lächelte nachsichtig. Auf den Gesichtern seiner Mitarbeiter spiegelte sich die Sehnsucht nach einem baldigen Feierabend. In den letzten Tagen und Nächten hatten sie nichts anderes getan, als Todesfälle zu bearbeiten, die sich allesamt als Selbstmorde entpuppten. Gestern Abend hatte sich im Reichshallen-Theater in der Leipzigerstraße eine unbekannte Frau während der Vorstellung vergiftet. Heute Morgen legte sich in der Kornstraße ein Kaufmann unters Gas und mittags bargen sie die Wasserleichen dreier junger Mädchen im Müggelsee, darunter ausgerechnet zwei Töchter eines Kollegen von der Köpenicker Kriminalpolizei. Auf seinem Schreibtisch lagen in nur wenigen Zentimetern Abstand zwei geöffnete Akten, die seiner Meinung nach nichts, aber auch gar nichts miteinander zu tun hatten. Auf dem gelbbraunen Blatt der linken Akte klebte schief ausgerichtet das unkenntliche Gesicht eines überfahrenen Mannes, der wohl zu unvorsichtig die Hardenbergstraße überquert hatte. Lange hatten sie diskutiert, ob das Foto den Lesern der B. Z. zugemutet werden konnte. Es konnte nicht. Doch selbst wenn es in irgendeiner der hundertneunundvierzig anderen Zeitungen erschienen wäre, hätte niemand diesen Fleischklumpen identifizieren können. Die rechte Akte war die eines Max Wegmann, der auf dem eisigen Dach des Hotels Äquator eine Glühbirne ausgewechselt, dabei aber die Gesetze der Schwerkraft ignoriert hatte. Auch das Gesicht dieses Mannes war nach seinem Sturz aus dem fünften Stock ähnlich entstellt, aber korrekt fotografiert und sauber eingeklebt.

Natürlich war es seltsam, dass just dieser Gefallene Zeuge des anderen war und dass sich alles im Umkreis jenes Stundenhotels abspielte, dessen Besitzer Hugo Machowski als ausgewiesener Lump der neuesten Generation galt. Es lagen aber keine Beweise für ein Verbrechen vor und Kriminalrat Gennat wäre nichts anderes übrig geblieben, als beide Akten vorläufig unter der Rubrik »Unfallopfer« verschwinden zu lassen. Nun saß aber, vor seinem Schreibtisch ein ebenso eifriger wie nervöser Kriminalanwärter, namens Erich Falck, der ihm wortreich vom Besuch seines alten Kollegen Bericht erstattete. Gennat wurde langsam ungeduldig. Hatte man den jungen Leuten nicht beigebracht, etwas auf den Punkt zu bringen?

»Also nochmals, was hat Herr Grenfeld genau zu Ihnen gesagt?«

»Eine Taxe soll den Fußgänger absichtlich überfahren haben.«

Gennat erhob sich von seinem Schreibtisch und ging zur gegenüberliegenden Wand, wo ein Pharus-Plan von Berlin hing. »Absichtlich also. Wo stand denn der Grenfeld, wenn ich fragen darf?«

Der junge Polizist deutete auf einen Platz direkt vor dem Ufa-Palast.

»Na ja, das ist genau gegenüber, aber dazwischen fährt die Elektrische, Busse, viel Verkehr, da muss man schon sehr gute Augen haben.«

»Er sagte, der Fahrer habe beschleunigt und danach nicht gebremst.«

Kommissar Nagel gab einen nicht näher bestimmbaren Laut von sich. »Wenn ich etwas anmerken darf. An diesem Abend waren über zweitausend Zuschauer im Ufa-Palast. Um 23 Uhr strömte die Menge aus dem Kino und unser verehrter Kollege soll als Einziger den Vorfall bemerkt haben?«

»Weiter«, sagte Gennat.

»Er hat dann dem Toten einen Hotelschlüssel entwendet, das Zimmer im Esplanade durchsucht und dabei ein Engelskostüm sichergestellt.«

»Was soll das sein?«, fragte Nagel.

»Na ja, ein Kostüm, vielleicht für eine Theateraufführung.«

»Die Hotelübernachtung, haben Sie das nachgeprüft?«, fragte der Kriminalrat.

»Ja, der Kollege Hellriegel und ich waren vor Ort.«

Gennat zog die Augenbrauen hoch.

»Das Zimmer dreihunderteins war tatsächlich von einem einzelnen Herrn bewohnt worden, der bis heute dort nicht mehr aufgetaucht ist. Der Empfangsportier sagte aus, Statur und Kleidung könnten passen, nur das Gesicht …«

»Was für ein Gesicht?«, knurrte Nagel.

»Unter welchem Namen ist er abgestiegen?«, fragte Gennat.

»Maurice Levy Blondin. Beruf Flugingenieur, Pariser Adresse, aber da passt überhaupt nichts. Die Rue de la Fayette ist eine Landstraße, zwei Kilometer vor den Toren von Paris. Da gibt es nur Wiesen und Felder.«

»Was fällt dem Grenfeld eigentlich ein?«, platzte es aus Nagel heraus. »Das ist Unterschlagung von Beweismitteln. Wer weiß, was er noch alles an sich genommen hat? Wir haben weder Ausweis noch Brieftasche gefunden. Nichts!«

»Langsam, Kollege. Immerhin hat er uns Bericht erstattet und den Schlüssel abgegeben«, erwiderte Kanther.

»Meine Herren«, Hellriegel räusperte sich, »ich weiß nicht, wie es Ihnen geht, aber mir kommt es so vor, als ob unser ehemaliger Kollege, tja, wie soll ich sagen …«

»Was?«, fragte Gennat.

»Will er nicht wieder bei uns anfangen, im September?«

»Und?«

»Vielleicht will er uns etwas beweisen? Seine Rückkehr beschleunigen?«

Die Kommissare sahen ihren Chef erwartungsvoll an. Gennat griff nach der Mappe des überfahrenen Fußgängers und betrachtete lange das Foto der Leiche. Der Kriminalrat gehörte nicht zu denjenigen, die einen Fall leichtfertig an andere Abteilungen abgaben, aber er würde mindestens zwei Kollegen brauchen, um den Fall weiterzuverfolgen.

»Hellriegel, was wissen wir über das Opfer?«

»Überdurchschnittlich muskulös, enorm viele Narben von alten Verletzungen, verheilte Knochenbrüche, hat die Statur eines Ringers oder Boxers. Zur Kleidung: Anzug, Hemd, Schal – alles vom Feinsten, war sicher mal teuer, wirkt aber abgetragen. Er übernachtete im Esplanade, sprach Französisch, Russisch und Deutsch. Verließ das Hotel immer vormittags und kehrte spätabends zurück.«

»Und der Unfall?«

»Dr. Katz von der Gerichtsmedizin meint, der Aufprall des Wagens erfolgte nicht frontal. Der Mann muss sich vorher irgendwie gedreht haben. Die Fahrbahn war etwas vereist. Brems- oder Rutschspuren waren nicht zu erkennen. Der einzige Augenzeuge, der Portier, hatte ausgesagt, dass der Wagen, übrigens kein Taxi, beschlagene

Scheiben hatte und mit hoher Geschwindigkeit den Mann überraschte.«

»Die Leute rasen wie die Verrückten. Gestern hat ein Laster einen Bolle-Wagen von der Fahrbahn gefegt«, schimpfte Kanther.

»Da gibt es noch eine Kleinigkeit, etwas delikat vielleicht …« Der Kriminalanwärter blickte unsicher in die Runde. »Ein Arzt, den man aus dem Hotel geholt hatte, sagte aus, Herr Grenfeld hätte dem Zeugen gedroht.«

»Gedroht? Wie das?« Gennat schüttelte den Kopf.

Der Anwärter blätterte in seinen Aufzeichnungen. »Wörtlich sagte er: am Ohr gepackt und gegen den Brustkorb gedrückt.«

Nagel musste grinsen. »Mein lieber Falck, unser hochgeschätzter Kollege aus dem Villenviertel hatte schon immer, sagen wir mal, einen Hang zu volksnahen Methoden der Zeugenbefragung.«

Der Anwärter blickte auf und sah Nagel herausfordernd an. »Volksnah? Erklärt das auch, warum sich Ihr ehemaliger Kollege mit dem Zuhälter Machowski trifft?«

»Wie bitte?« Gennat war laut geworden.

»Herr Machowski hat das Büro von Herrn Grenfeld in der Friedrichstraße hunderteinundneunzig heute um 15 Uhr betreten und um 16:05 Uhr wieder verlassen.«

Kanther lachte schrill auf.

»Was soll das?«, rief Hellriegel. »Spionieren Sie jetzt ehemaligen Kollegen hinterher? Sind Sie noch ganz gescheit? Wer hat Sie dazu beauftragt?«

Der Polizeianwärter nahm eine militärische Haltung an. »Mit Verlaub, ich habe dafür meinen freien Tag geopfert. Ich war der Überzeugung, dass uns meine Beobachtung in der Sache weiterbringt. Ich sah es als meine Pflicht an.«

Gennat hob seine Hand. In der Runde war eine beklemmende Stille eingetreten. Alle Augen waren auf den Chef gerichtet.

»Meine Herren, ich kann weder volksnahe Methoden noch Alleingänge tolerieren. Doch das zu gegebener Zeit. Zum Fall: Ich kann meinem Vorgesetzten nicht plausibel erklären, warum wir es hier mit einem Mord zu tun haben. Hätten wir mehr Personal, könnten wir der Sache nachgehen, doch so werden wir den Vorgang an die Kollegen von der Vermisstenstelle abgeben. Ich bitte Sie, die Entscheidung zu respektieren. Wünsche allen einen erholsamen Feierabend, bis morgen. Falck, Sie bleiben hier.«

Schnell hatte sich das Büro des Kriminalrats geleert. Gennat trat ans Fenster. Auch ohne sich umzusehen, wusste er, dass der junge Kriminalanwärter sich unruhig auf seinem Stuhl hin und her wand. »Weshalb haben Sie das getan?«, fragte er ruhig.

»Ich möchte mich in aller Form für meinen Alleingang entschuldigen.«

»Beantworten Sie lieber meine Frage.«

»Der Grenfeld verschweigt etwas.«

»Woher wissen Sie das?«

»Ich … ich kann es nicht erklären. Es tut mir leid.«

»Eine Ahnung, Intuition?«

»Ich weiß, Sie halten nicht viel von Spekulationen.«

»Sie irren sich. Die meisten Hypothesen beruhen auf einer Intuition. Spekulationen sind etwas anderes.«

»Ah ja?«, fragte der Anwärter unsicher.

»Was lernt ihr eigentlich auf der Polizeischule? Hypothesen, Beobachtungen, Interpretationen, Schlussfolgerungen, Prämissen, Intuition. Alles unterschiedliche Phänomene.«

Gennat drehte sich um und sah Falck sich die Begriffe notieren. »Lernt man das heute? Alles aufzuschreiben?«

»Ja schon, das Berichtswesen spielt in der modernen Kriminalistik eine wichtige Rolle.«

»Behalten Sie Herrn Grenfeld weiter im Auge.«

Falck war sichtlich überrascht.

»Sie berichten nur mir!«

Er nickte und stand auf. Plötzlich packte Gennat den Anwärter am Arm. »Ich habe Grenfeld lange nicht mehr gesehen. Ich habe keine Ahnung, was er da in seinem Turm treibt. Aber, und das sollten Sie wissen, ich vertraue ihm.«

»Weshalb?«

»Erfahrung«, sagte Gennat. »Sie brauchen das nicht zu notieren. Gehen Sie jetzt und genießen Sie Ihren Feierabend.«

KAPITEL 2

14. Januar 1927, 22 Uhr,
Joachimsthaler Straße

Alexander Kaleko hatte einen miserablen Fahrstil und das lag nicht nur an seiner notorischen Übermüdung. Seit einer Stunde ließ man ihn kreuz und quer durch die Stadt fahren. Grund genug, sich über ein üppiges Fahrgeld zu freuen, doch Kalekos zitternde Hände verrieten die Wut, die sich seiner bemächtigt hatte. Er zwang sich, nicht in den Rückspiegel zu starren, aber es wollte ihm nicht gelingen. Das Gesicht des Mädchens hatte nicht die geringste Ähnlichkeit mit dem seiner fünfzehnjährigen Tochter, aber sobald er den Blick auf die Fahrbahn richtete, hatte er das Gefühl, als säße sie im Wagen, hinten auf der Rückbank mit einem fetten, zudringlichen, dreißig Jahre älteren Direktor. Kaleko hörte den Mann wie ein Mastschwein grunzen. Im Rückspiegel sah er das widerlich besitzergreifende Grinsen eines Mannes, dem heute die Welt gehörte und dessen Pranke sich unentwegt unter dem Rock des Mädchens zu schaffen machte. Der Mund, das Kinn und der Hals des Mädchens lippenstiftverschmiert, ihr magerer Körper in die linke Ecke des Taxis gedrängt. Sie sah nicht wie eine Professionelle aus, kein Mädchen, das ihren Körper in irgendeinem Park für Geld anbot. Hinter ihrem Kichern verbargen sich Entsetzen, Ekel und Verwunderung, wie sie als Hausmädchen oder Tippmamsell in eine derartige

Lage geraten konnte. Nun fing der Dicke auch noch an zu grölen:

Man ist nur einmal jung, drum wage ich den Sprung. So 'n bisschen Hopsasa, was ist dabei, Papa? Ist man erst grau und alt, macht man von selber Halt, Dann ist's vorbei, vorbei, vorbei … mit Hopsa, Hopsa, mit Hoppsassasserei!

Auf dem Kaiserdamm, kurz vor dem Reichskanzlerplatz schien sich Alexander Kalekos Fuß dem Gesang zu verweigern. Er stieg auf die Bremse, zunächst leicht, dann immer heftiger, sodass die Körper der Insassen zu schaukeln begannen. Schließlich beschleunigte er, bremste, gab Gas, bremste abermals. Noch johlte der Dicke begeistert »Hopsa, hopsa«, doch als sein Kopf gegen die Scheibe schlug, verwandelte sich sein Gesicht in eine ärgerliche Fratze, die irgendetwas brüllte, was Kaleko längst nicht mehr hörte. Die Räder quietschten. Drei-, vier-, fünfmal umkreiste er den Reichskanzlerplatz, bevor er scharf nach links in den Grunewalder Forst abbog. Die Straße zum Teufelsee war vereist, doch er beschleunigte erneut. Der Casanova hatte aufgehört zu brüllen, das Mädchen wimmerte. Noch vor wenigen Minuten wollte Kaleko den Schreihals am Reichskanzlerplatz hinausschmeißen, das Mädchen retten und nach Hause bringen, doch jetzt schien es ihm unmöglich, die irre Fahrt zu beenden. Er wunderte sich, wie wenig Gegenwehr der mächtige Mann an den Tag legte. Aber es wäre auch sinnlos gewesen, einen Chauffeur bei der Geschwindigkeit anzugreifen. Wie von selbst schien der Wagen seinen Weg zu finden, vorbei am Teufelsee und weiter zum Friedhof Schildhorn, wo man die Selbstmörder bestattete. Er blickte in den Rückspiegel und konnte die Angst der Insassen riechen, doch er war sich nicht sicher, ob es nicht seine eigene war.

14. Januar 1927, 23 Uhr, Grunewald, Douglasstraße 63

Grenfeld bemerkte spät, dass er zu viel vom hervorragenden Château Cheval Blanc getrunken hatte. Die Gäste sprachen schnell, undeutlich und offensichtlich ohne jeden Zusammenhang. Hinzu kam ein unangenehmer Schmerz im Nacken, der ihn zwang, den Kopf schief halten zu müssen. Helens illustrer Freundeskreis aus Filmschaffenden, Schriftstellern und Malern war ihm nie unangenehm gewesen, obwohl er herzlich wenig zu deren kunsttheoretischen Debatten beitragen konnte. Man ließ ihn in Ruhe, ein für Grenfeld wunderbarer Zustand, zumal er spürte, dass die Ausgrenzung nicht auf Abneigung beruhte. Allenfalls beneidete man ihn, weil er als Kommissar, oder was immer er jetzt sein mochte, – Helen hatte ihre Freunde darüber im Unklaren gelassen – mit dem Bösen hautnah in Berührung kam. Ob ein aufgeschlitzter Frauenkörper von einem Kriminaler nur im Stil der *Neuen Sachlichkeit* betrachtet werden könne, hatte ihn ein Maler gefragt und Grenfeld hatte heftig widersprochen. Helen hatte geschwiegen. Sie wusste, dass Robert auch den hundertsten Mord vor einer riesengroßen inneren Leinwand als expressionistisch gefärbtes Gemälde wahrnahm. Grelle Farben, gebrochene Linien, einstürzende geometrische Körper zeugten von einer Welt, die aus den Fugen geraten war. Hätte ihr Mann die Leichen der letzten zwanzig Jahre im Stil der Neuen Sachlichkeit gesehen, hätte er niemals gekündigt. Doch heute ließ man ihn in Ruhe. Die Debatte der Gäste drehte sich anfangs um die Premiere von *Metropolis* und das Interieur des neuen Café Schottenhaml am Kemperplatz. Später las jemand aus dem Buch *Es lebe der Krieg!*. Dem Pazifisten Bruno Vogel hatte man den Prozess gemacht und seine Niederschrift grausamer Kriegserlebnisse zensiert. Man diskutierte lebhaft über den aktuellen Stand der Verhandlung und das Gutachten von Thomas Mann, das Vogel entlasten sollte. Grenfeld ging in die Küche, um die leere Karaffe mit Wein zu füllen. Helen folgte ihm, was ihn nicht erstaunte. Sie hatten das früher oft so gehandhabt. »Zwischenkonferenz« nannten sie die Treffen.

»Kopfschmerzen?«, fragte Helen und legte ihre Hand auf seine Stirn.

»Ein wenig, ja, ich werde bald ins Bett verschwinden.«

»Du hältst deinen Kopf schief.«

»Die Diskussionen deiner Freunde überfordern mich.«

Helen trat einen Schritt zurück und fixierte ihn. »Du hast dich wieder in einen Fall verrannt, oder?«

»Ich weiß nicht«, sagte er müde und wich ihrem Blick aus. »Es geht um ein gestohlenes Kunstwerk aus der Galerie. Ich soll es wiederbeschaffen oder zumindest so tun als ob. Deine Freundin Thea …«

»Weiß ich alles. Sie hat dich beauftragt.«

»Warst du das? Eine Arbeitsbeschaffungsmaßnahme für einen stellungslosen Kommissar?«

»Um Gottes willen, damit ich mir deinen Zorn zuziehe?«

»Gut.«

»Und die junge Russin?«

»Olja? Was soll mit ihr sein?«

»Thea hat gesagt, sie unterstützt dich, was immer das heißen mag.«

»Eine Plage.«

»Und eine hübsche Erscheinung, wenn ich mich recht erinnere.«

»Was soll die Anspielung? Ich mag sie, mehr nicht. Außerdem bringt sie mir Russisch bei.«

Helen verzog ihr Gesicht zu einer Grimasse. »Russisch nennt man das jetzt.«

»Sie will unbedingt mit mir nach Wünsdorf. Sie ist felsenfest davon überzeugt, dass die Kinderzeichnung aus einem Flüchtlingslager stammt.«

»Warum denn das?«

»Die Speisekarte auf der Rückseite erinnert sie an ihren eigenen Aufenthalt dort.«

»Und dieser ominöse Unfall? Kann es sein, dass du auf eigene Faust ermittelst?«

»Es war kein Unfall, wie oft soll ich das noch sagen.«

»Ja oder nein?«

»Ich war gestern im Präsidium und hab die Sache abgegeben. Sollen die sich damit herumschlagen.« Er sah an ihren zahlreichen Stirnfalten, dass sie ihm nicht glaubte.

»Hast du mit Gennat wegen deiner Wiedereinstellung gesprochen?«

»Der Dicke war nicht da, nur so ein junger Schnösel.«

Helen schüttelte den Kopf. »Neuerdings sind für dich alle unter dreißig Schnösel.«

»Liegt nicht an mir«, murmelte er, verließ mit der Karaffe die Küche und verschwand nach oben ins Schlafzimmer.

Um zwei Uhr nachts wurde Grenfeld durch ein Geräusch aus dem Schlaf gerissen. Er wunderte sich, denn im Haus war es still, und Helen lag, gleichmäßig atmend, neben ihm. Als er aufstand, um seinen schweißnassen Pyjama zu wechseln, spürte er pochende Kopfschmerzen. Im Bad spülte er eine Togal mit einem Schluck Wasser hinunter und war gerade dabei, zurück ins Schlafzimmer zu trotten, als er deutlich Klopfgeräusche hörte. Zuerst dachte er an einen alkoholisierten Gast, der etwas vergessen hatte, doch als er das Wohnzimmer betrat, sah er zwei Frauen auf der Terrasse unruhig hin und her laufen. Eine davon war Olja. Er öffnete die Tür und sie zwängten sich Hand in Hand an Grenfeld vorbei ins Wohnzimmer. Die Alkoholausdünstungen der beiden zeugten von einer feucht fröhlichen Nacht.

»Darf ich vorstellen, das ist Franzi.« Olja verneigte sich wie eine Conférencieuse und deutete theatralisch auf die junge, maskenhaft geschminkte Frau mit Bubikopf, die amüsiert auf Grenfelds Pyjama starrte. Ihre Erscheinung erinnerte ihn an jenes Mannequin, das seit Jahren für Rosenparfum und Staubsauger Reklame machte und dessen Lächeln immer eine Spur Traurigkeit in sich barg.

»Dieses reizende Geschöpf, wohnhaft in der Fliederstraße 15, arbeitet mitnichten im Café Zielka, sondern … tata … im Eldorado. Ich würde sagen, das Schicksal hat uns zusammengeführt.«

»Welches Schicksal?«, knurrte Grenfeld, der nicht ganz sicher war, ob er träumte.

»Ist sie nicht wunderbar, Ihre Olja? Sie hat mich heute aufgerichtet. So trösten kann eben nur eine russische Seele.«

Beide lagen sich in den Armen, als spielten sie in einem Asta-Nielsen-Film. Grenfeld hatte seine vorübergehende Erstarrung überwunden, packte Olja am Arm und zerrte sie in die Küche. »Verdammt, was soll das Theater?«

Olja legte den Zeigefinger auf ihre Lippen. »Psst. Du weckst deine Frau auf. Die kommt noch auf falsche Gedanken. Warum hältst du deinen Kopf schief?«

»Soll *das* die Freundin von Max Wegmann sein? Das glaubst du doch selbst nicht. Die sieht aus wie eine Schauspielerin.«

»Nicht wahr, wir haben auch noch andere Gemeinsamkeiten«, kicherte Olja.

»Du bist ja völlig betrunken!«

»Eine List«, flüsterte sie. »Gemeinsamkeit schafft Vertrauen. Steht alles in den Büchern von Paul Rosenhayn.«

Grenfeld hatte das Bedürfnis zu schreien, doch er zwang sich, ruhig zu bleiben.

»Also, was hast du herausgefunden?«

»Stell dir vor, Machowski hat Franzi angeboten, im Eldorado zu arbeiten, wo sie das doppelte wie im Zielka verdient.«

»Aus reiner Menschlichkeit sicher nicht.«

»Jetzt hör mir zu! Max hatte Franzi kurz vor seinem Tod erzählt, er habe den Fahrer des Mordtaxis *gesehen*. Er hatte damit geprahlt, er würde jetzt für sein Schweigen kassieren. Genaueres hatte er ihm aber nicht verraten, weil er ihn schützen wollte.«

»Ihm?«

»Mein Gott, Robert! Franzi ist ein Kerl.«

Grenfeld schämte sich, dass er das nicht erkannt hatte. Selbst das Geschlecht eines Menschen blieb in diesen Zeiten ein Rätsel.

»Wie auch immer, warum verschafft Machowski ihm dann eine Stellung im Eldorado?«

»Max hat für Machowski Botengänge gemacht, hauptsächlich Kokaingeschäfte. Er will um jeden Preis vermeiden, dass Franzi zur Polizei geht und die Kriminalpolizei seinen Laden auseinandernimmt.«

Grenfeld wunderte sich, dass Olja mit einem Mal einen nüchternen Eindruck machte. »Du bist nicht so besoffen, wie es den Anschein hat, oder?«

»Natürlich nicht. Lernt man das nicht auf der Polizeischule? Ich habe genau halb so viel getrunken wie er und das ist immer noch 'ne ganze Menge.«

Die Togal begann zu wirken und Grenfelds Kopfschmerzen ließen langsam nach.

»Lass uns morgen nach Wünsdorf fahren. Mir geht es nur um die Lithografie. Den Mord klärst du auf. Was meinst du?«

In diesem Moment brach ein ohrenbetäubender Krach los. Der Schlagersänger Willy Rosen, auf einer Schellackplatte verewigt, sang, als wäre es seine letzte Botschaft an die Welt:

Ja, das ist Berlin, auf der Tauentzien.
Wo nachts die Lichter auf der Straße erglühn.

Sie rannten ins Wohnzimmer und Grenfeld schmiss ein Kissen auf das Grammofon, was der Darbietung ein jähes Ende bereitete.

»Das war unser Lied!« Franzi begann zu schluchzen. »Diese Stadt hat ihn kaputt gemacht«, schrie er und jetzt merkte auch Grenfeld, dass sich hinter den weiblichen Kurven ein Mann verbarg. »Und jetzt soll ich schweigen! Vielleicht muss ich ja auch noch eine Glühbirne auswechseln? Was meinen Sie, Herr Grenfeld? Wie eine Kakerlake haben die ihn zertreten und hinuntergeschmissen.«

»Robert! Wer sind diese Leute?« Grenfeld drehte sich um und sah Helen im Nachthemd an der Tür stehen. Sie starrte verstört auf das Grammofon, dann auf Olja, auf

Franzi und schließlich auf ihn. »Keine Ermittlungen im Mordfall, natürlich nicht«, zischte sie wütend und verschwand.

15. Januar 1927, 3 Uhr, Potsdamer Platz

Alexander Kalekos Taxi parkte am Potsdamer Platz. Nur noch wenige Kollegen schoben Dienst. Sein Kopf lag, mit beiden Armen abgestützt, auf dem Lenkrad. Er hatte weder eine Ahnung, wie lange er dort stand, noch erinnerte er sich an die Fahrt hierher. Das Einzige, was er wusste, war, dass er einen Fehler begangen hatte, eine unentschuldbare Tat, begangen an Menschen, die ihm nichts getan hatten. Ab und an hatte er einen randalierenden Saufkopf aus dem Taxi geworfen, aber das war etwas anderes. Heute hatte eine unerklärliche Wut die Kontrolle über sein Taxi übernommen und er fragte sich, was passiert wäre, wenn die beiden nicht geflüchtet wären. Nervös kontrollierte er den Rückspiegel, als müsste er sich versichern, dass der dicke Bankdirektor und seine Geliebte nicht am Taxistand erschienen. Wie sollten sie auch. Sie irrten kilometerweit entfernt im stockdunklen Grunewalder Forst umher, irgendwo zwischen Teufelsee und der Havel. Nur bruchstückhaft erinnerte er sich, was passiert war. Als sein Wagen auf dem zerfurchten Forstweg ins Schleudern geraten war, waren sie aus dem Taxi gestürzt und hatten panisch die Flucht ergriffen. Nach einer Vollbremsung war er rückwärts gefahren, dann ausgestiegen, hatte ihnen hinterher gerufen, wollte sie aufhalten, war ihnen gefolgt. Lange noch hatte er das Knacken der Äste im Unterholz, das Stöhnen des Dicken und das Jammern des Mädchens hören können … bis es still wurde. Mit der Kälte war die Ernüchterung gekommen, mit der Stille die Angst. Schließlich war er losgefahren, mühsam hatte er den Motor durch den engen Schildhornweg gequält, am Selbstmörderfriedhof vorbei auf die Havelchausee … Dann brach die Erinnerung ab.

Jetzt hatte er das Gefühl, aus einem bösen Traum zu erwachen. Mit einem Tuch polierte er die beschlagenen Scheiben, dann stieg er aus und begutachtete die Karosserie. Die rasante Fahrt durch den holperigen Waldweg hatte Spuren hinterlassen. Der rechte Kotflügel war zerbeult, der Lack hatte Kratzer abbekommen. Sie würden ihn anzeigen, dachte er, vor Gericht zerren, ihm die Fahrerlaubnis entziehen. Als er die Vorderseite des Wagens inspizierte, fiel ihm eine Beule auf. Er ging in die Hocke, zog seinen Lederhandschuh aus und befühlte die eingedrückte Stelle am Kühlergrill. Und während seine Hand über die Vertiefung strich, dachte er an den Kommissar. Das vage Schuldgefühl, das seine ganze Person beherrschte, brachte einen weiteren, quälenden Gedanken hervor. Was, wenn *er* am Abend der Premiere jenen Mann überfahren hatte? Tage und Nächte waren längst zu einer grauen Asphaltmasse verschmolzen. Er hatte Erinnerungslücken, seltsame Gefühlszustände, bisweilen Halluzinationen. Immer wieder musste er von seinem eigenen Geld etwas nachlegen, weil nach Dienstschluss die Kasse nicht stimmte. Aber jemanden überrollen, ohne es zu merken? Kaleko stand auf und atmete die nasskalte Luft ein. Wie gern würde er den giftigen Gedanken austreten wie einen Zigarettenstummel. Doch er wusste, je ungeheuerlicher ein Gedanke war, desto eher würde sich dieser einer kranken Seele bemächtigen.

»Meine Güte, was hast du denn mit deinem Wagen gemacht? Auf der AVUS Rennen gefahren?«

Kaleko schreckte hoch, irritiert und erleichtert zugleich, für einen Moment seinen Gedanken entfliehen zu können. Er war froh, dass es Dojo war.

»Glatteis, bin vom Fahrdamm abgekommen«, murmelte er.

»Wo?« Der Kollege bot ihm eine Zigarette an und Kaleko nahm dankbar an.

»Schildhorn.«

»Um Gottes willen, wer will denn im Winter nachts da raus?«

»Ein Pärchen, du weißt schon.«

»Ich würde mich weigern. Entweder sie begehen Selbstmord, dann hast du die Polizei am Hals, oder sie schlagen dich nieder und rauben dir das Taxi.«

»Ich hab keine Wahl, das weißt du doch. Meine Familie in Moskau braucht das Geld für eine Operation. Meine Tochter ist krank.«

»Dann verkauf mir die Kamera.«

»Welche Kamera?«

»Na die Leica, die dein Fahrgast vergessen hatte.«

Kalekos Blick wanderte zu den Beulen und Kratzern. Sein Chef würde ihn dafür zur Verantwortung ziehen, und er hatte die ganze Nacht nichts verdient. Er würde das Geld brauchen können. Er holte sie aus dem Handschuhfach hervor.

»Sie ist nagelneu. Schau, wie leicht sie ist.«

Sein Kollege inspizierte den Apparat voller Bewunderung. »Wem hat sie gehört?«

»Das ist doch ganz unwichtig. Eine junge Frau hat sie auf dem Rücksitz liegen lassen, feines Viertel, kann sich bestimmt 'ne neue kaufen. Es trifft keine Arme, wenn du das meinst.«

Dojo zückte seine Brieftasche und blätterte mehrere Scheine auf den Kühler. Dann fischte er ein grünes Döschen aus der Manteltasche und stellte es daneben. »Geld oder Koks – du hast die Wahl.«

Kalekos Hand griff nach den Geldscheinen, doch im letzten Moment entschied er sich für das Döschen.

»Damit kannst du vierzehn Stunden fahren«, sagte Dojo lächelnd und ließ die Leica in seiner Tasche verschwinden.

»Ich habe einen Fehler gemacht«, gestand Kaleko.

Dojo sah in fragend an.

»Das Pärchen, es wollte nicht in den Wald.«

»Nicht?«

»Nein, ich habe sie ausgesetzt! Sie gingen mir auf die Nerven.«

Dojo schüttelte den Kopf. »Mein lieber Nikolaj, du bist drauf und dran, dir einen neuen Namen zu verdienen, Raskolnikow vielleicht?«

KAPITEL 3

15. Januar 1927, 11 Uhr,
Friedrichstraße

Langsam steuerte Grenfeld seinen Wagen über die Taubenstraße, vorbei am Tanzlokal Faun, am Salamanderhaus, am Modegeschäft Hermanns & Froitzheim, überquerte die Mohrenstraße und fand, kurz vor der Kronenstraße, einen Parkplatz auf dem Mittelstreifen. Von hier aus hatte er das Eckhaus mit der Nummer hunderteinundneunzig im Blick: im Parterre der Zigarrenladen von Paul Grimm, darüber die Räume der Galerie und ganz oben die Atelierfenster seines Büros. Er zündete sich eine Zigarette an und beobachtete die vorbeieilenden Passanten. Er hatte Zeit. Olja würde pünktlich um 11:30 Uhr auftauchen, keine Minute zu früh, keine zu spät. Er blickte hinüber zum Equitable-Palast und suchte vergebens den Jungen mit dem Äffchen. Er duckte sich an die Frontscheibe, um das Dachgeschoss unter der Kuppel besser sehen zu können, und fragte sich, ob der Bursche jetzt dort oben in seinem Sessel zwischen den Überresten des alten Café Kerkau saß. Es gab so viele Gemeinsamkeiten zwischen ihm und dem Jungen. Sie lebten auf gleicher Höhe über den pulsierenden Verkehrsadern, die sie jeden Tag aufs Neue beobachteten. Beide schienen vom Leben verletzt, zogen sich in ihr Nest zurück, verweigerten ihre Teilnahme am hektischen Treiben der Großstadt. Grenfeld kurbelte das Fenster herunter, schmiss die Kippe hinaus und verwarf den

Gedanken ebenso schnell, wie er aufgetaucht war. Nichts hatten sie gemeinsam, dachte er grimmig. Absolut nichts. Mit seinem Sechszylinderwagen fuhr er jeden Abend in seine Grunewalder Villa. *Er* musste keinen Affen für ein paar Groschen auf seinem Kopf tanzen lassen.

11:15 Uhr. Oljas rote Mütze erschien am Aufgang der U-Bahn. Sie war für ihre Verhältnisse zu früh und er ahnte warum. Sie war aufgewühlt, konnte es kaum erwarten, ihm und der Welt ihren kriminalistischen Spürsinn zu beweisen. In Wünsdorf bei Zossen, wo immer das liegen mochte. Er war noch nie dort. Allein der Name roch nach Gefangenenlager und Truppenübungsplatz, etwas, was es längst nicht mehr geben durfte, aber wer wusste das schon. Grenfeld schämte sich, weil er so wenig Hoffnung hatte, dort irgendeinen Hinweis auf die Zeichnung zu finden. Die Sache würde im Sand verlaufen, dessen war er sich sicher, aber vielleicht würde gerade das zur Genesung seiner Freundin beitragen. Er sah, wie Olja die Fahrbahn passierte und sich vor dem Schaufenster des Zigarrenladens aufstellte. Mit ihrem Wollschal, ihrem dicken Wintermantel und einer Packtasche sah sie aus, als nähme sie an einer Expedition in die Arktis teil. Als er aussteigen wollte, fiel ihm ein Mann durch dessen Untätigkeit auf. Er stand auf dem Mittelstreifen am U-Bahn-Aufgang, unbeweglich wie eine Litfaßsäule, und glotzte zu Olja hinüber. Zuerst dachte er an Machowski, doch keiner von seinen Leuten würde herumstehen und *nichts* tun. Vor fünfundzwanzig Jahren wäre Müßiggang noch unauffällig gewesen, heute gab es keinen, der nicht wie Kapellmeister Mr. Meschugge persönlich von einem Ort zum nächsten sprang. Olja war da keine Ausnahme. Zuerst studierte sie die Schaufenster von Paul Grimm, winkte durch die Scheibe der Verkäuferin zu, trat von einem Bein auf das andere, wanderte zur Weinhandlung von C. S. Gerold, lief weiter, besah sich die Auslagen von Herrenmode Berkan und eilte wieder zurück, nicht ohne sich zwischendurch bei Aschinger eine Bockwurst genehmigt zu haben. Grenfeld grinste hämisch, denn der Späher hatte alle Mühe, sein Opfer im Blick zu behalten. »Ich krieg dich, du Anfänger!«, zischte er und stieg aus. Er spürte, wie seine Wut auf den Gaffer mit dem aufgestellten Mantelkragen wuchs. Er nutzte eine Lücke im Verkehr und rannte hinüber zu Techel & Janke, dem Tabakgeschäft, überquerte dann die Kronenstraße und näherte sich mit großen Schritten dem Unbekannten. Der Zeitpunkt war günstig. Ohne Olja aus den Augen zu lassen, kniete der auf dem Asphalt und band sich die Schuhe. Plötzlich hörte Grenfeld seinen Namen. Olja hatte ihn entdeckt und winkte aufgeregt mit ihrer Bockwurst. Der Mann schreckte hoch, sah ihn an und rannte mit losen Schnürsenkeln auf die gegenüberliegende Straßenseite. Flink wie ein Wiesel überquerte er die Kronenstraße und verschwand kurz darauf im Strom der Passanten.

»Wer war das?« Olja stand neben ihm. Auf ihrem Schal prangte ein gelbgrüner Rest Senf.

»Ein Verehrer.«

»Unsinn! Ich hab's vermasselt, stimmt's? Du hättest ihn erwischt, wenn ich nicht geschrien hätte. Wie dumm von mir!«

»Die Augenklappe, ich hab ihn erkannt. Ein junger Kommissar aus dem Präsidium, Falck oder so ähnlich.«

»Was will der von mir?«

»Bekam offenbar den Auftrag, mein Büro zu observieren.«

»Willst du damit sagen, deine ehemaligen Kollegen schnüffeln hinter uns her?«

»Später. Jetzt möchte ich wissen, warum du dem Jungen da oben meine Waffe zugesteckt hast!«

Olja erstarrte. »Du hattest mir mal erklärt, die Pistole sei kaputt. Jonny hat ernsthafte Probleme, da habe ich mir gedacht, nun ja, ich helfe ihm. Eine Attrappe ist besser als nichts.«

»Sie hat ab und zu Ladehemmung, aber verlassen würde ich mich nicht darauf.«

Olja runzelte schuldbewusst die Stirn. »Ich kümmer mich ein wenig um ihn, hab ihn im Boxclub Maccabi angemeldet. Er muss sich verteidigen können.«

»Ich kann dir versichern, sein Training hat sich gelohnt. Na gut, wenn wir nach Russland wollen, müssen wir jetzt los.«

»Russland?«, stöhnte Olja. »Wir wollen nur nach Wünsdorf, Robert!«

»Genau das meinte ich.«

Ihr Ziel lag vierzig Kilometer südlich von Berlin und je weiter sie die lärmende Hauptstadt hinter sich ließen, desto mehr verschwand Grenfelds Gefühl für Zeit und Raum. Mit Verwunderung wurde ihm bewusst, dass er das ganze letzte Jahr nicht aus einem engen Kreis um Grunewald und Friedrichstraße hinausgekommen war. Olja hatte ihn überredet, nach Überquerung des Zülow-Kanals nicht weiter der Straße nach Zossen zu folgen, sondern links nach Telz abzubiegen. Nach seinem Verständnis kam man nach Wünsdorf über Zossen, doch sie schien andere Pläne zu haben. Seit Dahlewitz war ihr Gesicht hinter einer überdimensionalen Straßenkarte von 1916 verschwunden, der er allen Grund hatte zu misstrauen. Nach dem Nottekanal legte sich der Nebel wie ein Zelt über die Landschaft und er musste die Geschwindigkeit drosseln. Olja ließ den Plan sinken. Auf ihrem Gesicht spiegelte sich erwartungsvolle Erregung wider.

»Seit drei Jahren war ich nicht mehr hier«, sagte sie. »Es ist wunderschön dort, Sommer wie Winter.«

»Schon möglich«, erwiderte Grenfeld. »Wenn man etwas sehen könnte.«

»Du weißt, warum diese Gegend für mich voller Schönheit ist?«

»Ja«, antwortete er und schwieg. Er kannte Oljas Geschichte, wie sie 1922 mit ihrer Schwester Mascha von Petrograd über Istanbul geflüchtet und im Flüchtlingslager Wünsdorf gestrandet war.

»Die Baracken waren schmutzig, die Matratzen voller Läuse, die Suppe dünn, aber da war die Heide mit dem Ginster und dem Wacholder, die versteckten, namenlosen Waldseen, Kiefern, Birken, Espen. Keine freie Stunde, in der ich nicht durch die Landschaft gestreift bin, obwohl es gefährlich war.«

»Weshalb?«

»Blindgänger. Das Zeugs lauerte überall, nicht nur bei den Schießständen. Das Halbmondlager befand sich mitten auf dem Truppenübungsplatz. Da gab es Frauen, die für wenig Geld mit Eisenstangen im Sand stocherten, um nach Blindgängern zu suchen. Dann ausgraben, Zünder abmontieren und beten, dass man nicht in die Luft fliegt.«

»Und deine Schwester?«

»Sie hasste das Lager, wollte nur weg. So schnell wie möglich nach Berlin. Ich blieb bis Februar vierundzwanzig, dann zog ich zu ihr und den Rest kennst du ja.«

Grenfeld bremste vor einem Wegweiser mit der Aufschrift *Zossen*.

»Jetzt kommen wir doch nach Zossen«, sagte er.

»Wir müssen durch den Forst Kummersdorf.«

»Wie bitte? Durch die Artillerieschießplätze, noch dazu auf unbefestigten Wegen?«

»Ich will dir etwas zeigen. Es ist wichtig«, sagte Olja und lächelte. »Oder hat der Herr Kommissar etwa Angst?«

»Wen werden wir treffen?«

»Warte ab, jemand, der uns weiterhelfen kann.«

Grenfeld zögerte.

»Robert, die haben die Schießerei längst eingestellt. Truppenübungsplatz, Kasernen, wird jetzt alles zivil genutzt.«

Er fuhr los und bog in eine Birkenallee ein. Der unebene Boden war gefroren und die Reifen griffen erstaunlich gut. Bald gewannen sie an Höhe und der Nebel lichtete sich.

»Halt bitte an«, sagte Olja. Sie öffnete ihre Packtasche, zog zwei Stullen heraus und drückte ihm eine in die Hand. Dann stiegen sie aus. Grenfeld atmete tief ein und wunderte sich, wie erfrischend rein doch Luft sein konnte. Kein Benzingestank, kein Bratwurstgeruch, kein Parfum, kein Moder aus Kellerfenstern – die Friedrichstraße lag weit weg auf einem anderen Stern. Olja stand kauend auf einem Grenzstein und zeigte über die weißgraue Nebeldecke, die nur hier und da von Baumwipfeln und Hügelkuppen durchbrochen wurde. »Im Osten liegt Töpchin, in der Mitte Zehrensdorf, daneben Wünsdorf, Kummersdorf und hier im Westen Zossen.«

Grenfeld nickte.

»Im Weinberglager gab es zwölftausend Kriegsgefangene. Wir lebten im Halbmondlager. Dort waren fast viertausend untergebracht, hauptsächlich Muslime aus Nordafrika, aber auch Hindus und Sikhs aus Indien. Als wir ankamen, waren die Lager zwar aufgelöst, aber russische Bürgerkriegsflüchtlinge, Aussiedler aus den Ostgebieten und die übrig gebliebenen Lagerinsassen bewohnten die Baracken. Ein buntes Völkchen, wie du dir vorstellen kannst. Im Weinberglager …«

»Und wo wollen *wir* hin?«, unterbrach Grenfeld ungeduldig.

Olja drehte sich abrupt um. »Das scheint dich nicht besonders zu interessieren?«

»Nein, es ist nur so, wenn wir heute noch nach Berlin zurückwollen, dann …«

»Berlin!« Ihre Stimme zitterte. »Was ist dort? In Berlin?«

Grenfeld sah sie fragend an.

»Die Wahrheit ist: Ihr habt euch doch nie für die Gefangenen interessiert. Moment, dass ich euch nicht unrecht tue. Ihr seid am Wochenende scharenweise hinausgepilgert, um die Neger, die Turkos und die Inder mit ihren Turbanen zu begaffen. Mit der Reichsbahn, meine Damen und Herren, einmal zur Völkerschau hin und zurück.« Olja sprang vom Grenzstein hinunter und lief auf Grenfeld zu.

»Was ist denn los, Olja? Ich …«

»Nein, Herr Kommissar. Sie haben vollkommen recht. Zurück zu unserem Fall. Was geht uns die Welt an. Tausende sind krepiert und liegen auf dem Friedhof, keine fünf Kilometer von hier. Wir aber kümmern uns um *einen* überfahrenen Fußgänger und um *ein* gestohlenes Bild. Recht so!«

Dann zog sie die Kinderzeichnung des überfahrenen Passanten aus der Manteltasche und deutete mit zitternder Hand auf eine mit Bleistift schraffierte Fläche, hinter der weiße Linien zu sehen waren. »Was ist das, Herr Kommissar?«

Grenfeld hielt das Blatt gegen die Sonne.

»Eine Kirche?«

»Fast, eine Moschee, und genau da fahren wir jetzt hin, und zwar ohne Umweg.«

Olja stapfte davon, setzte sich in den Wagen und schlug die Tür zu.

»Darf ich dich um etwas bitten?«, fragte sie mit bebender Stimme, als sie fuhren.

Grenfeld zuckte mit den Schultern.

»Wir werden in einer halben Stunde einen Mann treffen. Einen, sagen wir mal, ungewöhnlichen Zeitgenossen. Er hat mir sehr geholfen, damals, aber das dürfte dich ja nicht interessieren. Um was ich dich bitte, ist ein Mindestmaß an Aufmerksamkeit und Interesse, nur, wie sagt man ihn deinen Kreisen, aus ermittlungstaktischen Gründen.«

»Kein Problem«, murmelte Grenfeld. »Wenn du mir endlich sagst, wer dieser geheimnisvolle Gewährsmann ist.«

»Er nennt sich Ibrahim und war Adjutant von Oberst Fürst Bermondt-Awaloff. Seinen richtigen Namen kenne ich nicht.«

»Was? *Der* Awaloff? Befehlshaber der westrussischen Befreiungsarmee? Und warum nennt er sich Ibrahim?«

»Er ist desertiert und, wie soll ich sagen, konvertiert.«

»Konvertiert? Zu was? Zum Islam?«

»Ich weiß es nicht. Er ist gläubig, passt in keine Schublade. Auf jeden Fall kümmert er sich um die Moschee. Das ist jetzt seine Lebensaufgabe.«

Die Fahrt durch den Kummersdorfer Forst verlief ereignislos und still. Olja schloss demonstrativ die Augen und schielte nur ab und zu auf die Karte. Bei einer Wegkreuzung tauchte plötzlich ein zwei Meter hohes Straßenschild auf: ein bärtiger Mann mit Turban, der linke Seitenarm wies nach *Töpchin*, der rechte nach *Wünsdorf*, darunter der Reichsadler.

»Was um alles in der Welt soll denn das sein?«, fragte Grenfeld.

»Das Werk der Tataren. Sie hatten es im Lager geschnitzt, für unseren Fall ohne Belang«, murmelte Olja und deutete mit einer schwachen Handbewegung nach rechts.

»Das mit der Moschee war gut, sehr gut sogar«, lobte Grenfeld, um die Stimmung zu heben. Olja gab einen unverständlichen Laut von sich.

»Hätte ich nicht bemerkt, dachte das wären Abdrücke einer Strichzeichnung von einem anderen Blatt. Wie bist du darauf gekommen?«

»Gib dir keine Mühe!«, murmelte Olja beleidigt. »Du hältst das alles für Zeitverschwendung.«

»Na gut, ich werde dir jetzt sagen, was ich glaube. Beweisen kann ich es nicht. Für mich ist Machowski der Täter. Aus irgendeinem Grund hat er sein Geschäftsfeld auf Kunstraub ausgeweitet, hat das Bild im Auftrag eines Sammlers stehlen und dann den Dieb aus dem Weg räumen lassen. Man muss ihm nachstellen, ihm zusetzen, ihm die Hölle heiß machen, dann lässt er vielleicht seinen Knochen fallen und bringt das Bild zurück. Den Mord werden wir ihm nicht nachweisen können.«

»Na wunderbar!«, rief Olja. »Kannst du mir mal verraten, warum du dann mit mir hier rausfährst?«

»Um ehrlich zu sein …«, begann Grenfeld, verstummte allerdings, als er die Silhouette einer Moschee aus dem Nebel auftauchen sah.

15. Januar 1927, 14 Uhr,
Wünsdorf, Halbmondlager

Grenfeld brauchte nur einen Blick in das Gesicht des Mannes zu werfen, um zu erkennen, dass er einen Geschundenen sah, einen, den das Leben nicht verschont hatte. Breitbeinig und aufrecht stand er vor der Moschee wie Kapitän Ahab an Deck seines Walfängers. Sein Äußeres legte die Vermutung nahe, er habe sich seine Kleidung aus Beständen von Rotarmisten, Freikorpskämpfern und georgischer Imame zusammen geklaut: Reiterstiefel, Pelzmantel, Gebetskappe, darunter eine graugrüne Uniform, geschmückt mit dem Orden der heiligen Anna, Kreuz zweiter Klasse mit Schwertern, Bronze, vergoldet und emailliert. Grenfeld musterte den Orden, erinnerte sich, vor Jahren eine Leiche mit einer ähnlichen Auszeichnung aus der Spree gefischt zu haben.

»Wissen Sie, wer mir den verliehen hat?«, fragte Ibrahim. »Oberst Fürst Bermondt-Awaloff persönlich.« Er lachte wie jemand, der einen guten Witz erzählt hatte. »Man hatte uns damals nur ein Papier gegeben, den Orden mussten wir selbst besorgen.« Erneut lachte er schallend. Dann küsste er Olja und umarmte sie. Grenfeld betrachtete das Minarett, er schätzte seine Höhe auf dreißig Meter.

Dicht daneben erhob sich der Kuppelbau mit dem Halbmond, elfenbeinfarbig mit roten und grauen Streifen. Der Außenanstrich war abgeblättert, und Grenfeld konnte sich nicht entscheiden, ob der Bau armselig oder beeindruckend auf hn wirkte. Eine Einschätzung, die ebenso auf Oljas alten Bekannten zutraf. Der schwenkte seinen Stock wie ein Fremdenführer.

»13. Juli 1915. Ich sehe alles vor mir, wie wenn es heute wäre. Einweihung der ersten Moschee auf deutschem Boden. Hier standen sie: In der Mitte der türkische Botschafter mit dem Botschaftsrat und dem Militärattaché, rechts der Inspekteur der Gefangenenlager sowie mehrere Vertreter des Generalstabs, des Kriegsministeriums und des Militär-Bauamts, links der Geistliche, der Kommandeur des Lagers und meine Wenigkeit. An die Reden kann ich mich nicht mehr erinnern. Wahrscheinlich wurde die Großherzigkeit des Kaisers gerühmt, die Weisheit der Lagerleitung, die den Mohammedanern so viele Annehmlichkeiten gewährte, ich weiß es nicht mehr. Und wissen Sie warum? Weil mich nur eines beschäftigte: Wie viele der armen, verlorenen Seelen kann ich für die weiße Armee rekrutieren, verstehen Sie? Das war mein Trachten und Sinnen, damals.« Er sah sich um und seine Augen strahlten Traurigkeit aus. »Und warum glauben Sie, hat man dieses Gotteshaus in fünf Wochen für armselige fünfundvierzigtausend Mark errichtet? Mitnichten aus der privaten Schatulle des Kaisers, wie immer behauptet wurde, sondern aus dem Etat des Kriegsministeriums!« Der Mann machte eine bedeutungsvolle Pause und Grenfeld ahnte, warum Olja ihn ermahnt hatte, geduldig zu sein. »Einzig und allein deshalb, um jene Kriegsgefangenen, die nicht einmal wussten, für wen und was sie gekämpft hatten, für den Dschihad zu gewinnen. Allein deshalb. Aber die Lagerinsassen haben die Fata Morgana im märkischen Sand geliebt, so wie ich den hölzernen Kasten liebe und bis aufs Blut verteidigen werde.« Er ließ seine Arme sinken und starrte ins Leere, dann lächelte er müde. »Es tut mir leid, verzeihen Sie mir, verzeih, Olja, ich bin ein erbärmlicher Gastgeber, bitte kommt herein. Nennen Sie mich Ibrahim. Meinen Geburtsnamen habe ich längst abgelegt, so wie mein altes Leben.«

Sie durchquerten einen Vorhof mit einem Springbrunnen in der Mitte. Dann zogen Sie Hausschuhe an und betraten einen Kuppelraum, der sein Licht durch die hochgelegten Fenster aus farbigem Glas bekam. Die Kuppel war über einem regelmäßigen Sechzehneck errichtet, darunter lagen die Kanzel und eine Gebetsnische. Sie folgten ihm durch eine Vorhalle in ein kleines Zimmer. Auf einer Anrichte stand ein Samowar, auf einem kreisrunden Kupferblech warteten drei Teegläser.

»Kommen Sie, setzten Sie sich«, rief Ibrahim ungeduldig und begann dampfenden Schwarztee auszuschenken.

»Wie viele Gläubige haben hier Platz?«, fragte Grenfeld.

»Im Kuppelbau vierhundert, draußen standen bis zu zwölftausend Menschen, um den Gottesdienst zu besuchen, aber heute kommt niemand mehr. Sie haben jetzt ihre eigene Moschee in Berlin. Nachdem sich zwei Gemeinden darum gestritten hatten, wer hier beten darf, wollen sie das Gebäude jetzt abreißen, eine Sünde! Ich nehme aber nicht an, ihr habt den Weg bis hierher gemacht, um mich das zu fragen.«

Olja zog die Zeichnung aus der Tasche und überreichte sie Ibrahim. »Eine Kinderzeichnung, auf der anderen Seite eine Speisekarte. Wir fragen uns, ob sie aus dem Lager stammt.«

Ibrahim betrachtete die Zeichnung ausführlich, dann wendete er das Blatt und lächelte. »Was die Verpflegung angeht, muss es nach 1919 gewesen sein. Mit so einem kargen Fraß gewinnst du niemanden für den Krieg.«

»Ibrahim, dort steht doch ein Datum: 12.05.24. Das war nach meiner Zeit. Wir suchen ein Kind, das hier im Lager gelebt hat.«

Ibrahim sah Olja wie ein Mädchen an, dem man erklären musste, dass es keinen Weihnachtsmann gab. »Mein Liebchen, es waren so viele Menschen, die über die Jahre kamen und gingen. Kinder gab es damals so wie heute viele. Aber wie soll ich aufgrund einer Zeichnung wissen, welches ihr sucht?«

Olja wurde blass, als würde ihr die Absurdität ihres Anliegens schlagartig bewusst. »Was ist mit Namenslisten?«, frage sie verzweifelt.

»Natürlich. Gab es schon jemals ein Lager ohne Listen? Habt ihr den Namen des Kindes?«Papiere von dem Mädchen. Sie

Olja schüttelt den Kopf. Sie fiel ins Bodenlose.

»Ich muss beten«, sagte Ibrahim plötzlich und stand auf. »Lasst mich allein, geht in den Märkischen Hof. Das Essen dort ist gut. Ich stoße später zu euch.«

Schweigend fuhren Sie nach Wünsdorf. Olja brütete düster vor sich hin. Als sie auf dem Parkplatz des Gasthofs hielten, blieb sie sitzen.

»Es tut mir leid«, sagte sie. »Du hattest recht. Ich bin keine Kommissarin, noch nicht einmal ein brauchbarer Detektiv. Es war nichts als ein Traum.«

»Hör auf, dich zu entschuldigen. Du bist einer Spur gefolgt, das ist alles. Was denkst du, wie viel Niederlagen man im Lauf einer Ermittlung einstecken muss?« Grenfeld hatte noch mehr solcher Ermutigungen auf Lager, doch er wollte, so zynisch es klang, dem Prozess der Ernüchterung nicht im Wege stehen. Oljas Heilung hatte unweigerlich ihren Lauf genommen. Im Restaurant stocherte sie lustlos in ihrem Essen und sah müde auf, als Ibrahim hereinkam.

»Eine Gebetserhörung«, verkündete der theatralisch und legte die Kinderzeichnung mitten auf den Tisch. »Mir ist etwas aufgefallen. Die Pferde – schaut sie euch genau an!«

Beide beugten sich über das Blatt, ohne etwas Auffälliges zu entdecken.

»Das Maul des kleineren Pferdes, es ist verbunden.«

»Ich dachte, es sei die Trense«, sagte Olja.

»Nein, schaut genau hin, das Maul ist mit einem Lederband verbunden. Das ist doch seltsam.«

Olja zuckte mit den Schultern. »Ja, und was bedeutet das?«

»Das Pferd ist stumm wie der kleine Künstler, der es gezeichnet hat. Wir suchen ein stummes Kind und ich kann mich erinnern, dass Pawel, unser Lehrer, ein taubstummes Mädchen in seiner Klasse unterrichtet hatte. Ihr solltet euch an ihn wenden.«

Olja schob das Geschirr beiseite. »Wo können wir diesen Pawel finden?«

»Wenn wir uns beeilen, auf dem Friedhof Zehrensdorf, fünf Kilometer von hier in Richtung Töpchin. Er pflegt die Gräber.«

Sie sah Grenfeld triumphierend an. Ihre Augen leuchteten. Der Zug der Ernüchterung war irgendwo auf dem Rückweg nach Berlin aufgehalten worden.

15. Januar 1927, 15 Uhr, Friedhof Zehrensdorf

Der Nebel hatte sich aufgelöst, doch es wollte nicht mehr hell werden. Als die drei den Friedhof betraten, sahen sie Pawel vor einem Denkmal aus rotem Sandstein. Sie näherten sich ihm von der Seite. In Statur und Haltung war er Ibrahim ähnlich, doch seine Kleidung glich eher der eines ärmlichen Beamten. Er schien zu beten, darum wagten sie nicht, ihn anzusprechen. Auf dem Stein standen, unter einem Halbmond in grün, arabische Schriftzeichen, darunter offenbar die deutsche Übersetzung:

In welchem Lande einem Menschen bestimmt, dort und sonst nirgends, findet er Tod und Grab. Ein jegliches Ding auf Erden ist vergänglich, und es bleibt allein das Antlitz des Herrn in seiner Erhabenheit und Größe. Fünfundfünzigste Koransure, Der Allbarmherzige.

Plötzlich sah Grenfeld die Leiche des Überfahrenen vor sich, dessen Name auf keinem Grabstein erscheinen würde. Er flüchtete vor dem Bild, lief weiter, zwischen zwei Säulen hindurch, zu einem Stein mit indischen Schriftzeichen. *Jashkaran Singh, geb. 1889, Punjabis, gest. 5. Februar 1915.* Er las den Namen laut, blickte auf und starrte auf Hunderte solcher Steine, symmetrisch aufgereiht wie die Armeen, in denen die Toten noch vor wenigen Jahren gekämpft hatten. Warum waren sie gestorben?, dachte er nun. Wo waren die Berichte? Die Akten der Gerichtsmediziner? Und was um alles in der Welt würde darin stehen? Schlechte hygienische Bedingungen? Unzureichende medizinische Versorgung? Kälte? Heimweh?

Er blickte zurück auf Olja, Ibrahim und den Lehrer, die noch immer stumm vor dem rötlichen Denkmal standen. In Grenfeld stieg Wut auf. Er stürmte zurück und brach das Schweigen. »Wir suchen ein taubstummes Mädchen, zehn oder elf Jahre alt, hat vor drei Jahren hier im Halbmondlager gelebt. Können Sie uns dazu etwas sagen?«

Der Lehrer sah auf, als erwachte er aus einem tiefen Traum. Aus irgendeinem Grund ärgerte sich Grenfeld darüber, so wie er sich über den Friedhof ärgerte, über das Lager, die Totenstille und seine Ignoranz. Natürlich hatte er von Wünsdorf gelesen, von der Moschee, von den Kriegsgefangen mit ihren Turbanen und Ritualen. Die Zeitungen waren voll davon, man hatte Ausflüge organisiert, sogar Ansichtskarten mit dem Bild der Moschee verschickt. Olja hatte recht. Die toten Kolonialsoldaten waren ihm und seinen Mitbürgern herzlich egal gewesen, angesichts von Millionen zerfetzter Leichen auf den Schlachtfeldern des Krieges. Und seltsamerweise erwuchs aus Grenfelds Ärger etwas anderes. Ein starker Wunsch, dem Überfahrenen in der Hardenbergstraße zu einem Namen zu verhelfen, zu *seinem* Namen, auch wenn es angesichts des ganzen Leids vollkommen irrelevant sein würde.

»Sie haben mich verstanden?«, fragte er ungeduldig.

Pawel sah Grenfeld mit zusammengekniffen Augen an. »Es hat im Lager nie ein taubstummes Mädchen gegeben«, sagte er betont langsam, und Grenfeld spürte, dass sein Ärger sich sekundenschnell auf den Lehrer übertragen hatte. Ein seltsamer Mechanismus der menschlichen Psyche und er hatte nicht vor, ihn zu stoppen.

»Dann hat Ihr Freund, ich nehme mal an, dieser selbst ernannte Prophet Ibrahim ist Ihr Freund, keinen guten Draht nach oben, wenn ich das mal so behaupten darf.«

Grenfeld bemerkte, wie mit einem Mal Bewegung in die starre Gruppe kam. Olja packte ihn am Arm, Pawels Kopf zitterte vor Zorn und Ibrahim trat einen Schritt zurück.

»Ich wiederhole«, sagte er wie beim Diktat vor einer Schulklasse. »Es hat im Lager nie ein taubstummes Mädchen gegeben. Davon abgesehen, stellt man sich gemeinhin vor, wenn man andere Menschen auf dem Friedhof belästigt.«

»Kein Problem«, sagte Grenfeld und hielt ihm seine längst abgelaufene Polizeimarke so nah vors Gesicht, dass er dieses Detail nicht bemerken konnte. »Und jetzt strengen Sie sich an und denken nach, und zwar sorgfältig!«

Pawel drehte sich erbost um, dann rannte er los. Grenfeld nahm die Verfolgung auf, stets den Lehrer im Blick, der mit wehendem Mantel über Erdhügel und Grabeinfassungen zum Ausgang hastete. Die Schritte des Lehrers waren kurz, seine Stiefel versanken im Morast. Er sah aus wie ein Insekt, das verzweifelt aus einem Sandloch fliehen wollte. Kurz vor dem Tor hatte Grenfeld ihn eingeholt, packte ihn am Mantel und riss ihn herum. Der Mann strauchelte, konnte sich gerade noch an der Friedhofsmauer abstützen. »Was wollen Sie von mir?«, keuchte er.

»Ihr Freund Ibrahim«, rief Grenfeld außer Atem. »Er meinte, Sie können uns helfen. Verdammt, rücken Sie endlich mit der Wahrheit raus!«

»Da war ein Mädchen, sie war nicht taub, nur stumm und selbst das stimmt nicht.«

»Was soll das heißen?«

»Einmal, ein einziges Mal hat sie gesprochen. Als die Sprachwissenschaftler von der Lautabteilung der Universität hier waren. Sie wollten wieder Aufnahmen machen, wie mit den Gefangenen während des Krieges.«

Mittlerweile hatten Olja und Ibrahim sie eingeholt.

»Sie stand vor dem Trichter des Phonographen auf einer Kiste. Plötzlich fing sie zu reden an, sogar ein Lied hat sie gesungen. Dann wurde sie nach ihrem Namen und dem Ort ihrer Herkunft gefragt. Aber dazu hat sie wieder geschwiegen.«

»Was hat sie in den Trichter gesprochen?«, fragte Olja.

»Das konnte niemand übersetzen. Ein regionaler Dialekt aus dem Kaukasus, womöglich nur der eines Dorfes, meinten die Sprachwissenschaftler. Wir hatten ja keinerlei Papiere von dem Mädchen. Sie war März vierundzwanzig mit einem Mal im Lager aufgetaucht, ohne Eltern oder Verwandte. Wir nannten sie *Mienchen*. Ich war mir sicher, dass sie ein wenig Russisch und Türkisch verstand.«

Olja zeigte ihm die Zeichnung mit den Zirkuspferden und der Lehrer nickte.

»Ich habe sie einmal erwischt. Da hat sie hier am Friedhof über die Gräber hinweg ein Seil gespannt und ist darauf balanciert wie eine Seiltänzerin. Ich bin ihr dann öfter gefolgt, habe sie beobachtet. Jeden Tag hat sie geübt, bei Wind und Wetter. Einmal ist sie sogar auf das Dach der Moschee geklettert und wollte ein Seil vom Minarett bis zum Halbmond auf der Kuppel spannen. Bedri, der damalige Imam, musste sie mit Gewalt davon abhalten.«

»Warum sind Sie vor mir abgehauen?«, fragte Grenfeld.

»Nur so«, murmelte der Lehrer und blickte unsicher auf Ibrahim.

»Sag, was du weißt«, rief der mit tiefer Stimme.

»Der Imam hatte mich damals gebeten, mich um sie zu kümmern. Doch eines Tages war sie verschwunden. Man hat mir erzählt, ein Mann hätte sie abgeholt, hätte behauptet, er sei ein Verwandter. Glauben Sie mir, ich habe mir Vorwürfe gemacht, ich hätte das verhindern müssen. Aber das Leben im Lager war so unruhig, ein Kommen und Gehen, ich habe das nicht gewollt.«

»Wer war der Mann?«

Pawel zuckte hilflos mit den Schultern.

Grenfeld wandte sich an Ibrahim. »Das mit dem ›Draht nach oben‹, Sie wissen schon, was ich vorher gesagt habe … es tut mir leid. Sie hatten recht, Sie haben uns sehr geholfen.«

»Keine Ursache, ich habe auch eine Botschaft für Sie.«

»Für mich?«

»Ein Geduldiger ist besser als ein Starker und wer sich selbst beherrscht, besser als einer, der Städte gewinnt.«

»Tja, da mag der Koran recht haben«, sagte Grenfeld und schmunzelte.

»Sprüche, Kapitel sechzehn, Vers zweiunddreißig. Das steht in *Ihrem* Buch«, erwiderte Ibrahim und lächelte zurück.

»Was ist mit den Aufnahmen?«, unterbrach Olja.

»Ich kann mir nicht vorstellen, dass Wissenschaftler etwas wegwerfen, was sie mal gesammelt haben«, meinte Pawel.

Olja sah Grenfeld erwartungsvoll an.

»Lass uns fahren! Wir haben zu tun«, sagte er, und zum ersten Mal schöpfte Olja Hoffnung, dass sie beide ein gemeinsames Ziel verfolgten.

KAPITEL 4

15. Januar 1927, 15 Uhr,
Polizeipräsidium, Alexanderplatz

Alexander Kaleko schwitzte. Er saß im zweiten Stock des Polizeipräsidiums vor Zimmer zweihundertzweiundvierzig auf einer harten Holzbank und konnte nicht glauben, dass dieser Fettwanst von Generaldirektor die Chuzpe besaß, ihn anzuzeigen. Er wischte sich über seine nasse Stirn und spürte, wie seine Hand zitterte. Das Schwitzen wollte nicht aufhören, obwohl er bereits seinen Mantel ausgezogen und seine Weste aufgeknöpft hatte. »Von mir aus zahle ich Schmerzensgeld«, flüsterte er. »Dann werde ich noch mehr fahren müssen, mehr Kilometer, mehr durchwachte Nächte, mehr Betrunkene. Zuerst aber werde ich dem Schwein die Sitte auf den Hals hetzen, Unzucht mit Minderjährigen, und dann werde ich einen Anruf bei seiner Frau tätigen. All das werde ich tun.« Man hatte ihn gebeten, einen Moment Platz zu nehmen. Jetzt fragte er sich, wie lange er bereits auf dem düsteren Gang ausharrte. Es kam ihm lang vor, ungewöhnlich, ja unerhört lang, und seinen aufkommenden Zorn dämpfte er nur durch die Hoffnung, womöglich vergessen worden zu sein. Erst jetzt bemerkte Kaleko den Fleck auf seiner Hose und schämte sich. Hastig stand er auf, ging einige Schritte auf und ab, zog die Weste nach unten, doch sie war nicht lang genug, um ihn zu kaschieren. Dann las er das Schild neben der Zimmernummer zweihundertzweiundvierzig: »A1, Mordinspektion, Gertrud Steiner (Sekretariat), Ernst Gennat (Kriminalrat)«, und war sich sicher, vor der falschen Tür gewartet zu haben. Hastig klopfte er an und trat ein. Er wollte sich erklären, das Missverständnis berichtigen, doch die Sekretärin winkte ihn durch das Vorzimmer in ein Büro. Auf dem Sofa saß ein enorm dicker Mann vor einer Tasse Kaffee und einem Teller mit zwei Tortenstücken.

»Setzen Sie sich«, sagte der Inspektor.

»Alexander Kaleko. Ich bin falsch hier«, stammelte er und blieb stehen.

»Fünfundneunzig«, erwiderte der Dicke kauend, ohne aufzublicken.

Der Taxifahrer glaubte, sich verhört zu haben.

»Fünfundneunzig Prozent meiner Besucher nehmen an, hier falsch zu sein. Aber immerhin ist es möglich. Letztes Jahr wurden die Abteilungen umbenannt. Nehmen Sie doch Platz. Wollen Sie ein Stück Torte?«

Kaleko war sich nicht sicher, ob es klug war, abzulehnen, also griff er zu. Das Tortenstück kippte, weil seine Hand zitterte. In diesem Moment fiel ihm eine Szene aus *Schuld und Sühne* ein: der Mörder Raskolnikow vor dem schlauen Untersuchungsrichter. Verplappert hatte er sich, der Student, aus Erregung und Angst. Kaleko versuchte, mit aller Kraft an etwas anderes zu denken, lenkte seine Aufmerksamkeit auf den Stadtplan an der Wand. Er erinnerte sich an seine Prüfung in der Technischen Hochschule Charlottenburg. Die Namen von zwölftausend Straßen und mehreren hundert Plätzen hatte er gelernt, bevor er nach Stunden der Befragung endlich seinen Beförderungsschein bekommen hatte. Sollte das alles umsonst gewesen sein? Plötzlich fasste er einen Entschluss: Den Teufel würde er tun und etwas zugeben. Dojo musste ihm aus der Patsche helfen.

»Sie sind also Taxichauffeur?«, fragte Gennat.

»Professor für Sprachwissenschaft, um genau zu sein«, erwiderte er trotzig.

»Na, so was,« rief der Kriminalrat und Kaleko suchte in dessen Stimme vergebens nach Sarkasmus.

»Ich fahre, um zu überleben. Ich hab mir heute nur eine Stunde freigenommen.«

»Schön, dann werde ich mich kurzfassen. Sind Sie gestern um 22 Uhr gefahren?«

»Gestern, 22 Uhr? Nein, ich war mit einem Kollegen in der Werkstatt. Wir mussten ein Fahrzeug reparieren.«

»Wie heißt der Kollege?«

»Dostojewski.«

»Herr Kaleko, bis jetzt war ich nett zu Ihnen, wenn Sie mir allerdings …«

»Wir nennen ihn so, es ist sein Spitzname.«

»Sie haben nicht vor Lutter & Wegners Weinstube einen Herrn in Begleitung einer Dame aufgenommen?«

»Nein. Um was geht es denn?«, fragte Kaleko zu laut.

»Sie werden beschuldigt, am 14. Januar um 22:30 Uhr zwei Fahrgäste gegen ihren Willen in den Grunewalder Forst befördert zu haben. Sie sollen dem Herrn gedroht haben, ich zitiere: ›Das Schwein auf dem Friedhof Schildhorn lebendig einzubuddeln.‹ Nachdem es dem Pärchen gelungen war, aus dem fahrenden Auto zu springen, hatten Sie versucht, den Mann im Rückwärtsgang zu überfahren.«

Kaleko versuchte, mit aller Kraft seine Stimme zu kontrollieren. »Wie gesagt, wir waren mit einer Reparatur beschäftigt.«

»Was genau haben Sie repariert?«

»Die Bremsbacken mussten ausgewechselt werden.«

»So spät?«

»Natürlich, die Fahrzeuge werden über Nacht gewartet, damit sie am nächsten Tag einsatzfähig sind.«

»Und darum kümmern sich die Fahrer?«

»In einer großen Garage nicht. Da gibt es Wäscher und Monteure, aber nicht in einer kleinen Klitsche. Da muss jeder mit anpacken. Wie kommen die Herrschaften überhaupt auf mich?«

»Der Direktor hatte sich Ihre Nummer gemerkt.«

»Mitten in der Nacht? Im Wald? Das muss eine Verwechslung sein.«

»Vielleicht. Um das auszuschließen, planen wir eine Gegenüberstellung.« Gennat legte seinen Löffel beiseite. »Sie haben Ihren Kuchen gar nicht angerührt. Mögen Sie keine Torte?«

Kaleko eilte mit großen Schritten den langen dunklen Korridor entlang und zwang sich, nicht zu rennen. »Ein Wunder«, murmelte er. »Sie haben mich tatsächlich laufen lassen. Nicht einmal die Fahrerlaubnis haben sie mir entzogen.« Er nahm die nächstbeste Treppe nach unten und folgte einem Gang, der vor einem Sitzungssaal endete. Durch die Tür drangen erregte Stimmen. Er musste jetzt so schnell wie möglich verschwinden, bevor sie es sich anders überlegten. Aus einem Fenster konnte er in den Innenhof des Polizeipräsidiums sehen, wie eine Gruppe Schupos auf einen Lastwagen stieg. Vielleicht würden sie zum Potsdamer Platz fahren, um seinen Wagen zu beschlagnahmen? Vielleicht würden sie dann feststellen, dass er gelogen hatte? Kaleko zwang sich weiterzugehen, bog nach rechts in einen Seitengang und blickte der Reihe nach auf die Türschilder: *Dezernat BI 04: Einbruchsdiebstahl, Dezernat BI 05: Diebstahl/Hehlerei/Westen, Dezernat BI 06: Diebstahl/Hehlerei/Osten.* Das Hemd klebte schweißnass auf seiner Haut und der feuchte Hemdkragen rieb unangenehm am Hals. Auf einem quietschenden Rollwagen kamen ihm Aktentürme entgegen, er wich aus, stieß an den Wagen, eine Akte fiel zu Boden, er entschuldigte sich viel zu laut, spürte, wie die Büroangestellte ihn angaffte, und eilte weiter. Nach einer Weile musste er sich eingestehen, die Orientierung verloren zu haben. Er lehnte sich an die speckig glänzende Wand gegenüber *Dezernat C7: Vergehen geg. Konkursordnung* und schloss die Augen. Er durfte jetzt keine Zeit verlieren. Er musste Dojo bitten, ihm ein Alibi zu geben, vielleicht müsste er sogar seinen Wagen verschwinden lassen. Am Ende würde er selbst verschwinden und nur der Gedanke einer zukünftigen Selbstauflösung gab ihm neue Kraft. Wie in Trance marschierte er weiter, gelangte in ein Treppenhaus und folgte dem Schild *Ausgang: Dirksenstraße.* Dann sah er die Glaskästen mit den Fotos der unbekannten Toten. Er zwang sich, weiterzugehen, doch sein Körper schien ihm nicht zu gehorchen. Stattdessen suchte er so lange, bis er das Foto fand. Auf Augenhöhe war das entstellte Gesicht eines Mannes zu sehen, er trug einen schönen Anzug, teure Schuhe. Er überflog den dazugehörigen Text und las: »Hardenbergstraße.« Das genügte ihm, denn er fühlte sich auf einmal beobachtet, blickte sich nach allen Seiten um. Doch neben ihm war niemand. Dann trat er ganz nah an das Foto heran, bis die Konturen des Leichnams vor seinen Augen verschwammen. »Du warst das nicht«, flüsterte eine Stimme in ihm und er wollte ihr so gern glauben.

15. Januar 1927, 16 Uhr, Messegelände

Auf der Aussichtsplattform des Berliner Funkturms in hundertzwanzig Metern Höhe wehte ein eiskalter Wind, doch er wollte nicht zurück in die Wärme des Restaurants. Neben ihm stand Mienchen, die kleine Akrobatin und presste ihr Gesicht an das Gitter. Keine dreihundert Meter entfernt, zwischen der neuen Funkhalle und dem Bahndamm, lag sein ganzer Besitz. Alles, was nach Generationen der Wanderschaft noch übrig war: ein weißes Chapiteau, gehalten von sechsundzwanzig Meter hohen Stahlrohrmasten der Firma Mannesmann. Die Konstruktion: Holzbalken ohne Schrauben und Nägel. Der Eingang: eine orientalisch maurische Prunkfassade nach dem Vorbild des Zirkus Strassburger. Die Technik: Dieselmotoren, eine Licht- und Wasserleitungsanlage, eine Heißluftheizung. Der Fuhrpark: vier Werkstattwagen, zwanzig Spezial-Transport-Automobile, drei Traktoren, zehn Personenautos, sowie fünfzig Wagen mit der Aufschrift CIRCUS CARL STERNHEIM, ein Kostümwagen mit Anhänger. Dazu ein beträchtlicher Tierbestand: vierzig Pferde und Ponys, neun Elefanten, fünf Löwen, zwei Tiger, eine Hyäne, drei Eisbären, fünf Braunbären, mehrere Affenarten und Exoten. Noch sah alles nach einer chaotischen Baustelle aus, doch in vierundzwanzig Stunden würde der tschechische Zeltmeister sein Wunder vollbracht haben. Jedes Teil wird an seinem ihm zugewiesenen Platz stehen und die bunten Glühbirnen der zwanzig Meter langen Prunkfassade werden hell und weithin sichtbar leuchten wie das Sternenzelt über der mongolischen Steppe. Der Alte lachte grimmig über den naiven Vergleich. Ein Kaufhaus wie das KaDeWe strahlte mit seinen Weißen Wochen heller und selbst die viertausend Glühlampen der Lichtreklametafel auf dem Aussichtslokal des Funkturms würden seine Lichterketten in den Schatten stellen. Dennoch, einen besseren Platz hätten sie nicht finden können. Nach wie vor konnte er es nicht fassen, dass der zuständige Beamte im Rathaus ausgerechnet ihm das Messegelände zugeschanzt hatte. »Wissen Sie, Herr Sternheim«, hatte er hinter vorgehaltener Hand geflüstert. »Ich liebe den Zirkus, wie er früher einmal war, nicht den Zirkus des Varietés. Ich verehre den Zirkus, wie *Sie* ihn verkörpern. Deswegen bauen Sie nicht auf dem Tempelhofer Feld auf, wie der Zirkus Krone, sondern auf dem Messegelände. Ihr Antrag ist genehmigt.«

Waren die Worte gut gemeint, so hatten sie dem Alten doch einen Stich versetzt und die Angst vor dem Scheitern schmerzte wie Salzwasser in einer frischen Wunde. Der Beamte hatte recht, sie hatten sich nicht verändert, sie waren nicht mit der Zeit gegangen und genau das würde ihnen hier zum Verhängnis werden. Jetzt erst, auf der Aussichtsplattform des neuen Funkturms, hatte er die Absicht des Beamten verstanden. Gerade unter dem Wahrzeichen der Technik, dem Sendeturm aus sechshundert Tonnen Stahl, dessen Wellen die Menschen an die Radiogeräte fesselten, sollten noch einmal Clowns, Akrobaten und Pferde gegen den Fortschritt in Stellung gebracht werden. Er hatte es immer gewusst. Nicht König, Kaiser oder Parlament regieren ein Land, sondern deren Erfüllungsgehilfen in Ärmelschonern.

Der Alte spürte, wie das Mädchen an seinem Mantel zerrte. Die kleine Seiltänzerin zeigte aufgeregt auf den einzigen Wohnwagen mit dem Dachaufbau, auf dessen

Seite drei Bullaugen angebracht waren. Die kreisrunden Fenster bildeten jeweils die Os der Aufschrift THE FLYING SOKOLOWS. Unter diesem Dach befand sich seit einem Jahr ihre Schlafstätte und der Alte konnte sich lebhaft vorstellen, wie sich im Sommer die Hitze unter dem Blechdach staute, während im Winter die Kälte durch die Fensterritzen kroch. Das Mädchen rannte zur anderen Seite der Plattform und der Alte folgte ihr. Von hier sahen sie über den Lietzensee hinweg tief in das Herz der Stadt. Als er Mienchen von der Seite betrachtete, wandte sie schnell ihr Gesicht ab. Er sah Tränen über ihre Wange laufen. Unbeholfen legte er seine Hand auf ihren Kopf, spürte eine Haarspange aus Metall. »Ich werde ihn finden«, sagte er und konnte seine eigene Stimme nicht leiden. Sie klang so hohl wie die eines Verkäufers, der am Alex Krawattenbinder anpries. Ilja war nun schon den fünften Tag verschwunden und er hatte nicht die geringste Ahnung, wo er den verdammten Seilartisten suchen sollte. Er war ihm ans Herz gewachsen, hatte ihm vertraut und in den letzten Monaten gehofft, ihn als Nachfolger aufbauen zu können. Ilja hatte Breslau, Dresden, Magdeburg und Hamburg vorbereitet, wie ein alter Fuchs mit Landwirten, Schreinern, Öllieferanten und Druckereien verhandelt. Wenn er nicht auf dem Seil war, trug er die teuersten Hemden und Anzüge, wohnte in den großen Hotels, wenn auch nur für eine Nacht. »Der Generaldirektor persönlich!«, hatten die Kameraden gespottet, als er mit seiner Ledertasche an ihnen vorbeiging. Dann hatte sich Ilja umgedreht und seine Augen hatten gefunkelt, während er rief: »Wann werdet ihr das endlich begreifen? Wer vor den Menschen kriecht, wird nie wie ein Mensch behandelt werden. Täglich trotzt ihr den Gesetzen der Schwerkraft und bändigt die wildesten Kreaturen. Doch wenn ihr da rausgeht, verwandelt ihr euch in armselige Bittsteller. In unserer Manege ist es wärmer und heller als in den Mietskasernen dieser Stadt. *Wir* haben elektrische Anschlüsse!« Daraufhin hatten sie geschwiegen, das spöttische Grinsen der Jungen war eingefroren und die Alten hatten genickt.

Carl Sternheim erschrak, als er spürte, wie sich seine Hand auf dem Kopf des Mädchens zu einer Faust ballte. »Wir werden nicht ruhen, bis wir ihn finden«, wiederholte er, ohne dass es diesmal überzeugender klang. Minchen lief am Handlauf weiter bis zur Stelle, wo man auf die AVUS sehen konnte. Sie blickte ihn fragend an und er verstand. »Nein, ich glaube nicht, dass er fort ist. Er ist hier, irgendwo in dieser Steinwüste.«

15. Januar 1927, 17 Uhr, Königstraße

Kaleko überquerte den Alexanderplatz, lief am Bahnhof vorbei, die Königstraße am Rathaus entlang. Er hatte das Gefühl, auf Stelzen zu laufen, von oben auf die anderen Passanten herabzusehen. Doch während sein Herz raste, kam er nur schleichend voran. Er hätte niemals auf der Toilette des Polizeipräsidiums das weiße Pulver schnupfen sollen. Im Gespräch mit dem Kriminalrat hatte es ihm geholfen, wach, selbstsicher, ja sogar überlegen zu wirken, doch jetzt schien irgendetwas außer Kontrolle zu geraten. Er war so durstig, doch er durfte keine Zeit verlieren. Er musste Dojo überreden, ihm ein Alibi zu geben, er musste seinen Wagen reparieren lassen, bevor ihn die Beamten untersuchten. Heute Abend standen lukrative Touren an: die Neueröffnung des Café Schottenhaml, das Gastspiel des Zirkus Hagenbeck, der Ball des Filmklubs, die Vorstellung von *Metropolis* im Ufa-Pavillon am Nollendorfplatz. In der Französischen, Ecke Mauerstraße, kurz vor dem Justizministerium, fuhr ein Taxi mit Schrittgeschwindigkeit neben ihm her. Er winkte ärgerlich ab, bis er Dojos Gesicht erkannte. Das Schicksal meinte es gut mit ihm, dachte er, rannte aufgeregt um das Fahrzeug und nahm auf dem Beifahrersitz Platz.

»Der Direktor von neulich, du weißt schon, das Pärchen, das ich an die Luft gesetzt habe. Stell dir vor, er hat mich angezeigt!«, sprudelte es aus ihm heraus.

»Später«, murmelte Dojo.

»Jetzt«, rief Kaleko. »Jetzt musst du mir helfen. Ich komme gerade vom Polizeipräsidium. Ich …«

Sein Kollege warf ihm einen finsteren Blick zu. »Ich sagte doch *später*!«

»Es gibt kein Später«, schrie Kaleko. »Jede Minute können sie meinen Wagen finden und dann sehen sie die Beulen, verstehst du? Du musst mir ein Alibi geben. Wir waren an diesem Abend in der Garage, bitte!« Kaleko bemerkte, dass Dojo in den Rückspiegel sah und erst jetzt verstand er, dass sie nicht allein waren. Erschrocken sah er nach hinten und erstarrte. Das Gesicht, es kam ihm bekannt vor: Es war die Geliebte jenes Mannes, der ihn angezeigt hatte. Bestürzt blickte er auf seinen Kollegen, dann erneut nach hinten. Die Gesichtszüge kamen ihm vertraut und doch fremd vor, so als wären sie um Jahre gealtert.

»Wie kommt das Mädchen hierher?«, flüsterte er.

»Welches *Mädchen*?«, fragte Dojo spöttisch.

»Ich meine«, stotterte Kaleko. »Die junge Frau – gestern – auf der Fahrt in den Wald. Sie war so jung.«

»Ich fürchte, mein lieber Nikolaj«, sagte Dojo mit gespieltem Ernst, »ohne dem Fräulein gegenüber unhöflich zu erscheinen, die Dame auf dem Rücksitz war gestern genauso alt wie heute. Wobei das Wort ›alt‹ in Anbetracht ihrer Schönheit …«

»Was soll das?«, schrie Kaleko und packte seinen Kollegen am Arm. Dojo bremste und hielt am Straßenrand.

»Bitte, Fräulein, klären Sie meinen Freund auf, sonst demoliert er mein Taxi.«

»Na ja, es war nicht gerade galant, wie Sie uns im Wald ausgesetzt hatten. Aber, was soll's, das Schwein hatte eine Abreibung verdient.«

Kaleko war nicht sicher, ob er fantasierte.

»Wir brauchten eine geschlagene Stunde, bis wir wieder zur Heerstraße fanden. Und dann hat er noch nicht einmal bezahlt, verstehen Sie? Er hat sich geweigert, zu zahlen!«

»Zu zahlen?«, wiederholte Kaleko irritiert.

»Kann ich was dafür, wenn der Herr nicht auf seine Kosten kommt?«

Er sah zu Dojo hinüber. »Wie hast du sie gefunden?«

»Das war nicht schwer, der Herr ist Stammgast in Lutter & Wegners Weinstube, Bankdirektor und stinkreich.«

»Er hat mich angezeigt.«

»Das hast du bereits erwähnt. Ich verspreche dir, er wird die Anzeige zurückziehen. Darum kümmern wir uns. Du brauchst dir keine Sorgen zu machen.«

»Habe ich versucht, Ihre Begleitung umzufahren?«, fragte Kaleko, ohne sich umzusehen.

»Na, ich hab's mit der Angst bekommen. Sie waren wie von Sinnen!«

»Ich habe es also versucht?«

»Es hätte nicht viel gefehlt und die Ehefrau des Bankdirektors wäre jetzt eine wohlhabende Witwe.«

Kaleko drehte sich um und musterte die Frau auf dem Rücksitz. Ihre Gesichtszüge glichen nur noch entfernt denen, die er gestern gesehen hatte. Die Reinheit des Mädchens war einer gehässigen Fratze gewichen. Das junge Mädchen hatte nur in seiner Wahnvorstellung existiert. Nun hatte er keine Angst mehr vor dem Verlust der Fahrerlaubnis. Er fürchtete vielmehr, den Verstand zu verlieren.

»Lass mich da vorne raus«, sagte er mit schwacher Stimme. »Und hör endlich auf, mich Nikolaj zu nennen!«

16. Januar 1927, 21 Uhr, Alexanderplatz

Franzi hatte sich heute nicht abgeschminkt. Er liebte es, in einem Pelzmantel mit glänzenden Stiefeletten über den Alex zu stolzieren und die Blicke der Männer auf sich zu ziehen. Die Prostitution blühte und nur Eingeweihte wussten, dass die Gestalten an der Haltestelle nicht auf die Bahn warteten. Hier und da ein Zischen und Wispern, zweideutige Sätze schwirrten durch die würstchengeschwängerte Luft. Luden boten ihre Ware wie saures Bier feil, Zeitungsjungen schrien um die Wette, Tippelbrüder durchwühlten Abfalleimer. Nur die Bagger und

Dampframmen standen still, bereit, den Platz bald in eine riesengroße Wunde zu verwandeln. Er fühlte sich sicher, kaufte bei Wurst-Maxe eine dampfende Bockwurst und schlenderte die Neue Königstraße entlang. Erst in der Gollnowstraße, vor der Polsterei Birnbaum, hatte er das Gefühl, von einem Wagen verfolgt zu werden. Der Fahrer hielt denselben Abstand, fuhr in Schrittgeschwindigkeit hinter ihm her, so als suchte er eine Adresse. Sofort dachte er an Max, sah seinen toten Körper wurmförmig auf der Kellertreppe des Äquator liegen und lief schneller. Er wünschte sich den Trubel am Alex herbei, doch hier, in der dunklen Gasse, war er schon um den Lumpensammler mit dem Handkarren dankbar, der ihm entgegenhumpelte. An der Fabrikmauer, dort, wo im Hinterhof die Synagoge lag, begann er zu rennen. In der Fliederstraße spürte er, wie sein Seidenschal abrutschte, doch er wagte nicht, ihn aufzuheben. Das Brummen des Motors war jetzt dicht hinter ihm. Noch zwei Häuser, dann hatte er es geschafft. Im Hofeingang suchte er zitternd nach seinem Hausschlüssel. Es war ihm unbegreiflich, warum er sich nicht finden ließ. Oben in der Dachkammer würde er sich seines Verfolgungswahns schämen, doch als die Schritte fester Stiefel durch den Hof hallten, leerte er seine Handtasche. Die Puderdose fiel auf den Boden und sprang auf, der Lippenstift kullerte die Stufen hinunter, Taschentücher landeten im Schmutz. Als er sich bückte, hörte er, wie die Schritte lauter wurden. Verzweifelt durchwühlten seine Finger das Futter der Tasche so lange, bis er spürte, dass jemand hinter ihm stand.

16. Januar 1927, 12 Uhr,
Douglasstraße 63

Er wusste, dass Helen mit geöffneten Augen die Muster betrachtete, die das gelbe Licht der Straßenlaterne an die Decke warf. Sein Kopf ruhte auf ihrer Brust und er konnte das Pochen ihres Herzens hören. Sie hatten miteinander geschlafen, sich ineinander verkeilt, in einem Akt verzweifelter Leidenschaft Nähe erzwungen und gesiegt. Jetzt war es so wie früher. Ihre dampfenden Körper lagen eng umschlungen auf dem nassen Laken und atmeten, nur ein wenig zeitversetzt, im selben Rhythmus. Für eine lange Zeit war es nicht notwendig, Worte zu wechseln. Grenfeld wagte nicht, sich zu bewegen, so vollkommen war die Stille im Raum. Nur in seinem Kopf wiederholten sich die Melodien des Orchesters Leo Bermann, zu denen sie noch vor wenigen Stunden im Alabastersaal des Café Schottenhaml getanzt hatten. Wie ausgelassen und fröhlich sich doch die Menschen in der exklusiven Umgebung gaben, das Leben in vollen Zügen genossen und voll des Lobes waren über das altberliner Porzellan aus der Manufaktur, die Spiegelfließen an der Decke, die kleinen Springbrunnen an den Wänden. Berlin hatte eine neue Attraktion. Dann sah er das Bild des Jungen mit dem Äffchen im strömenden Regen und fragte sich, wie kalt es wohl jetzt auf dem Dachboden des Equitable sein musste. Er sah Ibrahim mit seiner eigenwilligen Kombination aus Freikorpsuniform und Heiligengewand auf den Bastmatten seiner Brettermoschee knien. Und er sah Olja neben sich im fahrenden Wagen sitzen, auf dem Rückweg von Zossen, ihr Gesicht fiebrig vor Erwartung, sich als Detektiv zu beweisen. Helens Atem stockte, so als wollte sie etwas sagen und hielt es doch zurück.

»Wo bist du gerade?«, fragte sie schließlich.

»Na ja, wo soll ich schon sein?«

»Du weißt, was ich meine.«

Grenfeld suchte vergebens einen vorwurfsvollen Ton in ihrer Stimme. Schließlich richtete er sich auf. »Ich denke gerade an diesen Ibrahim, da draußen in Wünsdorf. Du weißt schon, der ehemalige Adjutant, dem das verbundene Pferdemaul auf der Zeichnung aufgefallen ist.«

»Ja und?«

»Komischer Kauz. Hatte doch tatsächlich behauptet, es sei eine Gebetserhörung. Ich fürchte, wir haben die falsche Frage gestellt. Wir hätten fragen müssen: Wer ist der Mörder und wo finden wir ihn? Das hätte so manches vereinfacht. Man sollte solche Typen zukünftig im Präsidium beschäftigen.«

Helen schwieg.

»Was hast du?«

»Mach dich nicht über den Glauben eines anderen Menschen lustig.«

»Ach was, es ist nur … er ist irgendwie aus Zeit und Raum gefallen. Manchmal denke ich, es werden täglich mehr. Die sitzen nicht im feinen Café Schottenhaml, die siehst du nachts auf der Friedrichstraße.«

»Eher in einem Atelier *über* der Friedrichstraße.«

Grenfeld sah sie belustigt an. »Was mich angeht, hast du recht. Olja hingegen … ich hab sie unterschätzt. Sie hat das Zeug zur Kommissarin. Sie hat einen guten Riecher und wenn sie mal 'ne Fährte aufgenommen hat, dann bringen sie keine zehn Pferde davon ab. Und jetzt stell dir vor, ab April richten sie eine Kriminalinspektion mit weiblichen Anwärterinnen ein. Sie könnte als Hilfskommissarin anfangen und später …«

»Schön für Olja, aber was ist mit dir? Was willst *du*?«

»Ich werde nächste Woche Gennat anrufen.« Er fühlte, wie ihre Hand durch sein Haar strich.

»Du musst mir nichts vormachen«, sagte sie leise. »Du willst nicht wieder zurück ins Präsidium.«

»Ich weiß nicht«, murmelte er. »Ich weiß es einfach nicht.«

»Ich hab mich oft gefragt, warum dein Bekanntenkreis ausschließlich aus russischen Emigranten besteht.«

»Vielleicht bin ich ein Spion?«, witzelte Grenfeld.

»Was hast du gesagt? ›Aus Zeit und Raum gefallen.‹ Das dürftet ihr gemeinsam haben.«

Er hatte keine Lust auf psychoanalytische Exkurse und schwieg.

»Wo wir gerade bei Exilanten sind. Gestern stand ein Taxifahrer vor der Tür. Er wollte dich sprechen. Ein Herr … Kaleno?«

»Kaleko, der Professor!« Grenfeld war überrascht. »Was wollte er?«

»Hat er mir nicht verraten. Sah ziemlich mitgenommen aus.«

»Auch so ein seltsamer Kerl.«

»Ich habe einen neuen Auftrag«, sagte Helen plötzlich und drehte sich zu ihm. »Ich soll Kostüme für die Tiller- und die Admirals-Girls entwerfen.«

»Für die Haller-Revue im Admiralspalast? Die tanzen doch alle nackt.«

»Nicht ganz, aber das hättest du wohl gern.« Helen strich ihm über die Brust. »Weißt du noch, die Eisarena?«

»Abgerissen. Alles Schöne wird niedergerissen und

durch das Monumentale ersetzt. Jetzt zählen nur noch Rekorde: schneller, höher, weiter. Selbst das alte Zielka wollen sie zu einem orientalischen Café mit dreitausend Sitzplätzen umbauen.«

»Ach, Robert, du redest schon wie ein Greis.«

»Manchmal fühle ich mich auch so.«

»Wenn wir schon von den Alten reden. Ich hoffe, du hast es nicht vergessen. Ich werde morgen meinen Vater in Paris besuchen. Er hat ein Hotel an der Côte d'Azur gekauft und braucht meinen Ratschlag wegen der Inneneinrichtung.«

»Der Mann hat Sorgen.«

»Ich werde am sechsundzwanzigsten zurück sein.«

»Siebzehn Stunden Zugfahrt sind kein Vergnügen.«

»Sechseinhalb – Abflug morgen früh mit der Luft Hansa, Rückflug mit der französischen Linie Farman.«

Grenfeld stutzte. Er wollte sich seine Überraschung nicht anmerken lassen. Er hatte nicht einmal gewusst, dass eine regelmäßige Flugverbindung nach Paris existierte. »Soll ich dich zum Flugplatz bringen?«

»Ich werde ein Taxi nehmen. So wie es aussieht, wirst du hier gebraucht als Retter der Vergangenheit.«

17. Januar 1927, 11 Uhr,
Potsdamer Platz

»Herr Kaleko?«

Grenfeld betrachtete den schnarchenden Mann, dessen Kopf auf dem Lenkrad abgelegt, tief im Reich der

Träume weilte. Ohne eine Reaktion abzuwarten, nahm er auf dem Beifahrersitz Platz und ließ die Wagentüre offen. Er hasste es, Menschen, die endlich zur Ruhe gekommen waren, mit einem lauten Knall zu wecken. Außerdem hatte er Zeit. Olja hatte sich mit ihm um 12 Uhr im Lesesaal der Staatsbibliothek verabredet. Irgendwo dort sollten die Tonaufnahmen aus Wünsdorf gelagert sein. Vor ihm stritt eine Gruppe Taxifahrer lautstark über die gestrige Straßenschlacht des Roten Frontkämpferbundes mit der Polizei. Während einer die Gummiknüppel der Polizeimannschaften lobte, nahm ein anderer Partei für die Kommunisten und ein dritter lamentierte über die gesperrte Gudrunstraße. Kaleko, auf dessen Schoß die abgegriffene Ausgabe von *Schuld und Sühne* lag, atmete unruhig, seine bleiche Gesichtshaut leuchtete hinter den verschränkten Armen hervor.

»Wo wollen Sie hin?«, fragte er, ohne die Augen zu öffnen.

»Staatsbibliothek, Unter den Linden.«

»Ich bitte Sie, mein Herr, laufen Sie die paar Schritte. Es wird Ihnen guttun.«

»Dann zum Polizeipräsidium«, sagte Grenfeld mit lauter Stimme.

Kaleko schreckte hoch, das Buch fiel auf den Boden.

»Meine Frau sagte mir, Sie wollten mich sprechen?«

»Herr Kommissar, es tut mir leid, aber ich …«, er stockte. »Wie haben Sie mich gefunden?«

»IA-15665.«

»Sie haben sich meine Nummer gemerkt?«

»Eine alte Gewohnheit. Zwanzig Jahre Kriminalbeamter, da entwickelt man einen Sinn für überflüssige Details. Außerdem hatten Sie mir Ihren Standplatz verraten.«

»Sicher«, murmelte Kaleko.

Als Kaleko das Buch aufhob und auf die Ablage legte, bemerkte Grenfeld die entzündeten Nasenflügel. »Was wollten Sie von mir?«

»Eine Auskunft, aber es hat sich erledigt. Ich bin todmüde, bin die ganze Nacht gefahren. Gestern war die Nacht der Bälle.«

»Aber Sie müssen doch irgendetwas von mir gewollt haben?«

Kaleko zögerte, dann griff er zu *Schuld und Sühne*. »Ich hatte die Absicht, Ihnen den Roman zu leihen. Wir hatten uns darüber unterhalten.«

Grenfeld nahm das Buch, obwohl er spürte, dass es eine Ausrede war. »Fahren Sie mich jetzt zur Bibliothek?«

Der Chauffeur nickte und ließ den Motor an. Er fuhr im Kreisverkehr um den Ampelturm und bog in die Leipziger Straße ein.

»Hören Sie, Herr Kaleko. Ich habe da eine ungewöhnliche Bitte. Können Sie mich in die Staatsbibliothek begleiten? Ich benötige Ihr Expertenwissen. Sie sind doch Sprachwissenschaftler?«

»Nun ja, das schon, aber für Dialekte, genauer gesagt, für kaukasische Dialekte.«

»Ausgezeichnet. So jemand brauchen wir, das heißt meine Mitarbeiterin und ich. Sie werden sie kennenlernen. Sie erwartet uns im Lesesaal.«

Kaleko bog in die Mauerstraße ein, fluchte, dass die Friedrichstraße verstopft sei, und sah ansonsten wie ein Mann aus, der fieberhaft nach einer Ausrede suchte.

»Ich erstatte Ihnen natürlich die ausgefallene Zeit«, schob Grenfeld nach.

Kaleko lächelte gequält. Unter den Linden umrundete er das Friedrichdenkmal und hielt direkt vor der Sandsteinfassade der Bibliothek.

Als sie den monumentalen Lesesaal betraten, konnte Grenfeld spüren, wie der Widerstand seines Begleiters dahinschmolz. Kaleko blickte ehrfürchtig zur vierzig Meter hohen Kuppel hinauf, unter der ein orientalischer Kronleuchter über den vierhundert Lesetischen schwebte. Deren blank polierte Oberflächen spiegelten das Tageslicht wider, welches durch die Rosettenfenster in den achteckigen Saal strömte. Zum ersten Mal entdeckte er ein Leuchten auf dem Gesicht des Taxifahrers. Gram und Bitterkeit schienen sich in der Atmosphäre geistiger Konzentriertheit aufzulösen.

»Seit Jahren lebe ich nun in der Stadt, aber so etwas Wundervolles habe ich noch nie gesehen«, flüsterte er. Er eilte vorwärts, ohne sich nach Grenfeld umzusehen, verschwand zwischen den meterhohen Büchergalerien, tauchte wieder auf, berührte die Buchrücken mit seiner Hand so, als wollte er jeden einzelnen Band begrüßen. Dann kehrte er zurück wie ein Kind, das, überwältigt von dem Gesehenen, Halt und Bestätigung suchte. »*Das*«, sagte er mit bebender Stimme, »ist meine Welt. Nicht Benzingestank und Straßenstaub.«

Olja hatte sie erblickt und kam mit schnellen Schritten auf sie zu. »Hier sind wir falsch. Ich habe mich erkundigt. Wir müssen zur Abteilung von Herrn Professor Doegen, Universitätsstraße sieben, gleich um die Ecke. Wir werden von einem Dr. Siems erwartet.«

Der Eingang der Lautabteilung lag in der Dorotheenstraße. Ein junger Mann stellte sich als Assistent vor, bedauerte, dass der Professor selbst in Irland sei, und hörte ihrem Anliegen aufmerksam zu. »Wenn ich Sie richtig verstanden habe, suchen Sie nach der Tonaufnahme eines Mädchens, das im Jahr 1924 oder 25 im Flüchtlingslager Wünsdorf gelebt hat. Sie kennen weder ihren Namen noch ihr Geburtsdatum. Das Mädchen soll zwar etwas gesprochen und gesungen, aber keine Angaben zu ihrer Person hinterlassen haben«, fasste der junge Mann zusammen.

»Schwierig?«, fragte Grenfeld.

Dr. Siems lächelte. »In unserem Lautarchiv haben wir Aufnahmen aus den Gefangenenlagern, die über zweihundertfünfzig Sprachen dieser Welt enthalten und auf tausendsechshundertfünfzig Schellackplatten gepresst wurden. Die Königlich Preußische Phonographische Kommission hatte die Gelegenheit beim Schopf gepackt, die Sprachen und die Musik der internierten Soldaten zu dokumentieren. Wenn Sie so wollen, haben wir hier ein weltweit einzigartiges Stimmenmuseum. Am besten, Sie sehen sich unser Archiv an.«

Sie folgten dem jungen Mann in einen Raum, dessen meterlange Regale bis zur Decke mit beschrifteten Blechdosen und Pappschachteln gefüllt waren. Auf den Schreibtischen lagen zwischen Karteikästen einzelne Wachszylinder und Schellackplatten.

»Worüber reden die Gefangenen auf den Aufnahmen?«, fragte Olja.

»Vorgegebene Worte, Zahlen oder Texte. Aber auch frei erzählte Geschichten, Märchen, Anekdoten. Manchmal singen sie auch Lieder aus ihrer Heimat. Auf jeden Fall wurde zu jedem Sprecher ein Personalbogen erstellt.«

»Und nach dem Krieg?«, fragte Olja.

»Seit 1922 führen wir die Arbeit fort. Wir haben längst

nicht alle Dialekte erfasst. Die Flüchtlingslager bergen so manche Überraschung.«

»Und die Aufnahme des Mädchens?«, fragte Grenfeld.

»Da haben Sie Glück. Aus zwei Gründen. Erstens gab es 1925 nur vierzig Aufnahmen in Wünsdorf und von diesen gab es nur drei ohne vollständig ausgefüllte Personalkarte. Eine davon ist die eines Mädchens. Normalerweise erstellen wir von den anonymen Wachszylindern keine Lautplatten, doch in diesem Fall haben wir uns anders entschieden. Wir konnten den Dialekt nicht zuordnen und erhofften uns durch eine Verbreitung Hinweise.«

»Sie können die Aufnahme nicht übersetzen?«

»Bruchstückhaft. Wollen Sie es sich anhören?«

»Ich möchte Ihnen Herrn Kaleko vorstellen. Er ist Sprachwissenschaftler. Vielleicht kann er uns weiterhelfen«, sagte Grenfeld.

»*Der* Alexander Kaleko von der Universität Moskau?«, rief der junge Mann überrascht. »Dialektologie und Semantik der kaukasischen Sprachen?«

Kaleko winkte ab. Seine Haut war wieder fahl geworden, das Leuchten erloschen. »Das ist lange her, junger Mann. Heute erforsche ich die Straßen Berlins. Wenn die Friedrichstraße verstopft ist, nehme ich die Mauerstraße. Solchen Erkenntnissen jage ich heute hinterher.«

»Sie haben einige interessante Hypothesen über den Ursprung der kaukasischen Sprachen aufgestellt«, sagte Dr. Siems ehrfürchtig.

Grenfeld und Olja sahen auf Kaleko, der seine Fahrermütze nervös hin und her drehte.

»Vergangenheit ist Staub«, murmelte er und sah zu Boden. »Ich möchte gehen. Ich kann Ihnen nicht weiterhelfen.«

»Hören Sie es sich wenigstens an«, sagte Olja ungeduldig.

»Ja bitte, Herr Kaleko, wir glauben, dass es sich um einen Dialekt aus der lakisch-darginischen Gruppe handelt.«

»Das Lakische hat im Vergleich zu anderen kaukasischen Sprachen wenig Varianz und wenn, dann stellt sie kein Problem dar«, brummte Kaleko.

»Umso besser«, knurrte Grenfeld gereizt. »Spielen Sie die Platte ab!«

»Ich möchte nicht«, schrie Kaleko plötzlich. »Sie werden das respektieren, meine Dame, meine Herren.« Dann drehte er sich um, verließ den Raum, nur um Sekunden später wieder zu erscheinen. »Beantworten Sie mir eine Frage«, rief er aufgeregt. »Aus welchem Grund wurden die Sprachen der Gefangenen erforscht?«

Dr. Siems holte gerade Luft, um zu antworten, da hob Kaleko seinen Arm wie ein Verkehrspolizist. »Sagen Sie jetzt nichts. Die Antwort ist: Damit man sie besser dominieren kann. Entspricht das der Wahrheit?«

Der Assistent sah betreten auf Olja und Grenfeld.

»Man hatte die Kolonialsoldaten für eine Sache kämpfen lassen, von der sie weniger als Nichts verstanden. Sie waren Marionetten in der Hand der Generäle. Man missbrauchte ihren Glauben, nur um sie zurück auf die Schlachtfelder zu schicken. Doch nicht genug. Man raubte ihnen auch ihre Stimme! Hier ist kein Museum. Hier ist ein Friedhof, ein *Friedhof der Stimmen*!« Kaleko lachte verächtlich und verschwand.

»Legen Sie bitte die Platte auf«, sagte Grenfeld ärgerlich. »*Wir* wollen die Aufnahme hören.«

Sie vernahmen ein Knistern und Knacksen, ein Räuspern, schließlich die Stimme eines Mädchens. Sie war eigenartig rau und brüchig, hallte durch den Raum wie aus der Ferne, mit einer Botschaft aus einer anderen Zeit. Dann stimmte sie ein Lied an, in dem Grenfeld keine Wiederholung erkennen konnte. Abrupt brach der Gesang ab.«

Dr. Siems musterte die dazugehörige Karteikarte. »Adler, Wolken, Onkel, Vater, Mutter, Bruder – mehr konnte man nicht übersetzen.«

»Weshalb?«, fragte Grenfeld.

»Dagestan ist eine Region babylonischen Sprachgewirrs, dreißig Volksgruppen mit jeweils regionalen Dialekten, so unterschiedlich, dass benachbarte Dörfer sich nicht verstehen. Selbst Flüsse, Berge und Städte haben unterschiedliche Bezeichnungen.«

»Glauben Sie, der Professor hätte es übersetzen können?«, fragte Olja.

»Wenn es einer kann, dann er«, entgegnete Siems sichtlich enttäuscht.

»Sagen Sie, Doktor, können wir uns die Platte ausleihen?«

»Glauben Sie, er ändert seine Meinung?«

»Darauf können Sie Gift nehmen«, flüsterte Grenfeld, und Olja kannte diesen Blick.

17. Januar 1927, 15 Uhr, Preußische Staatsbibliothek, Unter den Linden 38

Als Kaleko den Lesesaal betrat, konnte er vor Aufregung keinen klaren Gedanken fassen. Im letzten Moment hatte er sich aus der Affäre gezogen. Er hatte eine Ausrede gefunden, sich moralisch über die Rolle der Sprachwissenschaft während der Kriegszeit entrüstet. Das war geradezu genial, genauso clever, wie sich hier, nur hundert Meter vom Kommissar entfernt, in diesen Pantheon der Literatur zu flüchten. Und verstecken würde er sich müssen, denn er hatte in den Augen des Kommissars erkannt, dass er ihn nicht in Ruhe lassen würde. Es war ein großer Fehler gewesen, den Mann in seiner Villa aufzusuchen. Ein Augenblick der Schwäche, den er jetzt, im Moment des Triumphgefühls, überwunden glaubte. Vorsichtig griff er in die rechte Sakkotasche nach dem grünen Metalldöschen mit dem Kokain. Er würde es nur noch eine kleine Weile brauchen, so lange, bis er genügend Geld für die Operation seiner Tochter gespart hatte. Kaleko irrte ziellos durch die endlosen Reihen meterhoher Bücherregale, bis er die kaukasische Abteilung erreichte. Seine Finger streiften über die Buchrücken von *Alexandre Dumas: Reise im Kaukasus 1858 bis 1859*; *Friedrich Bodenstedt: Die Völker des Kaukasus und ihre Freiheitskämpfe gegen die Russen*; *Gottfried Merzbacher: Aus den Hochregionen des Kaukasus.* Plötzlich überkam ihn ein kindliches Verlagen, nach seiner eigenen Publikation zu suchen. Zwischen den Bänden der Zeitschrift *Caucasica* und den Werken des Linguisten Trubetzkoy entdeckte er sein Buch: *Kaleko, Alexander: Dialektologie und Semantik.* Noch nie hatte er die deutsche Übersetzung in Händen gehalten. Die Ausgabe sah jungfräulich aus, doch als er darin blätterte, entdeckte er handschriftliche Anmerkungen. Er versuchte, sie zu entziffern, als er spürte, dass ihn jemand beobachtete. Kaleko dachte an den Kommissar, doch er war erleichtert, als er Dojo erkannte.

»Ich habe dein Werk gelesen«, sagte der lächelnd. »Aber wer hat das nicht? Du warst in Fachkreisen berühmt.«

Kaleko winkte ab. »Das ist lange her.«

»Wir dagegen haben uns mit Dingen beschäftigt, die keinerlei praktische Relevanz hatte, nicht wahr?«

Kaleko schwieg. Er war noch immer erstaunt, seinen Kollegen hier anzutreffen.

»Und trotzdem,« fuhr er fort, »hat es viele bis aufs Blut gereizt, als wir behaupteten, Dostojewski habe die revolutionäre Idee seinen Figuren nur in den Mund gelegt.«

»Ich hatte von eurem Zirkel gehört, aber man muss erst ins Exil, um sich zu begegnen.«

»Ein feiner Kreis unabhängiger Denker. Nichts für Fanatiker. Weißt du, was allen Fanatikern gemeinsam ist? Ihnen geht jeglicher Sinn für Ironie ab.«

Kaleko fühlte sich mit einem Mal unwohl. »Wie kommst du hierher?«

»Das Gleiche wollte ich dich fragen. Ich verbringe hier jede freie Minute.«

Kaleko schwieg. Er wollte die Sache mit dem Lautarchiv für sich behalten.

»Mein Stammplatz ist der Leseplatz mit der Nummer siebenundsiebzig. Wusstest du, dass dort schon Wladimir Iljitsch Uljanow gesessen hatte?«, fragte Dojo.

»Lenin?«

»Natürlich. Hier hatte er die Kunst der preußischen Kriegsführung studiert. Unsere Armee kann viel von den Deutschen lernen, vor allem Disziplin.«

»Das interessiert mich nicht«, sagte Kaleko abweisend.

»Es interessiert dich nicht, weil du Staat und Partei gleichsetzt. Aber lassen wir die Politik. Die folgende

Nachricht dürfte dich mehr interessieren: Der Fettwanst von Bankdirektor hat seine Anzeige zurückgezogen.«

»Wie bitte?«

»Wir mussten seinem guten Willen ein wenig nachhelfen.«

»Was meinst du mit *nachhelfen*?«

Dojo lächelte. »Mein lieber Nikolaj, das willst du nicht wirklich wissen.«

»Nenn mich nicht immer Nikolaj, ich bin nicht einer von Dostojewskis Figuren!«

»Schon gut, im Übrigen hatten wir Besuch von der Polizei.«

»Oh nein!«

»Sie haben deinen Wagen untersucht. Ich habe ausgesagt, wir waren den ganzen Abend zusammen. Das wolltest du doch, oder?«

Kaleko nickte benommen.

»Hast du irgendetwas mit dem Unfall in der Hardenbergstraße zu tun?«

Kaleko blickte durch die Rosettenfenster nach draußen. Das Tageslicht verlor seine Kraft. Die warmen Lichter der Tischlampen breiteten sich im Saal aus. Es wollte kein Wort aus seinem Mund kommen. Dojo legte die Hand auf seine Schulter und schüttelte den Kopf. »Was ist mit dir los, Genosse Chauffeur?«, fragte er und drehte sich, ohne eine Antwort abzuwarten, um und ging.

Vorsichtig blätterte Kaleko in seinem Buch, als könnte es jeden Moment zerbrechen. Er hatte fünfzehn Jahre daran gearbeitet, aber nun kam es ihm vor, als hätte es ein Fremder geschrieben. Er dachte plötzlich an den jungen Kollegen vom Lautarchiv, der ihn bewundert hatte, und schämte sich, ihn derart provoziert zu haben.

Mit seinem Buch folgte er dem Gang bis in den Lesebereich des Kuppelsaals, setzte sich an den Tisch mit der Nummer siebenundsiebzig und knipste die grüne Glasschirmlampe an. »Lenin hat niemals hier gesessen«, murmelte er wohl wissend, dass die Königliche Bibliothek damals an einem anderen Ort war. Dann schlug er Kapitel vier auf: »Die lakische Sprachgruppe und ihre Dialekte«.

18. Januar 1927, 14 Uhr, Friedrichstraße 191

Grenfeld lief unruhig in seinem Büro auf und ab. Er hatte das Gefühl, in diesem Fall, wenn es je einer war, nur millimeterweise voranzukommen, und das machte ihn wütend. Gleichzeitig signalisierte ihm die Wut, dass er die Phase der Gleichgültigkeit verlassen hatte. Es war Oljas Schuld, sie hatte ihn angesteckt. Er hatte sich in den Verkaufsräumen der Elektrola das neueste Koffergrammofon gekauft, im Café König Kuchen besorgt, in der Küche der Galerie Kaffee gebraut, den Raben verscheucht und dann die Redaktion der Zeitschrift Rul zusammengetrommelt. Feierlich hatte er ihnen die Lautplatte vorgespielt in der Hoffnung, dass einer der russischen Redakteure des Lakischen mächtig war. Ein Misserfolg. Selbst ein Student, der türkisch und awarisch sprach, hatte kapituliert.

Grenfeld zündete eine Juno an, öffnete das Fenster und beobachtete die andere Straßenseite. Der Junge mit dem Äffchen war wieder aufgetaucht. Grenfeld fluchte. Keine zehn Minuten würde es dauern und irgendein dienstbeflissener Wachtmeister würde ihn abführen. Das musste dem Kerl doch klar sein. Er wunderte sich, warum heute eine ganze Traube von Passanten stehen blieb. Er tippte auf eine der vielen Touristengruppen, die durch die Friedrichstraße geführt wurden. Grenfeld sah in die entgegengesetzte Richtung und entdeckte, wenn ihn nicht alles täuschte, eine Uniform. Er stürmte aus dem Büro, jagte die Treppen hinunter und rannte über den Innenhof auf die Straße. Mit einem Seitenblick nahm er einen schwarzen Wagen wahr. Er kannte Modell und Fahrer. Es war der Schnösel vom Präsidium, der ihn beschatten sollte. Mit großen Schritten überquerte er den Fahrdamm, drängte sich mitten in die Zuschauer und erkannte, warum heute so viele verharrten. Von der Schulter aus nahm der Affe, mit einer weißen Kellnerjacke kostümiert, dem Jungen ein Schnapsglas aus der Hand und trank es in einem Zug leer. Dann hielt er es ihm vor die Nase. Der schenkte nach und die Menge applaudierte. Grenfeld spähte nach Süden und sah unter all den Kopfbedeckungen den Tschako des Wachtmeisters unausweichlich auf sie zusteuern. Er ging auf den Jungen zu, nahm ihm die Schnapsflasche aus der Hand und zischte: »Hör sofort mit dem Unsinn auf und komm mit!«

Jonny schimpfte, wollte nach den Groschen im Hut greifen, doch Grenfeld packte ihn am Arm, drängte die protestierende Menge beiseite und zerrte ihn auf die andere Straßenseite. Der Affe krallte sich verängstigt am Mantelkragen fest. »Ich habe nichts verbrochen!«, schrie der Junge und versuchte, sich loszureißen. Erst als er die Uniform des Wachtmeisters sah, schien er zu verstehen und verstummte. In gebückter Haltung lief er neben Grenfeld her und folgte ihm durch den Innenhof hindurch in das Gebäude bis in den vierten Stock. Vor der offenen Tür des Büros blieb er stehen. Sein Blick verriet Misstrauen. »Was wollen Sie von mir?«, zischte er.

»Komm rein und schließ die Tür.«

Der Junge betrat zögernd das Atelier, lief zum Fenster und blickte hinunter.

»Hätte nicht viel gefehlt und du hättest die Nacht im Arrest verbracht. Wie kann man nur so dumm sein!«

»Ich hab keine Wahl, davon lebe ich!«, jammerte er und starrte auf den Kuchen, den die Mitarbeiter der *Rul* übrig gelassen hatte.

»Bedien dich«, sagte Grenfeld.

»Ich geh mit keinem Kerl ins Bett.«

Zu lange war Grenfeld als Kriminaler auf den Straßen seiner Stadt unterwegs, um von so einem Satz schockiert zu sein, dennoch machte es ihn traurig. »Da haben wir ja was gemeinsam«, erwiderte er.

»Was wollen Sie?«, wiederholte der Junge gereizt, der gelernt hatte, dass alles seinen Preis hatte, selbst diese Kuchenreste.

»Olja hat mir verraten, du kennst dich wie kein anderer in der Stadt aus.«

Jonny kniff die Augen zusammen und musterte ihn.

»Du könntest uns bei den Ermittlungen helfen, als eine Art … Detektiv.«

»Kann ich den Affen so lange hierlassen, ich meine, während ich unterwegs bin?«

»Wo hast du ihn geklaut?«

»Von wegen geklaut! Olja hat ihn mir geschenkt. Sie hat ihn bei einer Tombola im Eldorado gewonnen.«

Grenfeld stöhnte. »Von mir aus.«

»Also, wie lautet mein erster Auftrag?«

»Ich möchte, dass du einem Taxifahrer, namens Alexander Kaleko, eine Botschaft überbringst. Er steht meist am Potsdamer Platz, fährt ein Taxi mit der Nummer IA-15665. Überdurchschnittlich groß, hager, Glatze, Bart, ein Muttermal auf der rechten Schläfe. Schaffst du das?«

»Denke schon. Und was soll ich ihm ausrichten?«

»Sag ihm, wenn er sich nicht binnen zwei Stunden hierher bewegt und diese Aufnahme übersetzt, dann werde ich dafür sorgen, dass er seine Fahrerlaubnis verliert. Sag ihm, dass ich so etwas noch nie angedroht habe, ohne es auch umzusetzen.«

Der Junge grinste. »In Ordnung. Und was ist mit meinem Lohn?«

»Ich bezahle dich nach der Honorarordnung angehender Detektive.«

Jonny steckte sich etwas Kuchen in die Tasche, ließ den Affen auf die Fensterbank klettern und ging zur Tür.

»Jonny!« Der Junge drehte sich um. »Versuch es mal bei Ohm Paule am Bahnhof, da treffen sich die Chauffeure.«

Der Junge erstarrte. »Entschuldigen Sie, aber da kann ich nicht hingehen. Nie mehr!«

Grenfeld wunderte sich über die heftige Ablehnung, wollte jedoch nicht darauf bestehen. »Dann lass es. Wahrscheinlich hat er sich im Lesesaal der Staatsbibliothek verschanzt. Unter den Linden, gegenüber vom Denkmal des alten Fritz, durch den Hof, Treppe hinauf, erster Stock.«

Grenfeld ging zum Fenster und wartete, bis er den Jungen die Treppe hinunter zur U-Bahn verschwinden sah. Argwöhnisch beobachtete er den Affen, dem die Fensterbank mit dem Blick auf die belebte Straße zu gefallen schien. Als Olja hereinkam, brach sie in schallendes Gelächter aus. »Wunderbar, mein Lieber. Jonnys Affe. Endlich kümmerst du dich um unsere Nachbarschaft.«

»Falsch«, knurrte Grenfeld. »Ich habe mich nur deiner Ermittlungsmethoden bedient. Das ist alles.«

Es dauerte keine Stunde und Alexander Kaleko trampelte wie ein wütender Bierkutscher in Grenfelds Büro. Jonny verzog keine Miene, doch sein Gesicht glühte vor Stolz. »Was bilden Sie sich ein?«, schrie Kaleko. »Womit wollen Sie mir drohen? Meine Papiere sind in Ordnung. Ich lass mich nicht erpressen!«

»Es ist eine Bitte«, sagte Grenfeld ruhig. »Ich hatte nur das Gefühl, dass Sie die Dringlichkeit unseres Anliegens nicht verstanden haben. Sie können uns helfen, einen Mord aufzuklären.«

Kaleko lief wild gestikulierend hin und her. »Sie haben mir gedroht«, rief er empört.

»Zugegeben, aber wären Sie sonst gekommen?«

»Ist Ihnen eigentlich klar, dass ich Ihnen einen Bären aufbinden könnte? Ich könnte die Aufnahme falsch übersetzen und Sie würden es nicht einmal bemerken.«

»Meine Nase würde es merken. Bei jeder Lüge beginnt sie zu jucken.«

Kaleko schaute irritiert, als wäre er unschlüssig, ob er die Bemerkung als Scherz oder als Anspielung auf seinen Kokaingebrauch verstehen sollte.

»Setzen Sie sich. Wir brauchen wirklich Ihre Hilfe«, sagte Olja freundlich.

Widerwillig nahm Kaleko Platz, schlug die Beine übereinander, verschränkte die Arme und blickte voll Abscheu auf den Affen. »Geben Sie mir etwas zu schreiben und dann spielen Sie um Gottes willen die Platte ab. Ich habe schließlich noch anderes zu tun.«

Zunächst zweifelte er, ob man ihm die richtige Lautplatte überlassen hatte. Die Stimme des Mädchens hatte eine andere Tonalität angenommen. Klangen die Worte der ihm fremden Sprache im Lautarchiv noch dumpf und verschwommen, so füllten sie jetzt hell und klar die letzten Winkel des Ateliers aus. Grenfeld dachte an Eis, an Schnee, an einen Gletscher, zuletzt an ein scharfes Schwert. Kleinmütig und gebrochen hatte er die Stimme in Erinnerung, nicht stolz und erhaben wie nun. Kalekos Bleistift flitzte über den Notizblock, dann hielt er inne und hob den Kopf. »Noch einmal!«, forderte er.

Später konnte sich Grenfeld nicht mehr erinnern, wie oft er die Kurbel des Grammofons betätigt hatte. Die glasklare Stimme und die traurig erhabene Melodie des Liedes würde er nicht mehr vergessen.

»Hier die Übersetzung«, verkündete Kaleko und übergab Olja den Block. »Das Mädchen gehört zu den Laken oder Kasikumuchen. Die Sprache wird im Tal des kasikumuchischen Koissu und auf den Hochebenen um den Turtschi-Dagh, einem mächtigen Bergmassiv, gesprochen. Sie kommt aus einem Dorf im zentralen Bergland Dagestans, vermutlich aus Zowkra.«

»Sie können sogar das Dorf bestimmen?«, fragte Olja verdutzt.

»Aus zwei Gründen. Sie spricht A'hti-Kulin, einen der fünf lakischen Dialekte, typisch für die Gegend. Außerdem ist sie eine Seilakrobatin und Zowkra gilt als Dorf der Seiltänzer.«

Oljas Neugier war entfacht. »Warum denn das?«

»Dagestan bedeutet Bergland, felsig und karg, von wilder Schönheit. Reißende Wildbäche schneiden tiefe Schluchten in die Hochebenen. Seile und Baumstämme sind oft die einzige Möglichkeit, diese zu überqueren. Von klein auf lernen die Kinder das Balancieren über dem Abgrund. Damit ist meine Aufgabe erfüllt, Herr Grenfeld. Ich hoffe doch, Sie werden mir Ihre Kollegen nicht auf den Hals hetzen?« Kaleko erhob sich und ging zur Tür.

»Um Gottes willen, so warten Sie doch«, rief Olja ärgerlich. »Ihre Notizen – ich versteh kein Wort. Was soll das sein: Aúl, Pechlewan, Tarasa?«

Widerwillig nahm Kaleko Platz und riss ihr den Block aus der Hand. »›Aúl‹ ist das Dorf, ›Pechlewan‹ der Seiltänzer und ›Tarasa‹ ist eine Ausgleichsstange. Also, wenn Sie unbedingt wollen, lese ich Ihnen die Übersetzung vor:

Dies ist meine Geschichte. Man nennt mich Mienchen, doch ich heiße Amina, und das Lager ist nicht meine Heimat. Man nennt mich die Stumme *und ich bin es nicht. Wenn ich die Augen schließe, sehe ich durch Tränen die Gebirgsschluchten, Wiesen und Bäche, mein Aúl, in dem ich aufgewachsen bin. Mein Vater, ein berühmter Pechlewan, zog von Dorf zu Dorf, lief über das Seil, so leicht und sicher, den Hirtenstab als Tarasa in seinen Händen, vollbrachte Kunststücke wie kein anderer vor und nach ihm. Mein Vater, stark und gelenkig, fiel doch wie ein toter Vogel vom Himmel, an einem klaren Frühlingstag auf dem Dorfplatz von Urkarach. Mit seinen letzten Worten verfluchte er das Seil, das Tanzen, das Schweben zwischen Himmel und Erde. Die Brüder, sie gehorchten. Doch wie kann man aus einem Steinbock ein Schaf machen, aus einem Wolf ein Hündchen, aus einem Adler einen Spatz? Verstellen kann man sich, verkleiden, beschneiden, doch niemals darf man einem Vogel das Fliegen verbieten. Dann auf dem Fest der ersten Furche, zwischen Schalmeienbläsern, Trommlern und Akrobaten, als der Älteste den Pflug anlegte, sagte eine Stimme zu mir:* Du bist kein Kind der Erde, du bist ein Kind des Himmels. *So bestieg ich das Seil und zeigte ihnen, dass ich ein Kind meines Vaters war. Doch sie sahen nur den Ungehorsam und verstießen mich. So folgte ich den Akrobaten von Dorf zu Dorf, von Stadt zu Stadt, von Land zu Land, bis auch ich in diesem Lager strandete wie viele andere auch.*

Kaleko warf den Notizblock auf den Tisch und schloss die Augen.

»Und das Lied?«, fragte Olja gespannt.

»Ein Gedicht von Said Gabijew mit dem Titel *Sehnsucht nach der Heimat*. Ich weiß nicht, warum sie es singt.«

»Übersetzen Sie es uns!«, bat Olja und Kaleko stöhnte.

Der Mensch, den es in den fernen Norden verschlagen hat,
spürt einen Schmerz im Herzen.
Ach, glückliche Tage, goldene Tage,
kehrt zu mir zurück und verlasst mich nie wieder.
Nur ihr allein gebt wahre Freude,
lasst mich wie ein Kind lachen,
lockt furchtlos in einen unbekannten Raum der Weite.

Kalekos Stimme stockte und Olja ahnte, dass ihn die Worte mehr berührten, als er zugeben wollte. Plötzlich öffnete sich die Tür und Igor, der Chefredakteur der *Rul*, steckte seinen Kopf herein. »Darf ich?«, fragte er. Grenfeld nickte und übergab ihm den Notizblock. Igor pfiff durch die Zähne. »Da zerbricht man sich den Kopf für 'ne Titelgeschichte und ein paar Türen weiter lauern die Dramen. Ein Mädchen, das unbedingt Seiltänzerin werden will, verstoßen von der Familie, reißt aus und landet in den Flüchtlingslagern von Wünsdorf.«

»Rührselig, bringt uns aber nicht weiter«, brummte Grenfeld. »Wir wissen immer noch nicht, wo sie sich aufhält. Vielleicht ist sie längst in ihre Heimat zurückgekehrt. Wir wissen nicht einmal, in welchem Zusammenhang sie zu dem Opfer steht. Sollte sie sich wirklich in Berlin aufhalten, wie sollen wir sie je finden?«

Jonny sprang auf. »Vielleicht hat man sie in ein Heim gesteckt? Oder sie lebt auf der Straße? Dann kann ich sie aufspüren. Ich kenne die besten Unterschlüpfe.«

»Varieté, Zirkus, da würde ich als Erstes suchen«, schlug Igor vor.

»Zirkus im Winter?«, fragte Grenfeld zweifelnd.

»Hagenbeck gastiert gerade im Busch-Bau, ansonsten dürften die Wanderzirkusse alle im Winterquartier sein, bis auf die Verrückten auf dem Messegelände.«

»Wen meinst du?«, fragte Olja.

»Lest ihr keine B. Z.? Zirkus Sternheim hatte eine Seilnummer zum Funkturm beantragt. Im Rathaus gab es kontroverse Debatten, ob man das genehmigen soll.«

Olja starrte Grenfeld an und flüsterte: »Der Seiltanz auf der Moschee – wir sind ihr auf der Spur.«

18. Januar 1927, 16 Uhr, Charlottenstraße 49

»Der große Gennat persönlich, was verschafft mir die Ehre?«, knurrte Dr. Katz, der Bereitschaftsdienst hatte und ansonsten der Meinung war, dass man solche Einsätze den Jüngeren überlassen sollte.

»Genau das frage ich mich auch«, ächzte Gennat, der sich aufgrund seiner Körperfülle nur mit Mühe über die Leiche beugen konnte.

»Seit wann interessiert das den berühmtesten Kriminalkommissar vom Alex?«, fragte der Gerichtsmediziner.

»Ein übereifriger Kollege hat mich angerufen. Ich soll mir das unbedingt ansehen.«

»Dieser Falck vielleicht? Pfeifen Sie den nur zurück, der fragt mich schon die ganze Zeit Löcher in den Bauch. Am Ende schaue ich noch aus wie unser platt gefahrener Freund hier.«

»Wo ist er überhaupt?«

»Musste sich übergeben, und das als ehemaliger Offizier. Na, der gewöhnt sich auch noch dran. Nur ruhiger muss er werden.«

Gennat nickte. Das Unfallopfer war auf der Charlottenstraße neunundvierzig, direkt vor dem Eingang zu Lutter & Wegners Weinstube, überrollt worden. Der Mann war wohlhabend gewesen, trug augenscheinlich piekfeine Kleidung, obwohl sich Mantel und Sakko in der Blutlache dunkelrot verfärbt hatten. Die Bauchdecke war aufgeplatzt und die Gedärme waren links und rechts unter dem Mantel hervorgetreten.

»Wissen Sie, wenn ein Schlanker überfahren wird, dann bleibt noch die, wie soll ich sagen, Ästhetik gewahrt, wenn aber so ein Übergewichtiger unter die Räder kommt, dann haben wir gleich die Schweinerei. Nichts für ungut, Herr Gennat.« Dr. Katz grinste.

Der Kriminalrat wandte sich ab. Nicht dass ihm der Anblick noch irgendetwas ausgemacht hätte, er war nur der Meinung, dass so ein Bild keine Berechtigung hatte, in seine Sammlung von Abscheulichkeiten aufgenommen zu werden. Ein Verkehrsunfall eben. In diesem Moment trat der junge Kollege neben ihn. Er versuchte, mit allen Mitteln Haltung zu bewahren, doch seine Gesichtsfarbe entlarvte seine Bemühungen.

»Warum haben Sie mich holen lassen?«, fragte Gennat. »Der Mann hatte einiges getankt, kam aus der Weinstube, torkelte über den Fahrdamm … allenfalls Fahrerflucht mit Todesfolge.«

»Ich hätte Sie nicht gerufen, wenn es sich bei dem Toten nicht um Generaldirektor Zierleben handelt.«

»Ein großer Bankier, ohne Zweifel«, murmelte Dr. Katz.

Gennat stutzte. Er blickte zur Menschenmenge hinter der Absperrung. Die meisten waren Gäste des Weinkellers. »Doch nicht *der* Bankier, der gestern die Anzeige gegen unseren Taxifahrer zurückgezogen hat.«

»Genau der.«

»Warum wurde die Anzeige zurückgenommen?«

»Sein Anwalt teilte uns mit, dass Herr Zierleben sich nun doch nicht an die genaue Nummer des Taxis erinnern könne. Ihm sei in der Dunkelheit offenbar ein Wahrnehmungsfehler unterlaufen.«

»Jetzt kann er gar nichts mehr wahrnehmen. Und der Wagen dieses Taxifahrers, wie hieß er noch?«

»Alexander Kaleko. Der Wagen ist leicht beschädigt, aber der Mann hat ein Alibi.«

»Gefällt mir nicht, gefällt mir ganz und gar nicht.«

»Soll ich ihn aufs Präsidium bringen?«

»Sie wissen, wo er sich aufhält?«

»Natürlich, Herr Grenfeld hatte in letzter Zeit viel Kontakt mit ihm.«

»Wie bitte? Was um alles in der Welt hat der jetzt mit diesem Kerl zu schaffen?«

»Ich bin gerade dabei, das herauszufinden«, erwiderte Falck betont gelassen und genoss die Verblüffung des großen Kriminalrats.

KAPITEL 5

18. Januar 1927, 17 Uhr,
Messegelände am Funkturm

»Was starrst du mich so an?«, schrie der Zirkusdirektor ärgerlich, als er mit einer Rohrzange das Vorhängeschloss von Iljas Schrankkoffer knackte. »Wir müssen es tun. Wir hätten es längst tun sollen!«

Viktor nickte gequält. Im ersten Schubfach entdeckten sie Rechnungen vom Hotel Esplanade, Angebote verschiedener Seilereien, ein in Auftrag gegebenes Kostüm für Mienchen und zu ihrer Überraschung den Schriftverkehr mit zahlreichen Privatbanken. Die zweite Schublade war angefüllt mit Skizzen neuer und alter Seiltricks. Darunter vergilbte Plakate von Jean François Gravelet, dem großen Blondin, der mit neun Jahren die Kunst der Akrobatik erlernt und 1859 die Niagarafälle auf dem Seil überquert hatte. Des weiteren Postkarten von Maria Spelterini, jener attraktiven Italienerin, die es Blondin gleichtat und die Wasserfälle siebzehn Jahre später überschritten hatte. Im dritten Fach fanden sie Konstruktionspläne eines Zirkuszelts, durch dessen geöffnete Kuppel eine Akrobatin von einem Heißluftballon aus in die Manege schwebte.

»Nichts Neues, darüber haben wir nächtelang diskutiert«, murmelte Sternheim enttäuscht.

»Darüber auch?« Viktor zeigte ihm ein Formular mit einem Eingangsstempel der Berliner Baupolizei.

»Was um alles in der Welt ist das? Ein Antrag auf Genehmigung einer artistischen Seilnummer zum Funkturm. Wusstet ihr davon?«

»Mit Mienchen hat er immer wieder geübt, seilaufwärts zu gehen. Er hat für sie eine leichte Ausgleichsstange konstruieren lassen.«

»Darum wollte er unbedingt auf das Messegelände. Wann hätte er uns das offenbart? Am Abend der Vorstellung? Warum hat er nicht mit mir darüber gesprochen?«

Viktor presste die Lippen zusammen.

»Wusstet Ihr davon? Weshalb die Geheimniskrämerei?«

»Du hättest es abgelehnt.«

»Gut möglich«, knurrte der Alte.

»Wie alle Neuerungen, die Ilja vorgeschlagen hat.«

Zwischen beiden entstand eine unangenehme Stille. Carl Sternheim atmete heftig. »Ein Schauspieler ist ein Mann des Scheins, ein Akrobat ein Mann des Seins.«

Diesen Spruch kannte er noch nicht. Er wog schwer und musste erst verdaut werden.

»Ich will den Zirkus so, wie er einmal war. Wenn die Leute ein Schauspiel sehen wollen, sollen sie ins Theater gehen oder ins Kino. Wir brauchen keine Manege, die wir unter Wasser setzen, wir brauchen keinen Dschungel, keine orientalische Kulisse. Alles Mumpitz!«

»Er wollte uns retten«, entgegnete Viktor empört.

»Und dass er jetzt getürmt ist, gehört das auch zu seinem genialen Plan?«, warf Sternheim wütend ein.

Viktor schüttelte trotzig den Kopf.

»Hör zu, von jeher gehen wir der Polizei aus dem Weg, diesmal nicht. Wir müssen nach ihm fahnden lassen. Ich fahre zum Präsidium.«

»Was ist mit der Seilnummer? In wenigen Tagen ist Premiere.«

»Durchsucht die Papiere. Vielleicht ist der Antrag längst abgelehnt worden. Ich kann mir nicht vorstellen, dass sie einem Sternheim das erlauben. Paul Busch vielleicht und seinem Houdini. Der durfte von der Friedrichbrücke gefesselt in die Spree springen, aber uns Fahrenden werden sie den Paragraf dreihundertsechzig RStGB, Absatz zwei um die Ohren hauen: grober Unfug!«

Sternheim nahm den Wagen. Er fuhr zum Hotel Esplanade, überzeugte mit ein paar Freikarten den Portier, ihm das Gästebuch für ein paar Minuten zu überlassen, und entdeckte den Eintrag eines Blondin. Ilja hatte also hier genächtigt. Anschließend raste er zur Schneiderei und erfuhr, dass das Kostüm für Mienchen am zehnten Januar abgeholt worden war. Vor dem Polizeipräsidium wanderte er hin und her, voller Zweifel, ob er Iljas Verschwinden melden sollte. Die Beamten würden Fragen stellen, die Wagen durchsuchen und Mienchen aufspüren, von der er bis heute keine Papiere hatte. Er war sich mittlerweile sicher, dass sie nicht Iljas Schwester war. Er hatte sie irgendwo getroffen, ihr Talent entdeckt. Sie war die Erfüllung seines Traums: die Seilnummer. Ein eiskalter Wind trieb Sternheim in die Vorhalle des Präsidiums, dort, wo in gläsernen Schaukästen die Fotos der unbekannten Toten ausgestellt waren. Er heuchelte Interesse, um dem Argwohn des Pförtners zu entgehen. Beim letzten Kasten, kurz vor dem Treppenaufgang, hielt er inne. Das Foto eines überfahrenen Passanten weckte seine Aufmerksamkeit. Sofort erkannte er Iljas Statur, seine Hände, seine maßgeschneiderte Kleidung. Kein Zweifel, es war jener Akrobat, den er zu seinem Nachfolger auserkoren hatte. Benommen wankte er auf die Straße, irrte ziellos auf dem Alexanderplatz umher, nur um wieder zu jenem Glaskasten zurückzukehren. Immer wieder studierte er das Bild, auf einen Irrtum hoffend, auf ein Detail, das ihm verriet, dass er sich irrte. Doch gegen die grausame Gewissheit kam die Hoffnung nicht an.

»Kennen Sie den Toten auf dem Foto?« Er hatte den dicken Mann nicht kommen sehen, der neben ihm stand. Sternheim erschrak. Auf keinen Fall wollte er nun mit der Polizei zu tun haben. Jetzt, wo es keinen Sinn mehr hatte. »Nein, wissen Sie, ich bin nur vor dem kalten Wind geflüchtet.«

»Ich meine, weil Sie weinen.«

Sternheim blickte dem Übergewichtigen in die Augen und entdeckte zu seiner Überraschung eine Spur Mitgefühl.

»Ach, wissen Sie. Mit dem Alter kommt die Sentimentalität. Man weint wegen jeder Kleinigkeit, ein Kind, ein Vogel … und das hier, ich meine die armen Gestalten, sind doch wirklich bedauernswert.«

Der Dicke nickte freundlich, machte allerdings keine Anstalten zu gehen. »Wenn Sie sich nicht sicher sind, können Sie den Toten noch zwei Wochen im Leichenschauhaus betrachten, in der Hannoverschen Straße sechs.«

»Nein, das ist nicht nötig. Wenn Sie mich entschuldigen, ich muss dringend ins Rathaus.«

Der Kriminalrat nickte und Sternheim trat aus dem Gebäude. Er ließ den Wagen stehen und entschied, der Spree zu folgen. Zum Messegelände war es weit, aber vielleicht würde er dann einen klaren Gedanken fassen können. Auf der Friedrichbrücke sah er hinüber zum Kuppelbau des Zirkus Busch, der trotzig, wie eine uneinnehmbare Festung, den vielen Zerstreuungen der Hauptstadt die Stirn bot. Auf dem Dach des Eingangs wachte ein Adler über die fünftausend Besucher des Gebäudes.

Fünftausend Plätze, so etwas würde er in seinem restlichen Leben nicht mehr zustande bringen. Wenn kein Wunder geschieht, würde er nicht einmal Zelt und Tiere retten können. Auf einmal fiel ihm Karl Wallenda ein, der letztes Jahr mit seiner Truppe auf dem Dach des Zirkus Busch mit einer Vierer-Pyramide auf dem Seil hoch über der Spree balanciert war. Wallenda war ein Teufelskerl, aber die Sokolows waren nicht weniger tollkühn. Vielleicht würden sie ihm die Genehmigung erteilen. Er musste über Iljas Tod schweigen. Mienchen sollte ein Rest Hoffnung bewahren, wenigstens eine jener Illusionen, die sie Tag für Tag für ihr Publikum erschufen.

Der Boden des Wohnwagens mit der Nummer 003 war vollständig mit Papier übersät. Boris, Sergej, Dimitrij und Viktor war es unangenehm, in den privaten Habseligkeiten ihres Partners zu wühlen, aber der Direktor hatte recht. Sie mussten etwas finden, was Iljas Verschwinden erklären konnte. Plötzlich schrie Boris auf: »Er hat einen Kredit beantragt, über fünfzigtausend Reichsmark.«

»Das kann er nicht«, rief Viktor entrüstet.

»Hat er die Unterschrift gefälscht? Sich als Sternheim ausgegeben?«, fragte Dimitrij.

»Er war schon immer größenwahnsinnig«, zischte Viktor.

Dimitrij sah in die Runde. »Vielleicht ist er deshalb getürmt. Ihm ist alles über den Kopf gewachsen. Ich frage mich nur, wozu er so viel Geld gebraucht hat.«

Sergej hob einen Stapel Verträge in die Höhe und pfiff durch die Zähne. »Das kann ich euch verraten: für achthundert Meter Spezialseil, einen Kran und, jetzt haltet euch fest, für einen Heißluftballon, namens Urania. Er hat ihn von Eduard Spelterini gekauft. Hier ist der Kaufvertrag.«

»Spelterini, der verrückte Luftkapitän aus der Schweiz?«, meinte Boris.

»Das ist noch nicht alles. Der Ballon wird ummantelt, mit einer Dekoration in Form einer Rakete.«

»Das wird den Alten brechen, er hat ihm vertraut. Er hat ihm Prokura erteilt«, murmelte Viktor. Boris blickte in die Runde. »Hier sind die Pläne. Die Nummer heißt *Engelsflug*. Sie ist auf Mienchen zugeschnitten. Sie läuft auf dem Seil von einem aufsteigenden Heißluftballon zum Restaurant des Funkturms. Es ist ein Wettlauf mit der Zeit. Die Geschichte dazu ist folgende: Ein stummes Mädchen strandet im Moloch einer Großstadt. Sie wird ermordet und zieht als Engel heimatlos durch die Metropolen der Welt. Mit einer Rakete entflieht sie bis zum Mond und entdeckt von oben die kaukasischen Berge, ihre Heimat.«

»Das erinnert mich an *Zscheus, das Waldmädchen*, das erste Manegenspiel, mit dem die Buschs Berlin eroberten«, sagte Sergej nachdenklich.

Dimitrij schüttelte den Kopf. »Es klingt nach *Vicky wettet um die Welt*, dem aktuellen Programm.«

»Es ist beides«, sagte Viktor bestimmt. »Das Erfolgsrezept der Buschs: Tradition und Moderne.«

»Möglich ist das natürlich, aber wie lange haben wir Zeit, das einzuüben? Jede Woche, die wir hier lagern, kostet uns Tausende Reichsmark.«

»Wir müssen das Material zurückgeben. Vielleicht retten wir ein Teil des Kapitals.«

»Da seh ich schwarz. Heißluftballon und Seile stehen bei Krämer & Lorbeer in der Jahnstraße zur Abholung bereit. Das sind Sonderanfertigungen. Die kann man nicht einfach zurückgeben.«

Viktor bat um Aufmerksamkeit. »Ilja ist abgehauen. Er wollte den Alten zwingen, etwas Neues zu wagen. Das ist es! Wir *müssen* es durchführen. Wir haben keine Wahl, sonst pfänden sie uns das Zelt.«

»Wir brauchen neue Plakate, die Genehmigung der Baupolizei, jemand, der die Pläne lesen kann.«

Die Runde verstummte.

»Was für ein Idiot«, stöhnte Sergej. »Was für ein verdammter Idiot.«

18. Januar 1927, 18 Uhr, Friedrichstraße 191

Ohne die Augen zu öffnen, wusste Kaleko, dass er seine Schicht verschlafen hatte. Er hatte den ganzen Tag auf einem Ledersofa im Büro des ehemaligen Kommissars und seiner seltsamen Freunde verbracht. Er spürte, dass jemand im Raum war, und hoffte nur, nicht mit dem Äffchen allein zu sein. Doch als er die Augen öffnete, blickte er auf einen Riesen im schwarzen Ledermantel, der hingebungsvoll eine Pistole reinigte.

»Ah, der Herr ist aufgewacht«, sagte der Mann, ohne aufzusehen. »Nur mächtige Menschen oder einfältige Idioten lassen heutzutage ihr Büro für jedermann offen.

Auch der Schreibtisch war nicht abgeschlossen und, nun ja, ich war neugierig und fand die Waffe. Ein Jammer, in welchem Zustand sie sich befindet. Und wer sind Sie, wenn ich fragen darf?«

»Kaleko, ich bin nur der Chauffeur.«

»Für einen Exkommissar scheinen die Geschäfte nicht schlecht zu laufen. Sekretärin, Chauffeur, Laufbursche, ein Atelier in der Friedrichstraße und einen Mercedes 630 Roadster.«

Kaleko begann, sich umständlich aufzurichten. »Und Ihr werter Name?«

»Machowski. Ich habe eine Nachricht für den Herrn Detektiv. Richten Sie ihm Folgendes aus: Wir haben Franzi tot in seiner Wohnung aufgefunden, mit aufgeschnittenen Pulsadern.«

Kaleko nickte benommen. »Ja aber …«

»Noch etwas: Das Kunstwerk ist bei keinem Hehler der Stadt aufgetaucht. Kleine Gauner, große Gauner … ich habe mir Mühe gegeben, keinen auszulassen. Ganz nebenbei möchte ich darauf hinweisen, dass das Atelier von der Polente überwacht wird, warum auch immer. Neulich war es ein Spitzel, heute sind es schon zwei, morgen wird es ein Mannschaftswagen sein – die vermehren sich wie die Karnickel. Richten Sie Herrn Grenfeld aus, dass ich damit meinen Teil der Vereinbarung eingehalten habe und jetzt von ihm entsprechende Aufklärung erwarte. Er weiß Bescheid.«

Kaleko sah in die Mündung der Pistole und schluckte.

»Sollte Herr Grenfeld seinen Teil der Abmachung nicht …«, Machowski stockte plötzlich. »Ach was, das weiß er selbst«, murmelte er und legte die Pistole auf den Tisch. Dann stand er auf und schlenderte zur Tür. »Noch ein Ratschlag. Wenn Sie keinen Wert auf die Bekanntschaft der Polizei legen, empfehle ich Ihnen, den unterirdischen Gang zu nutzen.«

»Ein Fluchtweg?«

»Er führt Sie unter der Friedrichstraße hindurch direkt zur U-Bahn-Station in der Mohrenstraße. Aber das ist Ihre Entscheidung.«

Kaleko ging zum Waschbecken, um sich zu erfrischen, dann sah er aus dem Fenster und entdeckte den schwarzen Wagen. Er stopfte sein Hemd in die Hose, zog seinen Mantel über und nahm die Pistole an sich. Er eilte die Treppen hinunter und überlegte, ob er Machowskis Rat befolgen sollte, doch er verabscheute den Gedanken, wie ein Dieb durch ein Kellerloch zu kriechen. Er trat hinaus, durchquerte den Innenhof und gelangte auf den Gehweg der Friedrichstraße. Hastig überquerte er die Kronenstraße und folgte dem Bürgersteig in nördlicher Richtung. Beim Schuhgeschäft der Rhoduszentrale, kurz vor der Mohrenstraße, bereute er seinen Stolz, denn er hatte den Eindruck, verfolgt zu werden. Er hätte den Fluchtweg nutzen sollen. Kaleko überquerte die Fahrbahn und betrat das Gebäude mit der Nummer siebenundsechzig, das Café Imperator. Im Erdgeschoss passierte er die Konditorei, eilte die Treppen hinauf zum Roten Salon und ließ sich in einen der wuchtigen Polstersessel fallen. Er bestellte Wiener Rostbraten mit Bratkartoffeln und wartete. Wenn sie ihn schon in die Mangel nahmen, dann in einer gediegenen Umgebung.

Kaleko war überrascht, ja fast enttäuscht, als einige Minuten später ein junger Mann mit Augenklappe auftauchte. Trotz strammer Haltung wirkte er gehetzt und nervös. Offenbar hatte er bereits die Imperator-Diele gegenüber durchkämmt und fragte sich, ob der Flüchtige nicht längst durch die Küche das Weite gesucht hatte. War er so wenig wert, dass man einen Frischling auf ihn ansetzte? Kaleko tat nun etwas, was er allein der Wirkung des weißen Pulvers zu verdanken hatte. Er winkte dem Polizisten, ungeduldig, fast ärgerlich. Der junge Mann, sichtlich irritiert, kam zögernd an seinen Tisch und setzte sich. »Herr Kaleko? Kriminalpolizei. Ich habe einige Fragen an Sie!«

»Dann los! Gleich kommt mein Essen«, erwiderte er forsch.

»Sie kennen Bankdirektor Zierleben?«

»Der mich angezeigt hat?«

»Genau der.«

»Was ist mit ihm? Hat er seine Anzeige zurückgezogen?«

»Ja, das hat er.«

»Na also, geht es um die Gegenüberstellung?«

»Das wird schwer möglich sein. Herr Zierleben ist überfahren worden.«

Kaleko blickte zur Spiegeldecke mit den unregelmäßig gesprungenen Glasplatten, dann auf die mächtigen roten Pfeiler im expressionistischen Stil. Auf der Nase seines Verfolgers entdeckte er ein Furunkel mit einem gelben Eiterpunkt in der Mitte. Er verglich das Rot des Furunkels mit dem Rot der Pfeiler und stellte eine Übereinstimmung im Farbton fest. In diesem Moment servierte der Kellner sein Essen. Kaleko starrte auf die Zwiebelringe und spürte, wie sich mit dem Geruch die Übelkeit einstellte. Abrupt stand er auf und eilte zur Toilette. Dort öffnete er das Fenster zum Hinterhof und sog begierig die kalte Luft ein. Er dachte an das hämische Grinsen in Dojos Gesicht, als er ihm versprochen hatte, der Direktor würde seine Anzeige zurückziehen. Seine rechte Hand tastete nach dem Griff der Pistole. Er erwartete jeden Moment den Polizisten. Als der Mann hereinkam, stand der Taxifahrer über die Kloschüssel gebeugt. »Bitte geben Sie mir ein Handtuch«, rief er und als der Polizist sich umdrehte, schlug er zu. Obwohl er mit voller Wucht zugeschlagen hatte, war er überrascht, wie leicht der junge Körper zu Boden ging, wie schnell sich das Blut zwischen den Haarbüscheln ausbreitete und auf die marmornen Fließen tropfte. Er hätte jetzt flüchten müssen, doch er zögerte. Er hatte Angst, sich in der Konditorei vor dem Kuchenbuffet zu übergeben. Außerdem war er sicher, dass der zweite Verfolger gleich auftauchen würde. Er öffnete den Wasserhahn und trank gierig. Das Wasser hatte einen seltsam bitteren Geschmack. Kaleko machte einen Schritt über den leblosen Körper und vermied es, nach unten zu sehen. Er musste sich hinter der Türe verstecken und auf den Kollegen warten. Während er auf die Ornamente der Stuckdecke starrte, hörte er den Hahn tropfen und die Wasserrohre rauschen. Niemals zuvor hatte er ein Rohr so laut rauschen hören. Er musste an die Revolutionsjahre denken, als ein Menschenleben nichts zählte. Armselige Taschendiebe hatte man auf die gefrorene Newa geführt und sie in einem Eisloch ertrinken lassen. Die Gaffer hatten Wetten abgeschlossen, wie lange sie auftauchen würden, bis sie endgültig untergingen. Vom Ufer aus hatte er ihre Schreie abrupt verstummen hören. Das Tropfen des Wasserhahns wurde unerträglich laut, doch er wagte es nicht, über den Körper des Polizisten zu steigen, um den Hahn zuzudrehen. Auf einmal hörte er Schritte, die Tür öffnete sich und Kaleko sah in die weit aufgerissenen Augen eines Jungen.

19. Januar 1927, 12 Uhr, Unter den Linden 38

Er lenkte sein Taxi achtsam durch die Straßen. Es würde seine letzte Fahrt sein. Heute Abend fanden im Sportpalast die Deutschen Meisterschaften im Eiskunstlauf statt. Seine Kollegen würden sich über seine Abwesenheit wundern. Vielleicht konnte er untertauchen, Zeit gewinnen, bevor sie ihn verhafteten. Alexander Kaleko stellte seinen Wagen am Kupfergraben gegenüber dem Pergamonmuseum ab, lief, ohne sich noch einmal umzusehen, am Hegelplatz vorbei in die Dorotheenstraße zur Staatsbibliothek. An der Garderobe gab er seinen Mantel ab, die Pistole versteckte er unter seinem Pullover. Als er den Kuppelsaal betrat, wurde ihm schmerzlich bewusst, dass er auch dieses Refugium das letzte Mal betrat. Alles würde von nun an *das letzte Mal* sein. Schon von Weitem hatte er seinen Kollegen entdeckt. Dojo las Zeitung. Als er sich ihm näherte, wunderte er sich über das entspannte Gesicht seines Kollegen. Alles, was jetzt geschehen würde, hing von seinen Antworten ab, dachte Kaleko, holte sich einen Stuhl und setzte sich Dojo gegenüber. Der blickte verwundert auf. »Genosse Kaleko, was machst du denn hier? Der Chef hat dich gestern vermisst. Du hattest doch Tagschicht. Ich hab gesagt, du bist krank.«

Kaleko bedankte sich nicht, starrte ihn minutenlang an. Und während er schwieg, glaubte er, auf dem Gesicht des Kollegen kleine Veränderungen wahrzunehmen. Das Lächeln war verschwunden, die linke Augenbraue zuckte und er schluckte ein wenig zu oft. So hilfsbereit Dojo war, schon immer spürte er eine Distanz, eine ihm unerklärliche Kälte.

»Was ist mit dir los, alles in Ordnung? Bist du krank?«

»Ich werde sterben«, sagte Kaleko und war selbst überrascht von diesem Gedanken.

»Wie bitte?«

»Ich habe nur noch wenige Tage zu leben.«

»Wer behauptet das? Dein Arzt?«

»Es ist so. Daran gibt es nichts zu rütteln.«

Dojo klappte die Zeitung zu. Sein Gesicht zeigte Bestürzung. »Aber was hast du? Kann der Arzt sich nicht irren?«

»Bevor ich sterbe, möchte ich die Schulden derjenigen auf mich nehmen, die mir am liebsten sind. Ich werde bei der Polizei einige Dinge gestehen. Verbrechen, die ich nicht begangen habe, nur damit andere einen Neuanfang bekommen, verstehst du?«

»Kaleko, du fantasierst. Hast du Fieber?«

»Ich bitte dich, als Kenner Dostojewskis dürften dir solche Gedanken nicht fremd sein. Du hast mich nicht umsonst Nikolaj genannt, jenen religiösen Eiferer, der in *Schuld und Sühne* sogar einen Mord gestand.«

»Hör auf! Das war doch nur ein Spaß. Wenn du mich erschrecken willst, dann ist dir das geglückt!«

»Bei dir möchte ich anfangen. Was hast *du* zu beichten? Sag es mir – jetzt!« Kaleko zog die Pistole unter seinem Pullover hervor und legte sie auf den Tisch. »Hast du den Bankier überfahren?«

»Wie bitte?«

»Bankdirektor Zierleben ist unter die Räder gekommen. War *das* deine Methode, um ihn zum Schweigen zu bringen?«

Während Dojo auf die Waffe schielte, nahm sein Gesicht einen spöttischen Ausdruck an. »Es ist das Kokain! Es zerstört dich. *Das* ist meine Schuld, die du von mir nehmen kannst, weil ich dir das Zeug verkauft habe.«

»Hast du den Bankier getötet?«

»Warum sollte ich? Er hatte doch die Anzeige zurückgezogen, oder nicht? Glaubst du allen Ernstes, dass ich für dich einen Mord begehe? Wir haben ihm gedroht, dass wir seine sexuellen Eskapaden seiner Ehefrau verraten, das ist alles.«

Kalekos anfängliche Energie brach abrupt zusammen. Er spürte, wie alle Kraft von ihm wich.

»Der Pistolengriff, er ist ja voller Blut«, zischte Dojo und erhob sich.

Kalekos Blick ging ins Leere. »Ich habe einen Polizisten erschlagen.«

»Weißt du was? Ich glaube immer mehr, dass *du* diese Taten begangen hast. Der Unfall in der Hardenbergstraße, dann der Direktor. Und jetzt schlägst du auch noch einen Polizisten nieder. Ist er tot?«

»Ich weiß es nicht.«

Dojo packte ihn am Arm. »Du musst untertauchen. In der Bibliothek kannst du dich verstecken. Als sie mir im letzten Herbst das Zimmer kündigten, hatte ich hier ein paar Mal übernachtet. Sie schließen um neun Uhr, dann geht ein Wachmann durch die Räume, kontrolliert oberflächlich. Nicht einmal einen Hund hat er dabei.«

»Ich will nicht mehr.«

»Mein lieber Nikolaj, du kannst nicht aufgeben. Du musst den Weg zu Ende gehen. Alles andere wäre … ein schweres Vergehen.«

»Ich bin keine Romanfigur!«

»Hier irrst du, mein Freund. Die ganze Welt ist eine Bühne und jeder spielt seine Rolle, so gut er kann. Als Erstes nehme ich deine Waffe und lass sie verschwinden. Einverstanden?«

Kaleko schüttelte den Kopf. Er würde sie noch brauchen.

22. Januar 1927, 18 Uhr, Douglasstraße 63

Grenfeld schreckte hoch und versuchte sich zu orientieren. Die Nachttischleuchte brannte, Dostojewskis Roman lag aufgeschlagen auf seinem Bauch und durch das halb geöffnete Fenster drang kalte Luft ins Schlafzimmer. Er hatte geträumt, das Mädchen aus Dagestan hätte von seinem Büro aus ein Seil über die Friedrichstraße hinüber zum Equitable-Palast gespannt. Als sie gerade ein Viertel der Wegstrecke geschafft hatte, war ihr Jonny mit einer überdimensionalen Ausgleichsstange entgegengekommen. Ein dicker Wachtmeister hatte das Büro gestürmt und so heftig am Seil gerüttelt, dass beide taumelten. Das Mädchen fiel, vor den Fassaden der Versicherungspaläste, immer weiter nach unten. Ihr Fallen wollte kein Ende nehmen. Erst als sie auf den Gleisen der Untergrundbahn aufschlug, war Grenfeld aufgewacht. Auf seinem Nachttisch lag ein Thermometer, doch auch ohne zu messen, spürte er, dass er erhöhte Temperatur hatte. Der Platz neben ihm war verwaist. Helen war in Paris und seit Tagen schlug er sich, zur Untätigkeit verurteilt, mit einer Grippe herum. Er hatte Olja eingeschärft, nichts zu unternehmen, doch genauso gut hätte er einer Katze das Jagen verbieten können. Heute Morgen hatte sie ihm ein abgerissenes Plakat des Zirkus Sternheim triumphierend auf den Küchentisch gelegt. Dort war ein Mädchen auf einem Seil abgebildet, das bis zum Mond gespannt war. DER KAUKASISCHE ENGEL, stand mit grellgelben Buchstaben darüber. Gerade als er sich erheben und im Bad zwei Tabletten Togal in einem Glas Wasser auflösen wollte, vernahm er das quietschende Geräusch der Garagentüre, dessen Scharniere längst hätten geölt werden müssen. Er zog seinen Bademantel an und holte unter den Handtüchern im Schrank eine Lignose-Einhandpistole hervor. Er hatte die Waffe vor einigen Jahren Helen aufgedrängt, die sie sofort unter die Wäsche gelegt hatte. Dann eilte er die breite Marmortreppe hinunter zum Foyer. Vor der Durchgangstüre verharrte er. Wer auch immer in der Garage zugange war, gab sich keine Mühe, leise zu sein: schlürfende Schritte auf dem Steinboden, ein Eimer wurde umgestoßen. Grenfeld glaubte, das Keuchen des Einbrechers wahrzunehmen. Dann trat Stille ein. Es war ihm unangenehm, seinen eigenen Atem zu hören. Widerwillig öffnete er die Tür, zielte mit der Waffe ins Dunkle, versuchte, mit der linken Hand den Lichtschalter zu finden. Er war sich sicher, dass der Schalter auf Schulterhöhe angebracht war, doch seine Finger tasteten vergeblich über den rauen Putz der Wand. Irritiert drehte er sich um, wandte der Dunkelheit seinen Rücken zu und spürte im selben Augenblick die Mündung einer Pistole am Hals. Das Metall war kalt und drückte schmerzhaft gegen die pochende Halsschlagader.

»Geben Sie mir die Waffe, Herr Grenfeld, sonst passiert noch ein Unglück.«

Als er die Stimme erkannte, wurde er wütend. »Verdammt, Kaleko, was soll das? Was wollen Sie hier?«

»Ihren Wagen. Und jetzt her mit der Pistole. Glauben Sie mir, ich habe nichts mehr zu verlieren.«

»Man hat immer etwas zu verlieren. Ihre Taxilizenz zum Beispiel.«

Fast sanft nahm ihm Kaleko die Waffe aus der Hand und machte Licht. »Ich habe einen Polizisten erschlagen.

Glauben Sie, Ihre Kollegen haben es auf meine Lizenz abgesehen?«

Vorsichtig drehte sich Grenfeld um und blickte in das Gesicht des Mannes, um herauszufinden, ob er wirklich schießen würde. »*Wen* haben Sie erschlagen?«

»Das ist jetzt unwichtig! Alles werden sie mir nehmen«, flüsterte er. »Mein Taxi, meine Hoffnung und mein Leben. Und wissen Sie was? Sie hatten recht, jawohl. Ich bin eine Gefahr für die Allgemeinheit.«

»Jetzt nehmen Sie das verdammte Ding von meinem Hals. Wenn schon, dann hält man so etwas an die Schläfe.«

Kaleko trat einen Schritt zurück, er lächelte bitter. Jetzt zielte die Mündung direkt auf seinen Bauch.

»Der Tote in der Hardenbergstraße.«

»Was ist mit ihm?«

»Das war ich, Herr Grenfeld, Sie hatten den richtigen Riecher. Sie sind ein fabelhafter Ermittler, wirklich, ich meine das aufrichtig.«

»Was reden Sie da?«

»Ich habe den Fußgänger umgefahren. Ich hatte an jenem Abend Dienst. Alles andere habe ich vergessen. Seit ich Kokain konsumiere, leide ich an Amnesie, ein wohltuender Zustand.«

Grenfeld war sich jetzt sicher, dass es seine Pistole aus dem Büro war. »Sie irren sich, ich hatte Sie nie in Verdacht.«

Kaleko lachte hämisch. »Ach kommen Sie, Sie haben mich doch absichtlich die Lautplatte übersetzen lassen. Sie wollten, dass ich zusammenbreche, wenn ich den Text eines Mädchens übersetze, dessen Bruder oder Onkel ich überfahren habe. Ist es nicht so?«

»Ach, deshalb hatten Sie sich so gesträubt?«

Kaleko ging einige Schritte zurück, öffnete die Wagentüre und sah flüchtig ins Innere. »Ich könnte noch hundert Jahre Taxi fahren, einen Sechszylinder würde ich mir nie leisten können.«

»Und jetzt?«

»Ein letztes Mal will ich noch mit so einem Wagen fahren und von jeder Straße der Stadt Abschied nehmen. Dann werde ich mich erschießen.«

»Sie wollen sich der Verantwortung entziehen?«

»Verantwortung?«

»Eine Buße. Oder glauben Sie, Sie kommen so einfach davon?«

Kaleko lachte schrill. »Sie reden ja wie ein Pope! Die liegen in meiner Heimat nicht mehr hoch im Kurs.«

Grenfeld hatte keine Ahnung, wohin ihn das absurde Gespräch führen würde. Er improvisierte, folgte seinem Instinkt, wie er es von Gennat gelernt hatte. »Sie müssen es dem Mädchen aus Dagestan gestehen. Das ist Ihre Buße!«

Kaleko knallte die Autotüre zu. »Niemals!«

»War es ein Auftragsmord?«

»Was reden Sie denn? Es war ein Unfall. Ich … ich sagte Ihnen doch, ich kann mich an nichts mehr erinnern. Ich war so müde, ich hätte aufhören müssen. In so einem Zustand kann man nicht mehr fahren. Aber da war die Filmpremiere …«

»Wie auch immer. Sie müssen es Amina gestehen. Sie sind der Einzige, der ihren Dialekt beherrscht!«

Kaleko rannte auf Grenfeld zu, drückte seinen Kopf an die Wand und presste die Mündung der Waffe gegen seine Stirn. »Halten Sie mich für naiv? Die meisten Bewohner des Kaukasus beherrschen Russisch, Arabisch oder Türkisch. Sie wollen mich reinlegen, das ist alles!«

»Raskolnikow!«, keuchte Grenfeld.

»Was?«

»Ich habe *Schuld und Sühne* gelesen. Raskolnikow zieht sich nicht so einfach aus der Affäre.«

»Sind Sie verrückt geworden? Jetzt fangen Sie auch noch damit an.«

»Wie ihr Freund Dojo?«

Kaleko ließ los.

»Hören Sie, ich überlasse Ihnen meinen Wagen und Sie kommen morgen Abend zum Zirkus Sternheim am Funkturm. Sie werden es dem Mädchen beichten! Dann machen Sie, was sie wollen.«

»Ja, und dort warten Ihre Kollegen auf mich!«

»Ich gebe Ihnen mein Wort. Olja und ich werden die Einzigen sein, die Sie erwarten, und die Seiltänzerin natürlich.«

Plötzlich hörten sie ein Motorengeräusch, Bremsen quietschten, eine Autotür wurde zugeschlagen. Kaleko zerrte Grenfeld in den Gang und von dort ins Esszimmer ans Fenster. Ein Hüne von Mann stand breitbeinig vor einem schwarzen Wagen und bemühte sich trotz des Windes eine Zigarette anzuzünden. Ein kleiner Untersetzter strich seinen zerknitterten Mantel glatt.

»Meine ehemaligen Kollegen aus dem Präsidium«, murmelte Grenfeld. Er konnte die Unruhe spüren, die Kaleko nun erfasste. »Ich könnte sie abwimmeln, soll ich das tun?«

»Warum sollte ich Ihnen vertrauen?«

»Weil Sie noch einmal mit meinem Wagen fahren wollen?«

»Gehen Sie, aber denken Sie daran, ich ziele mit einer Waffe auf Sie!«

Grenfeld eilte zum Eingang und öffnete die Tür, bevor seine Kollegen Gelegenheit hatten, Sturm zu läuten. Hellriegel sah enttäuscht aus. Er hätte wohl gern sein verdutztes Gesicht gesehen. »Du hast uns erwartet?«

»Natürlich«, log er.

»Du schaust schlecht aus«, sagte Kanther und knöpfte zwei seiner oberen Mantelknöpfe auf. »Die Detektivarbeit scheint dir nicht zu bekommen.«

»Was wollt ihr von mir? Ich bin krank.«

»Gennat schickt uns. Du sollst uns aufs Präsidium begleiten.«

»Warum hat er nicht den jungen Schnösel geschickt, der immer so auffällig um mein Büro schleicht?«

Die Kommissare sahen sich vielsagend an. »Vielleicht liegt es daran, dass man mit einem eingeschlagenen Schädel schlecht observieren kann«, knurrte Kanther und drängte sich an Grenfeld vorbei ins Foyer.

»Das ganze Leben erscheint unter diesen Umständen dann doch, sagen wir, beschwerlich«, ergänzte Hellriegel und folgte seinem Kollegen.

»Wie bitte? Wir sprechen von dem jungen Kriminalanwärter?«

»Erich Falck, jawohl, wurde auf der Toilette des Imperators von einem Taxifahrer namens Kaleko niedergeschlagen. Der wird verdächtigt, jemanden überfahren zu haben. Du weißt nicht zufällig, wo er sich aufhält?

»Ich? Woher denn?«

»Du hattest mit ihm zu tun, Robert. Das wissen wir.«

»Kaleko hat mich ein paar Mal gefahren. Das ist alles. Ist der Kollege tot?«

»Hat Glück gehabt. Liegt mit einer Gehirnerschütterung in der Charité.«

»Ich nehme an, du wirst uns verraten, wenn du etwas weißt?«

»Natürlich, ich melde mich morgen bei Gennat, versprochen. Ich muss jetzt ins Bett, mich auskurieren.« Er deutete demonstrativ auf die Haustür, als aus der Garage ein Motorengeräusch ertönte.

»Das ist Helen. Sie muss ins Atelier«, sagte Grenfeld hastig.

»Noch immer in der Modebranche?«

Grenfeld nickte. Er vernahm den knarzenden Rückwärtsgang seines Wagens und hoffte, seine Exkollegen noch etwas aufhalten zu können.

Hellriegel feixte. »Früher durfte niemand sein Heiligtum fahren, weißt du noch?«

»Was heißt fahren? Man durfte ihn nicht mal ansehen«, lachte Kanther.

»Die Zeiten ändern sich eben. Wen soll denn Herr Kaleko umgefahren haben?«

»Erfährst du alles vom Dicken. Komm einfach ins Präsidium.«

»Geht es um den Toten in der Hardenbergstraße?«

»Es geht um einen Fahrgast, Bankier Zierleben. Der hatte Kaleko angezeigt, weil er ihn und seine Freundin aus dem Taxi geschmissen hatte. Und gestern ist der Arme vor seinem Stammlokal überfahren worden. Ein seltsamer Zufall, oder nicht?«

Die beiden sahen ihn eindringlich an und schwiegen. Kanther drehte unablässig seinen Hut und Hellriegel kaute an einem Zahnstocher herum, der nach getaner Arbeit wieder in seiner Manteltasche verschwinden würde. Grenfeld kannte ihre Marotten, wusste, dass sich hinter der lässigen Fassade eine gehörige Portion Unsicherheit verbarg. Er dachte an all die Einsätze, die sie gemeinsam durchstanden hatten. Es fühlte sich miserabel an, sie zu belügen.

»Dann noch gute Genesung«, murmelte Kanther und die beiden trotteten davon.

KAPITEL 6

23. Januar 1927, 16 Uhr,
Messegelände, Zirkus Sternheim

Der alte Mann vor dem Tigerkäfig strahlte eine merkwürdige Mischung aus Autorität und Gebrochenheit aus. Vor Grenfelds geistigem Auge tauchten unwillkürlich Bilder des Kaisers auf: in Paradeuniform, auf seinem Segelboot, im holländischen Exil. Auch ohne zu fragen, wusste er, dass Carl Sternheim persönlich vor ihnen stand. Auf der Fahrt mit Olja zum Messegelände hatte er sich Fragen zurechtgelegt, hatte mit dem Gedanken gespielt, sich als Journalist auszugeben, doch als er das stolze und leidgeprüfte Gesicht des Direktors sah, war ihm die Lust auf Spielchen vergangen. Der Tiger wanderte unruhig im Käfig hin und her, die Augen fest auf den Alten gerichtet. Plötzlich hob der Direktor seine Hand ein wenig über Kopfhöhe, worauf das Tier augenblicklich stehen blieb. Auch Grenfeld stoppte unwillkürlich, als habe er das Gefühl, diesen Augenblick von Intimität nicht stören zu dürfen. Die Hand des Alten vibrierte in der Luft wie der Flügel eines Greifvogels, dann senkte sie sich langsam, Stück für Stück, und der Tiger schien der Hand so lange zu folgen, bis er sich schließlich niederlegte. Sternheim trat an den Käfig heran und Grenfeld fragte sich, ob er das Tier durch die Gitterstäbe hindurch berühren würde, doch stattdessen brummte der Alte eine Melodie. Dann trat Carl

Sternheim zurück und drehte sich um, so als habe er die ganze Zeit ihre Anwesenheit bemerkt.

»Das ist Rani. Sie stammt aus einem Wurf von Carl Hagenbeck. Noch vor einem Jahr hätte ich sie streicheln können«, sagte er mit einer Vertraulichkeit, als ob sie sich schon seit Langem kannten.

»Und jetzt?«, fragte Olja.

»Rani hat eine Wunde, die nicht heilen will. Das macht sie aggressiv. Es ist die einzige Möglichkeit, ihr etwas Frieden zu geben.«

»Haben Sie das Tier hypnotisiert?«, fragte Olja ungläubig.

»Ein unheimliches Wort für einen natürlichen Vorgang«, erwiderte der Alte lächelnd. »Es gehört zum Programm. Jeden Abend trete ich auf wie Blacaman im Zirkus Busch. Kennen Sie den Fakir mit dem lila Totenhemd?«

Beide verneinten.

»Früher strebte ich nach Macht über die Kreaturen. Heute bin ich der Überzeugung, es sind die Tiere, die mich hypnotisieren, nicht umgekehrt. Ich komme zu ihnen, werde ruhig, vergesse meine Gläubiger, vergesse Zeit und Raum … kann loslassen … für eine lange Zeit.« Der Alte dehnte die letzten Silben, während er Olja fixierte. Ihre Augenlider blinzelten, als ob sie sich dagegen wehrte, sie zu schließen. Er beobachtete den dösenden Tiger, dann Olja, die nun jeden Widerstand aufgebend, mit geschlossenen Augen zu einer Statue erstarrt war. Grenfeld konnte nicht glauben, was vor sich ging, wollte nur den Blicken des Alten ausweichen. Er sah nach oben zum weißen Zeltdach, wo Spatzen im Gebälk aufgeregt von Stange zu Stange hüpften.

»Sind Sie von der Baupolizei oder vom Gericht?«

Er hörte die Stimme des Alten wie aus der Ferne, sah zu Olja, die zu keiner Reaktion fähig war.

»Wenn Sie etwas pfänden wollen, kommen Sie zu spät, es gehört alles der Bank. Selbst die Tiere.«

»Was um alles in der Welt soll das? Was machen Sie mit uns?«, rief Grenfeld empört.

»Es ist Ihnen doch nicht unangenehm?«, fragte der Alte wie ein Masseur während einer Behandlung im Admiralsbad.

»Hören Sie auf damit, wir müssen Sie in einer wichtigen Angelegenheit sprechen.«

»Natürlich. Es ist nur, damit ich in Übung bleibe. Meine Mitarbeiter sind längst immun dagegen.« Er lachte, streckte seine Hand aus und berührte Olja, die augenblicklich erwachte.

»Ich muss in die Manege zur Generalprobe. Auf dem Weg dahin können wir reden. Kommen Sie.«

Grenfeld folgte dem Alten etwas benommen und auch Olja hatte offenbar Mühe, in die Gegenwart zurückzufinden. Im Schatten des großen Spielzeltes trotteten sie durch ein Labyrinth bunter Artistenwägen, aus denen Sprachfetzen aus aller Herren Länder an ihr Ohr drangen. Auf den schmalen Gassen zwischen den Trittleitern lieferten sich Kinder Verfolgungsjagden. In den geöffneten Stallzelten streuten Tierwärter Sägemehl und schrubbten die Holzböden der Käfige. Ein Zebra wurden an der Longe im Kreis geführt.

»Man muss sich entscheiden«, erklärte Sternheim. »Entweder man bleibt ein kleiner Wanderzirkus oder man gründet ein Unternehmen. Wir sind weder das eine noch das andere. Die mittleren sind dem Tod geweiht. Platzmiete, fünfundzwanzig Prozent Lustbarkeitssteuer, sie saugen dich aus und lassen dich als Hülle zurück wie den Zirkus Blumenfeld in Magdeburg.«

»Der Zirkus fasziniert die Menschen nach wie vor«, warf Grenfeld ein.

»Wozu sollen sie in den Zirkus gehen, wenn sie das Gleiche im Varieté Wintergarten erleben. Auch der Fakir Blacaman tritt dort auf, Akrobaten, Hochseilartisten, die ganze Zunft verlässt das Zelt.«

»Und Sie?«

»Ich bewege mich haarscharf am Abgrund. Bei den Blumenfelds kommt erschwerend hinzu, dass sie Juden sind. Als ob das etwas Neues wäre. Die halbe Artistenwelt ist jüdisch. Neuerdings kursieren bösartige Flugblätter, Aufrufe zum Boykott. Widerlich ist das!«

Mittlerweile hatten sie den Hauptplatz erreicht. Grenfeld wunderte sich, warum die Zeltkuppel von einem Kran angehoben wurde.

»Warten Sie, Herr Sternheim.« Olja zog aus ihrer Packtasche das Engelskostüm hervor. »Wir suchen eine junge Seilakrobatin, einen fliegenden Engel sozusagen.«

Der Alte hielt abrupt an. »Woher haben Sie das?«, fragte er misstrauisch und nahm das Kostüm an sich.

Grenfeld beschloss, mit offenen Karten zu spielen, und während er alles erzählte, was sie in Erfahrung gebracht hatten, starrte der Alte ihn ungläubig an.

»Das Kostüm ist für Mienchen angefertigt worden. Sie ist der Star unserer Hochseilnummer. Ilja Sokolow hatte sie entdeckt und trainiert. Ich habe das Bild seiner Leiche im Präsidium entdeckt, in den Schaukästen. War es denn kein Unfall?«

»Nein«, antwortete Grenfeld.

»Haben Sie dafür Beweise?«

»Nur ein Gefühl, zu wenig für die Polizei.«

Die Pupillen des Alten starrten ins Leere, als versuchte er, sich an etwas zu erinnern. »Es liegt mir sehr daran, herauszufinden, was passiert ist. Ich werde Ihnen alles sagen, was ich weiß. Unter einer Bedingung: Lassen Sie das Mädchen aus dem Spiel. Morgen Abend ist Premiere. Wenn sie jetzt von seinem Tod erfährt … ich weiß nicht, wie sie es aufnimmt. Sie hat sehr an ihm gehangen. Lassen Sie ihr wenigstens eine vage Hoffnung, bitte!«

»Aber das Kind hat ein Recht zu erfahren, dass ihr Bruder tot ist«, warf Olja wütend ein.

Der Direktor schien mit sich zu kämpfen. »Ilja war nicht mit ihr verwandt. Er hatte das stumme Mädchen in einem Lager kennengelernt und sofort ihr Talent erkannt. Vielleicht wollte er ihr helfen, vielleicht wollte er nur uns helfen. Ich kann das nicht beurteilen. Ich habe immer gedacht, ich kenne Ilja, aber jetzt bin ich mir nicht mehr sicher. Er hat Geschäfte getätigt, in meinem Namen. Alles nur, um seine Hochseilnummer zu finanzieren. Ohne mein Wissen und ohne meine Zustimmung.« Der Alte zeigte auf die Kuppel des Zirkuszeltes. »Wissen Sie, was das soll? Während der Vorstellung wird sich das Dach öffnen und Miechen wird mit einem Heißluftballon in Form einer Rakete nach oben schweben. Währenddessen wird sie auf einem Seil zum Restaurant des Funkturms gehen. Das war *seine* Idee.«

»Auf jeden Fall spektakulär«, murmelte Grenfeld anerkennend.

Der Direktor lachte bitter. »Das mit dem Dach. Es hat bis heute nicht funktioniert, obwohl meine Leute Tag und Nacht daran arbeiten. Wir haben zwar Iljas Pläne, aber uns fehlen die Details.«

»Er hat das Mädchen im Flüchtlingslager Wünsdorf aufgegriffen«, sagte Olja ungeduldig. »Was wollte er dort?«

Sternheim zuckte mit den Schultern. »Ilja war Mitglied der Artistenloge und beständig auf Reisen. Er war auf der Suche nach neuen Talenten, hatte mir die ganze Vorbereitung abgenommen, mit Lieferanten und der Baupolizei verhandelt, sich um Genehmigungen gekümmert, zuletzt auch um die Finanzen. Immer wieder hatte er Geld aufgetrieben, oft in letzter Minute und, ehrlich gesagt, ich weiß nicht woher.«

»Hatte er Feinde?«

Der Direktor lachte donnernd. »*Ich* war sein Feind! Jede Minute hatte er mich beschwatzt, den alten Kasten zu modernisieren, alles über den Haufen zu schmeißen, was Generationen vor ihm aufgebaut hatten. Kennen Sie den Durchmesser einer Manege?«

Grenfeld verneinte.

»Dreizehneinhalb Meter. Jetzt haben wir ihn auf siebzehn Meter vergrößert. Das hat Auswirkungen, glauben Sie mir. Bei so einem Durchmesser sieht ein einzelner Artist verloren aus. Und das bedeutet: Massenszenen, mehr Menschen, mehr Tiere, mehr Technik.«

»Sie waren sein Feind?«, wiederholte Olja verwundert.

»Sein erbittertster. Ich hasse das technische Spektakel. Tiere, Clowns und Akrobaten vor strahlenden Kinderaugen … das ist Zirkus. Auf der anderen Seite«, Sternheim machte eine Pause, »nur Narren und Tote ändern nie ihre Meinung.«

»Herr Sternheim, es gibt da einen Taxifahrer, der behauptet, Ilja überfahren zu haben.«

»Wie bitte? Dann haben wir doch den Täter!«

Olja starrte Grenfeld ungläubig an. »Was redest du da? Davon weiß ich nichts.«

»Alexander Kaleko. Er hat es mir gestanden. Aber … ich glaube ihm nicht.«

»Wie bitte?«, schrie Olja. »Warum hast du mir nichts davon gesagt?«

»Mag sein, dass er andere Dinge auf dem Kerbholz hat. Aber im Moment ist der Mann in einem Zustand, in dem er alles gestehen würde.«

Olja schüttelte den Kopf. »Na wunderbar. Der Exkommissar ermittelt allein. Wenn es ernst wird, kann man keine Frau gebrauchen, nicht wahr?«

Carl Sternheim sah auf seine Uhr. »Hören Sie, schauen Sie sich auf dem Gelände um. Von mir aus reden Sie mit seiner Truppe. Tun Sie, was Sie wollen, aber halten Sie die Polizei aus dem Spiel und verraten Sie dem Mädchen nichts. Das ist meine Bedingung.«

»Wir müssen sie aber befragen. Sie kann uns helfen«, rief Olja verzweifelt. »Wir haben ihre Zeichnung, wir …«

»Sie wird nicht mit Ihnen sprechen«, sagte der Direktor.

»Sie kann zeichnen, schreiben, außerdem haben wir jemanden, der Lakisch spricht.«

»Nein«, erwiderte der Direktor bestimmt und richtete seinen Blick auf Grenfeld. »Habe ich Ihr Wort, als Ehrenmann?«

»Als Ehrenmann?«, wiederholte Grenfeld verwundert und hatte das Gefühl, als ertränke er in den wässrig blauen Augen des Alten. Er wollte diesem Blick ausweichen und bemerkte dabei, wie im Hintergrund Inder festlich geschmückte Elefanten über den Platz führten. Auf dem letzten Elefanten stand ein Mädchen und jonglierte mit Äpfeln. Die Arbeiter feixten und warfen ihr weitere zu.

»Ist sie das?«, fragte er und der Direktor drehte sich um.

»Das ist Mienchen. Das jüngste Mitglied der Sokolow-Truppe auf ihrem Lieblingselefanten Babina. Sie ist im Übrigen nicht stumm. Sie redet selten und nur mit Menschen, denen sie vertraut. Dafür singt sie fortwährend ein Lied, in einer Sprache, die ich nicht verstehe.«

»*Sehnsucht nach Heimat*«, sagte Olja trotzig.

Grenfeld sah zum Dach des Zeltes hinauf und verfolgte das Seil bis zum Funkturm. »Haben Sie keine Angst um sie?«

»Sagt Ihnen der Name Maria Spelterini etwas?«

»Sie überquerte die Niagarafälle auf dem Hochseil?«

Der Direktor nickte. »Ilja hat Zeit seines Lebens nach jemandem gesucht, der ein so außergewöhnliches Talent besitzt. Ich kann es mir nicht erklären, aber *sie* hat es.«

»Sie ist ein Kind«, sagte Olja mürrisch.

»Maria Spelterini war drei Jahre, als ihr Vater sie auf das Seil ließ. Wissen Sie, was unsere Inder sagen? Sie behaupten, Mienchen sei ihre Inkarnation, denn sie verschwand eines Tages. Niemand weiß, wo Spelterini begraben liegt. Ich für meinen Teil habe mich entschieden, das Kind da oben zu sichern, gegen allen Widerstand. Und glauben Sie mir, Artisten können stur sein.«

Olja beobachtete fasziniert das Mädchen auf dem Elefanten und flüsterte: »Sie heißt nicht Mienchen, sondern Amina.«

»Sie haben meine Frage noch nicht beantwortet, Herr ...«

»Grenfeld. Und wir dürfen uns hier überall umsehen? Auch im Wagen von Ilja?«

»Wagen 001 und 002 gehören der Direktion, 003 der

Verwaltung. Dort dürfen Sie suchen. Alle Papiere, die wir in Iljas Wandkoffer gefunden haben, liegen fein säuberlich sortiert auf dem Schreibtisch. Der Wagen 044 gehört den Sokolows – der ist für Sie tabu.«

»Einverstanden«, murmelte Grenfeld und konnte im selben Moment sehen, wie sich Oljas Gesicht in eine hasserfüllte Fratze verwandelte.

»Besuchen Sie unserer Premiere morgen Abend. Es lohnt sich.« Der Direktor verabschiedete sich und eilte davon.

Olja schüttelte den Kopf. Ihre Hautfarbe hatte den Farbton eines Bratapfels angenommen. »Kann mir der *Ehrenmann* vielleicht erklären, weshalb er sich von dieser Antiquität derart hat einlullen lassen? Der hat mich keines Blickes gewürdigt.«

»Wenn der Alte sich querstellt, können wir hier einpacken. Die Arbeiter und Artisten werden schweigen und wir haben keinerlei Handhabe, nichts!«

»Und warum hat er uns verboten, mit dem Mädchen zu sprechen? Seit Wochen arbeiten wir darauf hin. Wozu waren wir in Wünsdorf? Wozu haben wir die Lautplatte übersetzen lassen? Das ist doch Absicht! Amina weiß etwas über das gestohlene Bild und er will das verhindern!«

Grenfeld stöhnte. Er nahm Olja an der Hand und führte sie über den Platz in die Manege. Sie stiegen die Treppen hinauf bis zur letzten Sitzreihe. Ein gelber Heißluftballon wurde gerade in Position gebracht. Die Hülle, aus Rauten zusammengenäht, war mit einem Netz aus starken Hanfseilen überzogen, das an der Unterseite in einem Holzring zusammenlief. An diesem Ring hing mittels acht Seilen ein Weidenkorb. Die Arbeiter schrien und fluchten, weil sich die Seile immer wieder verhedderten.

»Ich muss dir etwas gestehen«, sagte Grenfeld behutsam und sah dabei aus wie ein Mann, der angestrengt nach den richtigen Worten suchte.

»Das mit Kaleko. Du hättest mir das sagen sollen.«

»Das meine ich nicht.«

Olja sah ihn verwundert an.

»Als ich die letzten Tage im Bett lag, hatte ich Zeit nachzudenken. Möglicherweise ist alles ein Irrtum, vielleicht habe ich mich von Anfang an getäuscht.«

»Mir scheint, Sternheim hat dich hypnotisiert.«

»Wir drehen uns im Kreis. Die Dinge fangen an, sich selbst zu bestätigen. Das ist gefährlich, glaub mir. Wenn ein Ermittler krampfhaft an einer Hypothese festhält, dann kann es passieren, dass sie sich bewahrheitet, verstehst du das?«

»Nein!«

»Es ist wie eine Vorhersage, die sich nur deshalb erfüllt, weil sie verkündet wurde.«

»Unsinn!« Olja wischte seine Erklärung mit einer ärgerlichen Handbewegung zur Seite, als wollte sie eine lästige Fliege vertreiben. »Ein Sturm zieht nicht deshalb auf, weil man ihn vorhergesagt hat. Was ist mit dem Taxifahrer?«

Er beugte sich zu ihr und flüsterte: »In zwanzig Jahren Kriminaldienst ist mir noch nie so ein Geständnis untergekommen. Entweder ein Täter leugnet oder gesteht, von mir aus scheibchenweise. Aber niemand gibt zu, *vielleicht* jemanden getötet zu haben. Wenn man jemanden überführt, dann weiß man das.«

»Und jetzt?«

»Wir brechen ab.«

Olja sprang auf. »Das ist nicht dein Ernst! Wir stehen kurz vor dem Durchbruch. Dort unten steht das Mädchen, das wir befragen können!«

»Habe ich dir schon erzählt, dass sie im Herbst eine Inspektion K einrichten?«

»Wovon redest du?«

»Sie stellen die ersten Frauen in den Kriminaldienst ein. Ich werde dich vorschlagen. Was meinst du? Mit dem Polizeivize habe ich mich immer gut verstanden.«

»Willst du mich bestechen?«

»Ich dachte, es interessiert dich?«

»Mach, was du willst, ich werde mir Wagen 044 genauer ansehen und die Sokolows in die Mangel nehmen. *Ich* hab diesem Magier nichts versprochen, schließlich bin *ich* kein Ehrenmann.«

Grenfeld sah Olja nach, wie sie zwei Stufen auf einmal die Treppen hinunterging. Sie überstieg die Pistenwand und lief quer durch den Spielkreis zum Ausgang. Grenfeld lehnte sich zurück, schloss die Augen und hoffte inständig, dass Kaleko nicht mehr auftauchen würde. Im Hintergrund zischte der Brenner des Heißluftballons, dann Jubeln, Klatschen, befreites Lachen. Die Arbeiter hatten offenbar ein Problem gelöst. Plötzlich spürte Grenfeld, wie jemand neben ihm Platz nahm. Er öffnete die Augen und erschrak. Es war Amina. Sie biss in einen Apfel, würdigte ihn keines Blickes, die Beine übereinandergeschlagen, den Kopf zurückgelegt, so als ob sie seine Körperhaltung imitierte. Nervös blickte er sich um und hoffte, Carl Sternheim würde sie beide nicht entdecken. Sie tat es ihm gleich. Übertrieben reckte sie ihren Hals, spähte mit aufgerissenen Augen nach allen Seiten und mimte ein besorgtes Gesicht. Sie lachte kurz auf, um sogleich vorwurfsvoll auf seine Stuhllehne zu deuten. Er drehte sich um und bemerkte das rechteckige Messingschild mit der Aufschrift *The Sokolows*. Das Mädchen nickte. Sie tauschten ihre Plätze und während er fieberhaft überlegte, was er jetzt tun sollte, winkte sie einem Clown, der durch die Manege ging. Dieser zog seinen Hut, machte eine übertriebene Verbeugung und winkte zurück. Amina strahlte übers ganze Gesicht. Grenfeld dachte an die Zeichnung in der Innentasche seines Sakkos. Er zog sie heraus und zögerte. Wer gab ihm das Recht, in die offensichtlich so unbeschwerte Welt eines Mädchens einzudringen? Und was sollte das bringen? Er hielt das gefaltete Papier fest in seiner Hand und starrte auf die mittlerweile abgestoßenen Ecken und schwarzgrauen Kanten. Dann beobachtete er, wie sich Aminas Hand in sein Blickfeld schob, um nach dem Papier zu greifen. Sie zog sanft, doch seine Finger ließen nicht los. Halb belustigt, halb erstaunt sah sie ihn an. Schließlich zerrte sie so heftig, dass er nachgab. Vorsichtig öffnete sie das Papier und stierte lange auf die Zeichnung. Mit dem Finger fuhr sie die Linien nach. Als sie aufsah, wischte sie sich Tränen aus den Augen. Und während der forschende Blick ihrer grünen Pupillen auf ihm ruhte, wusste er, dass jetzt der Moment gekommen war, Fragen zu stellen. Doch die wenigen Worte russisch, die er sprach, würden nicht ausreichen.

»Amina?«, fragte er und zeigte auf das Pferd mit dem verbundenen Maul.

Sie nickte kaum wahrnehmbar.

»Das Bild? Wo ist es?« Er deutete die Form eines Bilderrahmens an. Das Mädchen schwieg, doch sie sah zum Ausgang hinüber. Der Körper antwortete, lange bevor der Mensch sprach, dachte Grenfeld. Das hatte sich in den zwanzig Jahren Kriminaldienst stets aufs Neue bestätigt. Warum sollte es bei der kleinen Seiltänzerin anders sein? Möglicherweise befand sich das Bild auf dem Gelände. Er zeigte auf den schwarzen Mann, der die Pferde dressierte. »Ilja?«, fragte er, doch diesmal entglitten ihre Gesichtszüge zu einer schmerzlichen Grimasse. »Hat Ilja das Bild?«, hakte Grenfeld nach.

In diesem Moment schob sich die stattliche Figur des Direktors durch den roten Samtvorhang. Grenfeld fluchte leise. Obwohl Sternheim den Heißluftballon inspizierte, wusste er, dass sie längst entdeckt worden waren. Der Direktor rief einen Artisten zu sich, sie gestikulierten heftig und sahen immer wieder zu ihnen hinauf. Grenfeld wurde nervös und Amina spürte seine Unruhe. Hastig gab sie ihm die Zeichnung zurück, stand auf und rannte die Treppen hinunter. Auf der untersten Stufe drehte sie sich um und sah ihn an. Ungeduldig gab sie ihm einen Wink, sodass er begriff. Er folgte ihr und bemerkte zugleich, wie sich auch der schlaksige Artist in Bewegung setzte.

Amina lief schnell und Grenfeld hatte Mühe, sie nicht aus den Augen zu verlieren. Draußen war es dämmrig geworden und das Licht der großen Scheinwerfer ließ das Chapiteau noch mächtiger erscheinen. Arbeiter hatten sich auf dem Vorplatz versammelt, starrten auf das Dach, gestikulierten aufgeregt und riefen Kommentare in Sprachen, die Grenfeld noch nie gehört hatte. Hastig blickte er nach oben, wo die Zeltspitze mittels einer Hebevorrichtung angehoben wurde und nun einige Meter über dem Rundzelt schwebte. Er drängte sich durch die Menge und befürchtete, Amina verloren zu haben. Plötzlich brandete Applaus auf. Die Arbeiter klopften einander auf die Schultern, manche umarmten sich. Die Kuppel des Heißluftballons wurde sichtbar und während sich die Zeltspitze wie ein Deckel seitwärts verschob, flog der

Ballon durch das Dach gen Himmel. Grenfeld spürte, wie ihn jemand in den Rücken boxte. Es war Amina. Sie packte ihn am Pullover und zog ihn durch die Menge hindurch in eine einsame Wagengasse. Dann stürmte sie voran, folgte der Gasse bis zum Ende, bog nach links, dann wieder nach rechts. Mal zwängte sie sich durch einen engen Spalt zwischen zwei Wohnwägen, dann kroch sie unter einem brummenden Generator hindurch. Grenfeld protestierte, was das Mädchen nicht im Mindesten zu kümmern schien. Schließlich verschwand sie unter einer Zeltplane. Grenfeld tat es ihr gleich und erstarrte. Ein scharfer Geruch aus Urin und Exkrementen drang in seine Nase. Ein riesiger grauer Schatten türmte sich vor ihm auf. Als sich seine Augen an das dämmrige Licht gewöhnt hatten, sah er die Umrisse eines Elefanten, keine fünf Meter von ihm entfernt. Daneben entdeckte er Amina, die sich an das Bein des Tieres schmiegte und den Rüssel abwehrte. Als sie seine Unbeholfenheit bemerkte, grinste sie. Er wollte etwas sagen, doch sie presste den Zeigefinger auf ihre Lippen. Sie schien auf etwas zu warten. Keine Minute später hörte er das Geräusch herannahender Schritte. Amina riss die Augen auf und nickte ihm zu. Grenfeld vernahm das Klirren der Ketten, ein Röcheln, Rascheln und Schnaufen. Spatzen flatterten unter dem Zeltdach von einer Stange zur anderen. Die Schritte schienen sich wieder zu entfernen. Amina lächelte zufrieden, nahm ein Stück Brot aus der Tasche und fütterte den Elefanten. Vorsichtig trat Grenfeld neben sie und bemerkte erst jetzt die anderen Tiere. Es mussten an die acht Dickhäuter sein. Sie nahm seine Hand, führte ihn bis zur hintersten Ecke des Zeltes, wo meterhoch Heuballen aufgetürmt waren, kletterte hinauf und verschwand. Nach einigen Minuten erschien sie mit einem in Zeitungspapier eingewickelten Paket. Sie deutete ihm an, es zu öffnen. Als das gestohlene Bild zum Vorschein kam, war er überrascht, wie klein es war. Er hatte es immer größer vermutet. Ein unbestimmtes Gefühl der Enttäuschung legte sich über ihn und zu seiner Überraschung spürte er sogar Ärger, diese so hartnäckig gesuchte Lithografie nun ausgerechnet in einem Elefantenzelt vorzufinden. Nur am Rande bemerkte er, wie Amina auf das Bild und dann auf sich zeigte, als wollte sie ihren Besitzanspruch proklamieren. Er schüttelte den Kopf. Natürlich würde er das Bild Thea Kolb zurückgeben, als Privatdetektiv seinen ersten Fall abschließen, den Finderlohn kassieren und mit Olja und Helen im Schottenhaml feiern. Und das Artistenmädchen würde nicht nur einen Menschen verlieren, sondern auch ein Bild, das ihr offenbar viel bedeutete. Amina schien seine Gedanken zu erraten, denn sie begann nun hektisch das Kunstwerk einzupacken.

»Es gehört nicht dir«, flüsterte er auf Russisch. Erschrocken sprang sie auf, presste das Bild eng an ihren Körper. Mit zusammengekniffenen Lippen starrte sie ihn wütend an, stieß einen unterdrückten Laut aus, der genügte, die Elefanten unruhig werden zu lassen. Entschlossen ging er auf sie zu, griff nach dem Bild, doch Amina schleuderte es auf einen Heuballen und schlug mit Händen und Füßen auf ihn ein. Er wehrte ihre Schläge ab. Als sie von ihm abließ, kullerten Tränen über ihr Gesicht. Grenfeld fühlte sich zunehmend unwohl. Er hatte nicht die geringste Lust, mit einem zwölfjährigen Mädchen zu kämpfen.

»Es tut mir leid, Amina. Versteh doch, das Bild ist gestohlen. Ich bringe es der Galerie zurück.« Grenfeld hatte keine Ahnung, ob sie ihn verstand. Sie starrte auf einen langen Stock, an dessen Ende ein spitzer Haken befestigt war. Blitzschnell griff sie danach, baute sich vor ihm auf. Ihre Augen zeigten wilde Entschlossenheit, die sich nur schwer mit den biederen Zöpfen in Einklang bringen ließ. Grenfeld ächzte. Er war sich sicher, dass so ein Haken, der der Lenkung von Dickhäutern diente, einem Menschen tiefe Wunden zufügen konnte. Schritt für Schritt ging sie rückwärts und begann, ohne ihn aus den Augen zu lassen, unter einem Holzbalken einen Schlüssel hervorzuholen. Flink öffnete sie die Fußfesseln eines Elefanten, auf dessen Schiefertafel der Name *Goliat* stand. Es war der mächtigste Dickhäuter in der Reihe. Er konnte sich lebhaft vorstellen, was passieren würde, wenn Goliat in Panik geriet. Vorsichtig näherte er sich ihr. »Du lässt mir das Bild und ich finde Ilja.« Seine Stimme hörte sich dünn an. Amina schlug mit dem Haken nach ihm und er wich aus. Die Dickhäuter wurden unruhig. Goliat warf seinen Rüssel nach hinten und machte einen Schritt nach vorn.

»Ilja!«, flüsterte er. »Ich finde ihn. Überlass mir das Bild!«

Das Mädchen starrte ihn mit flackerndem Blick an, so als könnte sie den Grad seiner Glaubwürdigkeit an einem geheimen Merkmal ablesen, das er nicht zu beeinflussen vermochte. Es war nicht der Blick eines Kindes. Zu viel Schmerz und Misstrauen spiegelten sich in ihren Augen, und er fragte sich, was sie alles auf ihrer langen Reise fern von der Heimat erlebt haben mochte. Irgendwann wurde ihr Blick ruhig, die Prüfung schien abgeschlossen, der Haken sank langsam zu Boden. Mit einer seltsamen Geste streckte sie ihre Hand aus, als wollte sie ihn segnen. Amina näherte sich ihm und Grenfeld starrte misstrauisch auf den Haken. »Lass ihn los!«, zischte er. »Fallen lassen!«

Ihre Hand berührte seine Hand. Dann flüsterte sie Sätze in einer Sprache, die ihn an die Lautplatte erinnerte. Behutsam legte sie den Elefantenhaken ab, drehte sich um und verschwand. Grenfeld stand wenige Meter vor Goliat und wagte es nicht, sich das Heu von der Hose zu klopfen. »Das Bild ist Diebesgut«, murmelte er. Es klang wie eine Rechtfertigung, doch tief in seinem Inneren wusste er, dass der Tauschhandel auf einer dreisten Lüge beruhte. Ilja würde er ihr nur als Leiche liefern können, die wahrscheinlich nicht mal sie identifizieren könnte. Kunstwerk gegen Leiche: Das war die Art von Versprechen, welches das Leben für das Mädchen bereithielt. Der Handel aber konnte nur sein: Bild gegen Mörder. Er zweifelte, ob der Tausch irgendjemandem nützte. Plötzlich hörte er Stimmen, dann Schritte. Das Licht wurde eingeschaltet und Grenfeld erkannte den schlaksigen Athleten, der ihm gefolgt war. Oljas Oberarm fest im Griff, zog er sie wie eine Puppe hinter sich her.

»Was haben Sie hier zu suchen?«, fragte er scharf und wurde sofort leiser, als er bemerkte, dass Goliats Fußketten lose im Heu lagen. »Sie haben doch nicht etwa mit Mienchen gesprochen? Es reicht schon, wenn Ihre Freundin meinen Wagen durchsucht.«

»Herr Sternheim hat es uns erlaubt«, sagte Grenfeld matt und hob nun das Paket auf.

»Verdammt!«, zischte der Athlet, als er beobachtete, wie Goliats Rüssel sich den Schlüssel vom Boden geschnappt hatte. »Schnell raus hier«, flüsterte er nervös und drängte die beiden zum Ausgang. Noch auf der Gasse sprach er mit verhaltener Stimme. »Der Direktor hat Ihnen erlaubt, unser Büro zu betreten. Ihre hübsche Gefährtin aber hat die 044 auf den Kopf gestellt.«

Olja riss sich los und massierte ihren Arm.

»Wer sind Sie überhaupt?«, fragte Grenfeld mürrisch.

»Ich heiße Viktor, und zufällig ist das *unser* Wohnwagen, der Wagen der Sokolows. Was, glauben Sie, passiert, wenn ich jetzt die Stallburschen zu Hilfe rufe?«

Viktor hatte einen langen Kratzer auf der Wange und Grenfeld musste nur in das zornige Gesicht Oljas blicken, um zu verstehen, wer ihm den zugefügt hatte.

»Ich weiß nur, was passiert, wenn ich der Polizei stecke, dass sich auf dem Gelände Hehlerware befindet. Gestohlene Kunst, vor zwei Wochen aus dem Hotel Esplanade entwendet.«

Viktor starrte auf das Paket. »Davon weiß ich nichts.«

»Ilja hat es gestohlen, nicht wahr?«, fragte Grenfeld. »Aber weshalb?«

»Gehen Sie jetzt. Wenn der Stallmeister Sie hier findet, kann ich für nichts garantieren.«

»Ich will herausfinden, warum er sterben musste. Dafür könnte ich glatt den Diebstahl vergessen.«

»Morgen, kommen Sie morgen nach der Premiere. Dann bin ich bereit zu reden. Ich muss jetzt zurück. Sollten Sie aber die Polizei einschalten, werden wir alle so stumm wie Mienchen. Das garantiere ich Ihnen. Und Herr Grenfeld?«

»Ja?«

»Gerade eben. Sie hatten verdammt viel Glück. Hätte Goliat einen ihrer Wutanfälle bekommen, dann wären Sie jetzt tot.«

23. Januar 1927, 21 Uhr, Kakadu, Neue Winterfeldtstraße 15

»Dieser Viktor ist ein Idiot!«, zischte Olja so laut, dass die Gemeinde der Schachspieler ihr Missfallen durch heftiges Kopfschütteln zum Ausdruck brachte. Mit schmerzverzerrtem Gesicht massierte sie ihr Handgelenk und sah dennoch nicht wütend aus. Stattdessen lag ein Ausdruck von Stolz auf ihrem Gesicht, als sie auf das Bild deutete, das er auf einem leeren Stuhl platziert hatte. »Was habe ich dir gesagt? Die Kleine war der Schlüssel des Rätsels.«

Grenfeld rührte gedankenverloren in seinem Schwarztee und beobachtete, wie sein alter Freund Alexej die Gäste mit russischen Spezialitäten verwöhnte. Vor genau dreizehn Tagen wollte er hier mit Helen einen Neuanfang feiern, doch ein überfahrener Artist auf der Hardenbergstraße hatte dies verhindert. Im Leichenschauhaus, dort, wo man die unbekannten Toten mittels einer raffinierten Kühlung drei Wochen dem Publikum darbot, würden sie Ilja Sokolow nun mit einem Namensschild versehen können, damit er keine anonyme Beerdigung erhielt.

»Sieg auf der ganzen Linie«, jubelte Olja. »Thea wird sich freuen.«

»Da bin ich mir nicht sicher. Sie wird die Versicherungssumme zurückzahlen müssen.«

»Wie auch immer, wir haben das Kunstwerk. Das müssen wir feiern. Lädst du mich ins Resi ein?«

»Gratulation! Der große Detektiv Joe Jenkins hat wieder einen Fall abgeschlossen, auf ganzen hundertfünfzig Seiten«, brummte Grenfeld sarkastisch. »Was für ein Groschenroman.«

»Kann die schlechte Stimmung des Herrn vielleicht

daher rühren, dass er heute mit der Bahn fahren muss, wie die restlichen vier Millionen Einwohner auch? Wo steht dein protziger Mercedes?«

»In der Werkstatt«, log Grenfeld. »Erzähl mir lieber, was du auf dem Gelände entdeckt hast.«

»Wozu? Unser Auftrag ist erledigt.«

»Olja, ich bin nicht auf der Welt, um Hehlerware zurückzubringen.«

Sie lachte schallend. »Oh nein, wie konnte ich das nur annehmen? Zu trivial für einen ehemaligen Kommissar aus der Roten Burg. Nur sehe ich weit und breit weder Auftraggeber noch einen Auftrag.«

Er hob die Hand, um mit einer hier seit Jahren bekannten Geste eine Flasche Wodka zu bestellen. »Also, was hast du herausgefunden?«

»Na ja, wie der Alte gesagt hat. Ilja hatte ein Vermögen investiert, nur um die Seilnummer zu finanzieren. Allein der Heißluftballon …«

»Sternheim ist fast pleite. Woher hatte er das Geld?«

»Alle Kreditanträge sind abgelehnt worden. Ich habe keinen einzigen positiven Bescheid gefunden. Die meisten Rechnungen wurden aber bar beglichen.«

»Und der Wagen der Sokolows?«

»In einer großen Truhe lagern seine privaten Habseligkeiten: Briefe aus seiner Militärzeit, Plakate von seinen Engagements. Hat luxuriöse Hotels gesammelt wie andere Leute Briefmarken, oft nur für eine Nacht. Für mehr hat es wohl nicht gereicht. Auch vom Märkischen Hof habe ich Rechnungen gefunden.«

»Vom Märkischen Hof in Wünsdorf?«

»Ja, aber weiter bin ich nicht gekommen, weil mich der Grobian gestört hat.«

Alexej Jaschtschenko servierte Wodka der Marke Held, Schwarzbrot, dazu Sakuski: eingelegte Gurken, Hering im Pelzmantel und gefüllte Bliniröllchen. Er legte seine Hand auf Grenfelds Schulter und sagte etwas auf Russisch. Olja antworte und der Kneipier lief weiter zum Tresen.

»Wodka auf leeren Magen ist ungesund, hat dein Freund gesagt.«

»Hab schon verstanden«, erwiderte Grenfeld grimmig und füllte die Gläser.

»Aufhören oder weitermachen?«, fragte Olja.

»Wie wäre es mit einer Zirkusvorstellung, morgen um acht? Ich möchte doch zu gern wissen, was uns Viktor zu berichten hat.«

»Musst du nicht deine ehemaligen Kollegen einschalten? Ich meine wegen Kaleko.«

»Was würde Joe Jenkins tun?«

»Den Fall allein lösen und am Ende den Täter der Polizei präsentieren.«

»Dann werden wir das ebenso handhaben«, sagte er und zweifelte im selben Moment an der Umsetzbarkeit dieses Plans.

23. Januar 1927, 23 Uhr,
Friedrichstraße 191

Grenfeld hatte sich entschlossen, die einsame Villa in der Douglasstraße zu meiden und die Nacht im Büro zu verbringen. Er wollte auf keinen Fall mit dem Bild unter dem Arm Thea Kolb begegnen und schlich, ohne Licht zu machen, an der Galerie vorbei nach oben. Für wortreiche Erklärungen war er weder wach noch nüchtern genug. Als er vergeblich versuchte, seine Bürotür zu öffnen, stieß er einen leisen Fluch aus. Er konnte es nicht fassen. Das neue Schloss schien geeignet, die Goldreserven der Deutschen Bank vor sämtlichen Gaunern der Welt zu schützen. Während er krank zu Hause lag, musste Olja den Hausmeister überredet haben, dieses Wunderwerk an Technik einzubauen. Bedauerlich nur, dass beide vergessen hatten, ihm einen Schlüssel zu überlassen.

»Kann man helfen?« Grenfeld zuckte zusammen. Er drehte sich um und entdeckte im Dämmerlicht des Treppenhauses auf einer Stufe die Silhouette von Jonny sitzen.

»Bitte, Junge, lass mich allein, ich muss nachdenken und schlafen, wenn auch in anderer Reihenfolge.«

Jonny beleuchtete mit seiner Taschenlampe das neue Türschloss. »Wetten, ich krieg es auf?«

»Das glaub ich kaum. Ist ein nagelneues Sicherheitsschloss von Zeiss Ikon. Der Hausmeister hat nicht geknausert, zumal die Rechnung an mich geht.«

Der Junge kramte aus seiner Hosentasche einen gebogenen Draht hervor, kniete sich nieder, nahm die Schirmmütze ab und krempelte die Hemdsärmel hoch. Seine Finger betasteten das Schloss so souverän wie ein Blinder die Brailleschrift. Dann stocherte er mit dem Draht im Schloss herum, zog ihn mehrmals heraus, bog ihn zurecht, studierte seine Form, bog ihn erneut und wählte schließlich aus einem Bund von Dietrichen den Passenden aus. Mit einer kleinen Feile wurden so lange Korrekturen vorgenommen, bis das Schloss mit einem unaufdringlichen Klick jeden Widerstand aufgab. Jonny räusperte sich. »Ein gutes Schloss«, murmelte er und zerrte umständlich einen braunen Umschlag hervor. »Ihr Schlüssel, von Olja. Sie waren die letzten Tage nicht da.«

Grenfeld nickte anerkennend und betrat das Büro, das wie so oft nach vergilbten Papier und altem Firnis roch. Er knipste das Licht an, legte das Bild behutsam auf den Schreibtisch und betrachtete Jonny, der nervös seine Schirmmütze drehend vor der Türe wartete.

»Komm schon rein«, rief Grenfeld mit gespieltem Enthusiasmus. »Wo ist dein Affe?«

»Er heißt Watson.«

Grenfeld zweifelte keinen Moment daran, dass die Namensgebung Oljas Idee war. »Auch gut. Wo ist er jetzt?«

»Ich musste ihn weggeben.«

»Aber warum denn? Hat dich der Wachtmeister erwischt?«

»Ich konnte das Futter nicht bezahlen.«

Der Junge trat ein und Grenfeld erschrak über seine bleiche Gesichtshaut, seinen abgemagerten Körper, das abgewetzte Sakko und die schmutzig verschlissenen Hosen, die weit über den lehmverschmierten Stiefeln endeten.

»Das kommt vom Tunnel«, sagte Jonny entschuldigend.

»Welcher Tunnel?«

»Unter der Friedrichstraße gibt es einen Gang. Vom Equitable bis zu Ihrem Eckhaus. Ein unterirdischer Fluchtweg.« Erneut kramte er in seiner Hosentasche und holte einen Zettel hervor, den er Grenfeld mit einer Verbeugung überreichte. Mit krakeliger Handschrift stand dort geschrieben:

Rechnung:
1.) detektivische Ermittlung: 2 Mark
2.) Auslagen: Fahrt mit der Bahn: 1 Mark

»Der Tarif für angehende Detektive«, murmelte er entschuldigend. »Den kenn ich nicht. Es sei denn …«

»Was?«, fragte Grenfeld.

»Vielleicht wollen Sie mich nicht bezahlen.«

»Warum denn nicht?«

»Weil ich mich geweigert hatte, zu Ohm Paule zu gehen.«

Grenfeld schluckte. Ein unangenehmer Geschmack breitete sich plötzlich in seinem Mund aus, als ob er in eine verdorbene Scheibe Weißbrot gebissen hätte. »Das spielt keine Rolle, mein Junge. Du hast Kaleko aufgetrieben. Das ist die Hauptsache.«

»Es ist nur«, sprudelte es aus ihm heraus, »beim Leben meiner toten Mutter habe ich mir geschworen, allen Freiern der Welt aus dem Weg zu gehen und ein neues Leben anzufangen.«

Grenfeld hatte vergessen, dass sich bei Ohm Paule nicht nur Taxifahrer, sondern auch die Strichjungen mit ihren Freiern trafen. Er spürte, dass der Bengel auspacken wollte, und war sich sicher, dass er einige Widerwertigkeiten über die dunkle Seite der Stadt auf Lager hatte. Doch all das wollte er heute Nacht nicht hören und wenn er ehrlich war, auch am Tag nicht. Zu viele solcher Schicksale hatten sich in seinem Gedächtnis eingenistet und lauerten nur darauf, ihn in den Abgrund der Schwermut zu reißen.

»Finden Sie das albern? Ein neues Leben in meinem Alter? Ich bin immerhin schon vierzehn.«

Grenfeld räusperte sich, um Zeit zu gewinnen. All seine Weisheiten schlummerten auf dem Boden einer Wodkaflasche, doch seine Sprachlosigkeit schien den Jungen nicht zu stören.

»Nicht alle Stubben sind schlecht. Letztes Jahr hatte ich bei einem Herrn gelebt, der rein gar nichts von mir wollte. Er kleidete mich ein, gab mir Taschengeld, ohne jede Gegenleistung, verstehen Sie?«

»Niemand hebt hier nur einen Finger ohne Gegenleistung«, widersprach Grenfeld spöttisch.

»Na ja, er wollte mich ab und zu nackt sehen. Ich musste auf einem Fell vor seinem Kamin liegen und er saß nur da und glotzte mich an. Die Jungs bei Ohm Paule gratulierten mir, doch irgendwann konnte ich es dort nicht mehr aushalten. Es ekelte mich genauso wie das Leben in der Passage.«

Der Exkommissar nickte. Die Passage, ein glasüberdachter Durchgang von der Friedrichstraße bis zu den Linden, war durch seine Kollegen von Zuhältern, Nutten und Strichjungen systematisch gesäubert worden, worauf die Kundschaft sich zwangsläufig auf die umliegenden Kneipen verteilt hatte.

»Also«, sagte der Junge, der zunehmend an Mut gewann, »könnte ich verstehen, wenn Sie mich nicht bezahlen.«

Grenfeld zog sein Portemonnaie aus der Manteltasche und drückte dem Jungen acht Mark in die Hand. »Die Gewerkschaft der angehenden Detektive ist mächtig. Also, wo ist dein Affe geblieben?«

»Im Zoologischen Museum der Universität.«

»Und was wollen die mit ihm?«

»Der Schädel eines Berberaffen fehlte noch in ihrer Sammlung.«

»Wie viel haben Sie dir bezahlt?«

»Ein warmes Mittagessen.«

»Kauf ihn zurück, hörst du. Hier sind zehn Mark. Das müsste genügen. Ansonsten droh ihnen mit der Polizei. Du bist noch nicht geschäftsfähig.«

Jonny sah ihn überrascht an.

»Und nur damit wir uns verstehen: Bei mir brauchst du nicht nackt auf einem Fell zu posieren. Meine Frau ist mir da wesentlich lieber. Hast du mich verstanden?«

Jonny nickte. »Da ist noch etwas, Herr Grenfeld.«

Er ging zum Schreibtisch und durchwühlte die oberste Schublade nach Bullrich Salz. Der Wodka verursachte ein brennendes Gefühl direkt hinter seinem Brustbein, das sich bis zum Hals emporarbeitete.

»Vor drei Tagen. Ich bin dem Taxifahrer bis ins Café Imperator gefolgt. Er hat den jungen Polizisten niedergeschlagen, auf der Toilette.«

Grenfeld erstarrte. »Was? Hat er dich gesehen?«

»Natürlich. Er hat mich mit einer Waffe bedroht. Zuerst dachte ich, er schlägt zu, doch er hat nur geflüstert, ich soll abhauen. Die Pistole, wenn ich mich nicht irre, gehört Ihnen.«

»Schon möglich«, erwiderte Grenfeld gereizt. »Irgendwann werd ich Leihgebühren für das alte Ding verlangen.«

»So wie für Ihren Wagen? Wollen Sie wissen, wo der steht?«

»Wie um alles in der Welt …?«

»Er steht am Hegelplatz und Herr Kaleko übernachtet in der Bibliothek. Sein Kollege Dojo ist fast jeden Tag dort.«

»Du hast ihn beschattet?«

»Ich dachte mir, es kann nicht schaden. Die Auskunft ist natürlich gratis, Ehrensache.«

»Hör zu, Jonny. Halt dich ab jetzt von ihm fern.«

Jonnys Enttäuschung war ihm ins Gesicht geschrieben. »Ja, aber was soll ich dann ermitteln?«

»Hol erst mal Watson zurück und dann geh zum Zirkus Sternheim. Stell dich dort vor und sag, du hättest den Affen selbst dressiert. Versuch unter allen Umständen, eine Anstellung zu bekommen.«

»Aber warum denn?«

»Werde ich dir alles erklären, aber jetzt lass mich allein.«

Der Junge ging langsam zur Tür.

»Und Jonny, lauf morgen rauf zu Hermanns & Froitzheim, du weißt schon, neben der Parfümerie Schwarzlose, gegenüber dem Imperator, und kauf dir neue Klamotten. Ich sag denen Bescheid, dass sie mir die Rechnung schicken.«

Der Junge sah ihn ungläubig an. »Warum tun Sie das?«

»Die Gewerkschaft der Detektive verlangt das.«

Jonny sah zu Boden und räusperte sich. »Wollte mich schon seit Langem bedanken.«

»Weshalb?«

»Damals im Speicher. Sie hätten mich verpfeifen können.«

»Schon in Ordnung.«

»Schwer in Ordnung, immerhin haben Sie für mich acht Tage Haft riskiert, wegen Führung eines falschen Namens. Hinzu kommt Amtsanmaßung, das wird nicht unter drei Jahren bestraft. Wenn's dumm kommt, hätten die uns noch Paragraf hundertfünfundsiebzig an den Hals gehängt, Sie wissen schon, Unzucht mit Gleichgeschlechtlichen.«

»Du solltest dich lieber bei einer Anwaltskanzlei bewerben«, brummte Grenfeld.

»Wenn es allzu kalt wird da oben, gehe ich nach Moabit zum Schwurgericht, in die öffentliche Verhandlung. Da ist geheizt und man lernt 'ne Menge fürs Leben.«

Der Exkommissar löschte das Licht und wartete, bis sich seine Augen an die Dunkelheit gewöhnt hatten. Durch die Scheibe beobachtete er, wie die Schirmmütze eilig den Fahrdamm überquerte. Er dachte an den Freier, der einen Jungen wie ein Äffchen hielt, um ihn ein Mal am Tag nackt anzugaffen. Dann ging er zum Schreibtisch, packte das Bild aus und lehnte es an die Wand. Im einfallenden Licht der Straßenbeleuchtung wirkte die Lithografie plastisch, so als könnten die Pferde und ihr Dresseur jeden Moment aus dem Bild heraustreten. Das Rot der drei Manegenarbeiter und das Blau des Vorhangs leuchteten. Er zündete sich eine Zigarette an, rückte seinen Stuhl näher an das Bild und studierte jedes Detail. Je länger er das Bild betrachtete, desto mehr hatte er den Eindruck, als ob sich die Pferde der Dressur entzögen. Die Gesichter der Tiere schienen Auflehnung auszudrücken, beinahe Verachtung. Obwohl seine Augen tränten, konnte er nicht davon ablassen. Die Manege schien ihn aufzusaugen. Und plötzlich sah er sich in der Rolle des Dompteurs, der sich abmühte, die Figuren des Falls in den Griff zu kriegen: Kaleko, Sternheim, Amina, Machowski. Selbst Olja und der Junge vom Equitable ließen sich, wie wilde Pferde, in keine Ordnung bringen. Gleich dem Dompteur schien er alle Autorität verloren zu haben. Grenfeld stand auf und nahm die Treppe zur Aussichtsplattform. Er brauchte Frischluft. Der Sternenhimmel über der Stadt konkurrierte heute mit den zweitausendsechshundert Glühlampen der Kupferberg-Leuchtreklame und siegte. Er konnte den Abendstern erkennen. Während er über die Dächer der Friedrichstadt blickte, wurde ihm bewusst, dass er die Macht der Roten Burg unterschätzt hatte. Wie oft hatte er in den zwanzig Dienstjahren seine Hilflosigkeit verflucht, doch erst in diesem Moment wurde ihm klar, wie viel Macht ihm das System zur Verfügung gestellt hatte. Seit zwei Jahren lebte er von der Illusion, noch Teil jener Macht zu sein, genährt von dem Vorsatz, zurückzukehren. Für die neue Rolle, die des Detektivs, hatte er nur Verachtung übrig. Er hasste das Wort, so wie er sein lächerliches Schild *Private Ermittlungen* am liebsten verschrottet hätte. Wenn dieser Beruf je eine Aura an Macht bereithielt, was er bezweifelte, dann musste er sich jetzt für diesen Stand entscheiden. Aber dann gehörte es nicht zu seinen Aufgaben, einen Mörder zu stellen, dann würde es genügen, das gestohlene Kunstwerk zwei Stockwerke tiefer abzuliefern und ein Honorar zu kassieren. Das Klingeln des Telefons riss ihn aus seinen Gedanken. Er kannte nur einen, der ihn um diese Uhrzeit anrief. Er rannte die Treppen hinunter, nahm den Hörer und vernahm die tiefe Stimme des großen Buddhas vom Alex: »Hier Kriminalrat Gennat. Grenfeld? Ich denke, wir sollten reden.«

KAPITEL 7

24. Januar 1927, 18 Uhr,
Messegelände, Zirkus Sternheim

Der Direktor hatte zwei Logenplätze reservieren lassen. Grenfeld war erleichtert, dass Olja noch nicht aufgetaucht war. Er fühlte sich wie ein Denunziant, hatte er doch dem Kriminalrat so ziemlich alles verraten, was er wusste. Nicht gerade die Methode eines Joe Jenkins. Am Ende des Telefonats hatte sich zu seiner Verwunderung kein Gefühl der Erleichterung eingestellt, nur eine unangenehme Leere. Gennat hatte ihm angeboten, wegen der vakanten Stelle mit dem Polizeipräsidenten Zörgiebel zu sprechen, offenbar als Lohn für seinen Verrat. Kaleko war sicher längst verhaftet worden. Grenfeld stellte sich vor, wie sie ihn nachts mit Handschellen die Marmortreppen der Bibliothek hinuntergeschleift hatten.

Die zweitausendfünfhundert Sitzplätze des Zirkus Sternheim waren ausverkauft. Kleine Angestellte wie betuchte Villenbesitzer fieberten auf unterschiedlich komfortablen Sitzkategorien der Vorstellung entgegen. Ilja hatte recht behalten: Ein winterlicher Seilgang eines Mädchens zum Funkturm war genau nach dem Geschmack des Berliner Publikums. Die Zeitungen berichteten seit Tagen über das kühne Vorhaben, über das geköpfte Zelt und die geheimnisvolle Seiltänzerin aus dem Kaukasus. Für den Tageslohn von drei Mark hatten Arbeitslose die Stadt plakatiert, obwohl erst gestern die amtliche Erlaubnis aus dem Polizeipräsidium eingetroffen war. Die Platzanweiser eilten routiniert die Treppen auf und ab, die Musiker des Orchesters nahmen auf der Empore Platz und die Beleuchter tauchten die Manege in ein blaues Licht. Grenfeld glaubte, in der Loge gegenüber, das Gesicht des Regisseurs Fritz Lang erkannt zu haben, als neben ihm ein Anweiser im scharlachroten Frack auf ihn einredete. Er verstand nicht sofort, bis er die junge Schöne sah, die offensichtlich einen Platz benötigte. Er willigte ein und erkannte zu spät, dass es Nelly Fastl war, eine Tänzerin der Nelson-Revue. Sie zwinkerte ihm zu, nahm Platz und umhüllte ihn mit einer Wolke teuren Parfums. Im Nelson-Theater am Kurfürstendamm hatte er letztes Jahr Josefine Baker und Anita Berber gesehen, doch wenn *sie* auftrat, wurde er schwach, und das konnte er jetzt am wenigsten brauchen. Als könnte sie seine verkrampfte Abwehr spüren, beugte sie sich zum ihm hinüber und fragte mit wienerischem Akzent: »Das ist doch der Fritz Lang, da drüben. Der mit dem Monokel?«

Grenfeld brauchte nur seinen Kopf zu wenden, dann war er ihrem Gesicht ganz nah. Ihr Parfum hieß *Rausch*, der gleiche Duft, den Helen benutzte, wenn sie ausgingen.

»Ein Landsmann von Ihnen?«, fragte er.

»Mein Gott, was hab ich nicht alles versucht, meinen Akzent abzustellen. Nützt ja eh nichts.«

»Tun Sie das ja nicht. Das Wienerische passt doch wunderbar zu Ihnen.«

Sie lächelte und er hatte das Gefühl, als rückte sie noch ein Stückchen näher. »Sie haben vollkommen recht. Dem Lang ist das auch egal.«

»Vielleicht will er sich Anregungen holen, für einen neuen Film.«

»Würde mich nicht wundern, wenn er sich für die Rakete interessiert. Er hat's doch so mit dem Technischen. Haben Sie *Metropolis* gesehen?«

Ehe er antworten konnte, erloschen die Scheinwerfer, ein Trompeter spielte ein Solo und tausend kleine Lämpchen verwandelten die Kuppel des Chapiteaus in einen Sternenhimmel. Der Vorhang öffnete sich, das Orchester spielte eine Polka und eine Horde Araberhengste galoppierte in die Manege. Im Abstand von Sekunden mischten sich Cremellos unter die weißen Hengste. Zunächst hatte es den Anschein, als jagten sie schmucklos, wild und ungeordnet über den Platz, doch dann schienen sie ihren eigenen Rhythmus zu finden, gruppierten sich, fielen in einen gleichmäßigen Trab und formierten sich am Ende zu einem kreisenden sternförmigen Muster, die Cremellos im Zentrum. Während das Publikum applaudierte, wanderte der Direktor in einer dunkelroten Uniform unter dem gleisenden Lichtkegel der Scheinwerfer in die Mitte der Manege.

»Haben Sie den Dompteur mit der Peitsche vermisst?«, rief er mit lauter Stimme. »Haben Sie ihn vermisst? Ich nicht. Ich bin jetzt siebzig Jahre alt. Je mehr ich die Menschen kenne, desto mehr schätze ich die Tiere. Von ihnen können wir am meisten lernen. Wer ihrem Rhythmus folgt, braucht keine Peitsche. Wenn es uns gelingt, ihr Wesen in den Mittelpunkt unserer Schau zu stellen, verehrtes Publikum, dann haben wir, vom Zirkus Sternheim, unser Ziel erreicht.« Für einen kurzen Moment zögerte die Menge, doch dann brandete Applaus auf. Grenfeld lehnte sich zurück, versuchte zu entspannen, doch es wollte ihm nicht gelingen. Er hatte einen Verdacht. Er hätte wetten können, dass Olja die Gelegenheit nutzte, den Wagen der Sokolows auseinanderzunehmen. Als Pausenclowns in die Manege sprangen, murmelte er etwas zu Nelly und verließ das Zelt. Draußen empfingen ihn das Brummen der Dieselmotoren und das Gebläse der Heißluftanlage. Es war eine außergewöhnlich milde Nacht, trotz des sternenklaren Himmels. Grenfeld blickte nach oben. Etwa dreißig Arbeiter waren auf der Kuppel zugange, um die Hauptattraktion des Abends vorzubereiten. Eine silbern glänzende Rakete, durch Taue mittig ausgerichtet, schwebte über dem Zelt. Der Funkturm war heller beleuchtet als sonst. Auf seiner Spitze prangte die Attrappe eines riesigen, gelben Halbmonds. Hier standen nicht mehr Tiere und Kinder im Mittelpunkt, sondern eine Kulisse, die der Ufa alle Ehre gemacht hätte. Grenfeld zündete sich eine Zigarette an, schlenderte um das Zelt und tat so, als verfolgte er interessiert die Arbeiten auf der Kuppel. Längst hatte er die gut gebauten Kerle in ihren roten Uniformen bemerkt, welche in Sichtweite aufgereiht, die Wagenstadt vor unliebsamen Gästen abschirmten. Fackeln sollten dem Publikum den Weg zum Funkturm weisen. Durch die Zeltwand drang Lachen, dann Applaus, die Kapelle spielte einen Tusch. Neben dem Billettwagen und dem Stand mit den Süßigkeiten entdeckte er den Toilettenwagen und fragte sich, ob er sich von dort unbemerkt zu den Wohnwägen würde schleichen können. Als er die Türe öffnete und seine Hand den Lichtschalter suchte, packte ihn jemand mit der Kraft eines Schraubstocks am Handgelenk.

»Verdammt! Lassen Sie mich los!«, rief er und versuchte sich zu befreien.

»Wo ist Ihre Freundin?« Es war Viktors Stimme.

»In der Loge, wo sonst«, log er und hoffte, dass man Nelly aus der Ferne für Olja hielt.

»Heute Morgen war die Polizei hier. Sie haben Fragen gestellt.«

»Ich konnte nicht länger schweigen. Sie müssen das verstehen.«

Viktor ließ ihn los und knipste das Licht an. »Ilja hat das Bild gestohlen«, sagte er hastig.

»Also doch.«

»Anfang Januar hatte er Mienchen zur Anprobe für das Engelskostüm nach Berlin mitgenommen.«

»Und dann?«

»Sie hatten im Esplanade übernachtet. Ilja hatte eine Schwäche für teure Hotels. Im ersten Stock hatten sie die Ausstellung entdeckt. Mienchen blieb gebannt vor dem Zirkusbild stehen und war nicht mehr wegzubekommen. Irgendetwas an den Pferden faszinierte sie. Später zeichnete sie das Bild aus dem Gedächtnis nach – immer wieder. Schließlich hatte Ilja es geklaut. Die Fassade hinaufzuklettern war für jemanden wie ihn kein Problem.«

»Merkwürdig.«

»Er hatte einen Narren an ihr gefressen. Aber auch für Mienchen war Ilja wie ein großer Bruder.«

»Aber warum hat man ihn umgebracht?«

»Sie reden immer von Mord. Die Polizei geht von einem Unfall aus.«

»Hören Sie, Viktor. Ein Zeuge des Unfalls stürzt *zufällig* vom Dach des Hotels Äquator. Ein Unbekannter holt Iljas Koffer ab und bezahlt dessen Hotelrechnung. Bei mir taucht ein stadtbekannter Zuhälter auf und wird nervös. Das ist doch alles kein Zufall!«

»Was ist mit dem Taxifahrer?«

»Ein Kokser, der alles gesteht, wenn man ihn nur lang genug bearbeitet.«

»Wir regeln das auf unsere Weise«, verkündete Viktor.

»Was soll das heißen?«

»Im Zirkus gelten andere Gesetze. Wenn es ein Mord war, werden wir das Schwein zur Rechenschaft ziehen.«

»Was ist mit dem Direktor? Die beiden haben sich nicht verstanden.«

»Natürlich. Manchmal hatten sie so laut geschrien, dass der Stallmeister die Tiere beruhigen musste. Sternheim ist ein Dinosaurier. Er steht für das Ideal des kleinen Wanderzirkus. Wir konkurrieren aber mit den großen vier: Sarrasani, Busch, Krone und Hagenbeck sowie den anderen dreißig Wanderzirkussen im Land. Die setzen die Maßstäbe. Sarrasani wird am 27. März nach Berlin kommen. Mit einer Fliegerstaffel, die Werbebanner hinter sich herzieht. Der Wettbewerb wird immer mörderischer.«

»Und Ilja?«

»Schauen Sie sich das Spektakel an. Die Premiere ist bis auf den letzten Platz ausverkauft. Das ist sein Vermächtnis!« Viktor wurde unruhig, er wollte gehen.

»Warten Sie! Trauen Sie dem Direktor einen Mord zu? Wollte er Ilja loswerden?«

Viktor schüttelte den Kopf. »Ein Mann wie Sternheim kennt andere Mittel und Wege, jemanden zu beseitigen.«

»Was meinen Sie damit?«

»Haben Sie gesehen, wie er Menschen hypnotisiert?«

»Aber man kann doch durch Hypnose niemanden umbringen?«

»Ich muss jetzt! Wissen Sie, im Zirkus herrschen raue Sitten. Und Herr Grenfeld?«

»Ja?«

»Versuchen Sie erst gar nicht, unsere Wagen zu durchsuchen. Das gilt auch für Ihre hübsche Freundin.«

Grenfeld trabte zurück und ärgerte sich. Im Präsidium hätte er Viktor auf den Zahn fühlen können, doch hier, in einem Toilettenwagen? Er machte einen Umweg zum Kassenhäuschen, um eine Packung Zigaretten zu kaufen. Als er sie einsteckte, fiel sein Blick auf den Parkplatz. Ein Zweisitzer mit goldgelber Lackierung blockierte die Einfahrt. Kein Zweifel, es war sein Wagen. Hatten die ehemaligen Kollegen ihn dort abgestellt? Grenfeld verwarf den Gedanken. Kein Polizist würde so parken. Er hastete zurück zur Vorstellung, nun überzeugt, dass Kaleko sich auf dem Gelände aufhielt. Er musste den Kollegen heute Nacht entwischt sein. Als er das Zelt betrat, spürte er, dass in der Manege etwas Besonderes vor sich ging. Carl Sternheim stand mit einem im Scheinwerferlicht glitzernden, violetten Umhang vor dem Tiger Rani und starrte ihn an. Zu seiner Verwunderung gab es nirgendwo ein Gitter. Verzweifelt versuchte er, in den zweitausend Gesichtern jenes von Kaleko zu entdecken, doch die Sitzreihen lagen im Dunkel. Er nahm seinen Logenplatz ein und erntete von Nelly vorwurfsvolle Blicke. »Meine Güte, wo waren Sie denn? Sie verpassen ja das Beste. Wollen Sie sich hypnotisieren lassen?«

»Wie bitte?«, murmelte Grenfeld zerstreut, während seine Blicke weiter das Publikum absuchten.

»Der Direktor sucht einen Freiwilligen.«

Mittlerweile war der Tiger zur Salzsäule erstarrt. Die Zuschauer begannen zu klatschen, doch Sternheim bat um Ruhe. »Täuschen Sie sich nicht. Es sind die Tiere, die uns hypnotisieren, nicht umgekehrt. Lassen Sie mich unser Experiment beginnen. Wer möchte sich von Rani in Trance versetzen lassen? Wer will die Kraft und den Mut eines bengalischen Tigers mittels eines uralten Rituals übertragen bekommen?«

Plötzlich entdeckte Grenfeld Amina. Sie hatte sich hinter dem Vorhang neben dem Eingang versteckt, nur ihr Gesicht und ihre Zöpfe lugten hervor. Sie starrte ihn an und er fragte sich, wie lange sie ihn schon beobachtete.

»Nicht viele haben die Chance, einmal Auge in Auge mit einem Raubtier in die archaische Welt der Wildnis zu treten. Vielleicht fehlt gerade Ihnen die Kraft und der Mut eines Tigers?«

Grenfeld drehte sich um und sah in jeder Reihe Zuschauer, die sich meldeten, manche zögerlich, andere resoluter.

»Ach, die nehmen sicher nur Leute vom Zirkus. Alles Schau, Sie werden sehen«, flüsterte ihm Nelly ins Ohr, als auf einmal das Publikum erneut applaudierte. Von der obersten Sitzreihe eilte ein Mann die Treppen nach unten. Unrasiert und abgemagert, mit einem grauen, viel zu großen Sakko nahm er immer zwei Stufen auf einmal, wobei jedes Mal das linke Bein gefährlich einknickte. Grenfeld zweifelte keinen Moment, dass es Kaleko war, und fluchte. Er dachte daran einzugreifen, hatte jedoch Skrupel, vor zweitausend Zuschauern in eine Auseinandersetzung zu geraten, womöglich in eine bewaffnete. Der Freiwillige hatte die Manege erreicht und stolzierte wie auf wackligen Stelzen auf Sternheim zu.

»Ich habe es Ihnen gesagt. Das ist ein Mitarbeiter des Zirkus. Der spielt den Hampelmann und wird dann so ruhig wie der Tiger.«

Während Grenfeld sich noch über den Kommentar ärgerte, kam ihm der Gedanke, dass seine hübsche Nachbarin recht haben könnte. Vielleicht hatte der Zirkusdirektor Kaleko absichtlich ausgesucht, möglicherweise kannten sie sich.

Was jetzt geschah, war für Grenfeld schwer einzuordnen. Sternheim fragte Kaleko nach seinen Beruf, nach seiner Herkunft und nach seiner Muttersprache. Der Chauffeur gab erstaunlich offen Auskunft. Er berichtete über seine sprachwissenschaftlichen Studien im Kaukasus. Allerdings schien sich irgendetwas an diesem belanglosen Vorgespräch von einer normalen Unterhaltung zu unterscheiden. Sternheim berührte ihn mehrere Male an der Schulter, sprach langsam, machte ungewöhnlich viele Pausen, vollendete den ein oder anderen Satz nicht. Schließlich bat er Kaleko, ein Gewicht zu heben, ein aussichtsloses Unterfangen. Dann wies er ihn an, dem Tiger in die Augen zu sehen. Sternheim gab dabei Erklärungen ab, erzählte über das Wesen der Tiger, über ihr Verhalten in der Wildnis. Anschließend wurden die Zuschauer ermutigt, die Echtheit des Gewichts zu überprüfen. Nelly meldete sich, doch ein breitschultriger Mann wurde auserwählt. Nachdem der versichert hatte, das Gewicht nicht heben zu können, war Kaleko an der Reihe. Im Publikum wurde es still. Zuerst schien es, als könne der Chauffeur das Gewicht einige Zentimeter stemmen, aber plötzlich hob er die Stange mit einem animalischen Schrei über seinen Kopf. Sternheim deutete durch Handzeichen an, das Publikum möge sich mit Applaus zurückhalten. Die Scheinwerfer warfen einen grotesken Schatten auf die Leinwand des Zeltes. Wie ein Skelett sah der Chauffeur aus, dessen dürres Gestell eine Kugel über seinen Schädel balancierte.

Dann fiel das Gewicht zu Boden. Sternheim bat Kaleko, einige Worte an die Zuschauer zu richten, aber der schien nicht aus seiner Trance zu erwachen. Der Direktor ließ nun Applaus zu in der Hoffnung, Kaleko möge zu sich kommen. Dieser hob auf einmal die Hand, als wolle er etwas ankündigen. Nachdem er sich ruhig in der Manege umgesehen hatte, sprach er in einem Dialekt, den Grenfeld von der Lautplatte kannte, zuerst brüchig und leise, dann flüssiger und mit kräftiger Stimme. Grenfeld beobachtete Amina, die mit kleinen Schritten auf die Manege zuging, dann aber mit einem spitzen Aufschrei aus dem Zelt rannte. »Das ist meine Buße«, rief nun Kaleko auf Deutsch, »die ich hiermit vor der Einwohnerschaft der Stadt ablege. Ich bekenne, einen Menschen überfahren zu haben. Ilja Sokolow, Förderer oder Entdecker einer jungen talentierten Artistin, welche zu diesem wunderbaren Zirkus gehört.« Dann fiel Kaleko auf die Knie, zog den Revolver und drückte ihn gegen seine Schläfe. Grenfeld sprang auf, worauf ihn Nelly am Arm packte. »Um Gottes willen, bleiben Sie, das gehört zur Schau«, rief sie. Kaleko drückte ab, doch die Pistole feuerte nicht. Er versuchte es abermals und wieder geschah nichts. Vereinzelt hörte man Gelächter im Publikum, Heiterkeit breitete sich aus. Sternheim gab dem Orchester ein Zeichen, sodass es anfing zu spielen. An den Eingängen tauchten schwarz gekleidete Männer auf, die sich anschickten, die Manege zu stürmen. Haltung, Gang und die seitliche Ausbuchtung ihrer Mäntel verrieten, dass es Kriminalbeamte aus dem Präsidium waren. Sie zögerten.Grenfeld ahnte warum. Der Tiger hatte sich aus seiner Starre gelöst und wurde unruhig. Junge drahtige Burschen in Zirkusuniformen liefen nach vorn und schleppten Kaleko wie eine Schaufensterpuppe aus der Manege zu einem seitlichen Ausgang. Ohne den Tiger aus den Augen zu lassen, verbeugte sich Carl Sternheim und kündigte eine Pause an. Grenfeld traute seinen Ohren nicht, als das Zelt applaudierte. Das Berliner Publikum, offenbar an turbulente Manegenspiele gewöhnt, erwartete, dass sich das Rätsel im zweiten Teil des Abends auflösen würde. Es strömte die Treppen hinunter zum Ausgang, als seitlich ein Gerangel entstand. Die Kriminaler wurden vom Zirkuspersonal gehindert, den Notausgang zu betreten. Grenfeld wunderte sich, mit welcher Aggressivität sie die Beamten zurückdrängten, und erinnerte sich an Viktors Drohung. Von nun an würden die Fahrenden selbst den Fall in die Hand nehmen. Grenfeld schob sich durch die Menschenmenge nach draußen und bahnte sich seinen Weg um das Zelt. Am Ende einer langen Wohnwagengasse entdeckte er sie. Vier junge Kerle schleiften den Taxifahrer wie ein Raubtier seine Jagdbeute in das Innere der Zirkusstadt. Er musste warten, bis zwei Wächter von einer Schar Kinder abgelenkt wurden, dann überwand er das Absperrseil und folgte der Gasse bis zu ihrem Ende. Aus den Fenstern der hell erleuchteten Wohnwägen roch es nach Kreuzkümmel und gedünsteten Zwiebeln, indische Sprachfetzen drangen an sein Ohr, von Kaleko weit und breit keine Spur. Sicher waren sie längst in einer der vielen Quergassen des Labyrinths verschwunden. Grenfeld entschied sich für den Weg nach links, bog ein paar Mal nach rechts, glaubte jetzt aus den Wohnwägen Tschechisch zu hören und landete schließlich auf einem schlecht beleuchteten Platz, auf dem die Ketten überdimensionaler Raupenfahrzeuge im Morast versunken waren. Es stank nach Schmieröl und Benzin. Vor der Holztreppe eines langen Werkstattwagens entdeckte er einen einsamen Stiefel. Er hob ihn auf, befühlte das feuchte Innenfutter und war sich nicht sicher, ob die Wärme nur von seiner eigenen Hand stammte. Grenfeld spürte, wie die Angst um Kaleko sich vom Magen her kommend auf den ganzen Körper ausbreitete. Sollten die Kerle das für bare Münze nehmen, was Kaleko gerade vor zweitausend Zuhören gestanden hatte, dann war sein Leben keinen Pfifferling mehr wert. Mit dem Schuh in Händen lief er weiter und entdeckte hinter den Lastwägen des Fuhrparks den Bahndamm. Er kletterte hinauf, blickte auf die Gleise hinunter und glaubte, einen Schrei gehört zu haben. Er war sich nicht sicher, aus welcher Richtung er gekommen war, dachte an den Werkstattwagen und wollte gerade zurückkehren, als er Stimmen hörte, die der Wind aus westlicher Richtung zu ihm trug. Er stolperte den steinigen Abhang hinunter, folgte dem Gleis in Richtung Eichkamp immer hoffend, dass er sich richtig entschieden hatte. Wenige Augenblicke später hatte er sie eingeholt. In gebückter Haltung kletterte er den Bahndamm nach oben und versteckte sich hinter einem Masten. Zuerst konnte er nicht klar erkennen, was sie mit Kaleko gemacht hatten, doch dann erschrak er. Sie hatten ihn so an einer Weiche angekettet, dass er nur auf das rechte oder auf das linke Gleis ausweichen konnte. Einen anderen Spielraum hatten sie ihm nicht eingeräumt. Es war russisches Roulette auf Schienen. Durch den Bahnhof Charlottenburg rasten die Fernzüge ohne anzuhalten, durch den Bahnhof Witzleben ratterten die Loks der Ringbahn mit bis zu sechzig Stundenkilometer. Um Hilfe zu holen, blieb keine Zeit.

»Wer hat dich beauftragt, Ilja zu töten? Spuck es schon aus!«, schrie eine Stimme. Grenfeld konnte nicht verstehen, was Kaleko antwortete.

»Waren es die vom Zirkus Armand?«, brüllte ein anderer. Grenfeld fluchte, weil er keine Waffe hatte. Von ferne hörte er die Melodie der Trompete. Der zweite Teil der Vorstellung hatte begonnen. Amina würde in sechsundzwanzig Metern Höhe auf einem Drahtseil über die Funkhalle hinweg zum gelben Halbmond schreiten, während Kaleko von einer Lokomotive zu Brei gefahren werden würde.

»Mach endlich dein Maul auf!«, schrie eine Dritter. »Verrate uns, wer dahintersteckt, dann machen wir dich los! Wer hat dich beauftragt?«

Grenfeld wurde wütend. Er musste etwas unternehmen, doch in seinem Kopf tauchte nur eine einzige, irrwitzige Option auf und er hatte keine Zeit, sie auf mögliche Risiken zu prüfen.

»Er war es nicht! Hört auf mit dem Irrsinn!«, brüllte er und trat aus seinem Versteck. Die vier Gestalten erstarrten und streckten ihre Köpfe in alle Richtungen. Er stolperte den steinigen Hang hinunter. »Verdammt, macht ihn endlich los!«, konnte er noch schreien, bevor drei der Männer auf ihn zurannten und ihn mit einer solchen Wucht zu Boden stießen, dass ihm die Luft wegblieb. »Er hat ein Alibi! Er kann es nicht gewesen sein!«, keuchte und hustete er.

Sie beugten sich über ihn und starrten ihn an, als hätten sie ein exotisches Tier erlegt. Der Schwerste unter ihnen mit der Gestalt eines Ringers kniete auf seinen Beinen. »Wer ist das? Ein Polizist?«, brummte er.

»Der hat doch gestern mit dem Alten gequatscht.«

»Viktor hat ihn im Elefantenzelt erwischt, mit der Kleinen.«

»Mit Mienchen? Was hat der mit der Kleinen zu schaffen?«

Grenfeld spürte, wie sich eine Hand um seinen Hals legte und zudrückte. »Ich bin Privatdetektiv, lasst sofort los«, röchelte er. »Sternheim ist einverstanden, dass ich den Fall untersuche.«

»Der Alte lebt in seiner Welt. Der hat keine Ahnung, was hier vor sich geht.«

»Was denn?«

»Hier herrscht Krieg, verstehst du? Krieg!«

»Die reißen unsere Plakate herunter, überziehen uns mit Gerichtsverfahren, sie fahren unsere Route ab und begehen Rufmord. Die machen uns kaputt!«

»Aber dass sie so weit gehen würden und Ilja aus dem Weg räumen …«

»Jetzt lasst mich los! Die Kriminalpolizei wird den Fall übernehmen.«

In der Ferne hörten sie eine Fanfare, dann einen Trommelwirbel.

»Jetzt ist es so weit, die Rakete steigt auf«, murmelte einer.

»Das ist eine Familienangelegenheit«, sagte der Ringer. »Die Polente hat da nichts verloren. Ihr Taxifahrer wird gleich tanzen. In wenigen Minuten rauscht der Nachtzug nach Paris vorbei. Aber zuvor wird er singen, das garantiere ich.«

»Lassen wir das Schicksal entscheiden. Wenn er auf das falsche Gleis springt, ist er schuldig.«

»Von wegen Schicksal! Das ist eine Hinrichtung!«, brüllte Grenfeld.

»Wenn man vor zweitausend Leuten ein Geständnis ablegt, dann lügt man nicht.«

»Er ist krank! Er ist süchtig. Morphium, Kokain, versteht doch. Welcher gesunde Mensch würde so etwas tun?«

Grenfeld spürte, wie der Boden zu vibrieren begann. »Verdammt, der Zug«, röchelte er.

Plötzlich lockerte der Ringer seinen Griff und alle starrten zur Weiche. Grenfeld konnte seinen Kopf drehen und sah, wie Kaleko mit seiner Waffe auf den vierten Mann zielte. »Wenn euer Freund nicht sterben soll, dann macht mich los!« Kalekos Stimme überschlug sich.

Die drei lachten höhnisch. »Man zieht nicht in den Kampf mit einer defekten Waffe.«

»Ich drücke jetzt ab«, schrie Kaleko. »Vielleicht geht sie, vielleicht nicht. Wir spielen russisches Roulette!«

Im selben Moment hörten sie das Rattern eines herannahenden Zuges.

»Ich kenne seine Pistole. Sie hat Ladehemmung, aber man kann sich nicht darauf verlassen. Macht ihn schon los«, brüllte Grenfeld.

Sie ließen ihn liegen und rannten. Dann fiel ein Schuss. Kalekos Bewacher krümmte sich, ruderte mit den Armen und ging zu Boden. Das Rattern des Zuges wurde lauter. Grenfeld richtete sich auf, spürte sein schmerzendes Knie und beobachtete, wie der Ringer sich an der Kette zu schaffen machte, während sich die beiden anderen um den Angeschossenen kümmerten. Kaleko schien frei zu sein, denn jetzt tanzte er wie ein Derwisch und schoss wild um sich. Die beiden Kerle versuchten hektisch, ihren Freund vom Bahngleis zu tragen, da schob sich das schwarz dampfende Ungetüm in sein Blickfeld. Er hörte noch das ohrenbetäubende Quietschen der Bremsen, sah, wie der Ringer seine Hände schützend empor hob, als hätte er die Macht, den Zug zum Stehen zu bringen. Dann erfasste die Lokomotive seinen Körper und riss ihn mit in die Dunkelheit.

Als alles vorüber war, empfand Grenfeld die Stille wie eine Heimsuchung. Und während er noch grübelte, ob das Desaster auf sein Konto ging, stieg über dem Bahndamm eine silberne Rakete zum Himmel auf. Er ging zurück zum Parkplatz und stieg in seinen goldgelben Mercedes. Kaleko hatte zum Glück die Schlüssel stecken lassen.

25. Januar 1927, 3 Uhr,
Friedrichstraße 191

Erschöpft und mit schmutziger Kleidung betrat Grenfeld sein Büro. Zum ersten Mal war er dankbar, hinter sich abschließen zu können. Er verzichtete auf das grelle Deckenlicht und begnügte sich mit der Tischlampe. Grenfeld war irritiert. Oljas Schreibmaschine, ihre Bücher und sonstigen Habseligkeiten waren verschwunden. Auch die Lithografie befand sich nicht mehr an ihrem Platz. Stattdessen zierte ein Scheck seinen Schreibtisch, offenbar das großzügige Honorar der Galerie für die Wiederbeschaffung des Bildes. Daneben: ein Briefumschlag und zwei Freikarten zum Kostümfest der Berliner Secession im Tanzlokal Clou.

»Zum Teufel mit euren ewigen Kostümfesten«, schimpfte Grenfeld, während er die unterste Schublade ungeduldig nach der Flasche mit dem kreisrunden Etikett durchsuchte, auf dem ein Salamander prangte. Auf der Fahrt zur Friedrichstraße hatte sein Gehirn nichts Besseres zu tun gehabt, als sich auszumalen, wie der bernsteinfarbige Monnet sein bohrendes Schuldgefühl auflösen würde. Während er nervös durch den Raum wanderte, trank er eifrig aus der goldbraunen Flasche. Er war alt genug, um sich einzugestehen, dass es der Schock war, der ihn trinken ließ, weniger die florale Note des Bouquets oder die sanfte Süße des Abgangs. Er bekämpfte die Stimme, die ihm einredete, dass alles, was geschehen war, auf sein Konto ging. Doch sobald er die Augen schloss, begann ein Film der gestrigen Nacht anzulaufen: Kaleko im Zirkuszelt mit der Waffe an der Schläfe, Kaleko wie ein Tanzbär angekettet am Gleisdamm, wild mit der Waffe herumfuchtelnd, das ohrenbetäubende Quietschen der schwarzen Dampflok, die den muskulösen Körper des Ringers zerfetzte. Er zwang sich, die Augen zu öffnen und stierte auf den leer geräumten Schreibtisch. Seit Tagen hatte er versucht, Oljas kriminalistischen Eifer zu bremsen, aber jetzt betrachtete er ihren Auszug als Verrat. Es war die Neue Sachlichkeit, sagte er sich, die Philosophie der neuen Generation. Sie nahmen sich etwas vor, führten es aus, schlossen es ab. Sie malten ohne Schnörkel, redeten ohne Schnörkel, ja selbst ihre Architektur bestand nur aus glatten Flächen und geraden Linien. Auf einmal kam er sich lächerlich vor mit seinem Plan, Olja als Kriminalanwärterin im Präsidium unterzubringen. Als hätte sie ihm ihre Pläne nicht offenbart: Private Ermittlungen im Kunstgewerbe, Versicherungsbetrug, Fälschungen … damit war das große Geld zu verdienen. Die halbe Friedrichstraße war mit dem Kapital von Versicherungen erbaut worden. Grenfeld nahm den Scheck, hielt ihn unter die Lampe und pfiff durch die Zähne. Für dreitausendfünfhundert Reichsmark musste eine Angestellte zwei Jahre arbeiten. Wütend fegte er ihn vom Schreibtisch. Schlagartig wurde ihm klar, dass Olja gestern mitnichten im Wagen der Sokolows herumgewühlt hatte. Während er dem verrückten Russen durch die Zirkusstadt gefolgt war, war sie im Resi feiern gewesen. Grenfeld nahm drei tiefe Schlücke Cognac hintereinander und wunderte sich, warum der Lakritzgeschmack im Abgang so unangenehm dominierte. Er öffnete den Briefumschlag. Olja war fleißig. Es war ein Auszug aus der Kriminalstatistik von 1926: zweiundachtzig Tötungsdelikte, tausendsechshundertdreißig Selbstmorde, tausendeinhundertsechsundvierzig tödliche Unfälle, sechshundertvierunddreißig tödliche Verkehrsunfälle bei neuntausendeinhundertneunundzwanzig Autodroschken. Die Verkehrsunfälle waren doppelt unterstrichen. Hektisch faltete er das Papier zu einem Flieger, riss das Fenster auf und ließ es auf die Straße segeln. »Jawohl, meine Liebe, ich habe verstanden!«, brüllte er. »Keine Angst da draußen. Keine Beunruhigung! Lasst euch nicht stören bei euren Kostümfesten! Dann schließen wir eben die Akte ›Hardenbergstraße‹. Notiert euch: sechshundertfünfunddreißig Unfälle!« Er hielt sich am Fensterrahmen fest und wunderte sich, warum ihm schwindlig war. Früher hätte es dazu der ganzen Flasche bedurft. Wütend knallte er das Fenster zu. Als es an der Tür klopfte, ärgerte er sich, wie schnell die Nachbarschaft zur Stelle war, um sich über ihn zu beschweren. »Unser Büro ist geschlossen. Für immer! Aus sachlichen Gründen«, rief er und ließ sich auf das Sofa fallen. Die Türklinke wurde langsam nach unten gedrückt, zu zögernd für Machowski, zu sacht für Thea Kolb oder den Hausmeister. Doch wer immer es war, musste nun dank der patentierten Sicherheitstechnik draußen bleiben. Er verhielt sich still und wartete, bis er die Treppenstufen knarzen hörte. Er nahm einen weiteren Schluck und verspürte plötzlich Lust, in den Hinterlassenschaften seines Vormieters zu stöbern. Schlafen würde er eh nicht können. Hinter einem Vorhang türmten sich vergilbte Kunstzeitschriften, Rahmen, Leinwände und halb fertige Gemälde. Er war sich sicher, dass diese Kunst vom Virus der Neuen Sachlichkeit bewahrt worden war. Aus einem mannshohen Turm Zeitschriften griff er sich einen Stapel heraus und blätterte sie durch. Die erste Nummer der Zeitschrift *Kriegszeit* war gerade mal dreizehn Jahre alt und begann mit einer Lithografie, die eine Volksmenge vor dem Berliner Schloss zeigte. Daneben der Ausspruch des Kaisers: *Ich kenne keine Parteien mehr, ich kenne nur noch Deutsche.* Grenfeld suchte nach Zigaretten und einer Wolldecke. Er vertiefte sich in die einzelnen Ausgaben und stellte fest, wie der Patriotismus der Künstler von Heft zu Heft abnahm, während die Grausamkeiten des Krieges immer mehr Raum einnahmen. In der sechsten Ausgabe blieb er bei einem Bild von Max Liebermann hängen. Es zeigte eine Frau auf der Flucht. Im Hintergrund wurden Menschen erschlagen. Er legte die Zeitschrift beiseite und genoss den Zustand des langsamen Hinübergleitens in den Schlaf. Morgen würde Helen, dank der Gebrüder Farman, den enthusiastischen Flugzeugbauern aus Paris, mit einer F.170 Jabiru über die geometrisch wohlgeordnete Hauptstadt schweben und in Tempelhof landen. Sie wollten ihre Rückkehr im Admiralspalast feiern. Um 17 Uhr hatten sie sich zu den Proben der Tiller-Girls verabredet. Bis dahin würde er sich hier verschanzen und weder Olja noch sonst jemandem öffnen.

Grenfeld wusste nicht, wie lange er geschlafen hatte. Mehrmals war er von einem heftigen Klopfen an seiner Bürotüre erwacht und wieder eingenickt. Er hatte das Gefühl, jemand befände sich im Raum, doch seine Kopfschmerzen hielten ihn davon ab, hochzuschrecken. Er blickte besorgt durch die leere Cognacflasche und sah, zuerst noch verschwommen, dann immer deutlicher, einen Mann am Schreibtisch sitzen, der die Zeitschrift *Kriegszeit* studierend, mit den Fingern auf die Holzfläche trommelte. Es war Carl Sternheim. »Eine Zeichnung vom Judenpogrom in Kischinew. Ich wundere mich immer mehr über Sie, Herr Grenfeld. Womit Sie sich alles befassen?«

»Wie kommen Sie hier herein?«, rief Grenfeld mürrisch.

»Ich hatte angeklopft, aber Sie hatten sich verbarrikadiert.«

Unwillkürlich überprüfte Grenfeld das Schloss auf seine Unversehrtheit.

»Die Tür zur Aussichtsplattform. Sie war nicht verschlossen«, schob Sternheim nach.

»Sie sind über das Dach geklettert?«

»Das ist doch für uns Zirkusleute nichts Besonderes.«

Grenfeld richtete sich vorsichtig auf. »Was für ein Datum haben wir heute?«

»Dienstag, den 25. Januar nachmittags. Mir scheint, Sie haben den Tag verschlafen.«

»Woher haben Sie überhaupt meine Adresse?«

»Herr Gennat hat mich gebeten, ihn nicht zu verraten, als er Sie empfohlen hat.«

»Empfohlen?« Grenfeld massierte seine Stirn.

»Ich habe die ganze Nacht im Polizeipräsidium verbracht. Wegen des Vorfalls im Zelt und auf dem Gleisdamm, außerdem …«

»Bemühen Sie sich nicht. Ich habe meine Ermittlungstätigkeit eingestellt.«

»Amina ist verschwunden.«

»Wie bitte? Seit wann?«

»Sie hatte ihren Auftritt mit Bravour gemeistert. Die Presse hatte auf dem Funkturm Fotos geschossen. Als sie herunterkam, tauchte sie in der jubelnden Menge unter. Von diesem Zeitpunkt an, hat sie niemand mehr gesehen. Ich möchte Sie mit ihrer Suche beauftragen.«

Grenfeld zog die Vorhänge zurück, ging zum Waschbecken und betrachtete sich im Spiegel. Der Alkohol hatte ganze Arbeit geleistet. Seine Haut wirkte grobporig und nass geschwitzt. Er drehte den Wasserhahn auf und wusch sein Gesicht.

»Es tut mir leid, Herr Sternheim. Es geht nicht«, sagte er schließlich.

Grenfeld beobachtete im Spiegel, wie der Direktor sich ihm näherte. »Ich spreche ungern von Verantwortung. Und wissen Sie warum? Weil Verantwortung impliziert, wir hätten einen freien Willen oder sagen wir so, wir hätten unser Leben im Griff.«

»Haben wir das nicht?«, fragte Grenfeld gequält.

»Sehen Sie, ich für meinen Teil glaube, dass mein Lebenswerk zugrunde gehen wird, egal, wie sehr ich mich dagegen wehre.«

»Sie meinen Ihren Zirkus?«

»Er wird untergehen. Und ich sage mir, wer weiß, wofür es gut ist.«

»Ihre Leute sind da pragmatischer. Die glauben an Sabotage.«

»Ja, das glauben sie tatsächlich.«

»Und Sie?«

»Ich glaube, dass *Sie* den Untergang vorantreiben.«

»Ich? Was reden Sie da?« Grenfeld drehte sich ruckartig um. Das Gesicht des Direktors war ihm jetzt ganz nah. »Kann es sein, dass dieser unselige Taxifahrer aufgrund

Ihrer Nachforschungen in die Manege gekommen ist? Hatte ich Sie nicht als Ehrenmann gebeten, den Mordverdacht für sich zu behalten? Und das Resultat Ihrer Ermittlungen? Amina ist aus Verzweiflung abgehauen. Sie hat die Nachricht vom Tod Iljas nicht verkraftet.«

Grenfelds Blick verfing sich in der wässrig blauen Iris des Alten, die, je länger er sie betrachtete, die gelbliche Färbung eines Tigers anzunehmen schien. Selbst die Pupillen verengten sich zu schwarzen Schlitzen.

»Wissen Sie, was das für uns bedeutet? Den finanziellen Ruin. Viktor wird Amina ersetzen, doch die Berliner wollen das Mädchen aus dem Kaukasus sehen.«

»Haben Sie überhaupt mitbekommen, was passiert ist? Ihre Leute haben den Taxifahrer an eine Schiene gekettet und …«

»Und dabei einen unserer Männer verloren, ein zweiter wurde verletzt. Doch das Schlimmste ist, dass die Hitzköpfe jetzt den Zirkus Armand für Iljas Tod und Aminas Verschwinden verantwortlich machen. Sie sinnen auf Rache.«

»Und das wollen Sie *mir* in die Schuhe schieben?«

»Ich sagte es bereits: Sie können nichts dafür, denn der Untergang wird kommen. Ich war nur überrascht, auf welche Weise. Aber wissen Sie was? Ich habe mich entschieden, alles loszulassen. Ich halte nicht mehr daran fest.«

»Das ist doch Unsinn. Natürlich können Sie etwas tun. Finden Sie heraus, wer Ilja auf dem Gewissen hat. Möglicherweise haben Ihre Leute recht.«

Sternheim schüttelte den Kopf. »Herr Grenfeld, merken Sie es nicht? Je länger Sie rudern, desto mehr geraten Sie in einen Strudel, der alles um Sie herum mitreißt.«

»Was wollen Sie dann von mir?«, rief er gereizt.

»Finden Sie Amina. Auch sie werde ich loslassen. Aber ein Mädchen sollte in einer solchen Stadt nicht allein umherirren. Ich beauftrage Sie um *Ihretwillen*, verstehen Sie das?«

»Wie meinen Sie das?«

»Das Schicksal hat Sie – aus mir unbegreiflichen Gründen – mit uns verknüpft. Sie können etwas gutmachen.«

»Eine seltsame Philosophie!«

»Ach wissen Sie, in anderen Teilen der Erde hält man diese Art des Denkens für normal.«

»Warum bin ich sicher, dass Sie mehr wissen, als Sie mir verraten?«

»Suchen Sie nach dem kaukasischen Mädchen. Alles andere wird sich von selbst lösen, glauben Sie mir!«

»Ich kann Ihnen nichts versprechen.«

»Natürlich nicht. Die Stadt ist ein Moloch. Wer so etwas verspricht, ist ein Narr.«

»Kaleko, gestern in der Manege. Hatten Sie ihn absichtlich ausgewählt?«

»Selbstverständlich, nicht alle Zuschauer sind im selben Maß suggestibel. Er ist mir gleich aufgefallen.«

»Das meine ich nicht. Kannten Sie ihn?«

»Nein, woher denn?«

»Und das Gewicht? Warum konnte er es heben? Was verbirgt sich hinter dem Trick?«

»Es ist kein Trick. Das müssten gerade Sie verstehen, als Magier Ihrer Zunft.«

»Als Magier?«

»Die Worte des Kriminalrats. Er hält offensichtlich große Stücke auf Sie.«

»Da bin ich mir nicht so sicher«, murmelte Grenfeld und wusste, dass Gennat so ein Wort nie verwenden würde. Sternheim lächelte, dann drehte er sich um und verschwand, ohne sich zu verabschieden.

Grenfeld wechselte das Hemd und blickte auf seine ramponierte Hose, deren Fasern gestern am Bahndamm auf eine harte Probe gestellt worden waren. Zu seiner Verwunderung entdeckte er auf seinem Schreibtisch ein Foto von Amina sowie ein Bündel Geldscheine. Sternheim schien ihn schon zum zweiten Mal mit einer langen, unsichtbaren Leine durch seine Manege zu führen. Das ganze Gerede von »Verantwortung« war doch nur dazu da, ihn zu dressieren. Er sollte Amina finden und sich ansonsten aus allem heraushalten. Hastig knöpfte er sein Hemd zu, zog einen Mantel über und verließ das Atelier. Auf der Friedrichstraße entschied er sich für die nördliche Richtung. Er überquerte die Kronen- und die Mohrenstraße. Auf der Höhe des Cigarrengeschäfts der Gebrüder Borchardt hatte er ihn eingeholt, doch er hielt Abstand, folgte ihm weiter über die Taubenstraße, an Schuh Leiser vorbei direkt ins Kaiserhotel. Er beobachtete, wie Carl Sternheim in der Kaiser-Diele Platz nahm. Nervös sah er sich um, schaute mehrmals auf seine Uhr, tuschelte mit dem Ober, so als ob er jemanden erwartete. Grenfeld bezog vor dem Hotel Stellung, blickte hinüber zum Grand Café National, dessen dubioses Kellerlokal Lebensquelle er noch vor wenigen Jahren mit einer Polizeimannschaft ausgehoben hatte. Doch auch das alte Hurenlokal würde bald der Vergangenheit angehören. Er trat von einem Fuß auf den anderen und wurde unruhig. Für Observierungen fehlte ihm schon immer die Geduld. Er schlenderte zu einem Schaufenster, in dem eine attraktive Brünette einer gaffenden Menge den *Punktroller* demonstrierte. Ein Wundergerät, das versprach, jeder Dame zu einem ebenmäßig schönen Körper zu verhelfen. Als er sich im Schaufensterglas betrachtete, erschrak er. Unrasiert mit verschmutzter Hose, glich er einem Vagabunden aus einem Chaplin-Film. Vielleicht wäre der *Punktroller* auch was für ihn. Endlich sah er Sternheim aus dem Kaiserhotel kommen. Er wirkte nervös, lief mit schnellen Schritten zur Französischen Straße, wo er um die Ecke bog. Er wunderte sich, was der Alte gerade mal zehn Minuten im Hotel gesucht hatte, und nahm die Verfolgung auf: Französische Straße, Kanonierstraße, Zietenplatz, an der Dreifaltigkeitskirche vorbei auf den Kaiserhof zu. Grenfeld war sich nun sicher, Sternheim hatte offensichtlich die Hotels verwechselt. Sein Gesprächspartner wartete nicht im Kaiserhotel, sondern im altehrwürdigen Luxushotel Kaiserhof am Wilhelmplatz. Grenfeld ignorierte die abschätzigen Blicke der Portiers und folgte Sternheim in den glasüberdachten Innenhof. Hinter einer Palme beobachtete er den Alten, wie er einen Mann begrüßte, der sein jüngerer Doppelgänger hätte sein können. Beide nahmen an einem gedeckten Tisch im hintersten Winkel der Halle Platz. Ihre Gesichter wirkten angespannt. Für lange Zeit starrten sie ins Leere. Grenfeld setzte sich an einen Einzeltisch und gab vor, die Speisekarte zu studieren. Plötzlich kam Unruhe auf. Eine Rabenkrähe hatte sich in die Halle verirrt und prallte gegen das Glasdach. Der große schwarze Vogel stürzte ein paar Meter nach unten, konnte sich aber fangen, drehte eine weite Runde, nur um erneut gegen die Scheibe zu knallen. Frauen schrien auf, Männer erhoben sich. Die Ober eilten durch den Raum, als ob sie durch ihre Geschäftigkeit etwas ausrichten könnten. Grenfeld sah zu den beiden Männern hinüber, die von all dem nichts zu bemerken schienen, so als wären sie in einer Welt gefangen, zu der andere keinen Zutritt hatten. Vielleicht war es kein Zufall, dachte er, dass sie gerade den Kaiserhof ausgesucht hatten. Die Glanzzeiten des ehrwürdigen Kastens waren vorüber und die Aschinger Aktiengesellschaft hatte alle Mühe, das Grandhotel über Wasser zu halten. Er bestellte einen Mokka, dachte an Kaleko und fragte sich, ob Gennats Leute ihn bereits gefasst hatten. Nach vier Tassen hielt er es nicht mehr aus. Er lief quer durch die Halle und näherte sich ihrem Tisch. Carl Sternheim sah ihn mit einer Mischung aus Verwunderung und Empörung an. »Herr Grenfeld? Was wollen Sie hier? Sie werden mir doch nicht gefolgt sein?«

»Wollen Sie uns nicht bekannt machen?«

Sternheim sah verdutzt auf sein Gegenüber und zögerte. »Das ist der Direktor des Zirkus Armand, Arthur Sternheim, mein Bruder. Herr Grenfeld ist so etwas wie ein Privatdetektiv.«

»Der Zirkuskrieg«, platzte es aus Grenfeld heraus. »Das ist also der Zirkus, von dem Ihre Leute annehmen, er hätte etwas mit Iljas Tod zu tun.«

Sternheim nickte gequält.

»Und jetzt?«, fragte er.

»Bitte ich Sie zu gehen. Ich habe mich mit meinem Bruder getroffen, um alle Unstimmigkeiten aus dem Weg zu räumen. Eine familiäre Angelegenheit.«

»Wenn Sie wollen, dass ich Ihre kleine Seiltänzerin finde, dann werden Sie alle Karten auf den Tisch legen müssen.«

»Deine Hauptattraktion ist verschwunden?«, fragte der Bruder.

»Haben Sie etwas damit zu tun?«, fragte ihn Grenfeld.

»Ich? Wie kommen Sie darauf? Ist das der Grund, weshalb du mich herbestellt hast? Ich dachte, du wolltest mir ein Angebot machen«, rief Arthur Sternheim.

Sternheim wendete sich an Grenfeld: »Hören Sie, mein Bruder hat nichts mit der Sache zu tun. Zugegeben, wir haben uns gegenseitig bekriegt: Plakate überklebt, Artisten abgeworben, Gerüchte in die Welt gesetzt. Aber einen Mord hat er nicht auf dem Gewissen. Dafür lege ich meine Hand ins Feuer.«

Grenfeld fixierte Arthur Sternheim, dessen Gesichtszüge sich nur wenig entspannten. »Was für ein Angebot?«, fragte Grenfeld. »Wollen Sie Ihren Zirkus verkaufen?«

Carl Sternheim nickte kaum wahrnehmbar.

»Aber ohne Amina als Hauptattraktion dürfte Ihr Unternehmen weniger wert sein, eine Occasion sozusagen.«

Arthur Sternheim sprang auf. »Was wollen Sie damit andeuten?«

»Dass es Ihnen gelegen kommt, wenn Ihr Bruder in finanziellen Schwierigkeiten steckt.«

»Hören Sie, Herr Detektiv«, rief er. »Dazu braucht es keine Einwirkung von außen. Mein Bruder hatte schon einmal einen Zirkus ruiniert. Er ist ein Träumer und ein unverbesserlicher Romantiker, kein Kaufmann. Aber von Ihnen werde ich mich nicht beleidigen lassen. Ich werde Sie wegen Verleumdung anzeigen!«

»Tun Sie das«, murmelte Grenfeld. »Wenn Sie mir noch Ihr Winterquartier verraten?«

Wutentbrannt drehte sich der hagere Mann um und stürmte mit großen Schritten durch die Halle zum Ausgang.

Carl Sternheim sah wie jemand aus, dem alle Lebenskraft entzogen wurde. »Wo auch immer Sie auftauchen, Herr Grenfeld, Sie ziehen alles in einen großen Strudel.«

»Erzählen Sie mir lieber, was das eben sollte.«

»Ein gescheiterter Versöhnungsversuch. Wir haben kein Wort miteinander gesprochen.«

»Und weshalb?«

»Er macht mich noch immer für eine Fehlentscheidung verantwortlich. Dabei liegt das alles über dreißig Jahre zurück. Auf unserer Tournee durch China reisten wir von Nanking nach Minhou und von Kanton nach Hongkong. Unser Zelt hatte in einigen Provinzstätten Bekanntschaft mit dem Taifun gemacht und in Hongkong wiesen sie uns einen Platz am Meer zu. Ich akzeptierte, aber das war ein Fehler. Der Taifun kam mit einer Stärke, wie wir ihn noch nie erlebt hatten. Er zerstörte das Zelt. Meine Frau und seine Tochter sind damals ums Leben gekommen.«

»Seine Tochter? Mein Gott und das sagen Sie mir erst jetzt? Wo steht sein Zirkus?«

»Zwischen dem Schlesischen Tor und der Eichenstraße, gegenüber dem Ost-Hafen. Er hat zwei zum Abbruch stehende Fabrikhallen angemietet, sein Winterquartier. Wenn wir uns nicht versöhnen, gibt es böses Blut. Meine Leute nehmen das nicht so hin. Sie sind überzeugt, Ihr Taxifahrer ist beauftragt worden, Ilja zu überfahren. Und jetzt finden Sie Amina. Sie werden feststellen, dass mein Bruder unschuldig ist.«

»Rache war von jeher ein starkes Motiv«, sagte Grenfeld, während er Sternheim fixierte. »Und ich frage mich, warum Sie das nicht wahrhaben wollen?«

KAPITEL 8

25. Januar 1927, 21 Uhr,
Festsaal Seitz, Spandau, Schützenstraße 2–4

Seit Jaragi am 1. Januar mit der Dampflok D2 den Schlesischen Bahnhof erreicht hatte, zermarterte er sich sein Gehirn über die Gesichter Berlins. *Das Phänomen der toten Augen.* Ausdruckslos wäre sicher diplomatischer gewesen, aber in den Bergdörfern des Kaukasus wusste er sofort, wie ein Mensch sich fühlte: Ekel, Freude, Gier oder Hass – die Augen sprachen eine klare Sprache. Selbst ein Fisch in den Gebirgsbächen seiner Heimat besaß lebendigere Augen. Vielleicht lag es an den Behausungen, hatte er sich gedacht, an den kilometerlangen gleichförmigen Mietskasernen, in denen die Menschen zu wohnen gedachten. Sagten die Alten nicht, die Augen seien das Fenster zur Seele? Vielleicht hatten sich die Augen der Gleichförmigkeit angepasst? *Das Phänomen der Eile.* Als er die Straßen der Hauptstadt betrat, fürchtete er, ein Feuer sei ausgebrochen oder Schlimmeres. Eine Zeit lang rannte er, bis er begriff, dass die Eile nicht Folge einer Katastrophe war. Die Rastlosigkeit entstammte dem Inneren der Menschen, trieb sie durch die Straßen in monumentale Kaufpaläste, durch die unterirdischen Gänge hindurch, mit Bussen, Bahnen, Taxis, Droschken und Fahrrädern einwärts und auswärts, hinauf und hinunter, so lange, bis sie erschöpft in den Cafés landeten, wo sie bis zur Bewusstlosigkeit palaverten, nur um neue Verabredungen zu treffen. Er dachte, er kannte das städtische Leben. Er hatte in Machatschkala und in Baku gelebt, doch weder dort noch in irgendeiner anderen Stadt hatte er eine derart fiebrige Unruhe angetroffen. *Das Phänomen der Nacktheit.* Noch nie in seinem Leben hatte er so viele nackte Beine und Brüste gesehen. Auf den Busen der Revuetänzerinnen hafteten glitzernde Sterne und er hatte sich gewundert, warum sie sich nicht lösten. Auch darüber hatte er sich Gedanken gemacht und war zur Erkenntnis gelangt, dass es an Form und Größe liegen musste. Und während die Brüste der Tänzerinnen klein waren, waren die Paläste, in denen sie zur Schau gestellt wurden, riesig. Auch die Halle, in der er jetzt zwischen tausend anderen saß, war so groß wie der Marktplatz von Kumuch, seiner Provinzhauptstadt. Ihm war unwohl, denn langsam ahnte er, zu welcher Veranstaltung ihn die Kerle des Roten Frontkämpferbundes geschleppt hatten. Dabei hatten ihn nur der Geruch der Erbsensuppe, die Wärme der Koksöfen und die Musikkapelle angelockt. Die Uniformen und roten Fahnen waren ihm gleichgültig. Für fünfzig Pfennig erwarb er ein Abzeichen aus emailliertem Messing mit dem Motiv der geballten Faust. Mithilfe einer Federnadel auf der Rückseite hefteten sie es ihm an seinen Mantelkragen. Die jungen, drahtigen Kerle redeten auf ihn ein, zuerst auf Deutsch, dann radebrechend auf Russisch, klopften ihm auf die Schulter und hatten nicht die geringste Ahnung, welche Opfer sein Volk im Kampf gegen jede Form der Fremdherrschaft erbracht hatte. Zuerst gegen den Zaren, dann gegen die Rote Armee. »Wo liegt Dagestan?«, hatten sie gefragt und er hatte geantwortet: »Über und unter dem Hügel des Adlers.« Sie hatten ungläubig geguckt, hatten vermutet, ihn falsch verstanden zu haben, aber zum ersten Mal hatte er in den Augen der Burschen etwas leuchten sehen und vielleicht hatte ihn das bewogen, ihnen zu folgen. Schnell hatte er gemerkt, dass die Kommunisten in der Minderheit waren. Die restlichen neunhundert Zuschauer setzten sich aus Schaulustigen und Hakenkreuzlern zusammen. Jaragi hatte genug Zeit, sich umzusehen. Der Beginn der Veranstaltung schien sich ewig hinzuziehen. In der von Bier, Schnaps und Tabakrauch geschwängerten Luft lag eine eigenartige Erregung. Bei jeder noch so kleinen Bewegung auf der Tribüne reckten die Menschen ihre Hälse erwartungsvoll nach vorn. Jaragi verfluchte seine Entscheidung. Wer auch immer da vorn sprach, würde ihm nicht helfen können, Amina außer Landes zu bringen. Er würde einen gefälschten Pass brauchen und Geld, doch beides hatte er nicht. Seine Ersparnisse waren aufgebraucht und bald würden sie aus dem schäbigen Zimmer fliegen, in das er sie eingesperrt hatte. Nicht dass es notwendig gewesen wäre. Als er sie auf dem Weg zu ihrem Wohnwagen abgefangen hatte, hatte er ihr nur vom Vater zu erzählen brauchen, in dessen Auftrag er hier war. Sie war ihm aus freien Stücken gefolgt.

Es kam Bewegung in die Menge. Er stand auf, um besser sehen zu können, wurde aber enttäuscht. Unter Marschmusik und dem tosenden Beifall der Braunhemden betrat ein magerer Mann die Bühne, der durch sein forsches Auftreten seinen hinkenden Gang kaschierte. Jaragi verstand kein Wort, spürte die Anspannung im Lager der Roten, vernahm rechts und links von ihm Pfiffe, Schreie, Buhrufe, höhnisches Gelächter. Hinter dem Rednerpult, ein weit aufgerissener, schiefer Mund mit beschwörender Gestik. Jaragi hatte genug gesehen.

Er lief zwischen den Stuhlreihen zum Ausgang, doch ein paar Braunhemden versperrten ihm den Weg. Er drängte sich hindurch. Jemand versuchte, seinen Anstecker abzureißen. Er wehrte sich, wurde getreten, stieß an einen Tisch und sah einen Bierkrug kippen. Er versuchte Halt zu finden, bekam einen Schlag in den Magen und ging zu Boden. Ehe er sich aufrichten konnte, wurde er von zwei Männern mit schwarzen Armbinden gepackt und hochgerissen. Sie führten ihn an der Rednertribüne vorbei zum Ausgang. Für einen Moment trafen sich die Blicke des Redners mit den seinen. Auch seine Augen waren stumpf, dachte er, bevor sie ihn nach draußen schleppten und ihn auf den Asphalt stießen. Vor seinen Augen reihte sich Stiefel an Stiefel der Polizeimannschaften, kurz davor, den Saal zu stürmen. Gleich neben dem Eingang wartete der Chauffeur des Redners vor einem alten blauen Opel und sah ihn gleichgültig an. Erst jetzt bemerkte er das Loch in seinem Kragen. Sie hatten die Brosche mitsamt des Futters herausgerissen. Jaragi überkam eine ihm unbegreifliche Wut. Trotzig bahnte er sich seinen Weg zurück. Die Stimmung hatte sich verändert. Die Rede schien in eine hitzige Diskussion übergegangen zu sein. Am Rednerpult sprach ein Mitglied des Frontkämpferbunds. Plötzlich kam der Chauffeur auf die Bühne und übergab den Braunhemden eine Nachricht. Der Hinkende riss das Mikrofon an sich und brüllte. Jaragi drängte sich durch die Reihen zu seinem alten Platz, wollte aus einem unerklärlichem Grund die Brosche wiederhaben, als Tumult losbrach. Die gellenden Worte des Hinkenden hatten den Saal in einen Hexenkessel verwandelt. Mit Stuhlbeinen und Bierseideln gingen die Parteien aufeinander los. Jaragi versuchte, sich zu den Toiletten durchzukämpfen, bekam einen Schlag und spürte gleichzeitig einen stechenden Schmerz in der Seite. Als er zu Boden ging, sah er das Abzeichen in einer Bierlache liegen. Er griff danach und hielt es fest in der Faust. Dann robbte er unter dem Schutz der Tische hindurch nach draußen. Er kroch zum blauen Opel und lehnte sich an den Kotflügel. Hier würde er warten, bis alles vorbei war. Er durfte unter keinen Umständen der Polizei in die Hände fallen. In der Seitentasche seines Jacketts suchte er nach einer Zigarette, um die aufkommende Übelkeit zu bekämpfen. Als er seine Hand aus der Tasche zog, sah er, dass sie voller Blut war.

26. Januar 1927, 0 Uhr,
Polizeipräsidium, Alexanderplatz

»Behalt deinen Mantel an. Sie schalten neuerdings nachts die Heizung ab«, hatte Gennat erklärt, als Grenfeld um Mitternacht im Büro des Kriminalrats aufgetaucht war.

Der Dicke hatte ihn einbestellt, wohl wissend, dass sein ehemaliger Kollege oft genug die Nacht zum Tag machte. Die rot-weiß karierte Wolldecke und das zerknitterte Kissen auf dem Sofa zeugten davon, dass jemand versucht hatte, für ein paar Stunden den dunklen Abgründen der Stadt zu entfliehen. Grenfeld selbst hätte bei dem Lärm kein Auge zugetan. Er hatte beobachtet, wie im Innenhof des Präsidiums Festgenommene von grünen Lastwägen heruntergezerrt und ins Hauptgebäude bugsiert worden waren. Ihre Protestschreie drangen bis hinauf in den ersten Stock.

»Eine Versammlung der Nationalsozialisten in den Seitz-Sälen mit anschließender Schlägerei auf dem Stresowplatz«, erklärte Gennat müde.

»Alles Taktik, die gehen absichtlich nach Spandau, in die Höhle des Löwen.«

»Natürlich. Die haben jetzt einen Scharfmacher aus München bekommen, einen Herrn Goebbels. Will anscheinend durch Randale auf sich aufmerksam machen, nachdem die Zeitungen sich standhaft weigerten, auch nur ein Wort über seine Krawallbrüder zu verlieren.«

»Die da unten sehen mir eher nach Kommunisten aus. Hat die Schupo denn die Richtigen verhaftet?«, knurrte Grenfeld mit sarkastischem Unterton.

Gennat winkte ab. »Kommen wir lieber zu dir: Was um alles in der Welt treibst du da in deinem Turm?«

»Warum hast du Direktor Sternheim vernommen?«

»Schon mal was von Dienstgeheimnis gehört?«

»Gennat, bitte!«

Der Kriminalrat ging ans Fenster und verfolgte mit seinen Blicken die vorbeifahrende Hochbahn. Dann drehte er sich um, packte mit beiden Händen einen Stapel Akten und schob ihn in die Mitte des Tisches.

»Wir haben zwei Verkehrsunfälle, einen Arbeitsunfall mit Todesfolge, einen Polizeianwärter mit eingeschlagenem Schädel, einen flüchtigen Taxifahrer, eine gestohlene Lithografie, ein Zugunglück mit einer Leiche und einen angeschossenen Stallburschen. Habe ich etwas vergessen?«

Grenfeld starrte trotzig auf den Boden. »Die verschwundene Artistin aus Dagestan.«

»Ich muss sagen, du wirbelst 'ne Menge Staub auf. Wenn das so weitergeht, muss ich noch einen weiteren Mann beantragen. Kannst du mir jemanden empfehlen?«

»Ich kann darüber nicht lachen. Ich brauch deinen Rat, ich mein es ernst.«

»Ich fürchte, du willst ihn nicht hören, den vollen Ernst.«

»Sag schon!«

»Du bist auf ziemlich einsamen Posten, da oben in deinem Atelier. Da ist keiner, der dich infrage stellt oder dich korrigiert.«

»Hältst du mich für meschugge?«

»Du weißt, wie wir hier arbeiten. Alleingänge sind in der Mordkommission nicht gefragt. Das hat seinen Grund.«

Grenfeld nickte trotzig.

»Man kann sich in einen Fall derart verrennen, dass die Hypothesen sich selbst erfüllen.«

»Du meinst Kaleko?«

»Den und all die anderen Vorkommnisse der letzten Tage.«

»Aber die gestohlene Lithografie war doch kein Hirngespinst.«

»Als ob dich jemals Hehlerware interessiert hätte. Alles, was dich seit zwei Wochen umtreibt, gründet auf einer einzigen Annahme: Dass Ilja Sokolow *absichtlich* überfahren wurde. Und das, mein Lieber, basiert nach wie vor auf einer flüchtigen Wahrnehmung und einer gewagten Interpretation. All das, was sonst noch passiert ist, und da schließe ich das Verschwinden des Mädchens ein, ist *Folge* deiner Ermittlungen.«

»Aber …«

Gennat schlug auf den Schreibtisch, um die Diskussion zu beenden. Dann öffnete er die oberste Schublade, zog eine Polizeimarke aus Bronze hervor und legte sie achtsam auf die Tischplatte. Auf der Vorderseite prangte der preußische Adler und Grenfeld kannte die Inschrift auf der Rückseite: *staatl. Preuss. Kriminalbeamter*. Daneben lag ein Formular, das nur noch seiner Unterschrift bedurfte. Unter der gepunkteten Linie stand: *Kommissar Robert Grenfeld, Kriminalinspektion A, Sonderdezernat*.

»Helen hat dich darum gebeten«, sagte Grenfeld kühl.

»Darum geht es nicht. Nimm die Marke und wir werden gemeinsam ermitteln, wenn nicht, dann gehen wir getrennte Wege.«

»Ich denke, du hältst mich für meschugge?«, fragte Grenfeld, um Zeit zu gewinnen. Gennat antwortete nicht.

Plötzlich öffnete sich die Tür und Falck trat herein. Mit seinem Kopfverband und der Augenklappe sah er wie ein Pirat auf einem Maskenball der Kriegsversehrten aus. Unschlüssig blieb er an der Türe stehen, bis Gennat ihn mit einem Wink hinausscheuchte.

»Ist er schon wieder auf dem Damm?«, fragte Grenfeld überrascht, doch der Dicke deutete stumm auf die Marke. »Ich kann nicht«, sagte er und stand auf. Gennat verzog keine Miene. Grenfeld wusste, dass er ihn verletzt hatte. Er schloss leise die Tür, folgte dem langen Gang zum Treppenhaus und fühlte sich elend. Im Erdgeschoss warteten die Festgenommenen auf ihre Vernehmung. Ihre geschundenen Gesichter strahlten Wut und Erschöpfung aus. Ein junger Mann in der Uniform der Roten Frontkämpfer versuchte verzweifelt, einen Zigarettenstumpen zum Leben zu erwecken. Grenfeld bot ihm eine Juno an.

»Polente?«, fragte er mürrisch.

Grenfeld schüttelte den Kopf und seine schmutzige Kleidung verlieh seiner Aussage Glaubwürdigkeit. »Was ist passiert?«

»Was soll schon passiert sein? Die Polizeimannschaften haben die SA-Gruppen bis zum Bahnhof eskortiert, damit der Rest der braunen Bagage auf uns Jagd machen kann. Am Stresowplatz haben die Schweine *uns* verhaftet. Das war ja klar.«

Grenfeld nickte und wollte weitergehen.

»Warten Sie. Sind Sie Arzt?«

»Nein, warum?«

»Dem Genossen da hinten geht es beschissen. Ich glaube, der hat 'nen Messerstich abbekommen. Können Sie nichts unternehmen? Der redet schon ganz wirres Zeug in einer Sprache, die keiner versteht. Russisch ist das nicht.«

Grenfeld betrachtete den Bärtigen mit der Pelzmütze, der zusammengekauert am Ende der Bank saß und ins Leere starrte. Als er sich ihm näherte, bemerkte er einen roten Fleck auf dem Mantel.

»Brauchen Sie Hilfe?«, fragte er, doch der Mann gab keine Antwort. Jeder Atemzug war von einem Rasseln begleitet. Seine rechte Hand war zu einer Faust geballt, als wollte er darin etwas verbergen. Grenfeld sah sich vorsichtig um, doch die Polizisten gegenüber hatten genug mit einem Randalierer zu tun. Plötzlich hatte er den Eindruck, dass der Mann reden wollte. Er räusperte sich, seine Lippen formulierten etwas, doch kein Ton kam heraus. Stattdessen starrte er auf seine Faust. Robert Grenfeld zögerte, dann nahm er die Hand und öffnete behutsam die einzelnen Finger, bis sie eine Anstecknadel freigaben, dessen Spitze die Haut blutig gestochen hatte. Wenn ihn nicht alles täuschte, bemerkte er in den Augen des Bärtigen neben dem Schmerz auch einen Ausdruck des Triumphes.

»Verdammt«, brüllte Grenfeld. »Sieht denn niemand, dass der Mann Hilfe braucht?«

Die Bürotür gegenüber wurde aufgerissen und ein Mann in Zivilkleidung blickte ärgerlich um sich. Dann entdeckte er Grenfeld und seine Wut verwandelte sich augenblicklich in ein ungläubiges Grinsen. »Was machst du hier? Haben sie dich verhaftet? Biste jetzt beim roten Mob gelandet?«

Grenfeld erkannte sofort den ehemaligen Kollegen Nansen, der im Jahr seines Ausscheidens zur politischen Abteilung gewechselt war. »Unsinn! Hol lieber einen Arzt. Der Mann ist verletzt.«

Nansen schrie etwas ins Büro. »Hat er einen Bierkrug auf den Schädel bekommen?«

»Sieht nach einem Messerstich aus.«

Nansen schüttelte missmutig den Kopf, durchsuchte routiniert die Innenseite des Mantels und zog einen Ausweis hervor. Leise pfiff er durch die Zähne. »Mein lieber Mann, der ist aber von weit angereist, um sich mit den Hakenkreuzlern zu prügeln.«

»Russland?«, fragte Grenfeld.

»Jaragi Kurbanow, Bürger der Dagestanischen Autonomen Sozialistischen Sowjetrepublik, wenn du es genau wissen willst. Mit der Autonomie wird es bald vorbei sein, schätze ich.«

»Dagestan«, murmelte Grenfeld ungläubig.

»Nordkaukasus, am Kaspischen Meer«, ergänzte Nansen und nahm sich nun die Hosentaschen vor, ohne auf das Stöhnen des Mannes Rücksicht zu nehmen. Die Ausbeute war mager. Sie bestand aus einer Zigarettenschachtel, einer Perlenkette und einem zerknitterten Papier, das mit seinen Linien und Kreuzen wie ein schlampig gezeichnetes Schnittmuster aussah.

»Wie viele Menschen aus Dagestan befinden sich in der Stadt?«

Nansen seufzte und wendete den Zettel immer wieder, als prüfe er, ob er es wert wäre, sein Schichtende um mindestens fünfzehn Minuten zu verzögern. Dokumentation und Archivierung würden, und Grenfeld kannte die Dienstordnung, keine Minute weniger in Anspruch nehmen. »Wozu willst du das mitten in der Nacht wissen? Was suchst du eigentlich hier? Bist du noch beim großen Gennat?«

»Sonderdezernat, Bereitschaftsdienst, war gerade auf dem Weg nach Hause«, log Grenfeld und sah von ferne einen Arzt im weißen Mantel herbeieilen.

»Sag schon, wie viele?«

Nansen hatte sich offenbar für den pünktlichen Feierabend entschieden. Er zerknüllte den Zettel, zielte auf den Papierkorb und verfehlte ihn. »Die Bolschewiken lassen die Kaukasier in Ruhe, zumindest in den letzten Jahren. Gegenüber der Masse der russischen Emigranten dürften sie eine vernachlässigbare Größe sein.«

Als der eintreffende Arzt Nansen in ein Gespräch verwickelte, bückte sich Grenfeld und ließ das Papierknäuel unbemerkt in seiner Manteltasche verschwinden. Er verabschiedete sich, ohne dass jemand davon Notiz nahm, und trottete zum Ausgang.

Draußen zündete er sich eine Zigarette an und schlug den Kragen hoch. Auf dem Asphalt lag eine dünne Schneeschicht. Er sah hinauf zu Gennats Büro, wo just in diesem Moment das Licht erlosch. Dort oben hatte er seine

Eintrittskarte zur einzig legitimierten Machtausübung zurückgelassen. Stattdessen hielt er wieder einmal irgendein wertloses Gekritzel in der Hand, einen Hinweis, der bestenfalls ins Nichts, schlimmstenfalls in neue Katastrophen mündete. Er hatte Hunger und Durst, war müde. Anflüge von leichtem Schwindel ließen ihn wanken, doch ein neuer, befreiender Gedanke hielt ihn aufrecht. Er war niemandem etwas schuldig. Im Gegensatz zum Heer der eifrigen Staatsdiener dort oben musste er sich an keine kriminalistische Logik halten. Er konnte einzig und allein seinem Gefühl und seinem Gewissen folgen. Wie ein Regenwurm würde er sich durch den Treibsand der Stadt wühlen, Kinderzeichnungen und Papierschnipsel würden seine Wegweiser sein. Eine blutige Nase würde er sich holen, vielleicht mehr, aber alles würde nach dem Prinzip des Dada geschehen, fern jeder logischen Rechtfertigung. Die Dadaisten hatte er immer bewundert, obwohl sie längst aus der Mode gekommen waren. Das Trauma des Krieges übertünchte man jetzt mit Maskenbällen, barbusigen Revuegirls und leichtem Tingeltangel. Wütend zog Grenfeld das Papierknäuel hervor und glättete es. Das Muster sah wie ein dilettantisch gezeichneter Stadtplan aus. Unter dem Licht einer Laterne drehte er ihn mehrmals, versuchte die Buchstaben der Straßennamen zu entziffern. Sie waren abgemalt worden, so als wäre der Schreiber der lateinischen Schrift nicht mächtig. Er war sich sicher: Die drei großen Kreuze markierten das Hotel Esplanade, die Pension Steinplatz und irgendein Gebäude im Scheunenviertel. So wie der Mann aussah, hatte er vielleicht ein paar Nächte im Esplanade übernachtet, war dann aber schnell in die günstigere Pension übergesiedelt, um alsbald einzusehen, dass selbst die zehn

Mark pro Nacht und Verpflegung zu teuer waren. Am Ende hatte er einen Schlafplatz für drei Mark mit einer Legion Wanzen geteilt. So könnte es gewesen sein. Grenfeld sah auf die Uhr. Es war ein Uhr nachts. Er würde dieser Spur folgen. Bis in vier Stunden sollte er herausgefunden haben, ob es eine Verbindung zwischen Jaragi und der Seiltänzerin gab. Falls nicht, hätte er nur einige Stunden Schlaf versäumt, weiter nichts.

Tatsächlich brauchte er nur eine Stunde, um herauszufinden, dass er richtig lag. Nachts waren die Portiers gesprächiger. Jaragi Kurbanow war unter seinem Namen im Hotel Esplanade abgestiegen, blieb dort zwei Tage und übernachtete drei weitere Nächte in der unter Russen so beliebten Pension Steinplatz. Das dritte Kreuz auf der Karte bereitete ihm Kopfzerbrechen. Zuerst dachte er an den Ochsenkopf, eine ehemalige Kaserne in der Mulack-, Ecke Rückerstraße, die billigste Absteige im Scheunenviertel. Doch genau besehen, lag das Kreuz auf dem Papier ein paar Millimeter von der Mulackstraße entfernt. Grenfeld fuhr in die Linienstraße und hielt vor einem abbruchreifen Haus, dessen überdimensionales Schild *Gross-Destillation* die Größe der darunterliegenden Kaschemme bei Weitem übertraf. Neben dem Gebäude kaschierte ein Bretterzaun eine der vielen Baulücken. *Esst mehr Früchte, sie verlängern das Leben!*, stand auf dem Zaun, eine makabre Botschaft angesichts der offensichtlichen Armut, die sich hinter den rußigen Mauern verbarg. Dahinter ragten die Mietshäuser der Lothringerstraße in den schwarzen Nachthimmel. Grenfeld zögerte. Er hatte ein mulmiges Gefühl. Allein das Licht aus dem Fenster im Obergeschoss ermutigte ihn, auszusteigen. Er trat auf Glasscherben, eine Fensterscheibe im ersten Stock war zertrümmert worden. Durch eine Lücke im Bauzaun schlich er um das Haus zur Rückseite, wo eine Türe weit offen stand. Jede Treppenstufe nach oben schien unendlich laut zu knarzen. Oben angekommen versuchte er im Halbdunkel die Namensschilder zu entziffern. Im selben Moment wurde die Türe aufgerissen und ein muskulöser Mann im Unterhemd füllte den ganzen Türrahmen aus. »Verflucht, was suchen Sie hier?«

»Kriminalpolizei!«, brüllte er. Das Unterhemd nahm Haltung an und Grenfeld ahnte, dass er ohne das Zauberwort schon längst einen mächtigen Fausthieb kassiert hätte. Es galt nun, möglichst wenig Denkpausen aufkommen zu lassen. »Wir fahnden nach einen gewissen Kurbanow.«

»Hier leben acht Personen«, rief der Mann und salutierte, als wollte er die Belegung einer Wachstube melden. »Wir haben zwei Stuben, zwei Kammern und eine Küche. Abort gibt's im Hof.«

»Wer wohnt hier?«

»Witwe mit Tochter und Ehemann, drei ledige Söhne. Der Mann arbeitet Nachtschicht. Ich heiße Franz List und bin Schlafgänger.«

»Dann fehlt noch einer«, sagte Grenfeld.

»Geht es um das Mädchen?« Die Stimme kam vom hinteren Teil des Flurs. Verwirrt drehte sich der Mann um. Eine junge Frau im Nachthemd tauchte an der Tür auf. Sie wirkte aufgeregt. »Es ist nicht unsere Schuld. Wir hatten die hintere Kammer an einen Russen mit seiner Tochter vermietet. Er hat sie eingesperrt und ist dann abgehauen. Gegen Mitternacht hörten wir schrille Schreie aus dem Zimmer. Der Franz fand sie an den Bettrahmen gefesselt.

Er machte sie los und sperrte wieder ab, doch sie trommelte an die Zimmertür und schmiss die Fensterscheibe ein. Wir hatten Angst, dass sie uns das Mobiliar zertrümmert. Als wir nachsahen, war sie aus dem Fenster geklettert. Sie hat sich geschnitten, deshalb das Blut.«

»Wie lange ist das her?«

»Na, gerade mal 'ne Stunde. Wir nahmen an, es sei seine Tochter. Sie war stumm, er sprach kein Deutsch, zahlte im Voraus. Da fragt man nicht nach. Zumal die Prostituierte, die zuvor die Kammer bewohnte, getürmt ist.«

»Haben sie etwas im Zimmer zurückgelassen?«

»Nichts, nicht mal eine Reisetasche. Die Göre besaß nur ihren seltsamen Mantel, eine Art Engelskostüm mit Flügel. Damit ist sie abgehauen.«

Grenfeld drückte sich an den beiden vorbei in die Kammer. Auf dem Nachttisch lag ein vergilbtes Foto: Eine Familie in kaukasischer Tracht auf einem Dorfplatz. Im Hintergrund ein Terrassendorf vor einem mächtigen Bergmassiv.

»Melden Sie sich morgen um 10 Uhr im Präsidium am Alex, erster Stock, bei Kriminalrat Gennat. Haben Sie mich verstanden? Wir brauchen Ihre Aussage.«

»Sie werden uns doch nicht anzeigen?«, fragte die Frau und packte Grenfeld am Arm.

»Wir hatten wirklich geglaubt, es sei seine Tochter.«

»Und jetzt, was glauben Sie jetzt?«

Die Frau begann zu jammern. »Er hat sie eingesperrt und gefesselt. So was macht man doch nicht mit seinem eigen Fleisch und Blut.«

Als Grenfeld wieder im Wagen saß, spürte er zu seiner Verwunderung, dass ein alt bekanntes Gefühl zurückgekehrt war. Eine hoffnungsvolle Erregung hatte von ihm Besitz ergriffen. Natürlich war er alt genug, um zu wissen, dass die Euphorie dem Schlafmangel zu verdanken war, doch aus irgendeinem Grund spürte er eine innere Befreiung. Auf keinen Fall wollte er sich jetzt schlafen legen. Zu groß war die Angst, dass dieser Zustand sich mit dem Licht des nächsten Tages verflüchtigte. Er studierte das Foto und erkannte Jaragi Kurbanow inmitten einer Familie mit drei Jungen und einem Mädchen. Möglicherweise war es Amina. Nachts, mitten auf der Linienstraße, nahm eine einfache Theorie in seinem Kopf Gestalt an. Eine Theorie, die mit einem Streich alle anderen Verdächtigen ausschloss: Blutrache. Ilja musste sterben, weil er das Mädchen entführt hatte. Jaragi Kurbanow war beauftragt worden, das verlorene Kind der Familie aufzuspüren und zurückzubringen. Vielleicht hatte er Amina im Hotel Esplanade in Begleitung Iljas entdeckt? Auf jeden Fall aber musste er die Plakate in der Stadt bemerkt haben. Es dürfte nicht schwer gewesen sein, Amina nach der Vorstellung unter dem Funkturm wegzuschleppen. Doch er konnte sich nicht vorstellen, dass der Mann aus Dagestan mit einem gestohlenen Taxi Ilja überfahren hatte. Oder war Kaleko ein Mensch, der so einen Auftrag annahm? Grenfeld legte seinen Kopf auf das Lenkrad und überlegte fieberhaft, was er tun sollte. Er dachte an das Mädchen, das mit einem Engelskostüm durch die Straßen irrte. Er ließ den Motor an, fuhr bis zur Linienstraße Nummer drei, hinter der St.-Johannes-Evangelist-Kirche, und suchte den Türsteher vom Blauen Strumpf. Sollte sie hier vorbeigekommen sein, hätte er es bemerkt.

Im Sommer saß Oskar die ganze Nacht auf einem Holzblock vor der Kaschemme, begutachtete die Besucher und öffnete die Kellertür, vorausgesetzt sie waren keine Touristen und bestanden seine ominösen Einlasskriterien. Jetzt, im Winter, lugte er durch einen Türspalt nach draußen. »Mein Gott, hoher Besuch aus der Burg«, krächzte er und öffnete die Tür. Oskar ging nach unten und Grenfeld folgte ihm. Um diese Uhrzeit war der Laden überfüllt. Blaues Dämmerlicht, dichte Rauchschwaden, schwermütige Zittermusik und die Stiefel-Else zeigte dem Publikum, was am Tag ihre Bluse nur mangelhaft verbarg. Einbrecher, Taschendiebe, Kokainabhängige, Zuhälter, Boxer sowie kränklich wirkende Steinhuren belagerten die fünfzehn Tische vor der Theke. Aufgrund irgendeiner Gefälligkeit, die Grenfeld längst verdrängt hatte, erfuhr er von Oskar stets den neusten Klatsch aus der Unterwelt und auch diesmal hatte er Glück. Der Türsteher berichtete mit viel Pathos und ausladender Gestik, er habe den Engel die Linienstraße entlang laufen sehen. Er sei erschrocken, weil er geglaubt hatte, es sei ein böses Omen, eine Ankündigung seines bevorstehenden Todes. Zum ersten Mal in seinem Leben habe er seinen Posten im Stich gelassen und sei der Erscheinung bis in die Münzstraße gefolgt, wo sie im Biograph-Theater verschwunden war. Dort, wo im Kassenraum ein Orchestrion mit zwei riesengroßen Posaunenengeln stand, sei sie zwischen den Wartenden ins Dunkel des Vorführraums entwischt. Trotz Müdigkeit musste Grenfeld grinsen. Er stellte sich vor, wie der hinkende, abergläubische Türsteher einer Ganovenkaschemme einen Engel bis in ein Stullenkino verfolgte. Er verließ den Blauen Strumpf, fuhr die Grenadierstraße hinunter, bog am Lokal Münzglocke ab, bis zum Biograph-Theater. Das Kino hatte längst geschlossen. Auch gegenüber im Krokodil, wo man tagsüber für wenig Geld Erbsensuppe servierte, war es dunkel. Seltsam sahen die Straßen jetzt aus, ohne Kaftane und Ringellöckchen, ohne stehend gestikulierende Menschen, die in den Hausfluren Seife, Schokolade, Zigaretten und Tuchreste feilboten, ohne Mannschaftswägen der Polizei, die in einem nie endenden Kreislauf ihre Razzien durchführten. Vielleicht, so dachte Grenfeld, war das Scheunenviertel der einzige Ort, wo ein Engel auf dem Gehsteig kein Aufsehen erregte. Langsam überquerte er die Kaiser-Wilhelm-Straße, passierte das Eckhaus mit der Nummer vierzehn, Adams Zigarrenfabrik, und fuhr dann die Alexanderstraße hinauf zur Volksbühne. Dort gab er auf. Es war aussichtslos. Das Mädchen konnte in alle Richtungen gelaufen sein. Schnell fuhr er zum Präsidium und hoffte, dass Nansen noch im Dienst war. Nur er würde ihn zu Jaragi Kurbanow lassen. Doch Grenfeld kam zu spät. Ein Beamter gab ihm widerwillig Auskunft, dass der Mann aus Dagestan, dessen Papiere sich als gültig erwiesen hatten, nach einer ärztlichen Notbehandlung auf eine Entlassung bestanden hatte. Fluchend raste er zur Linienstraße zurück und beobachtete von der gegenüberliegenden Straßenseite aus das Haus mit dem eingeschlagenen Fenster. Er war sich sicher, dass Jaragi hier auftauchen würde. Seine Verletzung war nur notdürftig versorgt worden. Im Ernstfall würde er den Mann überwältigen können. Die Kälte hielt ihn exakt zehn Minuten wach. Dann schlief er ein.

26. Januar 1927, 6 Uhr,
Linienstraße 87

Jaragi Kurbanow stand zitternd auf dem Gehsteig unter dem eingeschlagenen Fenster. Er ahnte, was passiert war. Amina war geflohen. Niemals hätte er sie allein lassen dürfen. Ein Kind der Berge durfte man nicht einsperren. Hinter dem Bauzaun zerrte er seine Reisetasche hervor, die er dort versteckt hatte. Die Wunde unter dem Verband pochte und zum ersten Mal bekam er Angst, in fremder Erde begraben zu werden. Auf der gegenüberliegenden Straßenseite fiel ihm ein Wagen mit beschlagenen Scheiben auf. Der Fahrer hatte seinen Kopf auf das Lenkrad gestützt und schnarchte. Jaragi trat ganz nah an die Scheibe und erschrak. Es war der Mann vom Polizeipräsidium. Auf dem Beifahrersitz lag *seine* Fotografie. Ein Bild aus glücklichen, sonnigen Tagen. Hastig überprüfte er die Tasche und war erleichtert, als seine Hand den verzierten Griff eines Dolches berührte. Jaragi bemerkte, wie die Mieter ihn vom ersten Stock des Hauses beobachteten. Er starrte zurück und ihre Köpfe verschwanden hinter dem Vorhang. Im Schutz des Wagens holte er den Dolch aus der Tasche. Vorsichtig zog er die schlanke, zweischneidige Damaskus-Stahl-Klinge aus der lederüberzogenen und mit Silber verzierten Holzscheide. Als er sie am Gürtel befestigte, stöhnte er vor Schmerzen. Die Wunde würde ihn daran erinnern, von nun an den geraden Weg zu gehen, sich weder von den Lichtern der Großstadt noch von anderen Versuchungen ablenken zu lassen. Vor drei Jahren hatte er Aminas Vater geschworen, seine Tochter nach Zowkra zurückzubringen. Ein Schwur, aus Leichtsinn und Hochmut geboren, wie sich herausstellte. Anfangs war es noch leicht. Auf den

Höfen der Moscheen zwischen Kisljar und Chassaw-Jurt, dort wo sich Nachrichten wie ein Lauffeuer verbreiteten, hatte man sich an die Artisten mit dem stummen Mädchen erinnert. In Baku hatte sich die Truppe offenbar getrennt: Ein Teil war durch die Türkei gereist, ein anderer hatte die Route über Georgien nach Minsk genommen. Jaragi hatte die richtige Entscheidung getroffen. Entlang der Schwarzmeerküste konnte er ihre Spur über Trabzon und Samsun bis nach Konstantinopel verfolgen. Doch in der Stadt am Bosporus, von einem Meer an Flüchtlingen überflutet, hatte er sie endgültig verloren. Berlin war ein letzter, verzweifelter Versuch, unter Hunderttausenden von russischen Migranten die Seiltänzerin aus Zowkra aufzuspüren. Jetzt, wo er sie gefunden hatte, würde er sie nicht kampflos ihrem Schicksal überlassen. Durch die Scheiben des Wagens bemerkte er, wie der Fahrer sich unruhig auf seinem Sitz hin und her wälzte. Er würde bald aufwachen. Jaragi knöpfte seinen Mantel zu. Er hatte Schmerzen, doch der Dolch spendete ihm Kraft und Entschlossenheit, seinen Schwur erfüllen zu können.

26. Januar 1927, 8 Uhr,
Friedrichstraße 59/60

Als Grenfeld nach einer eiskalten Nacht im Wagen den Dachboden des Equitable-Palasts betrat, war er zu erschöpft, um auf die kritischen Stimmen zu hören, die sich in seinem Hinterkopf zu Wort meldeten. Seine Beine überhörten das Geplapper so, wie sie seinen Wunsch nach einem heißen Kaffee im Moka Efti ignoriert hatten. Nun trugen sie ihn den altbekannten Weg durch das Dachgestühl. Jonnys Kopf lugte neben dem seines Affen unter mehreren Schichten von Decken hervor, und Grenfeld war sich nicht sicher, von wem das Schnarchen stammte. Durch die Dachziegel drang das gewaltige Rauschen des morgendlichen Verkehrs. Über einem Kleiderbügel mit dem silbernen Etikett des Modehauses Hermanns & Froitzheim hing ein nagelneuer Anzug. Grenfeld fragte sich gerade, ob der Junge ihn je getragen hatte, als das Schnarchen abrupt aufhörte.

»Herr Grenfeld? Mit Ihnen habe ich so früh nicht gerechnet. Geben Sie mir eine Minute zum Anziehen?«

Er lächelte. »Eine Minute also, na gut, ich schau inzwischen aus dem Fenster.«

»Tun Sie das. Eine exklusive Aussicht auf das Herz der Stadt – nur wenige können sich so was leisten.«

Grenfeld hörte am Keuchen, wie er sich beeilte. »Ich brauche deine Hilfe«, sagte er, ohne sich umzudrehen.

»Es geht um die Seiltänzerin, nicht wahr?«

Grenfeld nickte.

»Im Zirkus wird von nichts anderem mehr gesprochen. Man hat Suchtrupps zusammengestellt. Sie durchkämmen jeden Winkel der Stadt.«

»Hat es denn geklappt mit der Anstellung?«, fragte Grenfeld überrascht und drehte sich um. Jonny stand vor einem Spiegel und kämmte sich. Er strahlte über das ganze Gesicht.

»Ja, stellen Sie sich vor. Sie haben mich mitsamt meinem Affen angestellt. Nicht als Stallbursche, wir arbeiten im Kassenhäuschen.«

»Das freut mich!«

»Keine Sorge, Herr Grenfeld. Ich weiß, warum ich beim Zirkus bin. Wegen der Ermittlungen, nicht wahr? Sie haben mich als Spion eingeschleust.«

»Hör mal, Jonny, vielleicht ist das ja was für dich, der Zirkus Sternheim?«

»Ich habe schon etwas herausgefunden«, sagte der Junge hastig und kramte einen Notizblock hervor, in dem er geschäftig blätterte. »In den letzten Wochen hatte ein Fremder mehrmals versucht, mit Amina Kontakt aufzunehmen, doch die Sokolows hatten es verhindert. Am Schluss haben sie ihn ziemlich unsanft hinausgeworfen.«

»Woher weißt du das?«, fragte Grenfeld.

»Wenn ich nicht an der Kasse bin, helfe ich dem Direktor als Laufbursche. Da hört man so einiges.«

»Jaragi Kurbanow! Verdammt, Sternheim wusste von ihm.«

»Wie der Mann heißt, weiß ich nicht, aber sie hatten wohl Angst, er würde ihnen Amina wegnehmen.«

»Mein Gott, langsam kann ich mir vorstellen, was passiert ist.«

Jonny klappte seinen Block zu und sah ihn erwartungsvoll an. Grenfeld wanderte unruhig im Raum hin und her. Dann berichtete er von seiner nächtlichen Ermittlung.

Der Junge pfiff durch die Zähne. »Ist dieser Kurbanow reich?«

»Reich?«

»Na, vielleicht wollte er Amina freikaufen. Ilja hat kassiert, aber das Mädchen dennoch nicht rausgerückt.«

»Ich weiß nicht. Kurbanow sieht nicht wie jemand aus, der Tausende von Reichsmark in der Tasche hat.«

»Vielleicht hatte sich Ilja das Geld bei Machowski geliehen und nicht zurückgezahlt.«

»Möglicherweise«, sagte Grenfeld nachdenklich.

»Die beiden kommen infrage. Was meinen Sie?«

»Wie bitte?«, fragte Grenfeld geistesabwesend.

Jonny zog eine Kreide aus der Tasche und schrieb die Namen mit großen geschwungenen Buchstaben untereinander auf den Holzboden. »Na, als Auftraggeber. Machowski oder Kurbanow.«

»Nicht zu vergessen: Arthur Sternheim, der Bruder des Zirkusdirektors«, brummte Grenfeld.

»Und Kaleko. Man hat ihn bezahlt, dass er Ilja über den Haufen fährt.«

Jonny schrieb »Arthur Sternheim« unter die anderen Namen, daneben mit kleinerer Schrift den Namen des Taxifahrers. Grenfeld nahm ihm die Kreide aus der Hand und setze hinter Kalekos Namen ein Fragezeichen.

»Aus irgendeinem Grund wollen Sie nicht, dass er es war. Habe ich recht?«

Grenfelds Blick ging ins Leere.

»Wie gehen wir jetzt vor?«, fragte Jonny.

»Herumstochern«, murmelte Grenfeld. »Man stochert so lange herum, bis man auf etwas stößt: Unstimmigkeiten, Falschaussagen, Beweismittel. Je heißer es wird, desto wahrscheinlicher ist es, dass der Täter die Nerven verliert. Und Massel, man braucht natürlich Massel.«

»Herumstochern und Glück? Steht *das* im Handbuch eines Kriminalers?« Jonny klang enttäuscht.

Grenfeld schmunzelte. »Du bringst die Motive in eine Reihenfolge, dann bildest du Hypothesen und falsifizierst sie. Du prüfst sie auf Herz und Nieren.«

»Klingt wesentlich besser. Und was tun wir jetzt?«

»Herumstochern.«

Jonny lachte so herzlich und befreit, wie Grenfeld ihn noch nie erlebt hatte. Plötzlich wurde er ernst, nahm die Kreide und schrieb »Amina« auf den Boden. Den Namen unterstrich er zwei Mal. »Wissen Sie, was ich glaube? *Sie* weiß mehr über die Sache als alle zusammen.«

Grenfeld sah ihn fragend an.

»Ein stummes Mädchen. So jemand vertraut man. Sie plaudert nichts aus, kommt überall im Zirkus herum. Man unterschätzt sie. Als Pupenjungen hatten wir früher Schuluniformen angezogen und kurze Hosen. Die Freier haben uns stets unterschätzt. Deswegen war es einfach, sie zu beklauen.«

»Da magst du recht haben«, erwiderte Grenfeld und starrte auf den Boden.

»Ich gelobe: Ich werde Amina finden und zwar *vor* dem Mann aus Dagestan.«

Grenfeld blickte auf. »Du musst auf dich achtgeben, hörst du!«

»Sicher«, sagte der Junge. »Schon wegen der Gewerkschaft der Detektive. Habe ich recht?«

Grenfeld schluckte. Er hatte ein ungutes Gefühl und es war nicht leicht, sich einzugestehen, dass er Angst um den Bengel hatte. Wenn es Blutrache war, dann würde der Kaukasier vor keinem zurückschrecken, der sich ihm in den Weg stellte.

»Als Gegenleistung auch eine Empfehlung von mir: Meiden Sie den Zirkus.«

»Und weshalb?«

»Die sind nicht gut auf Sie zu sprechen. Kalekos Auftritt, die Schießerei auf der Bahnstrecke, Aminas Entführung: Die machen Sie dafür verantwortlich.«

»Verstehe.«

»Die glauben, Sie stecken mit dem Bruder von Sternheim unter einer Decke und wollen den Alten zum Verkauf bewegen.«

»Gute Arbeit«, sagte Grenfeld und wollte sich umdrehen.

»Herr Grenfeld, wie wäre es mit einem Vorschuss? Wegen der Auslagen und so. Da fällt einiges an. Außerdem brauche ich ein Bild von Amina.«

»Sollst du bekommen.«

»Ach ja, ich soll Ihnen Grüße von Olja ausrichten.«

»Ich hab keine Zeit für den Maskenball heute Abend.«

»Nicht deswegen. Sie erwartet Sie im Büro, dringend.«

»Soll sie warten«, knurrte er.

Als Grenfeld die Friedrichstraße überquerte und durch den Hof zur Galerie ging, sah er zwei schräg geparkte Wagen, von denen er sicher war, dass sie zur Kriminalpolizei gehörten. Er zögerte zunächst, lief jedoch zügig weiter durch den Eingang ins Treppenhaus. Im ersten Stock kam ihm Olja entgegen. Ihre feuerrote Stirn signalisierte ihm ihre Gemütslage. »*Deine* ehemaligen Kollegen durchsuchen gerade unsere Räume. Was für eine Frechheit!«

»Die Galerie?«

»Ach was! *Unsere* Büroräume im vierten Stock.«

»Was suchst du eigentlich dort oben? Ich dachte, du arbeitest wieder für die Kolb?«

Oljas Kinn zitterte und er ahnte, wie viel Selbstbeherrschung sie gerade aufbringen musste. »Auf unserem, ich meine auf *deinem* Schreibtisch, lag ein Umschlag mit Geld und ein Foto von Amina.«

»Und?« Grenfeld war fest entschlossen, sie zappeln zu lassen.

»Ein neuer Auftrag für unsere Detektei: eine vermisste Person.«

»Sobald die Kasse klimpert, ist das Fräulein wieder an Bord. So ist das also.«

»Ja, *genau* so ist das«, zischte Olja und blickte nervös nach oben, wo offenbar Tische und Regale verrückt wurden.

»Was suchen die nur?«

»Kaleko. Die glauben, wir verstecken ihn. Mein Gott, wie siehst du eigentlich aus?«

»Geh rüber zu Jonny. Gib ihm etwas Geld und das Foto von Amina. Er bringt dich auf den neuesten Stand.«

»Jonny? Der hat jetzt eine Anstellung beim Zirkus.«

Grenfeld schwieg.

»Warst *du* das? Du hast ihn doch nicht etwa als Spitzel engagiert?«

»Er soll sich ein wenig umhören, nichts weiter.«

»Umhören? Hast du eine Ahnung, was passiert, wenn die Zirkusleute das herausfinden?«

»Ich muss jetzt Kaleko auftreiben.«

»Er ist hier.«

Grenfeld war verblüfft. »Hier? Wo hast du ihn versteckt?«

Olja deutete auf den Boden. »Ich habe ihn da unten übernachten lassen. Er wollte dich sprechen, aber ich konnte dich nirgendwo finden. Ich war sogar bei dir zu Hause. Was hätte ich denn tun sollen?«

»In welchem Teil des Kellers steckt er?«

»Es gibt einen Tunnel unter der Friedrichstraße hindurch zum Equitable.«

»Jonny hat ihn mal erwähnt.«

»Ein Behelfsgang. Machowski hatte ihm das gesteckt. Stammt noch aus der Vorkriegszeit, als sie mit dem Bau der U-Bahn begonnen hatten. Ein gescheiterter Versuch, einen Turmbahnhof zu bauen. Aber, Robert, Vorsicht. Er besitzt noch immer deine alte Waffe. Er geht nicht ins Gefängnis, sagt er, lieber erschießt er sich.«

»Dieser verdammte Idiot. Ich muss da runter. Und, Olja, kümmere dich um die Kollegen, lenk sie ab, mach irgendetwas.«

»In der Galerie liegt eine Taschenlampe auf meinem Schreibtisch. Nimm die mit! Und vergiss deine Frau nicht. Ihr habt euch um 17 Uhr im Admiralspalast verabredet!«

Grenfeld entdeckte die Eisentür am Ende der Kellertreppe und mochte sie nicht. Vielmehr mochte er nicht, was er dahinter vermutete. Wenig Frischluft, stattdessen Moder, Ratten, Staub und irgendwo ganz unten ein durchgeknallter, kokainabhängiger Droschkenfahrer. Das einzig Gute war, dass sich zwischen seinen Kollegen im vierten Stock und ihm der Abstand vergrößerte. Das war allerdings schon alles. Gebückt lief er durch den Tunnel, flüsterte Kalekos Namen, weil er nicht sicher war, welches Rohrsystem seine Stimme mit welcher Lautstärke nach oben transportierte. Er hatte angenommen, Kalekos Versteck läge nur wenige Meter entfernt, doch nun folgte er dem Gang bereits mehrere Minuten, ohne dass ein Hohlraum sichtbar wurde. Zudem hatte er nicht den Eindruck, dass der Tunnel nach Osten zum Equitable-Palast führte. Vielmehr schien er nach Norden zu gehen, in Richtung Mohrenstraße. Dann hörte er das Geräusch einer sich nähernden Bahn. Er war sich jetzt sicher, dass der Stollen parallel zur Nord-Süd-Bahn verlief. Endlich verbreiterte sich der Gang zu einer mit Eisenstangen gestützten Höhle. Durch ein vergittertes Loch konnte man die Bahn sehen.

»Der Kommissar!«, stöhnte jemand, und als Grenfeld sich umdrehte, sah er Kaleko in einer Nische kauern. Die unvermeidliche Waffe, auf die er einen ebenso großen Hass entwickelt hatte wie auf Kaleko selbst, lag nur wenige Zentimeter von ihm entfernt.

»Was wollen Sie von mir?«, fragte Grenfeld in einem barschen Ton, der ihn selbst überraschte.

»Die Polizei fahndet nach mir?«

»Natürlich, was glauben Sie denn?«

»Sie haben mich im Zirkus gesehen?«

»Und auf dem Bahndamm.«

»Ich habe öffentlich Buße getan, so wie Sie es von mir gefordert haben. Wissen Sie noch?«

»Ja, nur hat sich die Lage inzwischen gründlich geändert.«

»Wie denn?«

»Die Seiltänzerin. Sie wurde entführt. Von einem Mitglied ihrer Familie aus Dagestan. Dem ist sie entwischt und nun irrt sie allein in der Stadt umher.«

»Traurig, aber was hat das mit mir zu tun?«

Grenfeld trat ganz nah an Kaleko heran. Er konnte seinen schlechten Atem riechen.

»Hat Sie dieser Mann dafür bezahlt, Ilja zu überfahren? War es ein Auftragsmord? Sie waren oft im Kaukasus, vielleicht hatten Sie Jaragi Kurbanow dort kennengelernt?«

Kaleko kaute auf der Unterlippe.

»Also ein Unfall?«

»Ich weiß es doch nicht«, jammerte er.

»So etwas ist krank!« Grenfelds Stimme hallte durch den Gang. »Sie leisten vor zweitausend Zuschauern Abbitte für einen Unfall, an dem Sie keine Schuld tragen? Sind Sie noch ganz bei Trost?«

»Niemand ist ohne Schuld.«

»Schwachsinn! Pack endlich aus!« Grenfeld spürte, dass er mit Gewalt keinen Zentimeter weiterkam. Er ließ sich neben Kaleko auf den Boden sinken und resignierte. Aus irgendeinem, ihm nicht nachvollziehbaren Grund, spürte er eine innere Verbundenheit mit diesem Kapitän der Straßen, der einst die Sprachen des Kaukasus erforscht hatte.

»Jemand hat mir angeboten, die Kosten für die Operation meiner Tochter zu übernehmen«, flüsterte Kaleko nach einer Weile.

»Dafür solltest du Ilja Sokolow überfahren?«

»Nein!«

»Was dann?«

»Ich sollte es gestehen.«

Grenfeld pfiff durch die Zähne. »Wer?«

»Ein Fahrgast. Er drohte mir, meine Frau verhaften zu lassen, sollte ich nicht annehmen.«

»Verhaften?«

»Meine Frau ist von adeliger Abstammung. Mehr Gründe braucht es in diesen Zeiten nicht.«

»Größe, Kleidung, Nationalität – wie sah der Mann aus?«

»Ich durfte mich nicht umdrehen. Er hat mich mit einer Waffe bedroht.«

»Die Stimme – ein kaukasischer Akzent?«

»Deutsch, akzentfrei.«

»Alt, jung?«

»Eher jung.«

Grenfeld starrte Kaleko an. Zwanzig Jahre lang hatte er versucht, die Lüge von der Wahrheit zu trennen. Bei Kalekos Aussage hatte sich jene Unsicherheit eingeschlichen, die dann entstand, wenn man improvisieren musste. Die Stimme klang wackelig wie ein hohler Zahn, der keinem Druck standhält.

»Nein«, sagte Grenfeld ruhig. »Das ist gelogen!«

Kaleko zuckte zusammen.

»Sie können den Mann beschreiben, nicht wahr? Aber Sie haben Angst.«

»So ist es«, sagte Kaleko und seine Stimme klang dabei tief und fest.

Grenfeld stierte an die Wand. Er sah die Namen der Verdächtigen vor sich, in Kreide geschrieben. Zwei davon lösten sich gerade auf: Machowski und Arthur Sternheim. Er zweifelte, dass sie in Moskau einer Familie schaden konnten.

»Glauben Sie mir?«, flüsterte Kaleko.

»Meine Kollegen werden Ihnen nicht glauben. Schließlich haben Sie ein öffentliches Geständnis abgelegt. Und der große Unbekannte kommt vor Gericht überhaupt nicht gut an.«

»Sie haben mich falsch verstanden. Sollte mich die Polizei schnappen, werde ich den Mord gestehen. Kein Wort werde ich zu meiner Entlastung sagen. Meine Tochter soll leben!«

»Warum verkriechen Sie sich dann hier?«

Kaleko hob die Hände, als ob er etwas Unsichtbares zu fassen versuchte. »Ich kann es nicht«, flüsterte er. »Ich kann nicht in einer Zelle dahinvegetieren. Niemals! Lieber bringe ich mich um!«

»Was wollen Sie von mir?«

»Ich habe Angst um eine junge Fotografin. Sie hat am elften Januar vor dem Ufa-Palast gestanden, um Nachtaufnahmen zu machen. Ich glaube, sie tat es heimlich. Ihre Eltern durften nichts davon erfahren, Miquelstraße vierundzwanzig, eine Familie Pollinger. *Sie* hat möglicherweise den Täter erkannt.«

Grenfeld erstarrte. Das Blitzlicht. Zum ersten Mal hatte er das Gefühl, dass sich irgendetwas mit seiner Erinnerung deckte. »Erzählen Sie mir etwas über Blutrache«, sagte Grenfeld plötzlich und beobachtete die Reaktion des Chauffeurs. »Sie kennen doch die Gebräuche des Kaukasus.«

Kaleko stöhnte. »Der Kaukasus ist groß. Ein Fremder, der vorgibt, die Gesetze der Berge zu verstehen, ist ein Narr. Wenn wir über die Adat-Normen des Gewohnheitsrechts reden, dann muss man konstatieren, dass die sowjetische Regierung alles tut, um sie durch ihre Gesetzgebung zu ersetzen. Letztes Jahr erschien ein Paragraf über das Sippenvergehen. Es regelt …«

»Verdammt! Wir sind hier nicht an der Universität! Blutrache! Was ist damit?«

»Es geht nicht um Rache. Es ist ein Gesetz des Ausgleichs.«

»Steckt der Kaukasier hinter all dem? Hat *er* Sie bedroht?«

»Retten Sie die Fotografin, bevor es zu spät ist«, flüsterte Kaleko. Er bewegte seine Lippen, doch seine Worte gingen im Getöse der vorbeifahrenden Bahn unter.

26. Januar 1927, 13 Uhr, Miquelstraße 24

»Sie wünschen?« Am Eingang der Villa stand ein junges Hausmädchen. Als sie ihn von oben bis unten musterte, verzogen sich ihre Mundwinkel zu einem mitleidigen Lächeln und Grenfeld wünschte sich, er hätte seine Kleidung gewechselt.

»Ich suche eine junge Frau, die am elften Januar in der Hardenbergstraße fotografiert hat.«

Das Hausmädchen zuckte ratlos mit den Schultern. »Es tut mir leid, aber die Herrschaften sind außer Haus. Wenn ich Charlotte etwas ausrichten darf?«

»Charlotte?«

»Die Tochter des Hauses, sonst fotografiert hier niemand.«

Grenfeld war überrascht, wie leicht er an diese Auskunft gekommen war. Im selben Augenblick merkte offenbar das Dienstmädchen, dass es ein wenig zu freizügig geplaudert hatte, und schickte sich an, die Tür zu schließen.

»Einen Moment bitte. Wo finde ich Fräulein Pollinger jetzt?«

»Worum geht es denn?«

»Sie soll als Zeugin vernommen werden. Ich muss ihr persönlich die Vorladung übergeben.«

»Sie dürfte noch in der Schule sein.«

»Schule?«

»Na ja, das Lette-Haus im Bayerischen Viertel, eine Schule für Frauenberufe.«

Grenfeld fuhr direkt zum Viktoria-Luise-Platz. Im Lette-Haus hatte an diesem Nachmittag, wie er vom Hausmeister erfuhr, nur die Fotoklasse im vierten Stock

Unterricht. Er war zu ungeduldig, um zu warten, trat ins Klassenzimmer und bat den Lehrer, Fräulein Pollinger wegen einer Zeugenvernehmung auf den Gang zu schicken. Wenige Minuten später tauchte eine junge Frau auf. Sie trug eine gestreifte Bluse, die Ähnlichkeiten mit einem seiner Pyjamas aufwies. Ihre Haare widerstanden jedem Zähmungsversuch.

»Um was für eine Vernehmung geht es denn?«, fragte sie mit demonstrativer Gleichgültigkeit.

»Elften Januar, Hardenbergstraße, gegenüber dem Ufa-Palast. Haben Sie dort nachts fotografiert?«

»Nein, wer kommt denn auf so was?«

Grenfeld deutete wortlos auf das Klassenzimmer.

»Nun gut. Das ist die Fotoklasse, aber es soll noch einige Menschen mehr in dieser Stadt geben, die eine Kamera bedienen können, oder?«

»Sicher. Aber nur eine, an die sich ein Taxifahrer so gut erinnern kann, dass er sich Ihre Adresse gemerkt hat.«

In diesem Moment flog die Türe auf und der Lehrer schaute mit einer Mischung aus Ärger und Neugierde aus dem Klassenzimmer. »Alles in Ordnung, Charlotte? Bitte entschuldigen Sie, aber nächste Woche ist Gesellenprüfung.«

»Ich warte gleich um die Ecke im Kakadu. Sie kommen und erzählen mir, was passiert ist. Von mir aus müssen Ihre Eltern nichts erfahren. Wenn Sie aber nicht auftauchen, laden wir Sie ins Präsidium vor, *mit* Ihren Eltern.« Die letzten Worte sprach Grenfeld langsam, eindringlich und leise. Er hoffte, dass sie ihre Wirkung nicht verfehlten.

Grenfeld sah alle fünf Minuten auf seine Armbanduhr. Ihm blieb nicht mehr viel Zeit. Er musste baden, sich umziehen und zum Admiralspalast fahren. Die Proben begannen um 17 Uhr. Helen hasste Unpünktlichkeit. Sein Freund Jaschtschenko servierte ihm Teigtaschen, die er dankbar, aber schweigend verschlang. Er war sich sicher, dass Charlotte gelogen hatte, aber er zweifelte, ob sie tatsächlich hier auftauchen würde. Um 15 Uhr betrat sie das Lokal, sah sich kurz um und steuerte selbstbewusst auf Grenfeld zu. Die Art, wie sie ihre Schultasche auf den Boden warf, sich kerzengerade auf den Stuhl setzte und, ohne ihm Beachtung zu schenken, die Schachspieler am Nebentisch musterte, zeigte ihm, dass sie weiterhin die Unnahbare mimte. Nicht dass dies in jenen Tagen etwas Ungewöhnliches war. Selbst der unerfahrenste Backfisch strahlte wie die Mannequins der Illustrierten eine kühle Überheblichkeit aus.

»Wovor haben Sie Angst?«, fragte er, ohne eine nennenswerte Reaktion zu erwarten. »Hat man Sie verfolgt?«

Verblüfft starrte sie ihn an. Er ahnte, dass sie mit aller Kraft dagegen ankämpfte, doch plötzlich begannen sich ihre Augen mit Tränen zu füllen.

»Woher wissen Sie das? Lassen *Sie* mich verfolgen?«

Grenfeld war verwirrt. Er hatte sie nur aus der Reserve locken wollen. »Ich bin Privatdetektiv. Ich will herausfinden, wer Ihnen nachstellt.«

Sie begann, sich umständlich eine Zigarette anzuzünden. Dann beugte sie sich zu ihm herüber. »Seit dieser Nacht in der Hardenbergstraße. Es ist nur eine Ahnung. Manchmal steht ein Taxi vor unserem Haus, manchmal wartet ein Mann im Innenhof unserer Schule. Ich kann mich täuschen. Auf jeden Fall schlafe ich miserabel.«

»Was ist damals vorgefallen?«

»Es ging um mein Gesellenstück, eine experimentelle Nachtaufnahme. Rollender Verkehr auf nassem Asphalt vor der beleuchteten Fassade des Ufa-Palasts. Mit meiner Leica kann man mit nur einer Kassette sechsunddreißig Bilder hintereinander schießen.«

»Haben Sie den Unfall beobachtet?«

Die junge Frau verzog angewidert ihren Mund. »Es war kein Unfall!«

Fünfzehn Tage und Nächte hatte Grenfeld auf so einen Satz gewartet, doch jetzt, aus dem Munde der Schülerin, schmeckte er so schal wie abgestandenes Bier.

»Das Taxi hatte vor dem Hotel Äquator mit laufenden Motor gewartet. Ich kann mich noch gut erinnern, weil der Chauffeur ein Pärchen abgewiesen hatte. Es kam zu einer lautstarken Auseinandersetzung. Als der Mann aus dem Café Corso an mir vorbei ging, fuhr der Wagen los. Das Taxi hat beschleunigt, kurz davor sogar die Fahrbahn gewechselt. Es war abscheulich!«

»Warum sind Sie nicht zur Polizei gegangen?«

Charlotte starrte auf den Tisch. »Ich habe mir Vorwürfe gemacht. Ich war mir nicht sicher, ob mein Blitz Schuld war. Der Mann hatte sich umgedreht und mich angesehen. Verstehen Sie? Er hatte gelächelt. Die Linse meiner Kamera war vielleicht das Letzte, was er vor seinem Tod gesehen hatte.«

»Können Sie den Fahrer beschreiben?«

»Nein, es ging alles so schnell!«

»Und die Nummer?«

Charlotte schüttelte den Kopf.

»Was ist mit den Fotos?«

»Die Aufnahmen sind nichts geworden. Ich hatte experimentiert: Mal mit Blitz und Stativ, mal ohne. Aber da war ein junger Portier, etwa zwanzig Meter entfernt. Der hat alles beobachtet.«

»Der ist leider tot.«

»Wie bitte? Was ist denn passiert?«

»Der Arme ist vom Dach des Hotels gefallen, als er die Glühbirnen der Außenreklame auswechseln wollte.«

»Aber das ist doch kein Zufall!«

»Kann ich die Fotos sehen?«

»Ich sagte doch, sie sind nichts geworden. Man konnte nichts darauf erkennen!«

»Vielleicht Schatten, Umrisse? Alles ist wichtig.«

»Nein! Ich hab sie weggeworfen!«

»Ich bringe Sie jetzt zu meinen ehemaligen Kollegen ins Präsidium. Sie müssen eine Aussage machen.«

»Niemals!«, schrie das Mädchen und sprang auf.

»Hören Sie mir zu! Sie sind die einzige Zeugin. Ohne Sie geht das Ganze als Verkehrsunfall durch. Verstehen Sie?«

»Der Mann, warum hat man ihn umgebracht?«

»Ich weiß es noch nicht. Bisher geht die Polizei nicht von einem Mord aus, dank Ihrer Aussage *muss* man ermitteln.«

»Ich bin kein naiver Backfisch mehr. Solange ich den Mund halte, bin ich sicher.«

Grenfeld bemerkte, wie sein alter Freund Jaschtschenko ihn beobachtete. Sicher wunderte er sich, warum die Frauen immer jünger wurden, mit denen er hier auftauchte.

»Falsch! Solange Sie ein Geheimnis mit sich tragen, sind Sie eine lebendige Zielscheibe.«

»Sie können mich nicht zwingen auszusagen, nicht wahr?«

»Die Kripo wird Sie auf jeden Fall vorladen. Wenn Sie dann schweigen, können die Kollegen Sie nicht beschützen.«

Grenfeld schielte auf die Uhr und dachte an seine Verabredung. Wenn er noch zum Präsidium fuhr, konnte er die Probe im Admiralspalast vergessen. Aber er würde unmöglich die langen Beine der Tiller-Girls genießen können, jetzt, wo endlich Bewegung in den Fall geriet. Er stand auf und ging in die Küche zu Jaschtschenko.

»Warst du schon mal im Admiralspalast? In der Haller-Revue?«

Der Wirt hatte Tränen in den Augen. Er schnitt Zwiebeln in feine Ringe. »Wann?«, fragte er unbeeindruckt.

»In zwei Stunden mit Helen. Treffpunkt ist das Admiralscafé.«

»Ich bin dein Freund. Ich helfe dir nicht dabei, eine Dummheit zu begehen.«

»Idiot. Das Mädchen ist eine Zeugin. Ich muss dringend mit ihr zum Präsidium.«

»Und was soll ich mit der Kneipe machen?«

»Frag deine Schachspieler. Es wäre nicht das erste Mal, dass sie dich vertreten.«

Als Grenfeld zurückkehrte, war Charlotte verschwunden. Er fluchte, packte seinen Mantel und rannte hinaus. Es hatte wieder zu schneien begonnen. Wenn Sie nach Hause wollte, würde sie am Nollendorfplatz in die U-Bahn steigen. Vielleicht musste sie aber zurück zur Lette-Schule, dann würde sie die Bahn am Viktoria-Luise-Platz nehmen. Er rannte die Winterfeldstraße entlang. Der Gehweg war matschig und seine Sohlen dünn und glatt. Seinen Hut hatte er im Kakadu vergessen. Ab und zu überholte er jemanden, der Charlotte ähnlich sah, doch wenn er sich umdrehte, starrte er in ein unbekanntes Gesicht. Große, sperrige Holzkisten, von Lieferanten mitten auf dem Gehweg abgestellt, versperrten ihm den Weg. Endlich hatte er sie eingeholt. Sie rannte nicht, aber ging – ohne sich umzusehen – zügig über den sternförmigen Viktoria-Luise-Platz auf das leere Becken des Springbrunnens zu. Dort blieb sie stehen, blickte zuerst zum U-Bahn-Eingang, dann zum Hauptportal der Lette-Schule, als wäre sie unschlüssig, was sie tun sollte. Grenfeld umrundete im Schutz der Büsche den Park, das Mädchen im Blick. So, wie sie jetzt mit ihrem blauen Mantel vor dem entleerten Brunnen stand, tat sie ihm leid. Sie war ohne Schuld in etwas hineingeraten, was sie überforderte. Er versteckte sich hinter der im Halbkreis gebauten Kolonnade und hatte so das Portal der Schule und den Brunnen gleichermaßen im Blick. Charlotte stieg über die Balustrade des leeren Wasserbassins, setzte sich auf den Steinring, aus dem im Sommer die Wasserfontäne spritzte und zündete sich eine Zigarette an. Grenfeld wurde schwindlig. Er drückte seinen Rücken an den Mauersockel, ging in die Hocke und sah zum Himmel. Tief sog er die kalte Luft ein. Die Erker und beleuchteten Fenster der herrschaftlichen Häuser rund um den Platz drehten sich wie ein Karussell auf dem Rummel. Er schloss die Augen, doch der Schwindel wurde stärker. »Ich werde verrückt«, dachte er. »Was mache ich hier? Ich kämpfe allein gegen Windmühlen!« Er widerstand dem Wunsch, alles hinter sich zu lassen und nach Hause zu fahren. Als er erneut zum Brunnen sah, war Charlotte verschwunden. Grenfeld richtete sich auf. In diesem Moment hörte er lautes Gelächter. Eine Gruppe Schülerinnen kam aus dem Hof der Schule und wanderte über den Platz zur U-Bahn. Widerwillig trabte er durch die Toreinfahrt mit der Nummer vier. Die Fassaden der wabenartig angeordneten Gebäude ragten dunkel in den Himmel. Kein einziges Fenster war beleuchtet. Er rüttelte an mehreren Türen. Schließlich ließ sich eine schwere Holztür öffnen, und Grenfeld folgte einem langen Gang bis zu einem Treppenhaus. Bohnerwachs durchmischte die abgestandene Luft. Im vierten Stock sah Grenfeld in den Innenhof hinunter, ging nach links und folgte einem Flur, der ihn offenbar ins Hauptgebäude führte. An dessen Ende stand eine Tür offen. Es war der Raum der Fotoklasse, in dem die Fotografien der Schülerinnen hingen. Auf dem Pult entdeckte er den Sitzplan. Charlottes Platz war rechts hinten am Fenster. Von dort aus konnte man auf den Viktoria-Luise-Platz sehen. Grenfeld durchsuchte ihr Fach unter der Schulbank. Doch alles, was er fand, war eine Monografie des Fotografen Man Ray: Abstrakte experimentelle Fotos und viel nackte Haut seiner Pariser Lebensgefährtin Kiki de Montparnasse. Durch das Fenster beobachtete er den Brunnen, dann die Säulen der Kolonnade, wo er gerade eben noch gestanden hatte. Im Untergeschoss fiel eine schwere Tür ins Schloss. Ein Taxi näherte sich, von der Motzstraße her kommend, dem Portal der Schule. Es fuhr langsam, als suchte der Fahrer eine Adresse, und hielt schließlich so, dass es den Fußweg zur U-Bahn blockierte. Grenfeld öffnete das Fenster und blickte nach unten auf eine weiße Strickmütze. Es war Charlotte. Sie lief auf das Taxi zu, hielt abrupt an und versuchte, den Wagen zu umgehen. Das Taxi fuhr rückwärts gerade so, dass es dem Mädchen den Weg abschnitt. Grenfeld brüllte aus dem Fenster und sah, wie die hintere Tür aufsprang und Charlotte ins Wageninnere gezerrt wurde. Er rannte aus dem Unterrichtsraum, den Gang entlang zum Treppenhaus nach unten. Doch der Haupteingang war verschlossen. Durch die Fenster erkannte er, wie die Taxe aus seinem Blickfeld verschwand. »Verdammt«, flüsterte er. »Was ist nur mit mir los? Ich bin unfähig, eine Zeugin zu beschützen.«

Als Grenfeld Herrn Pollinger gegenüberstand, dachte er sofort an einen Redakteur oder Verleger. Der Mann war vornehm, aber bequem gekleidet, in der rechten Hand eine Pfeife, in der linken die Vossische Zeitung. Obwohl man ihn offenbar bei seiner Lieblingsbeschäftigung gestört hatte, strahlte er eine freundliche Offenheit aus. Grenfeld hatte sich eine Einleitung zurechtgelegt, war aber zu aufgeregt, um sich daran zu erinnern. »Es tut mir leid, aber ich habe Grund zur Annahme, dass Ihre Tochter entführt wurde. Gerade eben, vor einer halben Stunde.«

Der Mann lachte schallend. »Charlotte, kommst du mal? Da behauptet ein Herr, du seist entführt worden.«

Grenfeld hatte das Gefühl, in den nächsten Minuten Teil einer turbulenten Ufa-Komödie zu sein. Die junge Fotografin tauchte auf, strahlend, das blühende Leben, zeigte sich zunächst verwundert, dann zunehmend entrüstet über die Ausführungen des Fremden. Sie leugnete schlichtweg alles, was sie noch vor einer halben Stunde im Kakadu zugegeben hatte, mit einer kühlen Arroganz, die ihn verblüffte. Doch während ein Dackel unablässig kläffte, ein Freund der Familie vorschlug, Grenfeld festnehmen zu lassen, und die Dame des Hauses schrill auf das Hausmädchen einredete, verflüchtigten sich in den Augen Charlottes die Zeichen des Triumphes. Angst war nun an die Stelle der Abgeklärtheit getreten. Er trat einen Schritt zurück, hob die Hand, so wie er es bei Carl

Sternheim gesehen hatte, und bemerkte zu seiner Überraschung den gleichen Effekt. Alle Bewegungen froren ein, die Gesichter starrten ihn an. Er wollte sich ein weiteres Mal erklären, wollte über seine jahrelange Erfahrung als Kriminalkommissar reden, doch schließlich kam zu seiner Überraschung ein Satz über die Lippen, den er von Sternheim gehört hatte: »Nur die Narren und die Toten ändern niemals ihre Meinung.« Er blickte auf Charlotte, dann drehte er sich um und ging. Mechanisch setzte er einen Fuß vor den anderen. Er war so wütend, dass er nicht auf die Richtung achtete. Irgendwann kam er auf den Hohenzollerndamm, bog in die Rheinbabenallee, wohl wissend, dass er die Richtung einschlug, aus der er gekommen war. Er lief auf dem Mittelstreifen, dort, wo früher die Pferde trabten, blickte durch die Äste der Alleebäume auf die beleuchteten Fenster der Villen und spürte, wie die Wut allmählich der Angst wich. Allein würde er die Zeugin niemals schützen können.

26. Januar 1927, 18 Uhr,
Friedrichstraße 191

Das quietschende Geräusch der Eisentüre setzte der Stille ein jähes Ende. Durch das Tunnelgewölbe hallten Schritte eisenbeschlagener Stiefel. Er schätzte die Gruppe auf fünf Mann. Sie flüsterten. Kaleko dachte, wie sinnlos es war, wenn man sich wie ein Elefant anschlich. Der Pistolengriff fühlte sich kalt und feucht an. Er wollte die Mündung an den Hals drücken, doch dem Kommissar zuliebe, entschied er sich für die linke Schläfe. Fast ein wenig Zärtlichkeit empfand er jetzt für das marode Ding, das ihn immer dann im Stich gelassen hatte, wenn er seinem Leben ein Ende bereiten wollte. Nur am Bahndamm, wo er sich verteidigen musste, tat sie ihre Dienste. Als er die Polizisten sah, drücke er ab. Die Waffe gab nur ein knarzendes Geräusch von sich. Er lachte jäh auf. Bevor er ein zweites Mal abdrücken konnte, hatten sie ihn gepackt und zu Boden geworfen. Die Schupos mühten sich ab, die Pistole aus der Umklammerung seiner Hand zu lösen, drückten sein Gesicht so lange auf den sandigen Boden, bis ihm schwarz vor Augen wurde.

Das Nächste, was Kaleko wieder wahrnahm, war die Kargheit eines polizeilichen Vernehmungszimmers. Vor ihm saßen Kriminalrat Gennat, ein Kommissar namens Tiefenbacher, der junge Kriminalanwärter und eine Stenotypistin.

»Sie bleiben also dabei, am elften Januar in der Hardenbergstraße einen Fußgänger ohne Absicht überfahren zu haben?«, fragte der Dicke.

»Jawohl«, antwortete er matt.

»Am vierzehnten Januar haben Sie sich einer Vernehmung entzogen, indem Sie Kriminalanwärter Falck niedergeschlagen haben, korrekt?«

»Auch das stimmt. Ich bitte um Verzeihung.«

»Ihr Geständnis, warum ausgerechnet in einem Zirkus?«

»Herr Grenfeld hat es mir empfohlen.«

»Empfohlen? Inwiefern?«

»Eine Buße, ich kann es nicht erklären, aber er hatte recht.«

»Wer hat Sie im Tunnel versteckt?«

»Den Ratschlag gab mir Herr Machowski.«

»Wie bitte? Hugo Machowski?«

»Seinen Vornamen kenne ich nicht.«

»Den Bankier Zierleben, haben Sie den auch überfahren?«, fragte Tiefenbacher.

Kaleko zögerte, schließlich nickte er.

Der Kommissar sah mit einem Kopfschütteln zu seinem Chef. »Überlegen Sie gut, was Sie hier zu Protokoll geben. Wir sprechen über den achtzehnten Januar nachmittags. Sie hatten den ganzen Tag im Büro von Herrn Grenfeld verbracht.«

Plötzlich öffnete sich die Tür. Eine Sekretärin kam herein und flüsterte dem Kriminalrat ins Ohr. Kaleko bemerkte, wie dessen Lippen schmal wurden. Die Kommissare erhoben sich und verließen wortlos das Zimmer. Jetzt war es still, nur der Motor eines Lasters drang vom Innenhof durch die Fenster. Die Stenotypistin prüfte kritisch ihre Nägel. Kaleko spürte, wie unangenehm es ihr war, mit ihm allein zu sein. Sollten sie ihn verurteilen, dann war es die letzte Frau, die er für lange Zeit zu Gesicht bekommen würde. Eine rotwangige Provinzschönheit, sicher froh über ein möbliertes Zimmer im dritten Hinterhaus. Ihre Vermieterin, ein keifender Drache, wenn sie zu viel Wasser und Seife verbrauchte. Fuhr sie nach Hause, würde sie beim Abendbrot von ihm erzählen. Sie würde übertreiben und die Eltern würden bedauern, ihre Tochter in das verkommene Babylon entlassen zu haben. Ein Wachtmeister riss ihn aus seinen Fantasien. Er nahm neben der Tür Platz und zwirbelte seinen grauen Bart zurecht. Das Gesicht der Stenotypistin entspannte sich. Hinter der Durchgangstür erkannte er eine Stimme, die ihm vertraut und doch fremd vorkam. Sie gehörte Dojo. Er konnte nichts von dem verstehen, was er sprach, doch es klang reumütig. Er ließ ihn fallen, dachte er. Er widerrief sein Alibi.

Es dauerte eine Stunde, bis die Kommissare zurückkamen. Zu seiner Überraschung war Robert Grenfeld unter ihnen. Wild gestikulierend, mit fiebrigen Augen und zerknitterter Jacke sah er wie ein Prediger aus, der auf einer Obstkiste stehend, den Weltuntergang prophezeite.

»Man hat ihm Geld gegeben, damit er gesteht«, rief er. »Ihr müsst die Fotografin vorladen, eine Charlotte Pollinger. Sie ist die einzige Zeugin.«

»Stimmt das?«, fragte Gennat. »Man hat Sie für Ihr Geständnis bezahlt?«

»Ich wiederhole, ich habe den Mann überfahren«, stammelte Kaleko, während er die flinken Hände der Stenotypistin verfolgte.

»Er hat Angst. Man hat ihm gedroht, seine Familie zu verhaften.«

Tiefenbacher schüttelte verständnislos den Kopf. »Robert, ich verstehe überhaupt nicht, warum du dich für ihn einsetzt. Er war übermüdet. Es war ein Unfall, mehr nicht.«

»Sucht den Mann aus Dagestan, der die Seiltänzerin entführt hat. Vielleicht geht es um eine Art Blutrache. Ihr müsst ihn vernehmen.«

»Blutrache? Wann hast du eigentlich das letzte Mal geschlafen?«, fragte Tiefenbacher mit einer Mischung aus Mitleid und Spott.

»Wie bitte?«, schrie Grenfeld viel zu laut.

»Morgen wird er dem Untersuchungsrichter vorgeführt. Wenn er bei seiner Aussage bleibt, sehe ich schwarz«, stellte Gennat fest.

Kaleko starrte aus dem Fenster. Der Mond hatte es geschafft, sich über den Dachfirst des Präsidiums zu erheben. Die klare Stimme der Seiltänzerin kam ihm jetzt in den Sinn:

Ach, glückliche Tage, goldene Tage, …

lockt furchtlos in einen unbekannten Raum der Weite.

Er stellte sich vor, wie es wäre, in das Dunkel der Nacht entfliehen zu können. Langsam stand er auf, als wollte er eine Aussage machen. Dann rannte er, mit einer Geschwindigkeit, die ihm niemand zugetraut hatte, auf das Fenster zu. In letzter Sekunde hielt er schützend seinen Arm vors Gesicht und hechtete mit einem gellenden Schrei kopfüber durch die zerberstende Scheibe.

KAPITEL 9

26. Januar 1927, 19 Uhr,
Equitable-Palast, Friedrichstraße 59–60

Jonny war nervös. Es war sein erster großer Auftrag. Er musste Mienchen finden und hatte Glück, weil er heute seinen freien Abend hatte. Im Verkehrs-Kiosk hatte er sich einen Stadtplan besorgt, so einen, wie die Touristen immer vor sich her trugen. Am liebsten hätte er seinen neuen Anzug getragen, dann hätte man ihn für einen Touristen gehalten. Doch da, wo er jetzt hinmusste, war es ratsamer, ärmlich auszusehen. Er hatte Angst, seine alte Clique zu treffen. Watson hätte er so gern dabeigehabt, doch auch das schien ihm nicht passend. Er dachte an den ehemaligen Kommissar. Unter den Freiern gab es Schriftsteller, Professoren, auch Polizisten und 'ne Menge Reiche aus den wohlhabenden Vorstadtbezirken, aber jemand wie Grenfeld war ihm noch nie begegnet. Er mochte ihn, sah zu ihm auf, obwohl er wusste, dass auch er ihn nur duldete, weil er *nützlich* war. *Nützlichkeit* – das Gesetz der Welt. Schließlich hatte er bisher nur überlebt, weil er wusste, wie er anderen nützlich sein konnte. »Androgyn«, hatte ihn ein Freier einmal genannt. Jonny hatte nicht geruht, bis er in der Bibliothek von Magnus Hirschfeld fündig geworden war. Im Handwörterbuch der Sexualwissenschaft hätte er jede Schweinerei erwartet, nur nicht das, was dort über androgyne Burschen geschrieben stand. Immer wieder musste er den Artikel lesen, bis er begriff, dass das, weswegen er jahrelang gehänselt und verprügelt worden war, sein zartes, mädchenhaftes Auftreten, mit einem Glanz versehen war. So tröstlich waren die Zeilen, dass er sie auswendig gelernt hatte: *Die Androgynen stellen Entwicklungsstufen dar. Sie spüren eine nähere Beziehung zu Gott als irgendeine Geschlechterform sie erreichen kann.* Und noch ein Satz gefiel ihm: *Androgynie ist Verheißung, kann auch bedeuten: gesteigerte Menschlichkeit.*

Unter Tränen hatte er damals den Entschluss gefasst, sich von keinem Freier mehr anfassen zu lassen. Wenige Tage später hatte er Olja kennengelernt. Sie hatte ihm den Dachboden gezeigt, das Äffchen geschenkt, an jedem Ersten des Monats etwas von ihrem Lohn abgezweigt und ihn im Boxclub Maccabi angemeldet. Olja war ein Engel, selbst eine Form gesteigerter Menschlichkeit. Allein bei ihr hatte er das Gefühl, nicht nützlich sein zu müssen. Auf der Suche nach Amina jedoch, konnte ihm seine Androgynie nicht schaden: Er würde *ihre* Gedanken lesen können. Jonny breitete den Stadtplan aus und zog um den Ort, wo Amina zum letzten Mal gesehen worden war, einen Kreis mit einem Radius von zwei Zentimetern. Dann einen zweiten mit drei Zentimeter und schließlich einen dritten mit sechs Zentimeter. Mittelpunkt war die Linienstraße. Er betrachtete die Karte und dachte nach. Zum Zirkus würde sie nicht zurückkehren, aus Scham. Polizei, Behörden und Öffentlichkeit würde sie meiden. Sie würde ein Dach über dem Kopf und eine warme Mahlzeit brauchen, doch für die Palme, dem städtischen Asyl, fehlten ihr die Papiere. Im ersten Kreissegment gab es einen Favoriten unter den zahlreichen Möglichkeiten, in dieser Stadt unterzukommen: die Kommune des Schwarzen Haufens in der Mulackstraße. Hier zeichnete er ein dickes Kreuz. Er hatte nie verstanden, wem sie angehörte, doch das war ihm gleichgültig. Sozialistische Juden oder jüdische Wandervögel, irgendetwas in der Art. Hier lebten Jungs und Mädchen zusammen und kümmerten sich um ihresgleichen. Sollte Amina von ihnen aufgegriffen worden sein, dann hätte ihr nichts Besseres geschehen können. Dann erinnerte er sich an die Wärmehalle in der Ackerstraße. Diesen Ort markierte er mit einem zweiten Kreuz. Schnell folgte ein Drittes in der Rückerklause, dem Stammlokal seiner ehemaligen Clique. In der Kaschemme war bis vier Uhr früh Betrieb. Dort sammelten sich obdachlose Kinder und Jugendliche, die das Pech hatten, keine Schlafstelle für die Nacht gefunden zu haben. Jonny betrachtete die drei markierten Orte und schrieb sie auf den Holzboden. Dann schleuderte er die Kreide mit einem lauten Fluch in die Ecke. Eine ungeheure Portion Glück müsste die Ausreißerin haben, sollte sie an irgendeinem der Plätze gestrandet sein. Es gab skrupellose Zuhälter und Mädchenhändler, im zweiten und dritten Segment, und er konnte nur hoffen, dass ihr Engelskostüm sie von dort ferngehalten hatte. Als er in seiner verschlissenen Kleidung hinaus auf die Friedrichstraße trat, fürchtete er, man würde ihn anstarren, doch das Gegenteil geschah. Man ignorierte ihn, sah durch ihn hindurch – er war wieder ein Luftmensch geworden.

Da er Geld hatte, leistete er sich eine Fahrt mit der U-Bahn zum Alex und lief von dort zur Rückerstraße. Aus den Fenstern seiner ehemaligen Stammkneipe drang schon am frühen Abend laute Musik und Geschrei.

»Na, das große Glück scheinste nicht gefunden zu haben«, rief Egon, der Cliquenbulle und musterte ihn von oben bis unten. Jonny ließ seine Hände in den

Hosentaschen, damit die Kerle nicht sehen konnten, wie sie zitterten. Er war heilfroh, ohne seinen neuen Anzug hier aufgetaucht zu sein. Er blickte in die harten Gesichter der Jungs, von denen er viele nicht mehr kannte: rote verzweigte Äderchen auf den Wangen, die Augen glänzend, die Lippen aufgesprungen und die Hände rissig. Jung an Jahren, doch durch Schnaps und Kälte schnell gealtert. Scheu beobachtete er die Cliquenkühe, die wenigen Mädchen, die ihn mit Gleichgültigkeit straften.

»Was machste jetzt?«, fragte Egon wie beiläufig.

»Bin beim Zirkus untergekommen«, antwortete Jonny und versuchte mit aller Kraft, den Stolz in seiner Stimme zu verbergen.

»Stall ausmisten, was?«

»So was Ähnliches«, entgegnete er, der sich hütete, irgendetwas von einer Kasse zu erwähnen. »Vor ein paar Tagen ist uns ein Mädchen weggelaufen. Eine Hochseilartistin. Sie ist stumm, kann sich nicht verständigen. Habt ihr was gehört?«

»Artistin? Haste schon mal nach oben gesehen. Die ist längst im Himmel. Da wird sie über den Wolken laufen, hoch oben«, lallte ein Junge im hintersten Eck und die Clique feixte. Der Junge, mager, hohläugig, mit vom Branntwein geröteten Wangen, war höchstens elf Jahre. Jonny ließ das Foto herumgehen und konnte seine Augen nicht von dem Jungen lassen. Genau so hatte er einmal ausgesehen, dachte er.

»Deine Freundin?«, fragte Egon bösartig.

»Quatsch, die ist ja noch ein Kind«, rief ein anderer, bevor er antworten konnte.

»Sie tritt in einem Engelskostüm auf, geht auf einem

Seil zum Funkturm. Mit so einem Kostüm läuft sie durch die Gegend.«

»Ich sag ja, du solltest mal auf dem Friedhof nachsehen. Da sind sie scharenweise, die Engel.«

»Gosche halten!«, schrie Egon der Cliquenbulle und in Sekundenschnelle wurde es ruhig. »Ihr wisst wohl nicht, wer vor euch steht? Das ist Jonny. Der war schon auf der Straße, da habt ihr noch in die Windeln geschissen. Der Schrecken aller Hausbesitzer, auf den lass ich nichts kommen. Kein Dachgeschoss war vor ihm sicher. Mit Jonny hatten wir immer einen Schlafplatz. Leider hat er sich auf seine anderen Vorzüge spezialisiert.« Egon starrte ihn feindselig an und tat einen kräftigen Zug aus dem Bierglas. »Also, wer die Kleine mit dem Kostüm gesehen hat, soll gefälligst sein Maul aufmachen.« Egon blickte in die Runde, grunzte zufrieden und gab ihm das Bild zurück. Jonny bestellte für alle eine Runde Branntwein. Als er aus dem Lokal kam, war ihm schwindlig. Seine Kleidung roch nach Bier, Schnaps und Fett. Nach ein paar Metern zog ihn jemand so heftig am Ohr, dass er vor Schmerz aufschrie. Eine tellergroße Pratze packte seinen Hinterkopf und drückte ihn nach unten. Es war Egon.

»Du glaubst wohl, du kannst mich verscheißern«, schäumte er. »Was sollte diese Aufführung? Für wen arbeitest du?«

»Für einen Privatdetektiv.«

»Von wegen Zirkus was?«, zischte Egon und drückte nach unten.

»Glaub mir. Ich arbeite wirklich beim Zirkus. Die suchen das Mädchen.«

»Ich will Geld sehen. Nicht nur 'ne Runde Schnaps. Dann verrate ich dir was.«

Jonny befreite sich, versetzte seinem Gegenüber einen Schlag ins Gesicht und riss blitzschnell die Faust nach oben. Fast augenblicklich schoss Egon das Blut aus der Nase. Er torkelte und hielt sich an der Hauswand fest. Das Boxtraining in der Auguststraße zahlte sich aus.

»Lass gut sein«, murmelte Jonny und packte ihn am Kragen. »Sag mir, was du weißt, dann gebe ich dir, was die Nachricht wert ist.«

Egon hielt den Kopf nach oben und versuchte, mit einem Taschentuch die Blutung zu stillen. »Die roten Wanderprediger in der Mulakei. Die haben deinen Engel unter ihre Fittiche genommen, hab ich zumindest gehört. Hatten sie nachts im Biograph-Theater aufgegabelt.«

Jonny ließ ihn los. »Freikarten für alle, mehr hab ich nicht.«

»Du warst mal auf unsere Seite«, stöhnte Egon und sah ihn grimmig an.

»Das ist lange her«, erwiderte er und drehte sich um. Plötzlich hielt er inne und ging zurück. Er drückte dem Cliquenbullen alle Geldscheine in die Hand, die er von Olja bekommen hatte. Für einen kurzen Moment trafen sich ihre Blicke und sie grinsten sich gegenseitig an. Vor zwei Jahren waren sie im Polizeipräsidium getrennt voneinander verhört worden. Damals war es um die Brandserie in den Dachstühlen von Neukölln gegangen. Keiner von beiden hatte den anderen verpfiffen. Daran dachten sie jetzt. Schweigend gingen sie auseinander und Jonny war sicher, dass Egon das Geld nicht für sich behalten würde. Im Hackepeter am Oranienburger Tor würde er für alle Eisbein mit Sahnesoße spendieren, dann ein paar Liter Bier und einen wanzenfreien Schlafplatz. Einen Tag und eine Nacht würden sie im Paradies verweilen, dann wartete wieder die Hölle auf sie.

Eine Stunde später war Jonny abermals von einer Gruppe junger Leute umringt. Die Unterschiede hätten nicht größer sein können. Der Schwarze Haufen, wie sich die Gemeinschaft nannte, war ebenso arm wie seine alte Clique und strotzte dennoch vor Selbstbewusstsein, Kraft und Gesundheit. Jonny war befangen. In ihrer Gegenwart kam er sich dumm und unbedeutend vor. Er starrte fasziniert in die klaren und lebendigen Augen der Jungen und Mädchen, musste allen Mut zusammennehmen, um sein Anliegen vor dem Tribunal zu begründen. Er hatte gehofft, es würde einfach werden, doch stattdessen verwickelten sie ihn in Diskussionen, auf die er nicht vorbereitet war. Sie gaben zu, Amina aufgegriffen zu haben, doch sie weigerten sich, ihm ihren Aufenthaltsort zu verraten. Sie zweifelten schlichtweg an seiner Berechtigung, sie zurückzubringen. Seine Rede war kläglich, er stotterte. Politische Begriffe und provokative Fragen schwirrten durch den Raum, dass ihm schwindlig wurde. Manche Worte hatte er noch nie gehört, ja er hatte keine Ahnung, dass man überhaupt so viel reden konnte. Am meisten aber verunsicherte ihn Paul, ein junger Mann, den er des Öfteren im dritten Stock des Equitable angetroffen hatte. *Apfel & Beck, Rechtsanwalt und Notar* war auf dem Schild des Büros gestanden, aus dem er kam. Später war das Schild durch *Beratungsstelle für Jugendliche* ergänzt worden. Jonny hatte sich immer gefragt, was ein junger Mensch in einem so vornehmen Büro zu schaffen hatte. Paul hatte ihn stets freundlich gegrüßt, aber er hatte nie Zweifel, dass er ihn bis ins Mark durchschaut hatte. Er wusste, dass er ein Strichjunge war, dachte er jetzt. Er wusste, dass er ohne Genehmigung im Dachstuhl lebte, noch dazu mit einem Affen, mittellos. Er durchschaute ihn vollkommen. Die Gruppe spürte, dass sie Jonny in die Enge getrieben hatte und legte eine Pause ein. Er wollte flüchten, wollte sich lieber mit Egon schlagen und Schnapsrunden ausgeben, als sich gegenüber so einer Horde verantworten zu müssen. Paul sah ihn an und lächelte. Dann sagte er leise: »Die Frage, die ich mir stelle, ist: Was will das Mädchen? Ist es freiwillig beim Zirkus oder hat man es gezwungen?«

Jonny suchte krampfhaft nach einer Antwort. »Herr Grenfeld denkt, dass …«

»Wer hat *sie* gefragt?«, unterbrach ihn ein Mädchen mit rotem Haar und Sommersprossen.

»Niemand«, murmelte Jonny verwundert. Er konnte sich nicht erinnern, dass *ihn* jemand gefragt hatte, ob er Strichjunge werden wollte.

»Dann sollten wir das tun«, sagte Paul entschlossen.

»Ich würde es gern tun, wenn ich wüsste, wo sie ist«, erwiderte er trotzig.

»Wir haben sie vorübergehend zum Zirkus gebracht. So lange, bis die Fürsorge sich mit dem Fall beschäftigt.«

»Was? Zu Sternheim auf das Messegelände?«

»In das Winterquartier am Schlesischen Tor.«

»Das ist der Zirkus Armand, der gehört dem Bruder von Sternheim«, rief Jonny. »Das ist ja furchtbar!«

»Wir hatten einen guten Eindruck von Arthur Sternheim. Er will mit der Fürsorge zusammenarbeiten.«

»Aber die Seilnummer! Es ist die Erfindung von Ilja Sokolow! Amina ist seine Hauptattraktion. Wenn Carl Sternheims Leute das herausfinden, gibt es Krieg.«

»Das Mädchen ist zwölf Jahre alt. Sie ist nicht *Eigentum* des Zirkus, verstehst du?«

Jonny biss sich auf die Unterlippe und schwieg.

»Und was ist mit dir? Der Detektiv, für den du arbeitest – bist du bei ihm angestellt? Was zahlt man dir?«, fragte Paul.

»Die Gewerkschaft der Detektive legt das fest«, stammelte er.

»Gewerkschaft der Detektive? Was soll denn das sein?«, fragte das rothaarige Mädchen und Jonny ahnte, welch enormen Unsinn er von sich gab.

KAPITEL 10

27. Januar 1927, 9 Uhr,
Douglasstraße 63

Das schwarze Pferd war im Galopp durch die Scheibe gesprungen, worauf sich eine glitzernde Wolke aus bunten Glassplittern über ihn gelegt hatte. Das Tier hatte keinen Halt gefunden und war im freien Fall kreisförmig nach unten getrudelt. Auffangen wollte er es, doch seine Kraft reichte nicht aus. Am Ende hatte er das Seil losgelassen und war erwacht. Jetzt saß er, heftig atmend, aufrecht im Bett und sinnierte über den Traum, dessen Ursache auf der Hand lag: Kalekos Sprung aus dem Fenster. Wütend warf er das nass geschwitzte Kissen auf den Boden. Er hatte nicht die geringste Lust, Tag und Nacht Zeuge fallender Kreaturen zu sein. Dabei schien Kaleko gleich einer streunenden Katze sieben Leben zu besitzen. Er war auf der Glasscheibe des überdachten Innenhofs gelandet und hatte sich, wie durch ein Wunder, neben der Aufmerksamkeit des gesamten Präsidiums, nur Schnittwunden und ein paar gebrochene Rippen zugezogen.

Grenfeld atmete tief durch und betrachtete unzufrieden das leere Bett neben ihm. Helen hatte die Nacht außer Haus verbracht und das war Absicht. Die Höchststrafe, weil er sie gestern versetzt hatte. Nach der Revue im Admiralspalast war sie sicher noch ins Clou zum Maskenfest *Turmbau zu Babel* gegangen. Helen war eine außergewöhnliche Frau. Sie konnte um die heißen Quecksilberdampfleuchten der Nacht schwirren, ohne sich die Flügel zu verbrennen. Sie war stark und den Verlockungen der berauschenden Substanzen, von denen die Stadt seit Jahren überschwemmt war, nie erlegen. Vor einigen Wochen hatte er vor dem Excelsior Anita Berber gesehen. Er war entsetzt. Ihr hübsches Gesicht war verglüht, vom Alkohol und Kokainkonsum um Jahre gealtert. Er nahm einen von Helens Skizzenblöcken mit der Aufschrift *Haller-Revue 1927/28* in die Hand. Und während er die Entwürfe betrachtete, musste er an die Fotografin denken, jene junge aufstrebende Frau aus begütertem Hause, deren Starrsinn ihn so aus der Fassung gebracht hatte. »Nur Narren und Tote ändern ihre Meinung nicht«, hatte er ihr zugeraunt und erschrak, weil es wie eine Drohung klang. Er stand auf und ging ans Fenster. Ein schwarzer Wagen parkte auf der gegenüberliegenden Straßenseite. Durch das Fenster auf der Fahrerseite leuchtete ein weißer Kopfverband. Es war Falck. Der Dicke ließ offenbar nicht locker. Entweder machte man sich Sorgen um seine Gesundheit oder man wollte ihn unter Kontrolle halten. Grenfeld tippte auf Letzteres. Hastig stand er auf und zog sich an. Er überquerte die Douglasstraße und setzte sich auf die Rückbank. »Zum Moka Efti, Leipziger Straße neunundzwanzig, schnell!«

Falck blickte ärgerlich in den Spiegel. »Ich bin nicht Ihr Chauffeur, Herr Grenfeld.«

»Was wollen Sie dann hier?«

»Sagt Ihnen der Name Dojo etwas?«

»Dostojewski, Kalekos Kollege?«

»Sein Name ist Michail Bachtin. Wir haben ihn gestern verhört. Er hatte Kaleko ein falsches Alibi verschafft.«

»Hat er es zugegeben?«

»Ja, und auch sonst seinen Kollegen erheblich belastet.«

Grenfeld verzog angewidert das Gesicht.

»Sie glauben Kaleko, nicht wahr?«

»Er mag meschugge sein, aber er kommt mir nicht wie der Typ vor, der einen Mann kaltblütig über den Haufen fährt.«

»Ich habe mich in der Werkstatt umgehört. Der Besitzer hat etwas von einer Leica erwähnt, die tagelang auf seinem Beifahrersitz lag.«

»Und weiter?«

»Er soll sie Dojo verkauft haben. Ich möchte ihm noch einmal auf den Zahn fühlen. Kommen Sie mit?«

»Warum?«

»Sie scheinen einen Draht zu solchen Leuten zu haben. Bei mir reden die kein Wort.«

»Hat man Ihnen jetzt die Ermittlungen übertragen?«

Falck schüttelte den Kopf. »Ich bin noch im Krankenstand.«

»Ohne Wissen des Dicken? Das wird Ärger geben.«

»Ich werde ohnehin bald den Polizeidienst quittieren. Es war ein Fehler, zur Kriminalpolizei zu gehen. Ich bin und bleibe Offizier der Reichswehr. Im zivilen Leben fühle ich mich so unwohl wie ein Fisch an Land. Kriminalrat Gennat und Sie, ich weiß nicht, wie ich es beschreiben soll, besitzen den sechsten Sinn. Ich fürchte, so etwas kann man nicht lernen.«

»Ich fahre mit, aber unter einer Bedingung: *Ich* werde den Kerl vernehmen!«

»Gut, wir müssen zur Voltastraße dreißig. Dort ist er gemeldet.«

»Versuchen wir es lieber in der Staatsbibliothek. Unser

Mann ist dort Dauergast. Aber lassen Sie mich noch ein Buch holen. Es gehört ihm.«

Mit aller Konzentration, zu der er fähig war, beobachtete Grenfeld Dojos Gesichtszüge, als sie ihn zu Kalekos Verhaftung befragten. Er suchte nach Anzeichen für Bestürzung, Empörung oder heimlicher Genugtuung, doch er fand keine und das irritierte ihn. Dojo rückte seine große Brille zurecht, schob die vor ihm liegende Zeitung einen Zentimeter zur Seite und sah ihn mit steinerner Miene an.

»Sie waren Freunde?«, fragte Grenfeld.

»Ein großes Wort, und Worte sind die mächtigste Droge der Menschheit«, dozierte Dojo. Während Grenfeld Feindseligkeit spürte, wurde Falck unruhig. Es kostete ihn offenbar viel Selbstbeherrschung, den Mund zu halten.

»Der Unfall in der Hardenbergstraße. Was hat Kaleko Ihnen darüber berichtet?«

»Meine Herren, nur damit ich den Ernst der Lage einschätzen kann. Handelt es sich hier um eine erneute Vernehmung?«

Falck legte seine Dienstmarke wie ein Trophäe auf den Tisch.

»Und Sie?« Dojo sah mit einem spöttischen Lächeln auf Grenfeld. Ohne eine Antwort abzuwarten, klappte er die Vossische Zeitung zu, nahm seine Brille ab, wischte sich mit einem Taschentuch über die Stirn und blickte zu den Rosettenfenstern der Bibliothek.

»Der arme Kaleko war krank, an Körper und Geist. Die Menge Kokain, die er konsumierte, war kaum geeignet, seinen Zustand zu verbessern. Im Gegenteil. Er schlief nicht mehr. Zuletzt ist er Tag und Nacht gefahren. Hinzu kamen Medikamente. Er entwickelte eine Manie. Er hatte Angst, jemanden zu überfahren, ohne es zu merken. Aber mit der Angst wuchs auch die Gefahr. Ich jedenfalls war mir sicher, dass er im Strudel des Verkehrs nicht mehr alles mitbekommen hat.«

»So wie am elften Januar in der Hardenbergstraße?«

»Um ehrlich zu sein, Herr Grenfeld – und ich hoffe, Sie legen mir das nicht als Vorwurf aus –, dieser fixe Gedanke nistete sich erst ein, als Sie auftauchten. Ohne Sie wäre unser armer Freund noch da draußen auf den Straßen.« Dojo starrte ihn herausfordernd an und widerstand der Versuchung, seinem Blick auszuweichen. »Allerdings, sind wir ehrlich, über kurz oder lang hätte er sich umgebracht. So oder so. Und jetzt, da er verhaftet ist, kann ich es ja sagen. Meiner Meinung nach hat er den Bankier auf dem Gewissen.«

»Das hatten Sie schon im Präsidium behauptet.« Falck konnte sich nicht mehr zurückhalten.

»Sehen Sie, er hatte eine abnorme Angst, seine Lizenz zu verlieren. Ich muss zugeben, dass ich Bankier Zierleben angerufen habe. Ich hatte ihm, nun ja, geraten, seine Anzeige zurückzuziehen. Aber Kaleko war partout nicht zu beruhigen.«

»Ihr Kollege soll einen Fotoapparat besessen haben. Wissen Sie etwas davon?«

Zum ersten Mal zeigte Dojos Gesicht eine Spur von Beunruhigung. »Sie meinen die Leica, die er mir verkauft hat? Die habe ich längst zu Geld gemacht. In der Grenadierstraße. Den Käufer kenn ich nicht. Aber wie kommen Sie denn auf die Kamera?«

»Hat er Ihnen etwas über die Fotografin erzählt?«, fragte Falck.

»Nein. Die Leica hatte einer Frau gehört?«

Grenfeld verzog keine Miene. Er selbst hätte diesen Umstand nie erwähnt und hoffte inständig, dass der junge Kollege nicht noch mehr ausplauderte.

»Wissen Sie, unter Taxifahrern ist es nicht unüblich, liegen gelassene Gegenstände zu verkaufen. Nach einer gewissen Wartezeit natürlich.«

»Ich nehme doch an, Sie würden den Käufer der Leica wiedererkennen?«

Dojo lachte spöttisch. »In der Grenadierstraße? Sagen wir so. Der Mann sprach jiddisch, hatte einen Bart und trug einen großen schwarzen Hut. Mit dieser Beschreibung müssten Sie ihn finden.«

Grenfeld holte tief Luft. »Die Grenadierstraße also. Wo genau haben Sie die Kamera verkauft? Haben Sie das auch vergessen?«

»Meine Erinnerung ist ausgezeichnet. Zwischen der Fleischhalle Krakauer und der Hebräischen Buchhandlung Gonzer. Die Hausnummer war, glaube ich, vierunddreißig. Aber jetzt muss ich zur Arbeit. Meine Schicht beginnt mittags und endet um Mitternacht.« Dojo erhob sich und machte eine leichte Verbeugung.

»Einen Moment!« Grenfeld war ebenfalls aufgestanden. »Ihr Roman. Kaleko hatte ihn mir geliehen.«

»*Schuld und Sühne* – mich würde Ihre Meinung als ehemaliger Kommissar zu diesem Werk interessieren. Ist Ihnen in Ihrer Laufbahn jemals ein Raskolnikow begegnet, ich meine, ein Mörder, der sich unter der Last seines Gewissens freiwillig stellt?«

»Über kurz oder lang hätte der Untersuchungsrichter ihn sowieso überführt«

Dojo lachte. »Aber Herr Grenfeld. Dann ginge ja Dostojewskis Botschaft ins Leere. Fabelhaft! Eine geradezu anarchistische Sichtweise.«

»Warum mussten Sie Leningrad verlassen?«

»Aufgrund eines Wortes.« Dojo machte eine Pause. »*Polyfonie*. Ich hatte behauptet, dass Dostojewski selbst nicht für die revolutionäre Idee war. Er hatte sie seinen Romanfiguren in den Mund gelegt. Aus ironischer Distanz sozusagen. Außerdem habe ich mich zu viel mit dem freien Willen des Individuums beschäftigt. Solche Fragen stehen in meiner Heimat zurzeit nicht gerade hoch im Kurs.«

»Und das ist so schlimm?«, fragte Falck.

»Haben sie schon von den Solowezki-Inseln im Weißen Meer gehört?«, fragte Dojo und fuhr, ohne eine Antwort abzuwarten, fort: »Früher ein Kloster, heute ein Straflager, oder sagen wir besser ein Umerziehungslager. Letztes Jahr raffte der Typhus ein Drittel der sechstausend Gefangenen hinweg. Aber wissen Sie, das Schlimmste sind die Mückenschwärme. Sie fressen dich bei lebendigem Leib auf.«

»Sie waren dort?«, fragte Grenfeld.

»Nein, ich bin meiner Verhaftung zuvorgekommen. Aber erlauben Sie mir eine Frage, meine Herren: Weshalb sind Sie hinter der Kamera her?«

Grenfeld schwieg und hoffte, sein neuer Kollege würde es ihm gleichtun. Doch Falck sagte plötzlich: »Mit ihr ist der Unfall in der Hardenbergstraße fotografiert worden.«

»Davon weiß ich nichts. Die Kamera enthielt keine Filmkassette.«

Falck sah zu Grenfeld hinüber, als erhoffte er sich Unterstützung. Doch der presste die Lippen zusammen, um seinen Ärger unter Verschluss halten. Niemals hätte er so eine Information preisgegeben, doch nun war es zu spät.

»Ihr Beruf ist komisch«, brummte Dojo.

»Wie meinen Sie das?«, fragte Grenfeld.

»Ich frage mich, wie es ist, wenn man in diesen Zeiten Jagd auf die Wahrheit macht. Eine geradezu göttliche Aufgabe. Sind Sie sich dessen bewusst? Aber jetzt muss ich mich verabschieden, meine Schicht beginnt bald, meine Herren.«

»Gefällt mir nicht«, murmelte Falck, während sie beobachteten, wie Dojo den Lesesaal verließ.

»Die Sache mit der Leica?«

»Das auch. Aber er hat seinen Kollegen beschuldigt, den Bankier überfahren zu haben. Wir wissen aber, dass Kaleko zum Zeitpunkt des Unfalls in Ihrem Büro war. Ich hatte ihn observiert.«

»Also hattet ihr nichts gegen ihn in der Hand?«

»Absolut nichts. Der Dummkopf hätte mich nicht niederzuschlagen brauchen.«

»Hören Sie, Falck. Wenn Sie mir helfen wollen, dann gehen Sie zur Hebräischen Buchhandlung in die Grenadierstraße vierunddreißig. Als Kriminalanwärter hatte ich früher in diesem Viertel zu tun. Fragen Sie nach einem gewissen Hirsch Lewin. Vielleicht kann er sich an den Handel erinnern.«

»Und was machen Sie?«

»Ich sehe mir eine Wohnung an. Vielleicht brauche ich bald eine neue Bleibe. Meine Frau ist stinksauer.«

»Sie werden doch nicht bei Dojo einbrechen?«

»Gehen Sie! Irgendwann werden Sie mir dankbar sein, nichts davon gewusst zu haben.«

Grenfeld war froh, allein zu sein. Die Befragung im Scheunenviertel würde Falck einen Nachmittag beschäftigen, doch nichts ergeben. In den Betstuben, Talmudschulen und koscheren Restaurants war die Polizei so beliebt wie eine ansteckende Krankheit, und Falck roch zehn Meter gegen den Wind nach einer vollstreckenden Behörde.

27. Januar 1927, 17 Uhr,
Voltastraße 30

Die Wohnung des Taxifahrers lag am Ende der Voltastraße im vierten Obergeschoss eines Mietshauses. Wäre Jonny hier gewesen, er hätte das Schloss in wenigen Sekunden geöffnet. Der Hufschmied Paulus, ein Mitglied des *Ring Berlin* und Ausbilder der begabtesten Einbrecher der Stadt, hatte ihn einmal in die Mysterien seiner Zunft eingeweiht. Seine Schmiede lag unweit des Polizeipräsidiums. Wenn im Rahmen einer Razzia ein Schloss geöffnet werden musste, war der Meister zur Stelle. Stümperhaft stocherte Grenfeld mit einem einfachen Drückerhaken so lange herum, bis das Schloss kapitulierte und er froh war, in die Wohnung entschwinden zu können. Er wartete einige Augenblicke, um seine Augen an die Dunkelheit zu gewöhnen, und lauschte konzentriert auf Geräusche, bis er sicher war, allein zu sein. Durch das Küchenfenster drang etwas Helligkeit von den AEG-Werkshallen herüber. Grenfeld sah sich um und wunderte sich. In einer

Stadt, in der ein Drittel der Bevölkerung in einem feuchten Kellerloch hauste, war es mehr als ungewöhnlich, dass ein Taxichauffeur drei Zimmer bewohnte. Außer einem Bett, einem Kleiderschrank und einem Tisch mit ein paar Stühlen war die Wohnung leer. Auf der Tischplatte stapelten sich, unter einem Pharus-Plan von Berlin, mehrere Bücher, offenbar russische Ausgaben der Werke Dostojewskis. Daneben lag ein Manuskript *Probleme der Poetik Dostojevskijs* von Michail Bachtin, die Korrespondenz mit seinem Bruder Nicholas und ein Lebenslauf, der offenbar zu einer Bewerbung gehörte, die Bachtin für die Leningrader Universität verfasst hatte. Zwischen den Büchern entdeckte er ein zerknittertes Formular: ein Entlassungsschein aus dem Lager von Solowezki mitsamt einer Verschwiegenheitserklärung. Dojo war also doch irgendwann Insasse des Lagers gewesen. Die Schublade des Schreibtisches war verschlossen. Alle Versuche, das Schloss mit dem Drückerhaken zu öffnen, scheiterten. In der Küche fand er ein Fleischermesser und bearbeitete die unteren Holzstreben so lange, bis sie brachen und die Schublade auf den Boden krachte. Er stieß einen unterdrückten Fluch aus, denn er hätte die Wohnung gern ohne Spuren hinterlassen. Über den Holzboden kullerte eine Aluminiumflasche. Er schraubte sie auf, roch daran und ließ den Inhalt auf seine Handfläche rieseln. Weißes Pulver – Grenfeld schätzte den Inhalt auf hundert Gramm Kokain. In der Schublade lag ein Bündel Geld, ein Kuvert und eine Zeiss-Kleinbildkamera. Er war sich sicher, dass sie Charlotte Pollinger gehörte. Auf dem Umschlag stand der Name des Fotogeschäfts: *F. V. Grünfeld, Leipzigerstraße 20–22*. Er ging ans Fenster und öffnete ihn. Zunächst konnte er im Dämmerlicht nicht erkennen, was auf den Fotos war, doch dann begriff er, dass es Nacktfotos im Stil Man Rays waren. Charlotte hatte offenbar nicht nur mit nassem Asphalt experimentiert, sondern auch mit ihrer Freundin. Sie selbst hatte sich nackt mit Turban auf einem Nagelbrett ablichten lassen. Die letzten drei Fotos waren Aufnahmen von der Hardenbergstraße. Er erkannte den Ufa-Palast mit der *Metropolis*-Fassade, die herausströmenden Menschenmassen, den im Licht glänzenden Asphalt und den fließenden Verkehr. Grenfeld war so aufgeregt, dass seine Hände zitterten. Auf dem vorletzten Foto war ein Taxi vor dem Hotel Äquator zu sehen, das von einem Paar belagert wurde. Das letzte Bild zeigte den fahrenden Wagen einige Meter vor einem Passanten, der die Straße überquerte. Es war Ilja Sokolow, wenige Sekunden vor seinem Tod. Er blickte zur Kamera. Sein erstauntes Gesicht, vom Blitzlicht erhellt, schien müde und gehetzt. Grenfeld betätige den Lichtschalter und untersuchte das Bild unter dem Schein der Lampe. Der Fahrer war nicht zu erkennen, wohl aber die seitlich angebrachte Nummer des Taxis: 15665. Er las die Nummer mehrmals, doch es gab keinen Zweifel: Es war Kalekos Wagen. Der Exkommissar verspürte ein leichtes Ziehen in der Magengegend, die Ankündigung eines mächtigen Sodbrennens, das nur durch die Opfergabe von Bullrich Salz milde gestimmt werden konnte. Grenfeld durchsuchte seine Taschen, fand aber keine Tablette. Schlimmer als das körperliches Unbehagen war die Erkenntnis, dass sich seine Intuition als Wunschdenken entpuppt hatte. Kaleko war kein Opfer, sondern Täter. Und Dojo? Schien die Fotos absichtlich behalten zu haben, um seinen Kollegen zu schützen. Grenfeld versuchte erst gar nicht, den Einbruch zu vertuschen. Er nahm die Bilder und sämtliche Papiere an sich, schloss leise die Tür und eilte das Treppenhaus hinunter zum Ausgang. Vor der AEG-Eingangspforte wartete Falcks Wagen. Er setzte sich auf den Rücksitz und warf den Umschlag nach vorn.

»Die Leica, sie war in Dojos Wohnung. Ein Foto zeigt eindeutig die Nummer von Kalekos Wagen. Charlotte Pollinger – ich bin mir sicher, das Fräulein hat mehr gesehen, als sie zugibt. Ihr müsst sie unbedingt zum Reden bringen.«

»Ich fürchte, dafür ist es zu spät. Ich komme gerade aus dem Präsidium. Es gibt unschöne Neuigkeiten.«

»Sie waren nicht im Scheunenviertel?«

»Ich lass mich doch von Ihnen nicht für dumm verkaufen. Die Schwarzhüte würden mir nicht einmal ihren koscheren Metzger verraten. Und Ihren Herrn Hirsch wird es auch nicht geben.«

»Da irren Sie sich, aber ich fahre jetzt nach Hause. Für mich ist der Fall erledigt. Endgültig!«

»Herr Grenfeld. Ich möchte, dass Sie sich etwas ansehen.«

»Wozu denn?«

»Warten Sie ab.«

Während der Fahrt sprach keiner von beiden ein Wort. Als Grenfeld begriff, dass sie sich dem Viktoria-Luise-Platz näherten, wurde er unruhig. Sie parkten gegenüber dem Portal der Lette-Schule und überquerten die Rasenfläche des Parks. Zuerst wunderte er sich, welche Gestalten in den Sträuchern herumkrochen, doch als er die nummerierten Metallschilder sah, überfiel ihn die Übelkeit so abrupt, dass er stehen bleiben und tief durchatmen musste.

»Ist Ihnen schlecht?«, fragte Falck besorgt. Er schüttelte den Kopf und umrundete die Steinsäulen der Kolonnade, um Zeit zu gewinnen. Seine Kollegen starrten zu ihm herüber. Sie machten nicht den Eindruck, als wären sie erfreut, ihn zu sehen. Schließlich zwang er sich, die Absperrung zu übersteigen. Charlotte Pollingers Leiche lag seltsam verkrümmt auf dem Pflaster. Seine routinierten Augen registrierten das Fehlen einer Ausblutung. Die weiße Strickmütze war wenige Meter entfernt in einer Pfütze gelandet. Unter dem Metallschild mit der Nummer drei erkannte er Absplitterungen der Schädeldecke. Erst jetzt bemerkte er Dr. Katz von der Gerichtsmedizin. Er stand neben ihm, rauchte eine Zigarre, wie immer, wenn er eine Pause einlegte. »Was tun Sie hier?«, raunte er. »Ist Ihnen das Leben als Privatier zu langweilig?«

Grenfeld antwortete nicht. Hilflos sah er hinauf zum Fenster des vierten Stocks, dort, wo er gestern die Fotos von Man Ray bewundert hatte. Fräulein Pollingers exklusiver Fensterplatz würde zukünftig einer anderen Schülerin zufallen.

»Selbstmord«, knurrte Dr. Katz und sah ihn stirnrunzelnd an.

»Nein«, widersprach Grenfeld gereizt. »Das Mädchen hatte das Pech, Zeugin in einem Mordfall zu sein.«

»Sie haben ja recht. Für einen freiwilligen Sprung liegt sie mir zu nah an der Hauswand. Außerdem hatte sich das Fräulein gewehrt: Hämatome am Oberarm, Blutergüsse am Handgelenk. Dort oben hat mit Sicherheit ein Kampf stattgefunden.«

»Mit Sicherheit«, wiederholte Grenfeld mechanisch.

»Ein Selbstmord wäre nicht ganz abwegig. Am Müggelsee haben sich gleich drei von der Sorte hingerichtet. Enttäuschungen … in dem Alter ist man sensibel. Außerdem scheint es in Mode zu kommen, das Leben abzukürzen. Jetzt, wo der Krieg langsam in Vergessenheit gerät, braucht der Tod neue Verbündete. Letzte Woche haben wir einen Transvestiten mit aufgeschnittenen Pulsadern in der Fliederstraße gefunden.«

»Was?«, flüsterte Grenfeld. »Welche Hausnummer?«

»Das Haus neben der Synagoge, Nummer fünfzehn, glaube ich. Aber weshalb fragen Sie?«

»Gibt es Zweifel? Ich meine, war es wirklich Selbstmord?«

»Auf ein Wort, Herr Detektiv«, unterbrach Kanther, sein ehemaliger Kollege. »Kann es sein, dass du der Letzte warst, der die Pollinger lebend gesehen hat?«

Grenfeld schwieg und starrte auf die Strickmütze, deren Rand sich mit schmutzigem Wasser vollgesogen hatte.

»Die Eltern sagten aus, du hättest ihr gedroht. Falls sie nicht ihre Meinung ändert, wird sie sterben.«

»Was sich ja auch bewahrheitet hat, nicht wahr?«, knurrte Grenfeld. »Abgesehen davon, wenn Ihr einen Verdächtigen sucht. Da liegt ein Taxifahrer namens Kaleko in der Charité. Der gesteht alles.«

Dr. Katz lachte amüsiert.

»Was soll das?«, zischte Kanther. »Es ist schon merkwürdig. Wo du auch auftauchst, fallen die Menschen vom Himmel.«

»Ihr hättet es verhindern können«, zischte Grenfeld zurück. »Aber ihr habt nichts unternommen!«

27. Januar 1927, 20 Uhr, Lutherstraße 29

Das Eldorado war nur wenige Schritte vom Viktoria-Luise-Park entfernt. Machowskis Bau lag in der Lutherstraße vis-à-vis des Scala-Varietétheaters. Wie ein Dachs hatte er sich eingegraben, tief im Keller des Gebäudes mit der Nummer neunundzwanzig. Grenfeld wurde von zwei humorlosen Türstehern zum Chef eskortiert. Dessen Büro war voller Insignien des Reichtums, doch der Exkommissar ahnte, dass seine Macht zu bröckeln begann. Man sah es seiner Haltung und seinem Gang an, sogar seinen reich geschmückten Fingern, deren Ringe sich unablässig aneinander rieben. Er vermutete, dass die Ursache der Nervosität mit dem mächtigen Ringverein zusammenhing. Man konnte sich nicht jahrelang ungestraft jeglicher Schutzgeldzahlung verweigern. Vielleicht war es jene Aura des drohenden Niedergangs, die Grenfeld dazu bewog, sich dem Ganoven anzuvertrauen. Im Grunde aber war es Rebellion. Wenn die ehemaligen Kollegen ihn schon nicht ernst nahmen, dann vielleicht die Unterwelt. Machowski hörte zu, zündete sich eine Havanna an und soff dabei einen Whiskey nach dem anderen. Seine Finger spielten mit einem vergoldeten Briefbeschwerer in Form eines Skarabäus. Unablässig suchte er eine geeignete Sitzposition, Grenfeld ahnte, dass es die Wirbelsäule war, die ihm Probleme bereitete. Stuhl und Schreibtisch waren nicht für einen Mann seiner Statur konstruiert. Als Grenfeld seinen Bericht beendet hatte, zeigte sich auf dem Gesicht des großen Mannes ein schiefes Grinsen.

»Und jetzt?«, fragte er.

»Ich will nicht, dass noch mehr Menschen aus dem fünften Stock fallen.«

»Verständlich, zumal Sie vielleicht der Nächste sind. Was wollen Sie von mir?«

»Die Wahrheit. Was ist zum Beispiel mit Franzi passiert?«

»Selbstmord.«

»Das glauben Sie doch selbst nicht.«

»Natürlich nicht. Alle, die auch nur im Entferntesten mit dem Unfall von Ilja Sokolow in Berührung kommen, sterben wie die Fliegen.«

»Helfen Sie mir! Vielleicht ist die Seiltänzerin das nächste Opfer.«

»Wissen Sie, Herr Grenfeld, ich war im Zirkus Sternheim. Ich hab mir eine Vorstellung angesehen. Der Engel auf dem Seil, die aufsteigende Rakete, der Gang zum Mond auf dem Funkturm, die funkelnden Sterne am Himmel, die eiskalte Nacht – großartig. Dagegen ist der künstliche Himmel im Wintergarten ein billiger Abklatsch. Ich muss zugeben, ich hab gefroren, wie die anderen tausend Zuschauer auch. Aber keiner hat gejammert, sich beschwert oder auch nur ein Wort darüber verloren. *Das* ist wahre Kunst: Die Leute vergessen ihre billigen Wehwehchen und staunen. Chapeau! Und dann behaupten Sie, dass jemand die Artistin entführt hat? Was für ein Schwein! Natürlich werde ich alles tun, was in meiner Macht steht, und das ist noch immer nicht wenig, also kurz gesagt, ich werde Himmel und Erde in Bewegung setzen, um den kaukasischen Engel zu finden.«

Grenfeld rätselte, ob Machowskis vollmundiges Versprechen nicht durch den Grad seiner Betrunkenheit an Glaubwürdigkeit verlor.

»Ich weiß, was Sie denken. Machen Sie mir nichts vor. Sie bemitleiden mich. Doch wissen Sie, das letzte Wort ist in dieser Stadt noch nicht gesprochen. Aber was rede ich? Das interessiert Sie ja überhaupt nicht, Herr Kommissar. Ich darf Sie doch so nennen? Für mich sind Sie kein Detektiv, denn Detektive sind Lakaien des Mammons. Sie aber folgen einer inneren Stimme. Und glauben Sie nicht, dass ich so etwas nicht kenne. Damals, als ich zu Ihnen gekommen war, in den vierten Stock, in Ihr staubiges Atelier mit dem Raben auf der Balkonbrüstung und der hübschen Olja. Auch da bin ich einer inneren Stimme gefolgt.«

»Machowski, bitte!«

»Also, ich werde Ihnen eine Antwort geben, die Ihrer vollkommenen Aufrichtigkeit gerecht wird. Und Sie werden sich wundern, Herr Grenfeld, was ich zu sagen habe.« Machowski füllte sein Glas nach, verschüttete dabei einen Teil des Whiskeys auf die Tischplatte und zog mit dem Zeigefinger sternförmige Bahnen. »Ilja Sokolow war ein Kunde von mir. Ich hatte ihm Geld geliehen, wenn sein Unternehmen wieder einmal in Not war. So ein Zirkus ist ja ein offenes Grab, eine Geldvernichtungsmaschine.«

»Und das erzählten Sie mir jetzt?«, sagte Grenfeld fassungslos.

»Ein wenig Geduld, Herr Kommissar. Am elften Januar hatte er mich im Hotel Äquator aufgesucht. Nur – und das kommt sehr selten vor – wollte er kein Geld leihen, sondern seine Schulden begleichen, mitsamt der aufgelaufenen Zinsen. Er wollte mir aber partout nicht verraten, woher der unerwartete Geldsegen stammte.«

»Und Sternheim?«

»Ich vermute, dass der Alte von seinen Geschäften keine Ahnung hatte.«

»Ihr Portier im Äquator wusste davon?«

»Max? Sicher, er war neugierig und geschwätzig. Er hat es Franzi erzählt.«

»Deshalb hatten Sie Franzi ins Eldorado geholt. Er sollte den Mund halten.«

Machowski nickte. »Wenn die Kripo Wind davon bekommen hätte, dass Ilja bei mir Schulden hatte, dann wäre ich sofort auf die Liste der Verdächtigen geraten.«

Grenfeld sah auf den Skarabäus und hatte nicht die geringste Ahnung, ob er dem Mann glauben sollte. »Und warum erzählen Sie mir das jetzt?«

»Wissen Sie, Herr Grenfeld, ich bin kein Mann des Intellekts. Ich gebe zu, in meinem Leben nur drei Bücher gelesen zu haben: *Ruf der Wildnis*, *Seewolf* und *Wolfsblut*. Alle von Jack London. Ich bin ein Mann der Nase. Eine Zeit lang umgab Sie der scharfe Geruch des Kriminalers, doch jetzt riechen Sie, wie soll ich sagen, *wie ein Mensch*.«

Grenfeld legte Charlotte Pollingers Fotografien nacheinander auf den Schreibtisch und wartete auf Machowskis Reaktion.

»Der nackte Körper einer jungen Frau. Kunst oder Pornografie?«

»Das Bild daneben«, brummte Grenfeld ungeduldig.

»Das Mordauto?«, fragte Machowski und nahm das Foto in die Hand.

»Kalekos Taxi.«

Machowski nickte anerkennend. »Dann war es ja richtig, dass ich der Polizei einen Tipp gegeben habe, wo sich der Kerl versteckt hält.«

»Sie waren das?«, rief Grenfeld.

Machowski grinste. »Ich hatte dem Kerl von dem Tunnel erzählt. Ich war mir sicher, dass er sich über kurz oder lang dort verstecken würde. Im Übrigen führt auch ein Gang direkt in den Keller des Equitable-Palasts. Haben Sie das gewusst? Ihr Laufbursche Jonny, der weiß so was.« Der Chef des Eldorado erhob sich. »Ich sehe es Ihnen an. Sie zweifeln an der Schuld dieses armen Schluckers. Habe ich recht? Das ist im Übrigen auch meine Meinung. Deswegen musste er beschützt werden. Und wo ist es sicherer, als im Untersuchungsgefängnis von Moabit?«

Grenfeld bereute es, Machowskis Macht unterschätzt zu haben. Der große Mann wankte zum Schrank, öffnete eine Schublade, zog ein Notizbuch heraus und warf es auf den Tisch. »Das gehörte Ilja Sokolow. Bevor mein unglücklicher Portier Max das Zeitliche gesegnet hatte, hatte er es offenbar dem Toten entwendet und bei Franzi deponiert.«

Grenfeld nahm das kleine, in Kalbsleder gebundene Buch und blätterte darin.

»Sehen Sie, Herr Kommissar. Ich hatte ja geglaubt, die Ringvereine wollten mich aus dem Verkehr ziehen, indem sie mir die Morde anhängen.«

»Und? Was glauben Sie jetzt?«

Machowski schlug mit der Faust auf den Tisch. »Das ist nicht deren Stil. Ich kann Ihnen aber zeigen, was interessant ist.« Machowski nahm ihm das Buch aus der Hand. »Vier einsame Telefonnummern ohne weitere Angaben. Weder Namen, noch Adressen.«

»Ich nehme an, Sie haben nachgeforscht?«

»Natürlich. Der erste Anschluss gehört einem Bernhard Schoener, Berliner Korrespondent des Manchester Guardian.«

»Kontakte zu Journalisten dürften für Ilja Sokolow nicht ungewöhnlich gewesen sein. Schließlich hatte er sich um die Werbung gekümmert.«

»Die zweite Nummer führt zu einem Mr. Melville, Korrespondent der Westminster Gazette. Die dritte zur russischen Botschaft und die vierte direkt in die Bendlerstraße, zum Reichswehrministerium. Sind die auch für Werbung zuständig?«

Grenfeld zuckte ratlos mit den Schultern.

»Was wissen Sie eigentlich über Herrn Sokolow? Zu wenig, nehme ich an.«

»Viel zu wenig.«

»Sehen Sie, das wundert mich, Herr Grenfeld. Das wäre doch das Erste, worin ich mich verbeißen würde.«

»Sie vergessen etwas. Ich bin nicht mehr bei der Polizei.«

»Umso besser. Ich hätte diesem Sternheim schon lange seinen Zirkuswagen unter seinem Arsch gestohlen und dessen Inhalt durch ein feinporiges Sieb geschüttet. Und wenn er sich geziert hätte, dann hätten meine Leute dessen fragile Wagenburg abgefackelt. So macht man das – in meinen Kreisen.«

Machowski zog eine neun Millimeter Parabellum aus der Schublade und knallte sie auf den Tisch. »Si vis pacem, para bellum.«

»Wie bitte?«

»Wenn du den Frieden willst, bereite den Krieg vor.«

»Sehr geistreich.«

»Nehmen Sie schon. Wer weiß, mit welchen Leuten Sie es noch zu tun kriegen. Vorausgesetzt, Sie geben nicht auf.«

Grenfeld zögerte, dann steckte er die Pistole ein.

Machowski grinste. »*Sie* geben nicht auf, das wusste ich. *Sie* wühlen sich durch diesen Fall wie eine Kanalratte durch ein verstopftes Rohr.« Der große Mann erhob sich schwerfällig und kündigte das Ende der Audienz an. »Und jetzt? Jetzt überlegen Sie, ob man dem alten Machowski trauen kann. Nicht wahr? So denken Sie doch?« Er lachte laut. »Na, dann zermartern Sie sich mal den Kopf.«

Er begleitete den Exkommissar ins Lokal. Dann packte er ihn plötzlich an der Schulter. »Noch was, Grenfeld. Es soll bald ein neues Gesetz zur Bekämpfung von Geschlechtskrankheiten kommen. Könnten Sie mir da nicht für unsere Damen amtliche Bestätigungen besorgen, die passenden Formulare mit dem richtigen Stempel? Nicht dass ich mich dem Fortschritt verweigern möchte, nur vertrauen wir unserem eigenen Doktor mehr als einem Schnösel vom Amt.«

Und jetzt wusste er, dass Machowskis Alkoholpegel durchaus im Rahmen des Üblichen lag und dass er einiges, was er eben gehört hatte, tatsächlich für bare Münze würde nehmen können. Wenn der große Mann nüchtern genug war, um das ewige Gesetz des Geben und Nehmen einzufordern, dann war er auch nüchtern für all die anderen Offenbarungen, die er vor keinem Untersuchungsrichter der Welt wiederholen würde. Grenfeld setzte sich an die äußerste Ecke der Theke und bestellte einen Whiskey. Der Barkeeper mit Eton-Haarschnitt war so fettleibig, dass es schwerfiel, sein Geschlecht zu bestimmen. Noch war im Eldorado wenig los. Neugierige Touristen, die einen Abstecher in das geheimnisvoll verruchte Berlin wagen wollten, waren ebenso abwesend wie die sonst üblichen Gesellschaftslöwen und Transvestiten. An der

Decke Girlandengewirr, auf den Tischen mit Gas befüllte Luftballons um die Hälse von Sektflaschen gebunden, an den Wänden Freskos nackter Gestalten. Ein Plakat vom letzten Jahr versprach die Prämierung des schönsten Kostüms: erster Preis war ein lebendiger Affe, der zweite ein Papagei. Grenfeld sah sich selbst im Spiegel am Tresen sitzen und mochte sein Spiegelbild nicht. Sein Gesicht war blass, verschwitzt und bislang nicht entdeckte Falten hatten sich tief in seine Stirn gegraben. Im Hintergrund malträtierte ein Schlagzeuger eine Trommel mit der Aufschrift *Bernd Robert Rhythmics*. Erst jetzt bemerkte er, wie er eine Zigarettenschachtel der Marke Perle Rot zerdrückt hatte. Er fegte sie vom Tisch, holte das Notizbuch hervor, fragte nach einem Telefon und wurde in eine Kabine nach hinten verwiesen. Bei der ersten Nummer hatte er Glück. Es meldete sich ein Herr Schoener. Er musste improvisieren, hatte sich keine Gedanken gemacht, wie er das Gespräch beginnen sollte.

»Ich habe eine Nachricht für Sie«, sagte er und wartete.

»Wer sind Sie?«

»Ich bin Privatdetektiv und an das Material eines Herrn gekommen, den Sie kennen sollten.«

»Und wer soll das sein?«

»Ilja Sokolow.«

Am anderen Ende der Leitung wurde es still. Grenfeld glaubte, die Leitung wäre unterbrochen worden.

»Und Ihr Name?«

»Wir sollten uns treffen. In der Hardenbergstraße vor dem Café Corso.«

»Warum kann Herr Sokolow nicht selbst kommen?«

»Sie würden ihn nicht wiedererkennen. Er ist, sagen wir, deformiert.«

Grenfeld konnte am andern Ende das Aussetzen des Atmens hören.

»Wann?«

»Morgen 20 Uhr.«

»Nein, morgen bin ich in London. In zwei Stunden werde ich bei Ihnen sein.«

Grenfeld hängte ein. Zu den drei anderen Nummern konnte das Fräulein vom Amt weder eine Verbindung herstellen noch ihm mitteilen, wem die Anschlüsse gehörten. Er fragte sich, wie Machowski die Inhaber herausgefunden hatte. Zurück am Tresen stellte er mit Genugtuung fest, dass der Barkeeper sein Glas nachgefüllt hatte. Sicher eine großzügige Geste des Chefs. Er trank in einem Zug leer. Als er aufbrechen wollte, entdeckte er Olja in Gesellschaft junger Leute, die fröhlich hereinstürmten und die Tanzfläche eroberten. Grenfeld blieb sitzen, fasziniert von der Ausgelassenheit und Lebensfreude. Männer tanzten mit Männern, Frauen mit Frauen, aber wer konnte das hier schon so genau wissen. Der Ober schenkte noch einmal nach und Grenfeld spürte, wie die warme Schwere des Alkohols ihn auf den Barhocker drückte. Er zwang sich aufzustehen, als ihm jemand auf die Schulter klopfte. Es war Olja.

»Robert? Ich habe dich überall gesucht. Was machst du hier?«

»Ich mach mir einen netten Abend.«

»Im Eldorado? Allein? Unsinn! Sag nicht, du warst bei Machowski?«

Grenfeld nickte.

»Du wirst ihm doch wohl nicht trauen?«

»Hör mir zu, die Sache kommt endlich in Bewegung! Machowski …«

»Komm mit. Ich versteh hier kein Wort« schrie sie, holte ihren Mantel und zog Grenfeld nach draußen. Sie liefen die Motzstraße entlang zum Viktoria-Luise-Platz und während er ihr berichtete, was passiert war, wunderte er sich, warum sie ihn mit keinem Wort unterbrach. Erst als sie am Portal der Schule standen, vor dem noch vor wenigen Stunden der Leichnam Charlotte Pollingers lag, flüsterte sie: »Franzi! Mein Gott, das ist ja entsetzlich, und die Fotografin!« Sie nahm seine Hand. »Ich hab so Angst um Jonny. Er war heute im Büro, um dir seinen Bericht abliefern.«

»Welchen Bericht?«

»Drei Seiten, mit meiner Schreibmaschine getippt. Er hat sich solche Mühe gegeben.«

»Wer soll das lesen? Schlimmer als im Präsidium.«

Olja lachte schrill und zog ihre Hand zurück. »Du interessierst dich weder für Jonny noch für die verschwundene Seiltänzerin!« Ihre Stimme hallte über den Platz.

»Ich habe keine Ahnung, worauf du hinauswillst.«

»Du interessierst dich nur für die Toten. Alles andere ist dir gleichgültig. Hast du nicht bemerkt, dass der Junge dich verehrt? Dir nacheifert? Er würde alles für dich tun.«

»Ich will nicht, dass mir jemand nacheifert!«

Olja packte ihn am Arm und schüttelte ihn. »Menschenskind, du stinkst nach Alkohol wie früher.«

»Eben, wer soll mir da nacheifern?«

»Du stocherst in etwas herum, Robert Grenfeld. In einer schwarzen giftigen Brühe, sie frisst dich auf. Lass es! Kümmere dich um die Lebenden! Um Helen zum Beispiel.«

»Was ist mit ihr?«

»Sie hat im Büro übernachtet, hatte gehofft, dass du sie dort suchst.«

»Komische Idee. Helen war noch nie im Atelier.«

»Geh zu ihr.«

»Jetzt nicht. Ich muss mich mit dem Journalisten treffen.«

»Warum *muss*? Wer hat dich dazu beauftragt?«

»Die Toten, aber das verstehst du nicht.«

»Du hast doch keine Ahnung, was dich dort erwartet. Vielleicht ist es eine Falle? Wie kommst du überhaupt dazu, Machowski zu glauben?«

»Der Geruch. Meine Nase sagt mir, dass er nicht lügt.«

Olja schüttelte den Kopf. »Mein Gott, jetzt redest du schon wie er.«

27. Januar 1927, 23 Uhr,
Hardenbergstraße 27a

Grenfeld war pünktlich, trotz seines Abstechers zum Hotel Russischer Hof in der Georgenstraße. Dort, in der Geschäftsstelle des Vereins der Ausländischen Presse zu Berlin, hatte noch Licht gebrannt. Ein übermüdeter Mitarbeiter hatte die Mitgliederkartei sorgfältig wie ergebnislos nach einem Herrn Schoener durchsucht.

Jetzt parkte er seinen Wagen direkt vor dem Äquator und lief die fünfzig Meter zum Café Corso. Unwillkürlich verglich er die heutige Nacht mit jener, in der Ilja Sokolow überrollt worden war. Es war genauso kalt, aber im Gegensatz zum elften Januar sah der Ufa-Palast heute wie eine verlassene Burg aus. Durch die vorbeiziehenden Wolken hindurch schimmerte das Mondlicht und spiegelte sich in den Pfützen des Asphalts. Ein weggeworfenes Programmheft des Films *Eine Dubarry von heute* zierte jenen Ort, wo Iljas Leiche gelegen hatte. Grenfeld erinnerte sich, wie er vor Jahren mit Helen im Ufa-Palast Pola Negri als Madame Dubarry gesehen hatte. Mit einem Mal überkam ihn eine Welle der Wut und Unzufriedenheit. Ärgerlich hob er das schmutzige Programmheft auf, unschlüssig, was er damit tun sollte. Er blickte sich um. Der Gehweg war menschenleer. Er ging einige Schritte in Richtung Gedächtniskirche und blieb dort stehen, von wo aus Charlotte Pollinger fotografiert haben musste. Drei Menschen, deren Wege am elften Januar diesen Platz gekreuzt hatten, mussten ihr Leben lassen. Wütend schmiss er das nasse Programmheft in den Rinnstein. Auf dem Dach des Hotels flackerte der Buchstabe R, als wäre sein letztes Stündchen gekommen. Dann fiel ihm eine Pullman-Limousine vor dem Ufa-Palast auf, dessen Scheinwerfer bei laufendem Motor brannten. Er überquerte die nasse Fahrbahn und eilte auf die Frontseite des Wagens zu. Am Steuer eines Horch 303 saß eine Frau, die im Licht der Straßenlaterne aussah, als wäre sie einem Ufa-Film entsprungen: Die blonden Locken verdeckten einen Teil ihres Gesichts, der Mund kirschrot geschminkt, die Augen mit schwarzem Lidschatten. Kurzum: Lilian Harvey in *Leidenschaft*, wenn man einige Jährchen addierte. Sie deutete auf den Rücksitz und Grenfeld öffnete die Tür.

»Setzen Sie sich«, sagte sie, doch für eine Einladung fehlte dem Satz eine gewisse Wärme. Grenfeld ließ sich auf den lederbezogenen Rücksitz nieder. Der Achtzylinder war nagelneu, eine Sensation auf der Automobilausstellung letztes Jahr.

»Bitte gedulden Sie sich einen Augenblick«, sagte die Stimme nun etwas sanfter, und Grenfeld fragte sich, ob er auf eine neue, luxuriöse Form der Prostitution hereingefallen war. Angestrengt beobachtete er den gegenüberliegenden Gehweg vor dem Corso. Dann ging alles sehr schnell. Ein Mann um die dreißig stieg ein und die Schöne gab Gas.

»Was ist mit Sokolow passiert?«, fragte der Beifahrer, ohne nach hinten zu blicken.

Grenfeld berührte mit seiner rechten Hand den Griff von Machowskis Waffe. Der Wagen wendete und fuhr in Richtung Gedächtniskirche. »Wie wäre es, wenn wir uns vorstellen? Das erleichtert so ein Gespräch ungemein.«

»Nein«, erwiderte der Beifahrer und blickte flüchtig nach hinten. »Wir tauschen uns aus, wie beim Pingpong. Namen spielen keine Rolle.«

»Halten Sie vor dem Romanischen Café und lassen mich aussteigen. Wir reden nach meinen Regeln oder überhaupt nicht.« Grenfeld wunderte sich, wie sicher seine Stimme klang, obwohl er aufgewühlt war.

»Machen Sie den Anfang«, schlug die Frau am Steuer vor. Im Rückspiegel bemerkte er ihre langen Wimpern. Er stellte sich vor, wie sie lächelte, doch er ahnte, dass sie es nicht tat. »Meinetwegen. Grenfeld mein Name, Privatdetektiv und jetzt Sie.«

Das Paar sah sich kurz an, als wollten sie sich auf einen gemeinsamen Grad der Geheimhaltung verständigen.

»Bernard Schoener vom Manchester Guardian. Ich bin Deutschlandkorrespondent und das ist meine Frau. Was ist mit Sokolow passiert?«

»Im Verein der Ausländischen Presse zu Berlin sind Sie unbekannt.«

»Das ist kein Wunder. Ich bin nicht Mitglied. Ich arbeite als freier Journalist für mehrere Blätter. Also: Was ist geschehen?«

»Er wurde überfahren, absichtlich. Ich bin allerdings der Einzige in der Stadt, den das wirklich interessiert.«

»Ich welchem Verhältnis standen Sie zu ihm?«

»Nach den Regeln des Pingpong sind Sie am Zug.«

»Warten Sie bitte«, sagte die Fahrerin und hielt kurz vor dem Wittenbergplatz an. Sie stieg aus und verschwand in einer Bar.

»Was soll das?«, fragte Grenfeld.

»Es tut mir leid. Sie überprüft Ihre Aussage.«

Es dauerte fast fünf Minuten, bis die junge Frau wieder ihren Platz im Wagen eingenommen hatte. Sie nickte dem Beifahrer zu. »Herr Sokolow hatte Geld von uns bekommen, eine Menge Geld. Er sollte uns etwas liefern, doch wir haben es bis zum heutigen Tag nicht erhalten.«

»Ich nehme an, es geht nicht um gestohlene Kunst?«

Der Beifahrer schüttelte den Kopf. »Sagen wir, er war im Besitz brisanter Mitteilungen von internationalem Interesse. Wie weit sind Sie mit Ihren Ermittlungen? Wer hat ihn getötet?«

»Was für Mitteilungen? Geht es um Spionage?«

»Sie sind an der Reihe!«

»Ein Taxifahrer ist verhaftet worden. Er hat die Tat gestanden, behauptet aber, erpresst worden zu sein. Also, welche Mitteilung war Ihrem Blatt so viel Geld wert?«

»Nachrichtendienstliche Informationen. Aber ich denke, Sie müssen sich jetzt entscheiden. Wenn Sie weiter mit uns sprechen, werden Sie Dinge erfahren, die Sie und Ihre Umgebung in Gefahr bringen. Ganz sicher kommen Sie mit dem Gesetz in Konflikt. Das Einzige, was für Sie am Ende vielleicht herausspringt, ist eine Antwort.«

»Warum Ilja Sokolow sterben musste?«

»Ich frage mich, wie viel Ihnen das wert ist, wenn Sie im Gefängnis sitzen.«

Grenfeld sah aus dem Fenster. Nur wenige Nachtschwärmer waren bei dem Wetter auf der Tauentzien unterwegs. Er dachte an Olja, die ihm vor wenigen Stunden vorgeworfen hatte, ein Egoist zu sein. Er dachte an Helen, die er erneut versetzt hatte, und er dachte an Jonny und an Amina. So nah war er seinem Ziel gekommen und jetzt zweifelte er, ob der Preis der Erkenntnis nicht zu hoch war.

»Wir gehören weder der Politischen Polizei noch einem Geheimdienst an, wir arbeiten für ein liberales britisches Blatt. Wir können Sie nicht beschützen. Wir haben nicht einmal ein Budget, um Sie ermitteln zu lassen. Eine Unsumme von Geld ist an Sokolow geflossen und wir stehen mächtig unter Druck.«

»Fahren Sie mich zurück«, entschied Grenfeld plötzlich. Die Frau nickte und zum ersten Mal schien auch sie sich zu entspannen. Als er aus dem Horch stieg und seine Schuhe den Asphalt der Hardenbergstraße berührten, blickte er irritiert auf die Leuchtbuchstaben des Äquator. Das R hatte endgültig aufgehört zu flackern. Er überquerte den Fahrdamm und als er seinen Wagen erreichte, überkam ihn ein Gefühl der Leere. Er ließ den Motor an und der Sechszylinder schien von allein den Weg in die Douglasstraße zu finden. In Helens Arbeitszimmer brannte noch Licht. Er schloss leise die Türe auf, zog die Schuhe aus und schlich die Treppe nach oben. Im Türspalt konnte er sie zeichnen sehen. Ihr Schreibtisch war mit Skizzen übersät. Er wünschte sich so sehr, von ihr in den Arm genommen zu werden.

27. Januar 1927, 23 Uhr, Zirkus Sternheim

Der Alte hatte den ganzen Abend über den Büchern gesessen. Die Summen der Zahlenkolonnen sahen alarmierend aus. Jeder Tag, den sie unter dem Funkturm gastierten, brachte ihnen Verluste. Die Sokolows taten ihr Bestes, doch das Publikum wollte den kaukasischen Engel sehen, Iljas Vermächtnis. In fünf Tagen begann auf dem Messegelände die Grüne Woche. Spätestens dann würden sie Berlin den Rücken kehren. Jetzt stand Carl Sternheim vor seinem Lieblingsplatz, dem Käfig des bengalischen Tigers Rangi und fragte sich, wie oft er noch in dessen Augen Kraft und Weisheit tanken durfte. Sternheim hatte nicht vergessen, warum seine Nummer Abend für Abend glückte. Vor einem Jahr hatte er ernsthaft gezweifelt, dass es die Hypnose war, welche die außerordentlichen Kräfte beim Publikum freisetzte. Er hatte Versuchspersonen in die Augen eines Hundes starren lassen. Dann hatte er es mit Bären und Löwen versucht. Der ganze Zirkus war in Aufruhr gewesen, als sich nichts tat. Die Freiwilligen hatten kein Gramm mehr heben können als zuvor. Nur mit Rangi gelang Abend für Abend das Experiment.

Heute jedoch lief das Tier unruhig im Käfig hin und her. Sternheim löschte alle Lichtquellen, um es zu beruhigen. Er setzte sich auf ein Podest und studierte das Streifenmuster des Tigers. Er musste eingenickt sein, denn als er aufwachte, spürte er etwas Kaltes an seiner Kehle. Er blickte nach unten und bemerkte im rechten Augenwinkel den verzierten Griff eines Dolchs. Obwohl er sich nur minimal bewegte, fühlte er, wie die Klinge seine Haut wie Butter durchdrang und sich sein warmes Blut einen Weg hinunter in das offene Hemd bahnte. Sternheim erstarrte, spürte Panik in sich hochsteigen. Er wollte schlucken, doch er hatte furchtbare Angst, sich zu bewegen. Die Stille war kaum auszuhalten, nur die Zeltplane flatterte im aufkommenden Wind und die Stangen und Haltepfähle ächzten. »Sie gehört dir«, flüsterte er in gebrochenem Russisch, den Kopf starr auf den Tigerkäfig gerichtet. Sternheim spürte den Körper des Mannes hinter sich, der, obwohl so nah, keine Wärme auszustrahlen schien. Jeder Atemzug war von einem Rasseln begleitet. Er ahnte, dass der Mann geschwächt war, sah wie die Hand, die den verzierten Griff des Dolchs umklammert hielt, zitterte.

»Weshalb?«

Sternheim überlegte gut, welche Worte er wählte. »Eine schwere Schuld«, flüsterte er. »Es war ein Fehler, sie dir nicht zu übergeben.« Der Alte suchte fieberhaft nach den richtigen Vokabeln. Sein Russisch war dürftig, gerade recht, um den Arbeitern Anweisungen zu erteilen. Doch nun ahnte er, dass sein Leben von jeder Silbe abhing. »Hast du gesehen, wie sie auf dem Seil geht? Ein Wunder! Die Menschen lieben sie.«

»Weshalb?«, wiederholte der Mann hinter ihm.

»*Engelsflug* ist ein Manegenspiel. Es zeigt den Mut und die Kraft eines Mädchens aus den Bergvölkern. Vor vielen Jahren …«

»Wo ist sie?«, unterbrach die Stimme.

»Gib mir Zeit«, sagte er. »Wir reisen in drei Tagen ab. Bis dahin werde ich sie finden. Ich hab einen Detektiv beauftragt, einen ehemaligen Kommissar. Er ist gut. Er wird Erfolg haben. Ein Straßenjunge hilft ihm dabei.«

Sternheim konnte sich später nicht mehr erinnern, was er alles ausgeplappert hatte. Wie einst die Scheherazade in Tausendundeiner Nacht hatte er so lange geredet, bis der Dolch von seinem Hals gelöst wurde. Lange wagte er es nicht, sich umzudrehen, selbst als er sicher war, dass der Mann das Zelt verlassen hatte.

27. Januar 1927, 23:30 Uhr, vor dem Schlesischen Tor

Jonny kletterte auf die Mauer der ehemaligen Landmaschinenfabrik von Carl Beermann, die längst der Allgemeinen Berliner Omnibus AG gehörte. Er hatte die Pforte gemieden und sich vom Ufer aus dem Fabrikgelände genähert. Das Wasser der Spree glitzerte im Mondlicht und am anderen Ufer lagen die Schlepper und Lastkähne wie gestrandete Wale vor der Silhouette des Osthafens. Er drehte sich um und sah die schwarzen Turmspitzen der Oberbaumbrücke. Im Innenhof leuchteten die blauen Blechdächer der Zirkuswägen, die eng aneinandergereiht jeden Zentimeter des Hinterhofes ausfüllten. Dahinter standen die Doppeldeckerbusse der ABOG. Durch die runden Fenster der Gießerei schimmerte Licht. Ein lang gezogenes Gebäude mit Scheddach lag im Dunkeln. Hier also hatte Arthur Sternheim sein Winterquartier bezogen. Er schleuderte einen Kieselstein auf eine Blechtonne, wartete, ob ein Hund anschlug. Seine Stirn fühlte sich heiß an, doch er wusste, dass es kein Fieber, sondern die Erregung war. Ein berauschendes, noch nie erlebtes Glücksgefühl trieb ihn vorwärts. Eigenständig, ohne fremde Hilfe, würde er seinen Auftrag erfolgreich zu Ende führen und das Mädchen befreien. Er hätte jubeln können, denn er würde dem Kommissar und Olja beweisen, was in seinem androgynen Körper steckte: Kraft und Feinfühligkeit, Stärke und Sanftheit, Mut und Vorsicht zugleich. Er sprang in die Tiefe, kam heil auf den Steinplatten auf und flüchtete sofort in den Schatten. Dann tastete er sich an der Backsteinmauer entlang bis zum Tor der großen Halle, wo er durch einen schmalen Spalt ins Innere schlüpfte. In der Mitte lagen Zeltbahnen auf dem Boden, daneben ordentlich aufgereiht: Stangen, Seile, Hacken, Werkzeuge, dahinter Sitzreihen und Scheinwerfer. Jetzt erst merkte Jonny den Grund für die Wärme. In einem der Schmelzöfen brannte Feuer. Vorsichtig schlich er eine schmale Eisentreppe nach oben, vorbei an den einstigen Büros und Lagerräumen zur Galerie, wo auf Heuballen zwei schnarchende Arbeiter lagen. Im dritten Obergeschoss war offenbar ein provisorisches Büro eingerichtet. An der Wand hing eine Karte mit den geplanten Spielorten des Zirkus Armand. Als er auf den Schreibtisch sah, erschrak er. Dort lagen Plakatentwürfe: Amina als Hochseilartistin mit einer Ausgleichsstange hoch über der Spree. Arthur Sternheim hatte offenbar die Gelegenheit beim Schopf gepackt. Hastig verließ er die Gießerei und überquerte den Hof zur Scheddachhalle. Als er das Eisentor aufschob, empfing ihn ein scharfer Tiergeruch. Hier also ließ Sternheim seine Dickhäuter überwintern. Vorsichtig durchschritt er die Halle, fasziniert von den großen Tieren, und entdeckte am Ende auf einem Stapel Heuballen einen verlassenen Schlafplatz. Das Kissen war mit einem Blumenmuster überzogen. Als er sich umdrehte, stand sie vor ihm. Ihr Gesicht drückte Misstrauen und Angst zugleich aus. Mit zusammengekniffenen Augen starrte sie ihn an, die linke Hand zu einer Faust geballt, die rechte einen langen Stock umklammernd. Ihr Körper war angespannt, bereit zum Kampf und zur Flucht. Im Tagtraum hatte er die Szene viele Male durchlebt, hatte sich ausgemalt, wie er das kaukasische Mädchen retten würde. Jetzt begriff er, wie unsinnig sein Plan war. Amina war viel größer, als er es sich vorgestellt hatte. Jemand, der fast sein Alter besaß, konnte man nicht einfach mitnehmen. Ihre Arme und Beine waren die einer Hochseilartistin: kräftig und muskulös. Sie schien seine Unsicherheit zu spüren und ließ den Stock ein wenig sinken. Aus seinem Rucksack holte er eine Sarotti-Schokolade und legte sie auf den Boden. Ein Friedensangebot, mehr hatte er nicht zu bieten. Doch erst als er seine Kassierermütze mit dem Schriftzug *Zirkus Sternheim* aufsetzte, entspannten sich ihre Gesichtszüge.

»Kommt mit«, sagte er unbeholfen. »Du musst nicht zurück zum Zirkus. Bei mir kannst du in Ruhe überlegen, was du willst. Der Schwarze Haufen hat recht. Du gehörst niemandem. Du gehörst nur dir selbst.« Während des Sprechens begriff er, wie sinnlos es war, in deutscher Sprache auf sie einzureden. Sein letzter Trumpf waren die Karten. Er legte die Touristenkarte von Berlin auf den Boden, breitete sie aus, nahm einen Buntstift aus dem Rucksack und zeichnete ihren Standort sowie jenen von Carl Sternheim ein. Er deutete auf den Funkturm. Dann markierte er den Equitable-Palast und zeigte auf sich selbst. Amina trat einen Schritt näher und musterte die Karte. Sie ließ den Stock auf Kniehöhe sinken. Hektisch breitete er die Weltkarte aus. Baku, Leningrad, Konstantinopel und Berlin hatte er rot umrandet. Aminas Augen weiteten sich. Sie legte den Stock beiseite und ging in die Hocke. Lange starrte sie auf die Karte. Dann streckte sie ihren Zeigefinger aus und umkreiste eine Stadt namens Machatschkala an der Küste des Kaspischen Meers. »Petrowsk«, murmelte sie und ließ sogleich ihre Hand über die mächtigen Gebirgsketten im Landesinneren schweben. Als ihr Finger genau in der Mitte der kaukasischen Berge landete, dort, wo weder eine Stadt noch Straßen mehr verzeichnet waren, blickte sie auf und flüsterte: »Zowkra.« Jonny wiederholte den Namen ihres Dorfes wie ein Zauberwort. Auf einmal hörten sie, wie das Eisentor aufgeschoben wurde. Hektisch stopfte er die Sachen zurück in den Rucksack. Er sah zu Amina auf, zweifelnd, ob sie ihm folgen würde. Dann rannte er in den dunklen Teil der Halle. Er kletterte eine Sprossenleiter nach oben zur Fahrerkabine eines Krans und wartete. Die Dickhäuter wurden unruhig. Er hörte ihre Fußketten auf dem Steinboden klirren, ein Schnauben und Röcheln, dazwischen Schritte. Durch das Kabinenfenster konnte er Arthur Sternheim beobachten, wie er die Reihe der Elefanten abschritt, als inspiziere ein General seine Truppe. Plötzlich tauchte Amina auf und kroch in die Kabine. Während sie am Boden kauerten, betrachtete er ihre Zöpfe und dachte an sein Äffchen. Watson würde sie mögen. Es dauerte lange, bis sie sicher waren, dass Sternheim weg war. Unbehelligt schlichen sie durch die Halle zum Ausgang. Als sie das Tor aufschoben, sahen sie ihn über den Hof laufen. Auf einmal drehte er sich um und sie rannten los. Sie hörten sein Gebrüll und seine Schritte auf dem Pflaster über den Hof hallen. Ohne sich umzusehen, kletterten sie über die Mauer, folgten dem Spreeufer, liefen die Köpenickerstraße entlang bis zur Leipziger. Er redete ohne Unterlass, erzählte von guten und schlechten Schlafplätzen, von der Wärmehalle am Alex und den Sandkisten, gab Ratschläge zum Überleben. Immer wieder sah er sich um, ob ihnen ein Wagen folgte. Als sie die Friedrichstraße erreichten, zeigt er stolz auf den Equitable-Palast, als wäre es sein Besitz. Dann blickte er hinauf zu Grenfelds Büro und ballte die Faust. Der Auftrag war erledigt, doch das war zweitrangig. Er war dabei, einem Wesen zu helfen, eine freie Entscheidung zu treffen, und er begriff, dass auch er mehr freie Entscheidungen treffen sollte. Langsam bekam er eine Ahnung, wie sich so etwas anfühlte.

KAPITEL 11

28. Januar 1927, 8 Uhr,
Douglasstraße 63

Grenfeld hörte Helens unregelmäßiges Atmen neben sich, ein untrügliches Zeichen, dass sie wach, aber nicht willig war, den noch jungen Tag mit einem Gespräch zu entweihen. Er selbst suchte fieberhaft nach einer Möglichkeit, diesen Freitag ausfallen zu lassen. Zu viele lose Fäden und ein Gefühl des Versagens lauerten auf ihn. Bis tief in die Morgenstunden hatte er ihr berichtet: Der Mann aus Dagestan, Kalekos Verhaftung, der Einbruch bei Dojo, Charlotte Pollingers Leiche, Franzis Tod und die merkwürdige Fahrt mit den beiden Journalisten, die ihm heute so unwirklich vorkam. Helen hatte aufmerksam und schweigend zugehört und nun, einige Stunden später, würde ein Ratschlag kommen. Dessen war er sich sicher.

»Willst du meine Meinung hören?«, fragte sie endlich und fuhr, ohne eine Antwort abzuwarten, fort: »Es ist kein Zufall, dass Ilja Sokolow so oft in Wünsdorf war. Ausgerechnet an einem der wichtigsten Militärstandorte.«

»Schon, aber der Truppenübungsplatz existiert nicht mehr aufgrund des Versailler Vertrags. Das ehemalige Offizierskasino ist jetzt ein Landschulheim. In den Kasernen wohnen Flüchtlinge aus den Ostgebieten.«

Helen richtete sich auf. »Das ist die Oberfläche. Was geschieht darunter?«

Grenfeld seufzte. »Nichts, was nicht seit Jahren bekannt wäre. Vormilitärische Ausbildung unter dem Deckmantel volkssportlicher Betätigung. In der Kaserne am Wasserturm gibt es ein Ausbildungsbataillon. Deswegen bringt man doch keine Menschen um.«

»Was ist mit diesem Dojo?«

»Verdient sich nebenbei etwas mit Kokainhandel, leugnete den Besitz der Fotos – warum auch immer – vielleicht, weil er seinen Kollegen schützen wollte.«

»Ich denke, er hat ihn stark belastet? Was passiert jetzt mit Kaleko?«

»Vom Krankenhaus wird er direkt ins Untersuchungsgefängnis nach Moabit überstellt.«

»Nicht, wenn du ihm helfen kannst.«

»Das kann ich nicht«, erwiderte Grenfeld gereizt. »Charlotte Pollingers Foto wird ihn noch mehr belasten.«

»Was ist mit den Journalisten? Ich verstehe nicht, warum du gekniffen hast.«

Er richtete sich auf. »Wie bitte? Gekniffen?«

»Na ja, so würde ich das bezeichnen.«

»Ich bitte dich. *Du* wolltest doch, dass ich mich aus allem raushalte!«

»Richtig, aber was man anfängt, soll man zu Ende bringen«, sagte Helen und klang dabei wie ihr Vater.

»Ich bin Privatdetektiv. Wir sind beauftragt worden, Amina zu finden, nicht einen Mord aufzuklären. Olja hat recht. Sie mag jung sein, aber sie ist vernünftig.«

Helen schüttelte energisch den Kopf und ging ins Bad.

»*Einmal* möchte ich der Vernunft folgen. Ein einziges Mal! Das ist jetzt modern«, rief Grenfeld ihr nach.

»Ich bin stolz auf dich«, schrie Helen mit ironischem Unterton.

»Ich will weder dich noch den Jungen oder Olja gefährden. Wenn sie eine Schülerin umbringen, dann machen sie auch vor euch nicht Halt.«

»Du folgst deiner Angst«, sagte sie lapidar und er wusste, dass sie recht hatte.

Robert Grenfeld hatte es bis zum Nachmittag erfolgreich geschafft, einen Besuch im Polizeipräsidium zu vermeiden. Dabei hatte er sich vorgenommen, Gennat ein letztes Mal Bericht zu erstatten und ihm das erbeutete Material aus seinem Einbruch bei Dojo zu übergeben. Stattdessen kaufte er sich eine Karte für das Restaurant auf dem Funkturm, hoch über dem Zirkus Sternheim und versuchte sich an einem Aufsatz von Michail Bachtin über die Probleme Dostojewskis. Es war eine unsinnige Übung, die allein dem Zweck diente, einer unangenehmen Befragung aus dem Weg zu gehen. Es war im Pissoir des Turmrestaurants, als ihm etwas Merkwürdiges in den Sinn kam, eine Diskrepanz, die er sich nicht erklären konnte. Im Lebenslauf von Michail Bachtin war als Geburtsjahr der 5. November 1895 angegeben. Bachtin hätte zweiunddreißig Jahre alt sein müssen, doch Dojo, der Taxifahrer, war sicher fünfzig, wenn nicht älter. Grenfeld eilte zu seinem Fensterplatz zurück und nahm sich erneut den Lebenslauf vor. Bestimmte Passagen waren farbig unterstrichen, so als wollte sie jemand auswendig lernen.

»Wozu unterstreicht man seinen eigenen Lebenslauf?«, murmelte er und nahm sich die Briefe vor. Michails Bruder Nicholas hatte einige Jahre der Fremdenlegion in Algerien gedient, bevor er nach Paris übersiedelt war. In einem Brief vom September letzten Jahres bedauerte er, dass Michail nie im Ausland gewesen war. Nach eigenen Aussagen wohnte Dojo zu diesem Zeitpunkt aber bereits seit Jahren in Berlin. Grenfeld lehnte sich zurück und betrachtete durch das Fenster die sternförmig aufgestellten Wagen der Zirkusstadt. Eine Menschentraube umringte das Kassenhäuschen. Er stellte sich vor, wie Jonny mit Watson auf der Schulter Eintrittskarten für die Tierschau verkaufte. Er wollte gerade aufstehen, da stürmte Sternheim herein.

»Eine gut geschliffene Klinge eines kaukasischen Dolchs durchdringt Ihre Haut wie Papier«, sagte er und deutete auf seine Kehle. Blass und eingefallen sah er aus, um den Hals trug er einen dicken Verband. Er bestellte einen Mokka und schwieg bis zum ersten Schluck. »Je mehr Sie sich zwingen, ruhig zu bleiben, desto stärker werden die unwillkürlichen Bewegungen Ihres Körpers.«

»Der Kaukasier«, rief Grenfeld erstaunt.

»Ja, genau der. Zugegeben, ich hatte ihn erwartet. Ich hatte Leute zu meinem Schutz abgestellt. Aber das kümmert so einen Mann nicht. Ein Krieger, wissen Sie. Sein Clan hatte neununddreißig Jahre gegen die Armee des Zaren gekämpft, nur um es anschließend mit den Bolschewiken aufzunehmen.«

»Und warum haben Sie mir das verschwiegen?«

»Seit wir hier sind, ist er immer wieder aufgetaucht. Hatte Ilja mehrmals dazu gedrängt, Amina ziehen zu lassen. Doch Ilja war ein Dickkopf. Wollte unbedingt an der Kleinen festhalten. Er hatte ihm Geld angeboten, doch der Kaukasier ließ sich nicht kaufen. Er wird mich umbringen, falls ich ihm das Mädchen nicht ausliefere.«

»Jonny ist ihr dicht auf den Fersen, ich …«

»Oh, geben Sie sich keine Mühe. Ich weiß, wo *sie* ist!«

»Wie bitte? Sie wissen, wo Amina ist?«, rief Grenfeld ärgerlich.

Sternheim legte eine Plakatrolle auf den Tisch und breitete sie aus. Auf dunkelblauem Grund stand mit leuchtend gelben Buchstaben: CIRCUS ARMAND, ARTHUR STERNHEIM PRÄSENTIERT: DER KAUKASISCHE ENGEL. Darunter eine Zeichnung von Amina, wie sie vor dem Hintergrund der Oberbaumbrücke die Spree auf einem Hochseil überquerte.

»Können Sie sich das vorstellen?«, flüsterte er. »Mein eigener Bruder! *Er* hat sie entführt!« Der alte Mann zerknüllte das Plakat und fegte es vom Tisch.

»Woher haben Sie das?«

»Unser Drucker hat es mir vor einer Stunde gebracht.« Sternheim blickte Grenfeld argwöhnisch an. »Ich weiß, an was Sie denken. Nein, dem Kaukasier kann ich das nicht verraten. Ich werde meinen Bruder nicht ans Messer liefern.«

Jetzt erst bemerkten sie, dass Jonny vor ihnen stand. Er sah aus, als hätte er sich eben geprügelt. Sein Hemd war zerrissen, sein linkes Auge angeschwollen.

»Herr Direktor«, sagte er mit bebender Stimme. »Ich muss Sie unbedingt sprechen.«

Sternheim sah verwundert auf.

»Der Drucker hat sich verplappert. Er hat Ihren Leuten gesteckt, wo sich Amina befindet. Jetzt sind sie losgezogen, um sich zu rächen. Ich hab versucht, sie aufzuhalten, ihnen alles zu erklären. Ihr Bruder hat Mienchen nicht entführt, der Schwarze Haufen hat sie dort untergebracht. Aber sie wollten nicht auf mich hören.«

»*Was* sagst du da?«, schrie Sternheim und packte den Jungen am Arm.

»Der Stallmeister mit seinen Jungs. Die sind mit Eisenstangen, Ketten und Messern bewaffnet!«

Obwohl Grenfeld durch die Straßen raste, kam ihm die Fahrt zum Schlesischen Tor wie eine Ewigkeit vor. Als sie die alte Gießerei betraten, bot sich ihnen ein grausames Bild. Arthur Sternheim hing kopfüber an einem Seil von der Decke und pendelte in einer Diagonalen durch die Halle. Es roch nach Schweiß, Rauch und angesengtem Haar. Sternheim wurde wie ein Stück Schinken geräuchert. Unter ihm hatte man die Abdeckung des Schmelzofens entfernt, sodass mit jedem Pendelschlag seine Haare den Flammen gefährlich nahe kamen. Schwarzer Ruß haftete an seinem nackten Körper, löste sich im Schweiß und tropfte hinunter. Zwei muskulöse Männer schaufelten wie besessen Koks in den Ofen. »Wo hast du sie versteckt?«, schrien sie, während der Stallmeister mit einem langen Stock auf Sternheims Fußsohlen zielte. Als die Männer bemerkten, dass der Alte hinter ihnen stand, erstarrten sie. Die einzigen Bewegungen im Raum blieben das Sprühen der Funken und Sternheims Pendeln.

»Herunter mit ihm!«, befahl der Direktor. Grenfeld fragte sich, ob die Männer ihm folgen würden, denn sekundenlang geschah nichts. Es war, als ob sie nicht fähig waren, sich zu rühren.

»Ihr werdet das bereuen«, schrie Sternheim nun und ging auf den Stallmeister zu.

»Das Schwein hat Ilja umbringen lassen, nur um Mienchen für sich zu haben!«, tobte der.

»Er war es nicht!«, brüllte Grenfeld.

»Dann soll er verraten, wo er sie versteckt hält«, schrie der Mann am Ofen und griff zu einer Schaufel.

Sternheim stieß einen animalischen Laut aus. Es war wie ein Stöhnen, gefolgt von einem lang gezogenen Schrei. Er bahnte sich seinen Weg durch die Männer nach vorn, kletterte auf den Ofen und schrie: »Die Rache ist mein, fünftes Buch Mose, Kapitel zweiunddreißig, Vers fünfunddreißig.« Wütend trat er gegen die rostige Feuerklappe und gab dem Mann auf der Empore einen Wink. Der ließ Arthur Sternheim schließlich ruckartig herunter. Erst jetzt sah man, wie schwer seine Verbrennungen waren. Stöhnend richtete er sich auf und starrte in die Gesichter der umstehenden Männer. Als er Jonny entdeckte, riss er die Augen auf, als sähe er ein Gespenst. Die Männer blickten gebannt auf den Jungen.

»Was ist mit ihm?«, rief einer.

Der Verletzte stammelte etwas Verworrenes.

»Was hat er gesagt?«, schrien die Kerle durcheinander.

Grenfeld ging langsam auf Jonny zu und stellte sich schützend vor ihn. Seine Hand hatte längst den Griff von Machowskis Pistole ertastet. Arthur Sternheim zeigte auf den Jungen. Grenfeld hoffte, dass seine Kraft nicht mehr reichen würde, laut zu sprechen. Doch er irrte sich.

»Der Junge hat sie entführt«, krächzte er mit letzter Kraft.

Grenfeld hatte seine Waffe gezogen und richtete sie auf die Männer. »Wenn einer den Jungen anrührt, schieße ich ihn über den Haufen«, brüllte er und schob Jonny langsam zum Ausgang.

»Er soll uns verraten, wo sie ist«, rief der Mann am Ofen. »Dann lassen wir ihn laufen!«

»Sie ist in Sicherheit.« Jonnys klare, helle Stimme klang wie aus einer fremden Welt. »Sie ist keine Sklavin! Sie ist frei! Sie gehört euch nicht, versteht ihr?«

Der Stallmeister löste sich von der Meute und kam langsam auf Grenfeld zu.

»Bleib stehen!«, schrie dieser und schoss in die Luft.

Grenfeld drängte den Jungen durch den Spalt des Tores und rannte mit ihm zum Wagen. Mit quietschende Reifen rasten sie vom Hof.

»Warum hast du mich nicht benachrichtigt?«, fragte Grenfeld wütend.

»Aber das hab ich doch, sogar auf drei Seiten, mit Maschine geschrieben.«

Grenfeld erinnerte sich an den Bericht, den er nie gelesen hatte. »Also, wo ist Amina?«

Jonny antwortete nicht, starrte aus dem Fenster. Nach einigen Minuten bog Grenfeld scharf nach rechts und bremste vor dem Victoriaspeicher.

»Junge! Das ist kein Spiel. Der Direktor ist in Gefahr. Wenn er die Kleine nicht findet, dann …?«

»Ich kann es Ihnen nicht verraten.«

»Unsinn! Du hast sie bei dir im Equitable versteckt, nicht wahr?«

Jonny schüttelte trotzig den Kopf.

»Was ist denn los?«

»Sie sind doch nur an dem Mädchen interessiert, um Ihren Auftrag abzuschließen.«

»Und?«

»Was anschließend passiert, kümmert Sie nicht. Woher wollen Sie wissen, was für Amina gut ist?« Er blickte Grenfeld feindselig an. »Und mich haben Sie nur engagiert, weil ich Ihnen nützlich war, als billiger Spitzel.«

»Für derartige Beschwerden ist Olja zuständig.« Grenfelds Lächeln erstarb, als er die Verzweiflung in den Augen des Jungen sah.

»Jeder ist nur auf seinen Vorteil aus, aber Sie … am Anfang hatte ich geglaubt, Sie wären anders.«

»Amina hat es doch gut im Zirkus.«

»Und woher *wissen* Sie das?«

»Carl Sternheim ist …«

»Was? Sie ist seine Hauptattraktion. Es geht denen doch nur ums Geld.«

»Hast du diese Flausen von den sozialistischen Wandervögeln?«

»Und wenn?«, sagte er mit Tränen in den Augen und trommelte mit seinen Fäusten auf ihn ein. »Es sind gute Menschen. Die haben mir die Augen geöffnet!« Grenfeld brauchte nur wenig Kraft, um die Schläge abzuwehren, aber es war die wilde Verzweiflung des Jungen, die ihm zusetzte. Einige Minuten lang rangen sie so heftig, dass die Scheiben des Wagens beschlugen. Dann öffnete Jonny die Tür, stürzte hinaus und verschwand in der Dunkelheit.

Grenfeld stieg aus und zündete sich eine Juno an, nur um sie sogleich wieder auf den Boden zu werfen. Die rechte Tasche seines Mantels fühlte sich ungewohnt leicht an. Erfolglos tastete er nach Machowskis Parabellum. Sie war verschwunden. Aufgebracht schlug er mit der Hand gegen die Backsteinmauer des Victoriaspeichers. Er war nicht wütend, weil er beklaut worden war. Die Worte des Jungen hatten ihn getroffen, aber er hatte keine Zeit für Grübeleien. Er hatte sich vorgenommen, Dojo einen Besuch abzustatten. Das erlaubte keinen Aufschub.

Als er vor der Fabrikhalle der AEG hielt, sah er in den vierten Stock des Mietshauses hinauf, doch die Fenster von Dojos Wohnung waren dunkel. Diesmal brauchte er nur wenige Sekunden, um die Eingangstür zu öffnen. Vorsichtig schlich er den Flur entlang zu jenem Zimmer, in dem er das Kokain und die Fotos entdeckt hatte. Allein das Licht von den Werkshallen gegenüber erhellte die Wohnung, doch auch so erkannte der Exkommissar, dass die Zimmer geräumt worden waren. Dojo war getürmt. Nicht einmal die Holzspäne vom aufgebrochenen Schreibtisch zeugten von seinem ehemaligen Bewohner. Wütend versetzte er der Tür einen Tritt und fluchte. Er war zu spät gekommen. Grenfeld trat ans Fenster und blickte auf die Voltastraße. Ein Mann näherte sich seinem Wagen, blieb stehen und gaffte durch die Scheiben ins Innere. Dreißig Meter entfernt wartete eine Limousine mit einem Fahrer am Steuer. Der Wagen war auffällig. Ein neues Modell aus der Fabrikation der Adler-Werke, das ebenso wenig in diese Umgebung passte wie sein goldgelber Zweisitzer. Der Gaffer schlenderte zurück zum Adler und stieg ein. Sie observieren die Wohnung, schoss es Grenfeld durch den Kopf, doch er wusste, dass weder Kleidung noch Wagen der Preisklasse des Präsidiums entsprachen. Angespannt setzte er seinen Rundgang durch die Wohnung fort. Im ehemaligen Schlafzimmer entdeckte er einen dunkelbraunen Schrankkoffer, der mit Aufklebern bedeutender Hotels übersät war. Er befand sich in der Mitte des Raumes, als wäre seine Lage exakt vermessen worden. Als Grenfeld ihn öffnete, fand er nur *Schuld und Sühne* darin. Auf Seite vierhundertzweiundfünfzig war ein Lesezeichen eingelegt und die folgenden Zeilen unterstrichen:

»*Aber gewiß! Da ist dieser arme Nikolai; den haben Sie wahrscheinlich in Ihrer psychologischen Manier gequält und gemartert, solange er noch nicht gestand! Tag und Nacht haben Sie ihm wahrscheinlich bewiesen:* ›Du bist der Mörder, du bist der Mörder!‹ *Na, und nun, wo er es bereits gestanden hat, fangen Sie von neuem an, ihn durchzukneten:* ›Du lügst‹, *heißt es jetzt,* ›du bist nicht der Mörder! Du kannst es nicht sein! Du sagst eine Lektion auf!‹ *Nun, ist da Ihr Amt nicht komisch?*«

Grenfeld las den Text mehrmals und es war ihm, als ob Dojo mit seiner überheblichen Stimme zu ihm sprach, ihn geradezu verhöhnte. Hatte er nicht in der Bibliothek behauptet, sein Beruf sei »komisch«? Er war sich sicher, Dojo wusste von seinem Einbruch und hatte den Koffer absichtlich dort platziert. Er wanderte im Raum hin und her, erinnerte sich, dass Kaleko von Dojo den Spitznamen Nikolaj erhalten hatte. Aufgeregt blätterte er im Roman, bis er den richtigen Absatz fand. Nikolaj war Mitglied einer religiösen Sekte. Ein Unschuldiger, der einen Mord gestand, den in Wirklichkeit Raskolnikow begangen hatte. Grenfeld setzte sich auf den Boden. War der kokainabhängige Kaleko von langer Hand dazu auserwählt worden, die Rolle des Sündenbocks zu übernehmen? Doch wenn Dojo hinter den Morden steckte, warum gab er ihm einen Hinweis? »Er spielt mit mir«, murmelte Grenfeld. »Er hält sich für genial, fühlt sich derart überlegen, dass er mit mir spielt.«

Mit einem Mal überkam ihn das Gefühl, als beobachtete ihn jemand. Er sah auf und blickte auf die dunkle Silhouette eines Mannes, dessen Größe den Türrahmen ausfüllte.

»Sie sind ja schon wieder hier«, sagte der Mann mit kalter Stimme.

Kein Zweifel, es war Dojo. Er hatte ihn nicht kommen hören.

»Müssen Sie sich jetzt schon mit Einbrüchen über Wasser halten?«

Grenfeld hob den Roman in die Höhe. »Was wollen Sie mir damit sagen?«

»Ihnen sagen? Sie meinen eine geheime Botschaft?«, spottete Dojo. »Ich hatte den Koffer vergessen. Das ist alles.« Er zeigte demonstrativ seinen Schlüsselbund. »Der Hausmeister hat ihn mir noch einmal geliehen. Im Übrigen vermisse ich meine Bücher und Briefe.«

»So wie die Aluminiumflasche mit Kokain?«

»Möglich«, erwiderte Dojo unbeeindruckt.

Grenfeld stand auf. »Nicht zu vergessen die Leica, die sie angeblich verkauft hatten mitsamt den Fotos von Charlotte Pollinger. Es dürfte nicht schwer gewesen sein, herauszufinden, wo die junge Fotografin lernt. Es gibt nur eine Schule für Fotografie.«

Dojo trat aus dem Türrahmen.

»Ihr Bruder lebt in Paris?«

»Er lehrt an der Sorbonne.«

»Sein Geburtsdatum?«

»Wollen Sie mich wie einen Schüler ausfragen?«

»Nicht nötig, ich bin mir sicher, Sie haben seinen Lebenslauf auswendig gelernt. Aber mich können Sie nicht täuschen. Sie sind nicht Michail Bachtin.« Er machte einen Schritt auf Dojo zu, dessen spöttisches Lächeln zu einer Maske gefroren war. »Der Koffer, er gehörte Ilja Sokolow, nicht wahr? Sie dürften wohl kaum im Raffles Hotel in Singapore oder im Winter Palace in Luxor übernachtet haben. Ilja hatte eine Schwäche für solche Hotels. Sie hingegen sind dem Lager von Solowezki entkommen.«

»Geben Sie sich keine Mühe, Herr Detektiv. Sie sind unserem Spiel nicht gewachsen. Ihre Stärke ist die Hartnäckigkeit. Eine stumpfsinnige Hartnäckigkeit, ohne jegliche Finesse. Immer wieder kehren Sie zu der Wohnung zurück wie ein Hund, der einmal einen Knochen ausgegraben hat. Wenig Intelligenz, nur niedere Instinkte. Kein Wunder, dass Sie nicht mehr im Dienst sind.«

Grenfeld wunderte sich, warum ihn diese Worte bis ins Mark trafen. Sie waren schmerzhaft, bohrten sich wie heiße Nadeln in sein Fleisch.

»Was war der Preis für die Entlassung? Ein Auftragsmord?«, fragte Grenfeld.

Dojo lachte höhnisch auf. »Wissen Sie, was mir eben in den Sinn kommt? Wir erleben eine geradezu schicksalhafte Konstellation.« Er deutete auf den Roman. »Wir spielen jene Szene nach, in der Raskolnikow des Mordes beschuldigt wird. Sie in der Rolle des Untersuchungsrichters. Fabelhaft!«

»Treiben Sie es nicht zu weit!«, zischte Grenfeld.

»Wissen Sie, warum Raskolnikow gesteht?«, plapperte Dojo weiter. »Er ist eine Laus. Genau wie Dostojewski eine war. Unser großer Schriftsteller war Sozialist, dann hatte ihn die Geheimpolizei des Zaren eingesperrt. Neun Monate Einzelhaft und schon schrumpfte er zu einer Laus. Selbst Sie müssten begreifen, dass man, um den Kopf zu retten, die Läuse eliminiert.«

»Und Kaleko ist auch eine Laus?«

»Geradezu ein Prachtexemplar.«

»Und die Fotografin? Der Portier? Franzi?«

»Ja, ja, ja! Alles Läuse! Nicht einmal eine richtige Revolution kann man von euch Läusen erwarten. Auch Dserschinski saß in den Gefängnissen des Zaren. *Er* war nicht zu einer Laus geworden.«

Dserschinski, dessen Namen von den Exilrussen im Kakadu gewöhnlich mit einer Mischung aus Furcht und Abscheu ausgesprochen wurde, war der Chef der russischen Geheimpolizei. »Sie sind verrückt!«, flüsterte

Grenfeld. »All die Morde gehen auf Ihr Konto. Weshalb?«

»Sie haben mich gar nicht gefragt, ob ich *Sie* für eine Laus halte.«

Er wunderte sich, mit welcher Heftigkeit er Dojo jetzt am Saum seines Mantels packte und gegen den Türrahmen presste.

»Wollen Sie mich erdrosseln?«, keuchte der grinsend. »Dann geben Sie also zu, um einer höheren Sache willen, einen Mord begehen zu dürfen.«

Grenfeld drückte zu, sah, wie Dojos Gesicht zuerst rot, dann blau anlief, sah die roten Äderchen aus den Schläfen treten. Er wollte seiner Kraft so gern Einhalt gebieten, wollte loslassen, doch seine Hände gehorchten ihm nicht.

»Sie bilden sich alles nur ein. Es ist nur in Ihrem Kopf«, röchelte Dojo, dann verstummte er. Plötzlich sah Grenfeld Gennat in seiner ganzen Körperfülle neben sich. Zwanzig Jahre hatte er seinen Kommissaren gepredigt, niemanden zu misshandeln. Er ließ los, musste sich an der Wand abstützen. Dojo krümmte sich, schnappte nach Luft und hustete. »*Sie* sind eine Laus!«, keuchte er. »Eine erbärmliche Laus ohne Macht und Beweise.«

Grenfeld stürzte aus der Wohnung und rannte, den schwarzen Adler im Blick, in gebückter Haltung zu seinem Wagen. Am Steuer starrte er minutenlang auf die Fabrikmauer, unfähig, einen klaren Gedanken zu fassen. Der scharfe Essiggeruch der Konservenfabrik Kühne bahnte sich seinen Weg durch die Ritzen, drang durch die Nase bis in sein Gehirn und blockierte sein Denkvermögen. Das Hemd war nass geschwitzt, klebte auf der Haut, seine Handgelenke schmerzten. Paragraf hundertzwölf der Strafprozessordnung des Deutschen Reiches regelte dreierlei Arten der Freiheitsentziehung: die wirkliche Verhaftung, die vorläufige Festnahme und die polizeiliche Verwahrung. Nichts von alldem hätte er anwenden können. Das bittere Gefühl der Machtlosigkeit war die Wunde, in die Dojo gebohrt hatte. Im Rückspiegel beobachtete er den Adler. Die bleichen Gesichter der Insassen hoben sich vom Dunkel des Wageninneren ab, lauerten wie eine Spinne im Netz auf ihr Opfer. Vielleicht auf Dojo, möglicherweise auf ihn selbst.

»Ein Geduldiger ist besser als ein Starker und wer sich selbst beherrscht, besser als einer, der Städte gewinnt.« Ibrahims Spruch tauchte von irgendwoher kommend auf und setzte sich mit großen leuchtenden Buchstaben in seinem Kopf fest. Es war kein Trost, vielmehr ein sanfter Befehl, der keine Diskussion erlaubte. Er startete den Wagen, fuhr mit quietschenden Reifen davon und raste die Hussitenstraße entlang bis zum Schillergymnasium. Dort bog er scharf ab, änderte immer wieder die Richtung, doch der Adler ließ sich nicht abschütteln. Schließlich hielt er in der Nestorstraße, unmittelbar vor der Werkstatt, für die Kaleko und Dojo gearbeitet hatten. Der Werkstattmeister teilte ihm mit, Dojo hätte gestern überraschend gekündigt.

»Herrn Bachtin trauere ich nach«, klagte er. »Die Gelassenheit in Person. Kein Schimpfen und Meckern, selten heutzutage.«

»Mit welchem Wagen ist Herr Bachtin am elften Januar gefahren?«

»Warum wollen Sie das wissen? Die Polizei hat uns wegen Kaleko schon Löcher in den Bauch gefragt. Jetzt fragen Sie nach Bachtin! Was ist denn mit ihm?«

»Bitte!«

»Ich erinnere mich vage, dass beide ihre Fahrzeuge getauscht hatten. Aber ich kann mich irren.«

»Getauscht«, murmelte Grenfeld.

»Sie hatten oft getauscht. Wenn einer eine lohnende Fuhre hatte, aber einen defekten Wagen, dann ist halt der andere mit dem Wagen in die Werkstatt und umgekehrt. So soll es auch sein. Andere Fahrer sind da weniger flexibel in der Birne, wenn Sie wissen, was ich meine. Die bestehen auf Teufel komm raus auf ihr Fahrzeug.«

Grenfeld schielte aus dem Fenster. Der Adler stand auf der gegenüberliegenden Straßenseite.

»Wissen Sie, der Bachtin war ein gebildeter Mann. Deswegen war er auch bei den hohen Herren so beliebt.«

»Wen meinen Sie damit?«

Der Meister machte ein bedeutungsvolles Gesicht. Sowjetische Botschaft, die Handelsvertretung – da fragte man stets den Herrn Professor Bachtin an.«

»Und Kaleko?«

Der Meister lachte. »Ein Nervenbündel, leicht erregbar. Ein falsches Wort und er hielt den Herren Vorträge über Gerechtigkeit. Unter uns, es wundert mich nicht, dass dem irgendwann einmal der Kragen geplatzt ist.«

Grenfeld nickte, er hatte genug gehört.

KAPITEL 12

29. Januar 1927, 19 Uhr,
Equitable-Palast, Friedrichstraße 59–60

Jonny sah sie zärtlich an. Er konnte sich nicht erinnern, jemals ein ähnliches Gefühl für einen Menschen empfunden zu haben. Amina schlief unruhig, warf sich auf der Matratze hin und her. Schon zum dritten Mal hatte er sie zugedeckt. Ganz oben hatten sie sich verschanzt, in der Kuppel des Equitable-Palasts, dort, wo seit einem viertel Jahrhundert nur der Wind Zutritt hatte. Die Kälte drang erbarmungslos durch das Kuppeldach ins Innere. Selbst den Ratten schien der Ort zu lebensfeindlich. Das Wochenende mussten die beiden überstehen, dann würde er mit ihr in den dritten Stock zur Kanzlei Apfel & Beck gehen, wo auch die Beratungsstelle des Schwarzen Haufens war. Sie mussten ihr helfen, eine freie Entscheidung zu treffen. Er selbst würde sie niemandem ausliefern. Jonny öffnete die Bodenklappe und schielte in sein Reich hinunter, wo er Watson schweren Herzens zurückgelassen hatte. Zu groß war die Gefahr, dass sein Gekreische ihn verraten würde. Gleichzeitig war der Affe seine Alarmglocke. Jonny versuchte, die aufkommende Panik zu verdrängen. Er würde Essen brauchen, doch er hatte kein Auskommen mehr. Weder Sternheim noch Grenfeld würden ihn weiterbeschäftigen, dessen war er sich sicher. Er breitete die Weltkarte aus, fuhr mit dem Finger über Dagestan zum Mittelpunkt der Berge nach Zowkra. Er folgte der Reiseroute des Mädchens, so wie sie sie ihm gezeigt hatte: Tiflis, Batum, Trabzon, Samsun, Konstantinopel, Bukarest, Budapest, Berlin. Er träumte davon, Amina in ihre Heimat folgen zu können, wohl wissend, dass so ein Traum für ihn niemals in Erfüllung gehen würde. Dreimal hatte er Berlin verlassen. Die Fürsorge hatte ihn zwangsweise in ein Kinderheim auf dem Land eingewiesen, doch jedes Mal war er abgehauen und zurückgekehrt. Hier würde er festkleben und verstauben, für immer! Jonny stand auf. Er musste Olja um Hilfe bitten. Sie hatte ihn noch nie im Stich gelassen. Leise öffnete er die Klappe und sprang hinunter. Der Dielenboden knarrte unerträglich laut, unmöglich, sich hier geräuschlos zu bewegen. Er blickte aus dem Fenster auf die Kreuzung: Busse, Taxis, Automobile und die ersten Nachtschwärmer. Das Herz der Stadt musste schlagen, die Verkehrsadern pulsierten. Plötzlich spürte Jonny einen Luftzug, nur kurz, kaum wahrnehmbar, doch es reichte, um den Affen unruhig werden zu lassen. Irgendjemand hatte die Tür zum Speicher geöffnet. Er überlegte fieberhaft, ob er im Zirkus seine Unterkunft verraten hatte, und erinnerte sich, auf einem Personalbogen diese Adresse angegeben zu haben. Sternheims Leute brauchten nur nachzusehen.

Jonny schnappte sich die Taschenlampe und rannte zur Holztreppe. Er musste sie unbedingt vor den Verfolgern erreichen. Unten, auf dem Boden des Speichers, gab es viele Fluchtwege zum Treppenhaus. Er war aufgeregt, durfte auf keinen Fall Amina in Gefahr bringen. Verdammt, er war viel zu laut!, dachte er sich, als er gegen einen Billardtisch stieß. Er kroch darunter und wartete. Das Trippeln, Nagen, Scharren und Flattern der vielen tierischen Dachbewohner war ihm vertraut. Er wusste, dass ein Mensch im Raum war. Jemand, der sich redlich bemühte, lautlos zu gehen, doch längst eingesehen hatte, dass ihm der alten Dielenboden das nicht gestattete. Er konnte die Hilflosigkeit des Eindringlings spüren und ein wunderbares Gefühl der Überlegenheit legte sich über seine Furcht. Jonny zog seine Schuhe aus, robbte über den Boden wie eine Eidechse und erzielte so einen hohen Grad an Lautlosigkeit. Als er den Teil des Dachbodens erreichte, der das Gerümpel der alten Kerkau-Zeit beherbergte, dachte er bereits, entkommen zu sein. Es blieben nur noch wenige Meter zur Tür.

»Jonny!«, hörte er eine Stimme rufen. Es war Carl Sternheim. »Ich weiß, dass du da bist.«

Er robbte weiter, atmete ruhig, konnte jetzt durch den Türspalt das Licht vom Treppenhaus sehen. Es war gefährlich, sich mit Sternheim einzulassen. Nicht weil er dadurch seine Position preisgegeben hätte. Der Direktor hatte die Gabe, seine Worte mit kleinen Angelhacken zu versehen und mit seinen Sätzen ein Netz zu spannen, in das sich Mensch und Tier gleichermaßen verfingen.

»Das ist kein Spiel. Der Kaukasier ist hinter mir her. Wenn ich Amina nicht zurückbringe, wird er mich töten. Ich verstehe ihn. Ich würde das Gleiche tun, wenn es sich um meine Familie handelt. Du musst mir helfen.«

Er wusste, dass die Scharniere der Tür nicht quietschten, aber der eindringende Lichtstrahl und der Luftzug würden ihn verraten. Dennoch rannte er los, riss die Türe auf, stürmte das Treppenhaus hinunter. Vor dem Konzertsaal hatte sich bis ins Parterre hinunter eine lange Schlange gebildet. Unter dem Protest der Wartenden boxte er sich seinen Weg nach unten, hoffte nur, der Alte würde zu schwerfällig sein, um es ihm gleichzutun. Als er laut keuchend das Parterre erreicht hatte, fürchtete er, Sternheims Leute könnten das Haus umstellt haben. Er zögerte, dann flüchtete er in den Keller. Noch einmal würde er den verhassten unterirdischen Tunnel zum gegenüberliegenden Gebäude durchqueren. Im Kellergewölbe roch es modrig, aber als er den Holzverschlag des Eingangs beiseiteschob, drang ihm der scharfe Geruch von Rattenkot in die Nase. Er hielt die Luft an, tastete sich an der feuchten Wand vorwärts, schlug sich den Kopf an den niedrigen Deckenbalken an. Das Orchester begann sich einzuspielen, die Musik drang bis zu ihm. Er betete, dass Amina nicht aufwachen und die Kuppel verlassen würde. Quälend langsam kam er voran. Bald wurde die Musik vom donnernden Verkehrslärm verdrängt. Der Tunnel lockte ihn in die Tiefe, zum schlimmsten Teil der Strecke. Unten stieß er auf eine Gabelung, doch er konnte sich nicht erinnern, welcher Gang der Richtige war. Er nahm den rechts, aber nach einigen Minuten zweifelte er an seiner Entscheidung. Der Tunnel wurde enger, schien sich zuzuspitzen. Verzweifelt legte er sich der Länge nach auf die Erde und hatte das Gefühl, ohnmächtig zu werden. Alle Geräusche wurden dumpf, die Luft dünn und auf seinem Trommelfell lastete ein schmerzhafter Druck. Er schloss die Augen und stellte sich vor, die Stadt würde ihn einverleiben, wie einst der Wal Jonas verschluckt hatte. Im Magen des Molochs würde er sich auflösen und in die Blutbahnen der Stadt übergehen. Niemals würde er die Berge Dagestans sehen. Mit dem Ohr im Dreck glaubte er, eine Erschütterung wahrgenommen zu haben. Er dachte an Sternheim, doch er konnte sich nicht vorstellen, dass der Direktor ihm folgte. Jonny hielt den Atem an. Jetzt war er sicher, dass sich noch jemand im Tunnel aufhielt.

Fieberhaft überlegte er, was zu tun war. Zurück zur Gabelung oder dem engen Gang folgen? Er robbte weiter. Alles andere würde zu viel Zeit kosten. Nach wenigen Minuten hatte er Gewissheit. Es war eine Sackgasse. Der Boden war glitschig, Wasser drang durch die Risse der Wände. »Das ist mein Grab«, sagte er sich und vernahm mit einem Mal eine U-Bahn herankommen, ein Rattern, Quietschen, schließlich ein Donnern, unter ihm, neben ihm, über ihm. Widerwillig kroch er zurück, Taschenlampe und Pistole krampfhaft umklammernd. Er ahnte, dass er seinem Verfolger direkt in die Arme lief. Vor der Gabelung schaltete er die Taschenlampe aus, legte sie auf den Boden und holte Grenfelds Waffe hervor. Jonny hatte noch nie auf einen Menschen geschossen. Jetzt hörte er ganz deutlich Schritte, begleitet von einem seltsamen Schnauben. Er drückte seinen Rücken gegen die nasskalte Wand, streckte seinen Arm aus und zielte in die Dunkelheit. Er dachte an den baumelnden Arthur Sternheim und malte sich aus, was sie mit ihm anstellen würden. Sicher würden sie ihn an einem Dachbalken des Equitable aufknüpfen. Das Keuchen kam näher. Er spürte, wie seine Hand zitterte. Er dachte an die tote Fotografin, dann an jenen Fremden, dessen Dolch an Sternheims Kehle einen dünnen, aber tiefen Schnitt hinterlassen hatte. Der Junge hatte keine Angst um sich selbst. Nur Amina dürfte er nicht im Stich lassen, das hatte er sich geschworen.

»Wer da?«, schrie er, doch seine Stimme schien von der nasskalten Luft absorbiert zu werden. Er lauschte angestrengt ins Dunkle hinein. Der Verfolger schien innezuhalten. »Komm nicht näher, ich schieße!«, rief Jonny und suchte verzweifelt seine Taschenlampe am Boden. Als er erneut das Keuchen hörte, konnte er seinen Finger am

Abzug nicht mehr spüren. Er hatte plötzlich Angst, die Waffe würde versagen, er vernahm das Rattern der nächsten U-Bahn, spürte wie irgendetwas sich ihm näherte. Dann drückte er ab. Der Knall ging im donnernden Getöse der Bahn unter. Jonny schoss ein zweites Mal. Dann warf er die Waffe weg. Als das Donnern seinen Höhepunkt erreichte, war er sich sicher, sein Ziel verfehlt zu haben. Er duckte sich und erwartete das Unvermeidliche: einen Schlag auf den Schädel oder einen Messerstich. Irgendwann ertönten wieder die Fahrgeräusche über ihm, keine Schritte und kein Röcheln mehr. Er stöhnte leise, kroch über den Boden und suchte seine Lampe. Als er sie fand, zögerte er. Dann machte er sie an. Zuerst erkannte er nur die strubbeligen Haare, dann die Hände und schließlich den blutigen Schädel seines Verfolgers. Mit einem Blick registrierte er jedes Detail: die Pelzmütze, den Bauchgurt und den Dolch, nur das viele Blut nahm er nicht mehr zur Kenntnis. Er stieg über den Körper und lief mechanisch zurück, versuchte sich einzureden, dass der Mann nur verletzt war, doch die Angst, jemanden erschossen zu haben, war mächtiger.

29. Januar 1927, 19 Uhr,
Friedrichstraße 180

Grenfeld parkte in der Friedrichstraße, direkt vor dem Tanzlokal Faun, einige Querstraßen vor seinem Büro. Die schwarze Limousine, die seit einer Stunde wie eine

Klette an ihm klebte, machte ihn nervös. Hastig verließ er den Wagen und beschloss, den restlichen Weg zu Fuß zu gehen. Er wechselte die Straßenseite, durchquerte das Café Imperator, gelangte in den Hinterhof und tauchte in der Mohrenstraße wieder auf. Er drückte sich eng an die Mauer der Hofeinfahrt und wartete, doch außer einigen Schleppern und Aufreißern benachbarter Nachtlokale war niemand zu sehen. Er dachte an Jonny und verspürte Angst um ihn. Die Zirkusleute ließen sich nicht von einem Straßenjungen austricksen, dessen war er sich sicher. Carl Sternheims Leben hing davon ab, das Mädchen aufzutreiben, und die Wege des Dagestaners waren sowieso unergründlich. Vielleicht war er Jonny längst auf der Spur.

Grenfeld machte einen Umweg über die Charlottenstraße und lief, von der Leipziger kommend, in die Friedrichstraße. Vor dem Equitable-Palast tauchte er in eine Menschenmenge ein. Den Sprachfetzen der Wartenden entnahm er, dass sie im Konzertsaal des Zielka das Jazz-Orchester Bernhard Etté hören wollten. Schnell überquerte er die Straße und bog in den Hof der Galerie ein. Im Treppenhaus begegnete er Thea Kolb. Er starrte sie verständnislos an, als begegnete er einem Wesen aus einer anderen Zeit.

»Grenfeld«, rief sie wütend und packte ihn am Arm. »Gnade Ihnen Gott, wenn Sie irgendetwas *damit* zu tun haben! Ich bin Ihnen dankbar, dass Sie uns das Bild zurückgebracht haben, aber ich mach mir wirklich Sorgen, mit welchen Ganoven Sie zusammenarbeiten.« Dann drehte sie sich um und rannte die Treppen hinunter. Er starrte auf die geöffnete Tür seines Büros und trat ein. Zuerst sah er Machowski am Schreibtisch lehnend, dann entdeckte er Olja, die verzweifelt versuchte, in einem Schlachtfeld der Verwüstung Ordnung zu schaffen.

»Gestern Nacht wurde in die Galerie eingebrochen, und hier oben auch. Thea ist außer sich. Morgen ist doch die Auktion.«

»Ist etwas gestohlen worden?«, fragte Grenfeld.

»Nichts, ich vermute, sie haben es auf die Lithografie abgesehen.«

Grenfeld hatte das Gefühl, als ob er auf einer Drehscheibe im Luna-Park stand. Der Schwindel kam heftiger als üblich. »Was ist nur mit diesem verdammten Bild los?«, murmelte er und hielt sich an der Wand fest. »Wo ist es denn?«

»Ausgelagert«, entgegnete sie leise und deutete mit einer minimalen Handbewegung zum Fenster. Grenfeld ahnte, dass sie das Bild drüben bei Jonny versteckt hatte.

»Und was wollen Sie hier?«, fragte er und blickte auf Machowski.

»Die Formulare«, sagte er. »Sie wollten mir doch die Bescheinigungen zukommen lassen. Bekanntlich wäscht eine Hand die andere!«

Grenfeld grunzte und sah nach draußen. Die Menschenansammlung vor dem Equitable hatte sich vergrößert. Neben der Normaluhr auf dem Mittelstreifen parkte jene schwarze Limousine, die ihn verfolgt hatte. Er knipste das Licht aus und zerrte Machowski ans Fenster. »Sind das Ihre Leute?«

Der große Mann bückte sich und starrte neugierig durch die Scheibe.

»Wenn mich nicht alles täuscht, ist das ein nagelneuer Standard 6. Sie glauben nicht im Ernst, dass ich meinen Leuten so ein Prachtstück anvertrauen würde. Außerdem bin ich nicht hier, um Geld einzutreiben.«

»Sondern?«

»Ihnen Beistand zu leisten.«

Olja lachte schrill auf.

»Er will einen Teil des Kuchens abhaben«, erklärte Grenfeld trocken.

»Sagen wir so: Ich beginne mich allmählich für Kunst zu interessieren.«

»Wir arbeiten nicht mit Ganoven zusammen«, zischte Olja.

»Sie werden es allein nicht schaffen, Herr Grenfeld, und Sie sind allein! Wenn man von Ihrer hübschen, aber leicht erregbaren Assistentin absieht. Ein Anruf genügt und meine Leute brechen hier wie eine Armee ein.«

»Kann ich dich sprechen?«, flüsterte Olja und zog Grenfeld auf den Gang. »Lass dich von ihm nicht einwickeln! Vielleicht steckt er hinter dem Einbruch?«

»Olja! Jonny ist in Gefahr. Er hat sich vermutlich mit Amina im Equitable verschanzt. Die Zirkusleute brechen ihm sämtliche Knochen, wenn er sie nicht rausrückt. Der Mann aus dem Kaukasus ist irgendwo da draußen. Wir können den Jungen nicht beschützen. Soll der Kerl bekommen, was er will. Das ist mir egal.«

Grenfeld kehrte ins Büro zurück.

»Hören Sie gut zu, Machowski. Hier mein Vorschlag. Was immer dieser Ilja so Kostbares besaß. Ich bin nicht interessiert. Aber wenn es jemand weiß, dann vielleicht das Mädchen. Im Moment passt der Junge auf sie auf. Helfen Sie mir, Amina zu bekommen und den Jungen zu schützen. Alles andere gehört Ihnen.«

Machowski sah von einem zu anderen und nickte. Dann griff er zum Telefon und bellte Befehle in den Hörer. »Meine Leute werden bald hier sein«, sagte er. »Bis dahin würden wir – und damit meine ich auch Ihre attraktive Mitarbeiterin – es schätzen, wenn Sie uns auf den neuesten Stand bringen. Ich schlage vor, wir bleiben im Dunkeln und behalten den Überblick.«

Nachdem Grenfeld seinen Bericht beendet hatte, pfiff Machowski durch die Zähne.

»Der Junge ist auf Zack. So jemanden könnte ich brauchen.«

»Lassen Sie Jonny in Ruhe. Der hat was Besseres verdient«, fauchte Olja.

»Ich glaube, es geht los!«, murmelte Machowski. »Meine Leute sind soeben eingetroffen. Als Erstes werden sie sich um den Fahrer des Adlers kümmern. Wir sollten wissen, wer Sie verfolgt.«

Als kurze Zeit später Machowskis Bande hereinstürmte, stießen sie ein dünnes Männchen unsanft auf das Sofa. Es waren breitschultrige Kerle in schlecht sitzenden Anzügen, deren ausgebeulte Manteltaschen eine ausreichende Bewaffnung verrieten.

»Chef!«, sagte offenbar der Anführer der Truppe. »Der feine Herr war es leid, in seiner Limousine zu warten. Wir konnten ihn überreden, mit nach oben zu kommen.«

»Was ist mit den anderen?«

»Sind getürmt. Tut uns wirklich leid, aber wir konnten da unten keine Schießerei anfangen. Vor dem Zielka warten 'ne Menge Leute.«

Mit schuldbewusster Miene übergab er seinem Chef eine Brieftasche und einen Pass, in dem Machowski sofort zu blättern begann.

»Meine Herren«, begann der dünne Mann und rückte seine Brille zurecht, doch der Chef des Eldorado deutete ihm mit einer herrischen Geste an, zu schweigen. Dann zog er Grenfeld auf den Gang und flüsterte: »Das ist ein Diplomatenpass mit einem Stempel der sowjetischen Botschaft. Als Adresse ist die Handelsvertretung angegeben. Könnte mehr Schwierigkeiten geben, als wir beide verkraften. Was meinen Sie, Grenfeld? Haben wir den Falschen erwischt?«

»Das glaube ich nicht. Ilja Sokolow hat sich mit mächtigen Leuten angelegt.«

»Ich tippe auf den russischen Geheimdienst. Die besitzen alle Diplomatenpässe.«

Als sie wieder das Atelier betraten, versuchte der Mann aufzustehen, wurde aber von einem Kerl aus Machowskis Bande zurückgehalten.

»Meine Herren! Ich hoffe, Sie sind sich der Tragweite Ihres Handelns bewusst. Sie halten mich hier gegen meinen Willen fest. Artikel vierzehn Ihrer Reichsverfassung gewährleistet jedem die Unverletzlichkeit seiner Person.«

»Bevor wir herausfinden, ob Sie unverletzlich sind, erlauben Sie mir eine Frage: Weshalb verfolgen Sie meinen Kompagnon hier?«

»Was soll das werden? Ein Verhör? Soweit ich feststellen kann, ist kein Vertreter des Auswärtigen Amts anwesend. Ich verlange …«

Machowski brüllte. Seine Stimme füllte den ganzen Raum aus: »Verlangen? Glauben Sie allen Ernstes, Sie können zwei meiner Leute umbringen und dann etwas *verlangen*?«

»Wo sind die Beweise für derlei Anschuldigungen?«

»Beweise?« Machowski lachte donnernd und zog seine Waffe. »Sie wissen wohl nicht, mit wem Sie reden?«

Grenfeld und Olja sahen sich an. Sie ahnten, dass der Chef des Eldorado langsam zu seiner wahren Form auflief.

»Ich werde Sie abknallen und in eine Baugrube am Alex werfen lassen. Dann werden wir in Aschingers Bierquelle auf Ihr Wohl trinken und hinterher vielleicht, wenn der Zement getrocknet ist, werden wir uns um Beweise kümmern.«

»Und was denken Sie, Herr Robert Grenfeld?«, sagte der Mann vollkommen unbeeindruckt. »Schließen Sie sich in Ihrem Urteil diesem Ganoven an? Als ehemaliger Staatsdiener meine ich.«

Grenfeld war überrascht, dass der Mann ihn mit Namen ansprach. »Hauen Sie ab und lassen Sie uns in Ruhe. Wir haben kein Interesse an Ihren Machenschaften. Sind sie hinter dem Bild her? Wenn Sie wollen, können Sie es morgen bei der Auktion ersteigern.«

Der Mann lächelte spöttisch. »Ja natürlich, warum nicht? Auch in den anderen Punkten würde ich mich dem Vorschlag von Herrn Grenfeld anschließen. Er zeugt von einem gesunden Menschenverstand.«

Machowski griff zu seiner Pistole und zielte auf das Bein des Mannes. Grenfeld beobachtete, wie sich Schweißperlen auf seiner Stirn bildeten. »Unser ehemaliger Kommissar lebt im Westen der Stadt, dort, wo man sich gute Manieren leisten kann. Ich bin von einem anderen Menschenschlag. Ich stelle Ihnen jetzt eine Frage. Wenn Sie die zu meiner Zufriedenheit beantworten, lasse ich Sie laufen. Ansonsten müssen Sie sich mit *meinem* Vorschlag zufriedengeben: der Baugrube. Also: Haben Sie die Ermordung einer der folgenden Personen angeordnet? Ilja Sokolow, Max Wegmann, Franzi, Charlotte Pollinger?«

»Hören Sie auf«, schrie Olja.

»Immer ruhig bleiben, Liebchen«, brummte Machowski.

»Wie gesagt, da es sich hier um kein offizielles Verhör …«

Der Schuss aus Machowskis Pistole war durchdringend, doch der Schrei des Mannes war ohrenbetäubend. Aus dem Oberschenkel trat sofort Blut aus.

»Verdammt, hören Sie sofort auf!«, brüllte Grenfeld.

»Ich bin aus der Übung«, erwiderte Machowski und schüttelte seinen Kopf wie ein Krokodil, das aus seinem Opfer Fleischstücke herausbiss. Er zielte nun auf den Hinterkopf des Mannes, der, sein Bein umklammernd, auf den Teppich gerutscht war. »Wenn ich nicht schieße, werden all die jungen Kerle hier behaupten, ich sei zahm geworden. Das kann ich mir nicht erlauben. Erzählen Sie mir etwas, was ich noch nicht weiß.«

»Die Sache ist außer Kontrolle geraten«, wimmerte der Mann und rollte sich ein.

»Lauter!«, schrie Machowski.

»Wir hatten nie Interesse, so viel Staub aufzuwirbeln, glauben Sie mir. Ich bin für die Morde nicht verantwortlich.«

»Wer dann? Ich warte zehn Sekunden, nicht länger.«

Grenfeld trat ganz nah an Machowski heran. »Ich kenne den Mörder. Hören Sie auf!« Behutsam legte er seine Hand auf dessen Unterarm und drückte ihn nach unten. Der Chef des Eldorado sah ihn wie jemanden an, der aus einer Narkose erwachte. Dann nickte er. »Schafft ihn weg, fahrt zur Oberbaumbrücke und schmeißt ihn dort raus. Aber den Sechszylinder bringt ihr mir wieder. Als kleine Wiedergutmachung für Max und Franzi.« Nachdem zwei seiner Leute den Verletzten hinausgeschleppt hatten, fluchte er: »Verdammt. Nur ein wenig Geduld und wir hätten die ganze Geschichte erfahren.«

»Sie hatten sich nicht im Griff«, rief Grenfeld. »Sie hätten ihn einfach abgeknallt. Sie handeln kopflos, im Zorn.«

»Na und? Der Zorn ist der Motor vieler Dinge«, brummte Machowski.

Grenfeld wandte sich an Olja: »Lass uns gehen. Wir kümmern uns um Jonny. Die Sache muss endlich zu einem Ende gebracht werden. Ich möchte nicht, dass Sternheim sterben muss, weil wir nicht handeln.«

»Wir werden Sie begleiten«, sagte Machowski und es klang nicht, als wollte er darüber debattierten.

Das Treppenhaus des Equitable war voller Menschen. Im Gegensatz zu den heiteren Gesichtern, die in den Konzertsaal strömten, kam ihm seine Begleitung wie ein Tross zorniger Krieger vor. Machowskis Leute durchquerten den Dachstuhl konzentriert und geräuschlos, so als ständen derartige Unternehmungen regelmäßig auf ihrem Programm. Als sie Jonnys Reich betraten, trafen sie auf Sternheim, der durch das Fenster auf die Kreuzung starrte. Zuerst reagierte er nicht. Dann drehte er sich um und nickte allein Grenfeld zu, als hätte er die Anwesenheit der anderen nicht bemerkt. »Der Junge ist mir entwischt«, sagte der Alte müde. »Ich hatte gehofft, er hält Amina hier versteckt.«

»Und wer sind die da?«, fragte Machowski nervös und deutete auf drei breitschultrige Gestalten, die sich im Hintergrund aufhielten.

»Meine Mitarbeiter, gute Leute«, sagte Sternheim. »Aber kann man das von Ihnen auch behaupten?«

»Das möchte ich meinen. Immerhin habe ich Ihrem Kompagnon Sokolow des Öfteren den Arsch gerettet, wenn Sie mir meine Ausdrucksweise nachsehen.«

»Hugo Machowski«, sagte Grenfeld müde. »Er hatte Ilja Geld geliehen.«

»Und welches Interesse hat er an meiner Akrobatin?«, fragte Sternheim.

»Herr Grenfeld und ich verfolgen ein gemeinsames Ziel. Nur über die Methoden sind wir unterschiedlicher Meinung.« Machowski lachte laut und nahm das Äffchen auf den Arm. »Wie auch immer, es sieht so aus, als ob der Bengel uns alle mächtig an der Nase herumführt. Frau Olja Grekova kennt ihn, glaube ich, von uns allen am besten. Gibt es noch ein anderes Versteck, wo er Amina hingebracht haben könnte? Was ist mit dem Tunnel?«

Grenfeld brauchte Olja nur anzusehen, um zu verstehen, dass sie fieberhaft nach einem Weg suchte, die Männer loszuwerden. Auf einmal deutete sie auf die Kreidebuchstaben am Boden. »Rückerklause, Wärmehalle, Mulakei das sind seine Lieblingsorte. Vielleicht hat er sie dorthin mitgenommen?«

Machowski bückte sich und studierte die Namen. »Los!«, sagte er zu seinen Leuten. »Hier zu warten ist sinnlos. Der Bursche weiß längst, dass sein Versteck aufgeflogen ist.«

Nachdem auch Sternheim und seine Leute den Raum verlassen hatten, waren Olja, Grenfeld und Machowski allein. Sie wanderten unruhig durch den Raum, blieben abwechselnd am Fenster stehen. Plötzlich hörten sie im darüber liegenden Stockwerk einen Knall, als hätte jemand eine Eisenplatte fallen lassen.

»Da oben ist jemand«, sagte Machowski und zog seine Waffe.

»Lasst mich da hoch!«, rief Olja, packte eine Leiter und stellte sie in die Mitte des Raumes. Dann kletterte sie hinauf und drückte die Deckenplatte nach oben. Machowski wollte hinterher, doch Olja schüttelte den Kopf, zwängte sich durch die Luke und verschwand. Grenfeld wartete einen Augenblick und folgte ihr. Oben, auf dem Boden des Kuppelraums, schien eine Wendeltreppe aus Eisen zum höchsten Punkt des Palasts zu führen, einer kreisrunden Aussichtsplattform. Olja deutete schweigend auf ein notdürftiges Schlaflager.

»Das also ist ihr Versteck«, murmelte Grenfeld.

»Ja und hier hatte ich auch die Lithografie deponiert«, flüsterte Olja und wanderte nervös im Raum umher. Als sie das Bild entdeckt hatte, war ihr die Erleichterung anzusehen. Es stand, an einen Holzpfosten gelehnt, am Kopfende des Schlafplatzes. Hastig folgten sie der Treppe nach oben und öffneten die Dachluke. Auf dem Plateau empfing sie ein eisiger Wind. Die Dächer waren mit einer dünnen Schneeschicht überzogen, deren Kristalle im Schein der Lichtreklame schimmerten. Olja schrie auf und deutete nach Norden. Auf dem Dachfirst balancierte ein Engel im Schneegestöber. Fast hätte man ihn für eine der zahlreichen Statuen halten können, welche die Fassade des Versicherungspalasts schmückten. Olja brüllte etwas auf Russisch, doch die Gestalt schien nicht zu hören. »Verdammt, sie wird abstürzen!«, fluchte sie, kletterte über das Geländer und versuchte, sich an einem Eisengitter festzuhalten. Grenfeld packte sie am Mantel. Er hatte nicht vor, sie loszulassen. Wäre sie abgerutscht, hätte sie auf dem steil abschüssigen Dach keinen Halt mehr gefunden. Verzweifelt wollte er sich an ein lakisches Wort von der Lautplatte erinnern, doch das einzige, was ihm einfiel, war der Name ihres Elefanten. »Babina«, brüllte er mehrmals, bis sie stehen blieb. Sie schwankte und für einen kurzen Moment sah es so aus, als verlöre sie das Gleichgewicht.

»Bitte nicht«, flüsterte Olja. Dann kam sie zur Ruhe, drehte sich um und starrte zu ihnen hinüber. Hinter der Engelsgestalt neigte sich auf einer Reklamefläche die Kupferberg Gold Flasche und goss perlenden Sekt in den Glaskelch. Für einen Moment schloss Grenfeld die Augen und sah sie, wie in seinem Traum, abrutschen, fallen und auf dem Asphalt aufschlagen. Olja murmelte etwas auf Russisch, Fahnenstangen klapperten im Wind, Autos hupten. Als er die Augen öffnete, kam Amina ruhig und konzentriert auf ihn zu. Es war ein schmutziger Engel mit ramponierten Flügeln, der mit den stolzen Marmorstatuen des Equitable nicht konkurrieren konnte. Olja wartete mit ausgestreckten Händen, zog das Mädchen an sich und hielt sie fest. Grenfeld half ihnen über das Geländer. Während sie die Treppe zum Kuppelraum hinabstiegen, redete Olja auf Russisch auf Amina ein.

»Frag Sie nach dem Bild. Frag, warum Ilja es gestohlen hat«, raunte er ihr ins Ohr.

»Bist du verrückt?«, sagte Olja. »Sie ist unterkühlt. Siehst du nicht, wie sie zittert?«

»Unten geht es nicht! Denk an Machowski!«

»Den Teufel werde ich tun und das Kind in diesem Zustand verhören!«

»Verdammt, ich *muss* wissen, was es mit dem Bild auf sich hat«, schrie Grenfeld.

Olja hob ihre Fäuste. »Zur Hölle damit! Sie ist ein Mensch. Wir können von Glück sagen, dass ihr nichts passiert ist!«

Amina sah beide verstört an, dann lief sie auf das Bild zu und drehte es auf die Rückseite. Mit einem Ruck drückte sie die Seitenverstrebungen des Rahmens auseinander, bis der Rücken sich löste. Vorsichtig nahm sie das Glas heraus. Die Lithografie fiel zu Boden. Auf dem Passepartout klebte ein Umschlag, den sie behutsam abtrennte. Dann flüsterte sie etwas auf Russisch.

»Was hat sie gesagt?«, fragte Grenfeld, der den Akzent nicht verstand.

»Du hattest ihr etwas versprochen, vor langer Zeit.«

»Ich hatte ihr versprochen, Ilja zurückzubringen.«

»Du sollst ihr nichts mehr versprechen. Sie will nach Hause, in ihr Dorf Zowkra. Dafür schenkt sie dir das!«

Grenfeld nahm den Umschlag und öffnete ihn. »Fotografien«, brummte er enttäuscht. Es waren Aufnahmen von Industrieanlagen, Baracken und Soldaten, jede Rückseite handschriftlich datiert und kommentiert.

»Kriegsbilder? Ist es das, wonach die suchen?«, fragte Olja.

»Die Aufnahmen sind letztes Jahr gemacht worden.« Grenfeld steckte den Umschlag in seinen Mantel, dann legte er den Druck sorgfältig in den Rahmen und befestigte die Rückseite.

»Den Umschlag, wenn ich bitten darf!« Der Chef des Eldorado trat aus dem Schatten.

»Nein«, sagte Grenfeld ruhig.

»Wie bitte?« Machowskis Stimme klang gereizt. »Wir hatten eine Abmachung. Bild und Mädchen gehören Ihnen, alles andere mir, schon vergessen?«

»Ich weiß nur eines: *Das* gehört nicht in Ihre Hände.«

»Los, gib es ihm!«, flüsterte Olja. Wir haben alles, was wir brauchen.«

»Nein!«

Machowski zog die Waffe und richtete sie auf Amina.

»Wenn ich nicht bekomme, was mir zusteht, dann werden Sie ebenso leer ausgehen«, sagte er, und Grenfeld hatte keinen Zweifel, dass er es ernst meinte.

»Verdammt, gib ihm diese Fotos. Was willst du damit?«, jammerte Olja und zog Amina an sich. Widerwillig händigte er ihm den Umschlag aus.

»Die Fotos werden Ihnen kein Glück bringen.« Machowski grinste und steckte ihn ein.

Als sie die Leiter hinabgestiegen waren und den Boden erreicht hatten, wurden sie von zwei bewaffneten Männern in Empfang genommen. »Hatten Sie wirklich geglaubt, wir würden so schnell aufgeben?«, sagt einer der beiden und zielte auf Grenfeld. »Es ist ganz einfach: Übergeben Sie uns das Bild und das Mädchen. Dann lassen wir Sie in Ruhe.«

»Niemals! Das Mädchen bleibt hier«, sagte Grenfeld und ärgerte sich, weil seine Stimme zitterte.

»Wir werden sie befragen. Das ist alles! Dann lassen wir sie laufen.«

»Sie bleibt hier!«, brüllte er. Grenfeld wollte sich gerade vor Amina stellen, als er bemerkte, wie Machowski seine Waffe zog und im selben Moment durch einen Schuss nach hinten geworfen wurde. Die hellen Streifen seiner Stoffhose färbten sich am Oberschenkel dunkel. Er stöhnte, blieb rücklings liegen und ruderte mit seinen Armen. Grenfeld legte das Bild behutsam auf den Boden. Der Schütze hob es auf und zog Amina auf seine Seite.

»Sie spricht nur Lakisch, wenn überhaupt«, erklärte Grenfeld. »Lassen Sie uns mit ihr reden. Wir haben jemanden, der ihren Dialekt versteht.«

Der Schütze zerrte Amina zur Tür, während der andere sie öffnete.

»Warten Sie, bitte!«, sagte Grenfeld und lief mit erhobenen Händen auf Machowski zu. Seine Waffe lag einige Meter von ihm entfernt. »Ich werde jetzt einen Umschlag aus dem Mantel des Herrn holen. Das wird Sie interessieren.« Als er sich bückte, entdeckte er zu seiner Überraschung im schmerzverzerrten Gesicht des Hugo Machowski den Anflug eines diabolischen Grinsens. Er ahnte, dass ein Mann von seinem Format eine zweite Waffe versteckt hielt. Vorsichtig fischte er den Umschlag aus seiner Manteltasche. »Hier sind die Fotos. Ich gebe Sie Ihnen, sobald Sie das Mädchen loslassen.«

Die beiden Russen verharrten am Türrahmen und Grenfeld war sich nicht sicher, ob sie ihn verstanden hatten. Bernhard Ettés Orchester hatte zu spielen begonnen. »Nehmt diese verdammten Fotos! Hier!«, schrie Grenfeld gegen die Musik an und schwenkte den Umschlag in der Luft.

Erst jetzt begriff er, warum die beiden im Türrahmen verharrten. Im Halbdunkel erkannte er Jonnys Schatten, der seine Pistole auf den Kopf des Schützen richtete. »Niemand wird das Mädchen irgendwohin bringen. Niemand!«, brüllte er und trat ins Licht, kreidebleich, seine Augen fiebrig glänzend, die Kleidung blutverschmiert. Seine Hand zitterte so stark, dass sie kaum die Waffe halten konnte. Die Männer reglos, ihre Gesichter versteinert, machten keine Anstalten, Amina loszulassen. »Waffen weg!«

»Ich werde Amina jetzt in Sicherheit bringen«, sagte Grenfeld langsam.

»Nein!«, rief Jonny wie von Sinnen, riss das Mädchen los und zerrte sie in die Mitte des Raumes. »Sie steht unter *meinem* Schutz. Niemand wird sie anrühren. Ich vertraue keinem von euch!«

Die Männer wirkten, als prüften sie, ob sie den Halbwüchsigen ernst nehmen sollten. Sie spürten seinen Zustand der Verwirrung, warteten offenbar auf einen Moment der Unkonzentriertheit. Einzig das viele Blut auf seiner Kleidung schien sie zu irritieren.

»Nehmen Sie die Fotos und gehen Sie. Dann ist alles in Ordnung«, sagte Grenfeld mit aller Ruhe, zu der er noch fähig war.

Plötzlich raunte der eine dem anderen etwas zu. Doch Machowski war schneller. Zuerst zersplitterte die Deckenlampe, schließlich das Glas der Vitrine.

»Hinlegen!«, schrie Grenfeld und bemerkte noch, wie Jonny sich schützend auf Amina warf. Dann zerbrach das Aussichtsfenster mit einem ohrenbetäubenden Knall. Machowski feuerte pausenlos und Grenfeld sah die Schatten der beiden Angreifer zu Boden sinken. Das alte Kerkau-Schild krachte von der Decke auf den Boden und begrub die beiden unter einer Wolke aus Glassplitter und Staub, die sich bis in die letzten Winkel ausbreitete. Dann trat eine merkwürdige Stille ein. Selbst das Orchester war verstummt.

»Verdammt noch mal!«, hörte er die heisere Stimme Machowskis. »Haut ab! Flieht durch den Tunnel! Der Junge kennt sich aus.«

Grenfeld sah, wie Jonny und Olja sich aufrichteten. Er hörte das Wimmern des Mädchens. »Grenfeld?«, krächzte Machowski. »Ruf im Eldorado an. Die sollen mich hier rausholen. Und nimm den verfluchten Umschlag mit!«

»Nicht durch den Tunnel!«, flehte Jonny und zerrte an Grenfelds Arm. »Nicht noch einmal durch den verdammten Tunnel.«

»Wir müssen«, sagte er. »Was ist denn da unten?«

»Der Kaukasier. Ich glaube, er ist tot.«

KAPITEL 13

28. Januar 1927, 22 Uhr,
Zirkus Sternheim

Der Zirkusarzt kam die Holztreppe des Krankenwagens herunter. »Ein Streifschuss«, sagte er zu Sternheim. »Der Junge hat mächtig Glück gehabt. Das Mädchen hat eine Prellung, weiter nichts. Beide haben einen traumatischen Schock erlitten. Nur der Berberaffe ist quietschfidel.«

Olja nahm Grenfeld beiseite. Ihr Gesichtsausdruck hatte sich verändert. Die einstige Zuversicht, gespeist aus der Illusion jugendlicher Unverwundbarkeit, hatte vor der Brutalität der Unterwelt kapituliert. Bei den jungen Schutzpolizisten, aus den ländlichen Gebieten Ostpreußens rekrutiert, hatte er so einen Wandel nach dem ersten Leichenfund oder einer blutigen Straßenschlacht oft genug registrieren können.

»Der Ganove hat die beiden Russen erschossen. Jetzt sind wir nirgendwo sicher. Die lassen uns keine Ruhe mehr«, sagte sie.

»Ihr bleibt bis morgen hier. Sternheim wird euch auf dem Gelände verstecken. Dann sehen wir weiter.«

»Was ist mit Kurbanow? Er lag im Tunnel, überall Blut.«

»Sternheim hat die nächste Revierpolizei verständigt. Es wäre ein Wunder, wenn der Kaukasier überlebt. Bei Machowski bin ich mir da sicher.«

Olja stampfte kraftlos auf. »Nie wieder setzt der einen Fuß in unser Atelier!«

Grenfeld sah sie betroffen an. Sie hatte anscheinend noch nicht begriffen, dass sie für eine sehr lange Zeit das Atelier würden meiden müssen. »Wir können nicht hier bleiben, wir müssen untertauchen. Alles andere wäre Selbstmord.«

»Und alles nur wegen ein paar Fotografien. Wem machen die solche Angst?«

»Das werde ich herausfinden«, sagte Grenfeld.

»Ich will es nicht wissen«, schrie Olja plötzlich und packte seinen Arm. »Wie viele Menschen sollen noch sterben? Der Preis ist zu hoch! Hör auf!«

Grenfeld löste sich von ihr. »Was man anfängt, muss man zu Ende bringen!«

»Wer behauptet so was?«, zischte Olja mit unterdrückter Stimme.

»Helen sagt das, eine Familientradition. Sie haben es weit gebracht mit diesem Grundsatz.«

»Bei uns heißt es: *Öffne keine Tür, die du nicht wieder schließen kannst.* Aber dafür ist es jetzt zu spät.«

»Gib mir vierundzwanzig Stunden und wünsch mir Glück. Du erreichst mich im Hotel Esplanade.«

Grenfeld legte den Umschlag neben sich auf den Fahrersitz und startete den Motor. Auf der Fahrt zur Douglasstraße dachte er an seine Kollegen, die jetzt im Equitable-Palast Überstunden leisteten. Dr. Katz würde fluchen, weil er Leichen untersuchen musste, während Bernhard Ettés Orchester *Ça … c'est Paris* spielte. Sie würden die Russen finden und sich über deren Diplomatenpässe den Kopf zerbrechen. Dann würden sie durch den Tunnel kriechen und den Kaukasier mit einer Trage hinüber zum Equitable transportieren. Sollte Kurbanow überleben, würden sie ihn in die Mangel nehmen. Wahrscheinlich würden sie ihn selbst verhören, doch er hatte keine Ahnung, was er seinen ehemaligen Kollegen antworten sollte. Nur eines wusste er mit Sicherheit: Sein Leben war nicht viel wert, solange er im Besitz der Fotos war.

Grenfeld weckte Helen und brauchte alle Überredungskraft, sie zu überzeugen, auf der Stelle in ein Hotel zu ziehen. Er wählte das Excelsior in der Königgrätzer Straße aus. Mit seinen fünfhundert Zimmern, gegenüber dem Anhalter Bahnhof gelegen, wurde es hauptsächlich von Geschäftsreisenden aufgesucht und war für seine Zwecke anonym genug. Anschließend fuhr er ins Hotel Esplanade. Er hatte um Zimmer dreihundertdrei gebeten und es bekommen. Ohne sich auszuziehen, ließ er sich auf jenes Bett fallen, in dem Ilja vor seinem Tod genächtigt hatte. Die Präsenz des Toten hatte sich verflüchtigt. Er öffnete den Umschlag und verteilte die Fotos auf der Bettdecke. Sofort empfand er eine Abneigung gegen die Papierbilder. Was auch immer sie bedeuteten, sie waren schuld, dass acht Menschen ihr Leben lassen mussten. Er hätte gute Lust gehabt, sie auf der Stelle im Aschenbecher zu verbrennen. Auf einem Foto war die Inspektion eines Gießbehälters abgebildet, der in ein Flugzeug verbaut worden war. Auf der Rückseite stand:

November 1926

Ort: Podosinki b. Moskau

Personen: Josif Unslicht (Stellvertretender Volkskommissar für das Kriegswesen), Kommando Amberg.

Ansicht: Aerochemische Abregnungsversuche, Regentonne, tauglich für Massenfertigung.

Grenfeld brauchte nicht viel Fantasie, um zu verstehen, dass es bei den »aerochemischen Abregnungsversuchen« um den Abwurf von Giftgas ging. Die Aufrüstung zum chemischen Luftkrieg wurde offenbar ungeachtet des Versailler Vertrags mithilfe der Roten Armee munter weiterentwickelt. Das zweite Foto zeigte ein weites Feld, im Hintergrund: Flugzeughallen, Mannschaftsbaracken und Kampfflugzeuge. Auf der Rückseite war vermerkt:

Juni 1926

Ort: Lipezk, Russland

Ansicht: geheime Fliegerschule und Erprobungsstätte der Reichswehr

Kommandant: Major a. D. Walter Stahr

Tarnname: Schule Stahr, auch »WIVUPAL« für »Wissenschaftliche Versuchs- und Personalausbildungsstation«

Flugzeuge: 8 Heinkel D 17, 34 Jagdflugzeuge Fokker D XIII, 13 Schulflieger

Geplante Erprobung: Bordfeuerwaffen, Bomben, »Schädlingsbekämpfung«

Er konnte sich lebhaft vorstellen, was die Generäle unter »Schädlingsbekämpfung« verstanden. Weitere Aufnahmen zeigten Laboratorien in Wolsk, wo im Sommer letzten Jahres deutsche Chemiker, Mediziner, Biologen und Meteorologen in der Einsamkeit der russischen Provinz chemische Kampfstoffe wie Lost, Phosgen und Chlorkampfstoffe auf ihre Wirkung als Massenvernichtungswaffen testeten. Der Umschlag enthielt zwei Dokumente. Aus einem ging hervor, dass man in Kama, nahe der alten Tartarenstadt Kazan, Panzerprototypen getarnt als Großtraktoren erproben wollte. Das andere Dokument war ein Inspektionsbericht des Hauptmanns a. D. Kurt Student bezüglich der Möglichkeiten zur Aufnahme fliegertechnischer Erprobung in Lipezk. Beide Papiere besaßen einen beunruhigenden roten Stempel:

Geheime Kommandosache.
Missbrauch wird bestraft
nach dem Gesetz vom 3. Juni 1914
gegen den Verrat militärischer Geheimnisse,
sofern nicht andere Strafbestimmungen infrage kommen.

Ihm wurde schlagartig klar, was er in Händen hielt. Der Manchester Guardian und in Folge der Vorwärts hatten im Dezember letzten Jahres ein politisches Erdbeben ausgelöst, als sie über geheime Waffenlieferungen Russlands an das Deutsche Reich berichteten. Der SPD-Politiker Philipp Scheidemann hatte im Reichstag in einer Rede die illegale Aufrüstung der Reichswehr angeprangert. Die deutschnationalen und kommunistischen Abgeordneten waren entsetzt, dass frühere Offiziere des Kaiserreichs und Kommissare der Sowjetunion dabei Hand in Hand arbeiteten. Scheidemann selbst wurde von den Abgeordneten als Volksverräter beschimpft. Der Reichskanzler Marx hatte zuerst dementiert, schließlich nur zugegeben, was man nicht mehr leugnen konnte. Am Ende hatte man die Sache bagatellisiert. Die Waffenlieferungen seien das Relikt alter Verträge vor 1923 und gehörten längst der Vergangenheit an. Die Fotos auf seiner Bettdecke waren nichts weniger als ein Beweis, dass dem nicht so war. Grenfeld ahnte, dass er sich in der gleichen Lage wie Ilja Sokolow befand. Er ging ins Bad, trank ein Glas Wasser, verspürte Hunger, doch er wagte es nicht, ins Restaurant zu gehen. Er löschte das Licht und sah aus dem Fenster. Er war sich jetzt sicher, dass die Kerle mit den sowjetischen

Diplomatenpässen dem russischen Geheimdienst angehörten. Offensichtlich hatten auch die Sowjets wenig Interesse, dass weitere Beweise der Zusammenarbeit an die Öffentlichkeit gelangten. Er versuchte, sich zu beruhigen und seine Möglichkeiten zu sortieren. Er könnte die Fotos den ehemaligen Kollegen von der politischen Abteilung übergeben, er könnte sie der Presse weiterleiten oder sie für einen dreisten Erpressungsversuch nutzen: den Mörder von Ilja Sokolow im Austausch gegen diese Aufnahmen. Er starrte auf die Schatten an der Wand und dachte an die Kinderzeichnung, mit der alles begonnen hatte: das Zirkuszelt, die eigenwilligen Pferde, der fliegende Engel, die Moschee, die Speisekarte. Er dachte an die Fahrt nach Wünsdorf, an den sonderbaren Ibrahim und den Lehrer Pawel, der vor ihm geflüchtet war. Helen hatte recht: Niemand hatte ihm bisher erklären können, was Ilja dort zu suchen hatte. Er war sich sicher, dass der Hochseilartist die Fotos nicht selbst geschossen hatte. Allenfalls war er ein Kurier, als Zirkusmann unverdächtig, Grenzen zu überschreiten. Grenfeld richtete sich auf. Ein Gedanke ließ ihn nicht los. Ilja musste in Wünsdorf einen Verbindungsmann getroffen haben: den Lehrer oder Ibrahim. Vielleicht war er deswegen immer wieder dorthin gereist. Amina war nur eine zufällige Entdeckung, ein Glücksfall. Er musste beide in die Mangel nehmen, wenn er jemals herausfinden wollte, ob er recht hatte. Zitternd griff er zum Telefonhörer und wählte Gennats Nummer, legte jedoch wieder auf. Es war aus und vorbei. Mit Gennats Hilfe durfte er nicht mehr rechnen. Stattdessen ließ er sich mit Falcks Büro verbinden. Nach langem Klingeln hörte er dessen Stimme. Der Kriminalanwärter hatte offenbar Bereitschaft, während die anderen das Chaos im Equitable inspizierten.

»Hören Sie, Falck. Ich stecke in einem verdammten Schlamassel. So tief, dass Sie es sich nicht vorstellen können.«

»Oh doch, das kann ich mir lebhaft vorstellen«, tönte es aus dem Hörer.

»Die Sache ist kompliziert!«

»Wir haben Ihren Kaukasier in einem Gang unter dem Equitable-Palast gefunden. Ein anonymer Anruf. Haben Sie etwas damit zu tun?«

»Wird er überleben?«, fragte Grenfeld ausweichend.

»Dr. Katz hat getobt. Er sei für Schwerverletzte nicht zuständig.«

»Gott sei Dank«, murmelte Grenfeld. »Und oben auf dem Speicher?«

»Bedienstete wollten eine Schießerei gehört haben. Aber da war nichts.«

»Nichts?«

»Na ja, zerbrochene Scheiben, sieht wüst aus da oben.«

Grenfeld ärgerte sich über seine Einfalt. Natürlich hatte Machowski die Leichen rechtzeitig verschwinden lassen.

»Mein Gott, Grenfeld, nun reden Sie schon. Was ist passiert?«

»Ich fürchte, wir haben uns mit dem russischen Geheimdienst angelegt.«

»Wo sind Sie?«

»Das kann ich Ihnen nicht sagen.«

»So geht das nicht! Die Kollegen der Politischen Abteilung werden sich darum kümmern!«

Grenfeld lachte bitter. »Sind die besser als die anderen? Vielleicht waren sie ja nur langsamer.«

Falck räusperte sich, dann flüsterte er: »Genau genommen bin ich seit Mitternacht nicht mehr im Dienst.«

»Heißt das, Sie werden mir helfen?«

Falck zögerte. »Bis zu einem gewissen Grad.«

»Dann passen Sie auf Helen auf. Ich habe sie im Excelsior untergebracht«, sagte Grenfeld und legte auf.

29. Januar 1927, 5 Uhr, Wünsdorf bei Zossen

Der ehemalige Kommissar verließ das Hotel und nahm diesmal den Weg über Zossen, vermied die Fahrt durch den Forst. Vor der Moschee fiel ihm ein, dass er kaum davon ausgehen konnte, dass Ibrahim dort wohnte. Er würde warten müssen, bis er zum Gebet erschien. Er legte seinen Kopf auf das Lenkrad und schlief ein. Als er wieder erwachte, dämmerte es bereits. Grenfeld stieg aus und klopfte an das Eingangstor, bemerkte sodann, dass es offen war, und trat ein. Zögernd überquerte er den Vorplatz mit dem Wasserbecken. Mit einem Mal hatte er Angst, dass Ibrahim etwas zugestoßen war. Im Kuppelsaal der Moschee war es düster. Grenfeld lief weiter zum Teeraum. Der Samowar dampfte, doch niemand war anwesend. Auf der Anrichte lag ein Buch mit dem Titel *Krieg dem Kriege*. Er nahm es in die Hand und entdeckte auf der ersten Seite eine Widmung: »Meinem lieben Freund Ibrahim, im Kampf gegen den verhassten Krieg, Ernst Friedrich«. Die Bilder der nächsten Seiten trafen ihn unvorbereitet. Verkrüppelte und entstellte Soldatengesichter, darunter ein Kommentar von Graf Moltke: »Die edelsten Tugenden der Menschen entfalten sich im Krieg!« Grenfeld blätterte weiter und konnte das Büchlein nicht aus der Hand legen. Als er in den Saal zurückkehrte, entdeckte er Ibrahim betend auf einer Bastmatte direkt unter der Kanzel. Er setzte sich einige Meter dahinter auf den Boden und beobachtete ihn. Plötzlich strahlte das Licht der aufgehenden Sonne durch die bunten Gläser der Oberlichter und warf farbige Quader auf den Boden. Grenfeld musste an den Mann aus Dagestan denken, der Amina nun nicht mehr zurückbringen konnte.

»Sie sehen erschöpft aus«, sagte Ibrahim, nachdem er sein Gebet beendet hatte.

»Ich habe etwas, das Ilja Sokolow gehörte. Leider hat es ihm kein Glück gebracht.«

»Wo ist denn meine Olja geblieben?«

»Es genügt, wenn man mich umbringt. Sie ist noch jung. Zu jung, um für ein paar Aufnahmen zu sterben.«

Ibrahim seufzte. »Sie haben also das Material.«

Grenfeld hatte augenblicklich mit einem Wust von unangenehmen Gefühlen zu kämpfen. »Soll das heißen, Sie haben *alles* gewusst und mir nichts verraten?«

»Sokolow und ich – wir waren enge Freunde.«

»Und warum um alles in der Welt …?«

»Ich Sie im Unklaren gelassen habe? Nun, ich wusste, dass Ilja sich in große Gefahr gebracht hatte. Ich musste abwägen, ob ich Sie und vor allem Olja da hineinziehen konnte.«

»Die angebliche Gebetserhörung.«

»Nun ja, ich hatte damals wirklich um eine Antwort gebetet.«

»Es ist schwer zu ertragen, was Sie da behaupten, wirklich!«

»Ich war mir nicht sicher, ob Sie beide für so eine Ermittlung geeignet wären. Deshalb gab ich Ihnen einen Hinweis. Den Rest sollten Sie selbst herausfinden.«

»Hören Sie mit den orientalischen Märchen auf! Erzählen Sie mir endlich, um was es geht!«, schrie Grenfeld.

»Ilja war ein Kurier. Er sollte das Material dem *Manchester Guardian* übergeben. Zumindest war das der Plan. Als Versteck hatten wir oft Kunstwerke benutzt, nur eben keine geklauten.«

»Woher stammen die Aufnahmen? Wer hat sie gemacht?«

»Das kann ich Ihnen nicht verraten.«

»Ein Imam als Spion. Keine schlechte Tarnung. Für welchen Geheimdienst arbeiten Sie? Für die Polen, Franzosen oder Briten?«

Ibrahim schüttelte den Kopf. »Sie werden verstehen, dass ich auch darüber schweigen muss. Ich kann Ihnen nur sagen: Ilja hatte hoch gepokert. Er brauchte Geld. Er bot die Fotos der Presse, rivalisierenden Geheimdiensten und auch den Russen an. Das war ein fataler Fehler, eine Selbstüberschätzung.«

»Und was beweisen die Aufnahmen?«

»Sie bestätigen die Enthüllungen des Guardian vom Dezember. Dass die Reichswehr nach wie vor mit Russland kooperiert und die Bestimmungen des Versailler Vertrags unterläuft: Panzerbau, Flugzeugbau, militärische Ausbildung und vor allem die Produktion von Giftgas. Die Offiziere und Generäle reisen mit gefälschten Pässen und Tarnnamen. Flugzeugteile und Raketen werden falsch deklariert mit Segelbooten herumgeschippert, während unser Außenminister den Friedensnobelpreis bekommt. Die Dementis der Regierung sind eine dreiste Lüge.«

»Und Sie, Ibrahim, worum geht es Ihnen? Um Geld?«

»Nein!«

»Idealismus also.«

»Bei mir hat es mit niedrigen Beweggründen begonnen.«

»Was meinen Sie damit?«

»Enttäuschung, Hass, Rache. So etwa in dieser Reihenfolge. Man hat uns im Krieg gegen Russland kämpfen und sterben lassen.«

»Und kurz darauf rüstet man den ehemaligen Feind mit Giftgas aus.«

»Das Ziel heiligt die Mittel.«

»Welches Ziel?«

»Der große Geheimplan des Generalstabs: Ein Heer von hundertzwei Divisionen, zwei Millionen achthunderttausend Mann, um die Schmach des Versailler Diktats auszulöschen. Nehmen wir Herrn von Seeckt. Im Januar 1919 organisierte er als Stabschef des Oberkommandos Grenzschutz Nord die Kämpfe gegen die Rote Armee. Als Generaloberst bereitet er heute mit den ehemaligen Feinden die Aufrüstung für einen neuen Krieg vor.«

»Und was treibt Sie an? Warum riskieren Sie Ihr Leben?«

Ibrahim deutete auf die Kuppel. »Bei mir hat sich so manches geändert. Aber das zu erklären, würde länger als ein paar Minuten dauern.«

»Der Lehrer, gehört der auch dazu?«

»Pawel? Er war dagegen, dass ich Sie auf die Spur bringe. Ich dagegen hatte von Anfang an gedacht: Der beißt sich durch!«

Grenfeld schwieg. Er hatte mit emotionalen Turbulenzen zu kämpfen.

»Haben Sie das Material dabei?«, fragte Ibrahim betont beiläufig. Grenfeld erstarrte. Auf diese Frage hatte er gewartet.

»Sie brauchen mir die Fotos nicht auszuhändigen. Schicken Sie sie an den Guardian.«

»Ich hatte Kontakt mit einem Korrespondenten, einem Herrn Schoener. Seine Nummer stand in Iljas Notizbuch.«

»Unser Kontaktmann heißt nicht Schoener.«

»Sondern?«

»Thomas Vogt. Ein guter Mann, gehört seit vielen Jahren dem Verein der ausländischen Presse in Berlin an.«

Grenfeld schüttelte den Kopf. »Mit wem habe ich mich dann getroffen?«

»Sie müssen sehr vorsichtig sein. Nicht nur die Russen wollen eine Veröffentlichung verhindern, auch das Reichswehrministerium wird alles tun, um neue Beweise verschwinden zu lassen.«

»Machowski. Sagt Ihnen der Name etwas?«

»Nein, wer soll das sein?«

Grenfeld massierte sich die Stirn. Kopfschmerzen kündigten ihre baldige Ankunft an.

»Wissen Sie, was morgen für ein Datum ist?«, fragte Ibrahim.

»Der dreißigste Januar.«

»Morgen wird die interalliierte Militärkontrollkommission Deutschland verlassen.«

Die IMKK unter dem Vorsitz eines französischen Generals überwachte seit 1919 die Bestimmungen des Versailler Vertrags und registrierte sämtliche Verstöße. In den Augen der Militärs war jede der dreiunddreißigtausend Kontrollen eine demütigende Beschneidung, deren Ende sie mit Ungeduld entgegenfieberten.

»Sie glauben, wenn diese Fotos publik werden, wird man die Entscheidung revidieren?«

»Wie viele Dominosteine fallen, kann man nie vorhersagen.«

»Der Mann, der Ilja überfahren hat. Ich denke, ich weiß, wer es war. Man nennt ihn Dojo, ein ehemaliger Häftling des Lagers auf den Solowezki-Inseln.«

Ibrahim zuckte mit den Schultern. »Ich vermute, aber es ist wirklich nur eine Vermutung, dass der Mann ein in Ungnade gefallener Agent der GPU ist. Er sollte sich rehabilitieren, aber er hat sicher nicht im Sinne seiner Auftraggeber gehandelt.«

»Wie meinen Sie das?«

»Ein Auftragsmord in diesen Zeiten würde keine Seite riskieren. Der sowjetische Geheimdienst hatte ihn vermutlich angeworben, um die Veröffentlichung der Fotos zu verhindern, möglichst diskret, versteht sich.«

»Dojo war wohl kaum der typische Befehlsempfänger. Er wollte ein Experiment durchführen.«

»Wie bitte?«

»Er wollte Raskolnikow spielen – Sie wissen schon – die Figur im Roman Dostojewskis.«

Ibrahim sah ihn fragend an.

»Man hatte ihm die Identität eines Literaturwissenschaftlers verpasst: eines Michail Bachtin. Kennen Sie ihn?«

»Nein, was hat er veröffentlicht?«

»Aufsätze über Dostojewski, meist unter einem Pseudonym.«

»Ein Doppelgänger?«

»Eine Tarnung. Der Lebenslauf, der Pass – alles ergab ein stimmiges Bild. Einer jener hunderttausend in der Hauptstadt gestrandeten russischen Intellektuellen.«

»Und der richtige Bachtin?«

»Ich habe keine Ahnung. Vielleicht ist er tot oder in einem Lager.«

Ibrahim stand auf und ging in die Teeküche. Grenfeld folgte ihm. »Und jetzt? Was werden Sie tun? Der nächste Zug liegt bei Ihnen.«

»Ich will den Mörder. Ich werde denen ein Geschäft vorschlagen: Mörder gegen Fotos.«

Ibrahim blieb wie erstarrt vor dem Samowar stehen. »Dann gehen Sie den Weg Iljas. Sie werden sterben oder wegen Landesverrat hinter Gitter kommen. Das garantiere ich Ihnen. Die lassen sich nicht erpressen!«

»Ich war zwanzig Jahre Kriminalkommissar. Ich kann einen Mord nicht einfach übersehen.«

»Wen interessiert das?« Ibrahims Gesichtszüge waren plötzlich hart geworden. »Menschen, meist einfache Arbeiter, haben für diese Schnappschüsse viel riskiert, verstehen Sie? Wenn Sie die Fotos nicht veröffentlichen, war alles umsonst. Die werden sie vernichten oder für ihre innerpolitischen Machtspiele benutzen.«

»Ich will den Mörder«, wiederholte Grenfeld trotzig.

»Ich werde Ihnen jetzt etwas sagen. Wenn dieser Dojo sein Experiment vollenden will, dann wird er sich stellen.«

Grenfeld lachte. »In einem orientalischen Märchen vielleicht.«

»Er wird sich bei Ihnen melden!«

Er lachte noch lauter.

»Sie spotten ja schon wieder. Ich dachte, davon sind Sie geheilt?«

Plötzlich spürte Grenfeld einen unerklärlichen Zorn in sich aufsteigen. »Ich glaube, das ist alles Humbug«, schrie er. »Sie haben von nichts gewusst. Sie sind wie ein Hellseher auf dem Rummel. Ich habe Ihnen alles erzählt. Sie haben es nur bestätigt.«

Ibrahim ging zur Tür. »Sie stehen vor einer schwerwiegenden Entscheidung, Herr Grenfeld. Ich kann Ihre Wut verstehen. Treffen Sie die richtige Wahl!«

Er lief auf Ibrahim zu und packte ihn am Revers seines alten Militärmantels. »Was für einer Organisation gehören Sie an?«

Ibrahim blickte ihn durchdringend an.

Grenfeld deutete auf das Buch. »*Krieg dem Kriege* – das ist doch *der* Ernst Friedrich mit seinem Anti-Kriegs-Museum in der Parochialstraße, nicht wahr? Was seid ihr – Anarchisten? Revolutionäre Pazifisten?«

Ibrahim schwieg, verzog keine Miene.

»Soll ich etwa mein Land an die Engländer verraten?«, schrie Grenfeld und ließ sein Gegenüber los.

Ibrahim flüsterte: »Wissen Sie, wer die Öffentlichkeit über die geheime Lieferung der dreihunderttausend Sowjetgranaten informiert hat? Der Polizeipräsident von Stettin, ein Sozialdemokrat. Sie sind also in guter Gesellschaft. Gauben Sie im Ernst, die Herren der Reichswehr haben das Wohl unseres Landes im Sinn? Denken Sie, im Giftgas liegt unsere Zukunft? Warum haben die wohl solche Angst vor den Fotos? Die kümmern sich einen Dreck um das Parlament, machen einfach, was sie wollen! Die haben *nichts* gelernt!« Ibrahim drehte sich ruckartig um und verließ den Gebetssaal.

»Bleiben Sie da, verdammt«, rief er ihm nach, doch Ibrahim hörte es nicht mehr.

Grenfeld setzte sich in den Wagen und ballte die Fäuste. Er fühlte sich wie in einem Ringkampf mit einem unsichtbaren Gegner. Während er die Strecke durch den Wald nahm, ließ er die Begegnung mit Ibrahim so lange vor seinem geistigen Auge vorüberziehen, bis er nicht mehr wusste, wer was gesagt hatte. Vor dem geschnitzten Wegweiser nach Töpchin hielt er an. Plötzlich war ihm bewusst, warum er so wütend war. Irgendwer hatte ihm eine tonnenschwere Entscheidung vor die Füße geworfen, deren Folgen er nicht abschätzen konnte. Was hatte er mit der großen Politik zu schaffen? Sollte durch sein Handeln die Kontrollkommission länger im Land bleiben? Er war kein Politiker, nur ein Kommissar, der seinen Dienst quittiert und seine Ängste in Alkohol konserviert hatte. Grenfeld stieg aus und folgte einem Pfad durch den Wald, vorbei an verlassenen Kasernen und ehemaligen Schießbahnen. Nach einer Stunde erreichte er den Friedhof der Kriegsgefangenen, passierte die Gräber der Inder, Araber, Afrikaner, Russen und Franzosen. Er ging weiter, setzte mechanisch einen Fuß vor den anderen, sog begierig die nasskalte Luft ein und hoffte, einen freien Kopf zu bekommen. Längst hatte er im Nebel die Orientierung verloren, als er fröhliches Kindergeschrei vernahm. Er folgte den Stimmen und landete im Hof einer Kaserne. Dort setzte er sich auf eine Mauer und beobachtete die Kinder beim Spielen. Er musste lange dort gesessen und nachgedacht haben, denn als er aufstand, zitterte er vor Kälte. Das ausgelassene Lachen, Singen und Toben war verklungen. Der Hof war wieder verweist, nur ein Hausmeister schaute neugierig zu ihm hinüber, während er die Platten kehrte.

»Was sind das für Kinder?«, rief Grenfeld ihm zu.

»Berliner Gören. Sind vier bis sechs Wochen hier, zur Erholung. Die meisten haben den Vater verloren.« Der Hausmeister kam auf ihn zu und stellte seinen Besen ab.

»Hier war das ehemalige Offizierskasino. Die Kommandantur ist weg und nun haben die Kinder das Regiment übernommen, aber wer weiß wie lange.«

»Wie meinen Sie das?«

Der Hausmeister kam näher. »Wissen Sie, vor nicht allzu langer Zeit hatte hier die Dicke Berta Zweiundvierzig-Zentimeter-Granaten quer über unsere Köpfe gefeuert. Heute ist es friedlich. Aber weiß man, wie lange es so bleibt?«

»Heutzutage weiß man nie«, erwiderte Grenfeld.

Als er zum Wagen zurückkehrte, wusste er, was zu tun war. Er war verblüfft, hatte keine Ahnung, woher auf einmal die Gewissheit stammte, doch sein Weg lag glasklar vor Augen. Die Zeit des Zögerns und Zauderns war zu Ende. Mit Höchstgeschwindigkeit raste er zurück zum Esplanade. Er ließ sich die Adresse des Manchester Guardian geben, beschriftete ein Kuvert mit dieser Adresse und steckte die Fotos in den Umschlag. Die geheimen Dokumente kamen in ein Kuvert, das an den Vorwärts adressiert war. Anschließend fuhr er zu Helen. Falck hielt tatsächlich Wache. Er hatte sich in einem Zimmer neben Helen einquartiert.

»Können Sie mir einen Gefallen tun?«, fragte Grenfeld. »Geben Sie diese Umschläge beim nächsten Postamt ab, persönlich. Ich habe das Gefühl, auf Schritt und Tritt verfolgt zu werden.«

»Ich bin ab heute nicht mehr im Dienst«, sagte Falck. »Ich bin niemandem mehr verpflichtet.«

»Natürlich«, murmelte Grenfeld irritiert.

Falck nahm ihm die Umschläge aus der Hand. »Noch etwas?«

»Es geht um Dojo, den angeblichen Michail Bachtin. Können Sie mit seinem Bruder Nicholas Kontakt aufnehmen? Er unterrichtet an der Sorbonne. Mich würde brennend interessieren, ob er zum Aufenthaltsort seines Bruders etwas aussagen kann.«

»Zu Befehl«, sagte Falck lächelnd.

»Was ist mit Kaleko?«

»Kommt nächste Woche ins Untersuchungsgefängnis Moabit. Der Anwalt wird auf Unzurechnungsfähigkeit plädieren. Alle haben Zweifel an seinem Geständnis, aber der Dummkopf bleibt bei seiner Aussage. Er zwingt den Staatsanwalt dazu, Anklage zu erheben.«

»Da ist noch etwas. Rufen Sie bitte bei Sternheim an. Sagen Sie ihm, dass Jaragi Kurbanow überlebt hat. Er soll es unbedingt Jonny ausrichten.«

»Was verdient man eigentlich als Detektivanwärter?«, fragte Falck ironisch.

»Das regelt die Gewerkschaft der Detektive.«

Als er Helens Hotelzimmer betrat, umarmte er sie, dann berichtete er ihr alles, was vorgefallen war.

»Was bedeutet das für uns?«, fragte sie angespannt mit einem Blick zum Anhalter Bahnhof. Helen war keine Frau, die sich einengen ließ, und ihre Abneigung gegen das Excelsior war ihr ins Gesicht geschrieben.

»Wir müssen eine Zeit lang untertauchen, zumindest so lange, bis die Fotos publiziert sind.«

»*Wir*? Ich kann nicht verreisen. Ich hab einen Auftrag. Kannst du dich erinnern? Die neue Haller-Revue! Heute Abend sind wir zum Goldrausch-Fest in den Sportpalast eingeladen. Hast du das vergessen?«

»Zum Teufel mit den Revuen!«, explodierte Grenfeld. »Hier geht es nicht darum, ob sich Tänzerinnen in einem Schwanen- oder Pharaonenkostüm entblößen. Es geht um … etwas Größeres!«

Helen wanderte nervös im Zimmer auf und ab. Grenfeld wollte sich erklären, doch sie wehrte ab. »Du hast es also getan«, sagte sie und vermied es, ihm in die Augen zu sehen.

»Ibrahim würde sagen, es ist Bestimmung.«

»Ich glaube kaum, dass in seiner Welt auch Frauen eine Bestimmung haben.«

»Helen! Wir haben darüber gesprochen! Kannst du dich erinnern? *Du* hast mir Feigheit vorgeworfen.«

»Natürlich«, sagte sie leise. »Aber zur Wahrheit gehört: Auch ich muss etwas zu Ende bringen. Auch wenn es die Welt nicht rettet, es macht sie nur ein wenig schöner, glänzender. Ist das weniger wert?«

»Wahrscheinlich nicht«, flüsterte Grenfeld und blickte ihr in die Augen. Er hatte Ihre Fähigkeiten immer aufrichtig bewundert. Während sie etwas zum Leben erweckte, hatte er nur mit der Zersetzung von Leben zu tun. »Komm mit! Wir nehmen morgen den Nachtzug nach Paris.«

»Wer ist wir?«

»Olja, du und ich.«

Helen schüttelte den Kopf.

»Wir haben keine Wahl!«

»Fahrt nach Antibes. Ihr könnt im Hotel meines Vaters unterkommen. Es ist frisch renoviert und vollkommen leer. Du musst aber zuvor nach Paris. Er will dich sehen.«

»Meinetwegen, aber komm mit!«, flehte er.

»Tu, was du tun musst. Ich jedenfalls werde die Produktion nicht im Stich lassen!«

KAPITEL 14

29. Januar 1927, 16 Uhr,
Messegelände

Grenfeld war zur Staatsbibliothek gefahren und hatte die ehemaligen Taxistandplätze von Dojo und Kaleko abgeklappert. Jetzt stand er vor dem Eingang des Zirkus Sternheim und ärgerte sich über die verschwendete Zeit. Ibrahim hatte sich geirrt. Dojo war längst auf und davon. Er war keine Laus, würde nicht so dumm sein, sich wie ein Raskolnikow freiwillig zu stellen. Im Kassenwagen saß an Jonnys Stelle ein fremder Junge, der sich strikt an die Anweisungen der Zirkusleitung hielt. Grenfeld musste warten, bis er zum Wagen des Direktors geführt wurde. Sternheim begrüßte ihn herzlich. »Ich habe die Kerle rausgeschmissen, die meinen Bruder überfallen haben. Hier wird sich einiges ändern. Mein Bruder wird zukünftig den Zirkus leiten.«

»Was? Wie kommt es denn zu dieser Wendung?«

»Erinnern Sie sich, wie wir uns im Kaiserhof schweigend gegenübersaßen? Seit dem Überfall ist der Damm gebrochen. Ich besuche ihn jeden Tag in der Charité und wir kommen uns näher. Im Übrigen«, Sternheim zögerte, »der Kaukasier liegt nur zwei Zimmer weiter.«

»Kurbanow! Haben Sie ihn etwa gesprochen?«

»Wir haben uns angesehen. Das hat genügt. Jetzt führe ich Sie aber zu unseren Schützlingen.«

Sie liefen quer über das Gelände zu einem Zelt in der Nähe des Bahndamms.

»Unser erstes Zelt. Damit hat alles angefangen«, sagte Sternheim.

Grenfeld staunte, als er Amina schon wieder auf dem Seil sah. Olja und Jonny winkten ihm zu.

»Sie wollte unbedingt wieder trainieren. Aber wissen Sie, hier geschieht nichts ohne unseren Jonny. Er wacht darüber, dass alles mit ihrer Einwilligung geschieht. Die beiden scheinen sich auch ohne Sprache blendend zu verstehen.«

»Was geschieht mit ihr?«, fragte Grenfeld.

»Ich werde sie zurückbringen, in ihr Heimatdorf Zowkra.«

»Wie bitte? Doch nicht in den Kaukasus?«

»Ich werde nicht allein fahren. Die Sokolows und einige ausgewählte Artisten begleiten mich. Wir nehmen unser altes Zelt. Carl Sternheim kehrt zu seinen Wurzeln zurück. Und wer weiß, in den Bergdörfern finden wir bestimmt noch das ein oder andere Talent.«

»Mitten im Winter?«

»Oh, wir werden eine Route durch wärmere Länder nehmen. Es wird einige Zeit dauern, bis wir dort ankommen.«

Grenfeld musterte Sternheim. »Der Kaukasier. Sie haben es ihm versprochen.«

»Der Kreis muss sich schließen und ich habe nicht mehr viel Zeit.«

Grenfeld wusste nicht, was er darauf antworten sollte.

»Und Sie? Mir scheint, Sie haben das Alte losgelassen, aber das Neue noch nicht ergriffen.«

Er beobachtete, wie Jonny lachte. Er hatte ihn bisher nur ein Mal lachen sehen. »Da könnten Sie recht haben«, murmelte er.

»Dann warten Sie nicht zu lange. Der Junge wird übrigens mitfahren«, bemerkte der Alte beiläufig.

»Nein!«, platzte es aus Grenfeld heraus. »Sein Platz ist in der Friedrichstraße!«

»Auf dem Dachspeicher einer amerikanischen Versicherung, unter dem Staub der Vergangenheit?«, fragte der Alte.

»Warum nicht?«

»Haben Sie sich nie gefragt, wie kalt es da oben im Winter ist?«

»Soweit ich mitbekommen habe, schlafen Ihre Arbeiter im Heu bei den Tieren. Oder dürfen sie im Direktionswagen nächtigen?«

»Jonny wird es bei mir weder an Essen noch an einem warmen Schlafplatz fehlen. Außerdem war es Ihre Idee, dass er hier anheuert, oder nicht?«

Grenfeld winkte ab. »Interessiert es Sie überhaupt nicht, wer Ilja auf dem Gewissen hat?«

»Ich werde den Mord nicht rückgängig machen können«, erwiderte der Alte mit Bitterkeit in der Stimme. »Wir sind noch bis zum einunddreißigsten. hier. Morgen wird es eine Abschiedsvorstellung geben, zu Ehren Iljas. Mehr kann ich nicht tun.«

»Abschiedsvorstellung?«, fragte Grenfeld.

»Amina wird ein letztes Mal zum Funkturm gehen.«

»Nein!« Olja und Jonny sahen herüber, denn er hatte geschrien. »Hören Sie, Sternheim, Sie verkennen die Lage. Ihr Tausendsassa Ilja hat sich mit der halben Welt angelegt. Er war im Besitz von Fotos, von denen nur eine Handvoll Idealisten möchte, dass sie publik werden. Heute Morgen habe ich sie an die Presse verschickt. Solange die nicht veröffentlicht sind, bitte ich Sie, Amina, Olja und Jonny hier unter Bewachung zu halten. Keine Öffentlichkeit und vor allem keine Vorstellung!«

»Dreihundert Mitarbeiter passen auf sie auf wie auf ihren Augapfel«, sagte Sternheim. Grenfeld drehte sich ohne ein weiteres Wort um und ging. Er blickte auf den künstlichen Mond am Funkturm und fluchte. Er war wütend. Auf Sternheim, dessen Bruder und die Sokolows. Er knallte die Türe seines Wagens zu und beobachtete, wie junge Kerle die Plakate mit grellgelben Papierstreifen überklebten: 30. JANUAR! ABSCHLUSSVORSTELLUNG. DER FLIEGENDE ENGEL.

Plötzlich ging die Tür auf und Olja setzte sich auf den Beifahrersitz. »Heute Abend ist die Auktion. Frau Kolb wird mich feuern, wenn ich nicht helfe. Die Lithografie habe ich ihr durch einen Kurier zukommen lassen. Was soll ich tun?«

Grenfeld stöhnte. »Ich habe die Fotos an die Presse geschickt. Solange die nicht veröffentlicht sind, ist es besser, ihr bleibt hier.«

»Wenn sie mich feuert, musst *du* mich eben anstellen.«

Grenfeld zeigte auf das Plakat. »Was für ein idiotischer Einfall!«

»Sternheim ist ein alter Mann. Er unterschätzt die Gefahr.«

»Rede mit ihm! Amina soll vorerst nicht in die Öffentlichkeit!«

Olja nickte. »Und was ist mit dir, Robert?«

»Ich habe einen Plan«, murmelte er. »Mindestens so riskant wie ein Gang auf dem Drahtseil. Sollte alles klappen, nehme ich morgen den Nachtzug nach Paris. Ich hab ein Abteil reserviert. Willst du mitkommen? Wir können anschließend in Antibes untertauchen. Überleg es dir!«

»Wo soll das sein?«

»Südfrankreich, an der Côte d'Azur.«

»Auf jeden Fall besser als eine Reise nach Dagestan.«

»Sag das nicht. Dein großes Vorbild, Clärenore Stinnes, fährt bald mit ihrem Wagen durch den Kaukasus. Willst du sie nicht begleiten?«

Olja verließ ihn mit einem Blick der Verachtung.

29. Januar 1927, 18 Uhr,
Hotel Esplanade, Bellevuestraße 16–18 a

Als Grenfeld die Eingangshalle betrat, wies ihn ein Schild zur Auktion in den ersten Stock. Die Veranstaltung war so gut besucht, dass alle Plätze belegt waren. Vorn, auf dem Podium, entdeckte er Thea. Ihre roten Flecken am Hals zeugten von ihrer Aufregung, und er ahnte, dass vom Ergebnis der Auktion die Zukunft der Galerie abhing. Weit hinten auf einem Stehplatz,verfolgte er aufmerksam das Prozedere. Schließlich wurde die Lithografie von Erich Heckel auf die Bühne getragen. Mehrere Personen zeigten Interesse, doch als der Preis in die Höhe schnellte, blieben nur zwei Bieter übrig. Grenfeld betrachtete noch einmal die beiden Pferde und den Dompteur. Er hatte das Gefühl, als ob sie längst zu seinem Leben gehörten. Dann hob er seine Hand. Noch nie hatte er bei einer Auktion etwas ersteigert, schon gar nicht Kunst in einer solchen Preisklasse. Thea Kolb hatte ihn entdeckt, schüttelte ungläubig den Kopf. Er spürte, wie die Gesellschaft ihn angaffte, hatte keine Ahnung, ob der Preis, der jetzt ausgerufen wurde, angemessen war. Nur der Bieter in der ersten Reihe, ein schwitzendes Doppelkinn mit Glatze und Monokel hielt mit. Hektisch kämpfte er mit einem Seidentuch gegen die Armada von Schweißperlen auf seiner Stirn an. Seine resoluten Handzeichen wurden jeweils von einem feinen Zittern seines Schädels angekündigt. Aus dem Raunen im Saal konnte er schließen, dass der Preis nun weit über den Erwartungen der Kunstkenner lag. Unablässig schnellte Grenfelds Hand in die Höhe, bis es still wurde. Der Auktionator sah fragend in die Runde. Der Hammer donnerte auf das Pult und die Anwesenden starrten ihn an. Auf dem Weg nach vorn bemerkte er das Gesicht seines Kontrahenten, blass und ausdruckslos auf das Bild gerichtet.

»Sind Sie verrückt geworden?«, zischte Thea. »Ich hoffe, Sie können sich das leisten?«

Grenfeld nickte mechanisch. Der Auktionator gratulierte und als er die Zahlen der Kaufsumme auf den Scheck kritzelte, zitterte seine Hand. Grenfeld spürte die neugierigen Blicke der Anwesenden, als er das Bild aus dem Saal trug, und war froh, das Zimmer dreihundertdrei erreicht zu haben. Als er das Werk ans Kopfende des Bettes platzierte, begann sein Magen zu rebellieren. Er rannte zur Toilette, würgte, schaffte es jedoch nicht, sich zu übergeben. Ein fahles Gesicht glotzte ihn im Spiegel an. Er öffnete das Fenster und vermied, das Bild zu betrachten, so als hätte er kein Recht dazu. Als es an der Tür klopfte, war er nicht überrascht darüber, draußen das Doppelkinn aus dem Auktionssaal zu sehen. »Es tut mir sehr leid, Sie zu stören. Bestimmt feiern Sie Ihren Triumph.«

»Nein«, erwiderte Grenfeld.

»Ich möchte Ihnen ein Angebot unterbreiten.«

Als er den Mann hereingelassen hatte, griff der in seine Manteltasche und warf ein Bündel Geldscheine auf das Bett. »Der doppelte Betrag dessen, was Sie eben bezahlt haben.«

»Warum hatten Sie nicht mehr geboten?«, fragte Grenfeld.

»Mein Auftraggeber. Er will jede Aufmerksamkeit vermeiden. Und so eine Summe hätte garantiert für Aufsehen gesorgt.«

»Weshalb so viel Geld?«

»Das Gleiche könnte ich Sie fragen, nicht wahr?«, konterte der Mann und hatte das Bild auf dem Bett entdeckt.

»Es ist unverkäuflich«, sagte Grenfeld und merkte augenblicklich, wie die Freundlichkeit aus dem Gesicht des Mannes verschwand.

»Wollen Sie noch mehr?«, fragte er. »Das ist maßlos!«

»Ich bin nicht käuflich.«

»Was wollen Sie dann?«

»Den Mörder.«

»Ich verstehe nicht, wovon Sie reden.«

»In diesem Fall verlassen Sie augenblicklich mein Zimmer!«

Der Mann holte sein Taschentuch hervor und wischte sich über die Stirn. Die Pupillen der kleinen Schweinsäuglein rasten wild hin und her. »Sie gehen zu weit, Herr Grenfeld. Kennen Sie den Paragrafen für Landesverrat?«

»Der Friedensnobelpreis unseres Außenministers, ein Sitz im Rat des Völkerbundes, das unermüdliche Werben um Vertrauen bei unseren westlichen Nachbarn. Aus irgendeinem Grund scheinen mir Sowjetraketen und Experimente mit Giftgas nicht zu dieser Politik zu passen. Da stell ich mir die Frage: Wer regiert eigentlich unser Land? Reichswehr oder Reichstag?«

Der Schädel des Mannes begann erneut zu zittern. »Sie dürften weder in der Position sein, das zu beurteilen, noch uns zu drohen!«

»Ich habe bei mehreren Rechtsanwälten das deponiert, wonach Sie suchen. Sollte mir etwas zustoßen oder der Mörder sich nicht binnen vierundzwanzig Stunden stellen, gehen die Fotos an alle großen Zeitungen der Welt.«

»Hören Sie! Sie verwechseln die Seiten. Wir haben mit den Morden nichts zu tun.«

»Ich nehme an, ich spreche mit einem Vertreter des Truppenamts? Wenn Sie so eng mit den Sowjets zusammenarbeiten, werden Sie sie sicher überzeugen können, den Mörder auszuliefern.«

»Herr Grenfeld, ich kann mir Ihr Verhalten nur so erklären: Dummheit oder Lebensüberdruss.«

»Altersstarrsinn«, erwiderte er. »Ich bin hoffnungslos altmodisch. Ein Taxifahrer namens Alexander Kaleko wird den Rest seines jämmerlichen Lebens im Zuchthaus verbringen, nur weil ihm irgendjemand die Rolle des Sündenbocks zugeteilt hat.«

Der Mann stopfte hastig das Bündel Geldscheine in die Tasche. »Sie wollen ein Geständnis?«

»Der Mörder soll – wie einst Kaleko – gestehen. In der Abschiedsvorstellung des Zirkus Sternheim. Öffentlich!« Zuerst erschrak er über seine Dreistigkeit, wunderte sich über seine Chuzpe, eine derartige Forderung aufzustellen. Doch dann wurde ihm klar, dass nur die Öffentlichkeit garantierte, dass ein Geständnis nicht unter dem politischen Druck der Reichswehr unter den Teppich gekehrt würde. Der Mann drehte sich um und verließ wortlos das Zimmer. Sofort griff Grenfeld zum Telefonhörer und ließ sich mit dem Präsidium verbinden. Er kündigte an, der Mörder werde sich morgen um 19 Uhr in der Abschiedsvorstellung stellen. Anschließend rief er einige ihm bekannte Journalisten an und wiederholte seine Nachricht. Dann legte er auf. Er nahm die Lithografie aus dem Rahmen, rollte sie ein und verstaute sie in seiner Tasche. Es galt, keine Zeit zu verlieren. Hier war er nicht mehr sicher. Über die Hintertreppe gelangte er in den dunklen Innenhof. Er zögerte, den Platz zu überqueren, hatte plötzlich Angst, von irgendeiner Ecke aus über den Haufen geschossen zu werden. Er presste seinen Rücken gegen die Wand und wartete. Schräg gegenüber sah er die Glut einer Zigarette auf und ab gehen. Möglicherweise nur ein Hotelpage oder ein Kamerad des Doppelkinns, der ihm auflauerte. Durch die geöffnete Flügeltür drangen die Klänge des Orchesters Barnabas von Gezcy. Sie spielten *Paris*, ausgerechnet jenes Stück, das im Equitable die Schießerei eröffnet hatte. Irgendwann hatte er das Warten satt und rannte los. Auf dem Potsdamer Platz blickte er sich fortwährend um, verbarg sich hinter Litfaßsäulen und in Hauseingängen, um herauszufinden, ob ihm jemand folgte. Schließlich nahm er die U-Bahn, wechselte am Gleisdreieck die Fahrtrichtung und tauchte erst nach einer Stunde vor dem Ufa-Pavillon am Nollendorfplatz auf. Er wollte seinen Freund Jaschtschenko um Hilfe bitten, doch noch war im Kakadu zu viel Publikum. Also kaufte er eine Kinokarte für *Metropolis* und starrte im Schutz der Dunkelheit auf die Leinwand. Brigitte Helm kämpfte als Maria mit dem Bösen, doch er haderte mit sich selbst. Zwanzig Jahre lang hatte er Mörder und Totschläger verfolgt. Für die Rolle des Flüchtigen fehlte ihm sowohl die Erfahrung als auch die Geduld.

Noch vor Ende des Films verließ er das Kino und machte sich auf den Weg in die Winterfeldtstraße. Vor einem Glas dampfenden Schwarztee wurde ihm klar, in welch wahnwitzige Situation er sich manövriert hatte. Selbst wenn sie seine Forderung erfüllten, konnte er keine Gegenleistung erbringen. Die Fotos waren weg. Auch ohne juristisches Examen wusste er, was ihm drohte. Der Oberreichsanwalt würde ein Ermittlungsverfahren wegen Verstoßes gegen den Landesverratsparagrafen und gegen Paragraf eins, Absatz zwei des Gesetzes gegen den Verrat militärischer Geheimnisse in die Wege leiten. Bei Landesverrat war man in dieser Republik nicht zimperlich. Er hatte nur *eine* Hoffnung: Wenn es um die geheime Aufrüstung der Reichswehr ging, scheuten sie öffentliche Prozesse wie der Teufel das Weihwasser. Grenfeld nahm einen Schluck Tee und verbrannte sich die Zunge. Er wartete, bis die letzten Gäste die Bar verlassen hatten, dann bat er seinen alten Freund, ihn hier übernachten zu lassen.

»Ich hoffe, dein Russisch ist besser geworden«, sagte Jaschtschenko und servierte zwei karamellfarbene Cocktails aus Brandy, Sahne und Kakao.

»Ich will nach Paris, nicht nach Moskau«, erwiderte Grenfeld.

»Eben«, murmelte er. »Die meisten meiner ehemaligen Gäste sind jetzt dort: Literaten, Philosophen und Schachspieler. Sie arbeiten als Taxifahrer.«

»Na wunderbar. Dann muss ich mich ja nicht umstellen«, knurrte Grenfeld und begutachtete den Drink. »Im Übrigen reisen wir weiter nach Antibes.«

»Ich wünsche dir Glück«, sagte der Kneipier. »Auch wenn ich nicht die geringste Ahnung habe, in welchem Schlamassel du diesmal steckst.«

»Besser so. Im Übrigen, ein Landsmann von dir sitzt in Moabit, unschuldig. Wenn er entlassen wird, braucht er etwas Zuspruch, jemanden, der sich um ihn kümmert.«

»Wie heißt er?«

»Alexander Kaleko.«

»Er wird Geld brauchen.«

»Natürlich«, murmelte Grenfeld, holte die Lithografie aus seiner Tasche und rollte sie aus.

»Biete das der Galerie Goldschild zum Kauf an. Thea Kolb wird dir einen anständigen Preis bezahlen. Übergib das Geld Kaleko. Er braucht es für die Operation seiner Tochter.«

»Bist du sicher?«

»Wer ist sich schon sicher«, murmelte er und leerte den Cocktail in einem Zug.

KAPITEL 15

30. Januar 1927, 17 Uhr,
Voltastraße 30

Grenfeld lief schon seit einer Stunde, unruhig wie der Tiger Rani, in Dojos ehemaliger Wohnung auf und ab. Den ganzen Nachmittag hatte er mit Helen gestritten, die sich standhaft weigerte, ihm nach Antibes zu folgen. Er hatte argumentiert, sie angefleht, getobt, doch es war zwecklos. Ihr Vertrag mit der Haller-Revue lief bis Ende Februar. Bis dahin wollte sie die Stadt partout nicht verlassen. Wutentbrannt hatte er sie in der Garderobe des Admiralspalasts stehen lassen. Jetzt blickte er auf die Pforte der AEG, betrachtete den Strom der Arbeiter zum Schichtwechsel und machte sich Vorwürfe. Als es an der Tür klopfte, zuckte er zusammen. Er öffnete und war verblüfft, Falck zu sehen. »Woher wissen Sie, dass ich hier bin?«, fragte er, und ließ ihn, ohne eine Antwort abzuwarten, in die Wohnung.

»Ihre Frau hat mich zum Teufel geschickt. Es ist schwer, jemanden zu schützen, der sich widersetzt.«

Grenfeld murmelte etwas Unverständliches, während er die Straße beobachtete. Ein Taxi wartete auf der gegenüberliegenden Seite.

»Sie hatten übrigens recht. Ich habe Nachforschungen angestellt – bei Nicholas Bachtin. Sein Bruder war tatsächlich noch nie im Ausland. Dojo ist mit Sicherheit nicht Michail Bachtin.«

»Na also«, sagte Grenfeld.

Falck musterte ihn, als sähe er ihn zum ersten Mal. »In all den Wochen – Sie haben nie locker gelassen. Ich bin beeindruckt.«

Grenfeld schmunzelte, doch seine Mimik konnte seine Abneigung gegen das wartende Taxi nicht verbergen. »Ich meine es ehrlich. Sie hätten im Präsidium bleiben sollen. Es gibt nicht viele Ermittler, die so eine Ausdauer an den Tag legen.«

Grenfeld glaubte, in Falcks Stimme auch eine Spur Ärger herauszuhören. »Nur ein niedriger Instinkt«, winkte er ab.

»Immerhin haben Sie angekündigt, dass sich der Mörder heute Abend stellen wird.«

»Wie haben die Kollegen reagiert?«

»Die halten Sie für übergeschnappt.«

Grenfeld lächelte müde.

»Außer Gennat. Er wird Tiefenbacher mit einer Mannschaft in die Vorstellung schicken.«

»Immerhin.«

»Ich halte Sie auch nicht für verrückt«, sagte Falck ein wenig zu laut. »Sie haben sie in der Hand – die Fotos!«

Grenfeld glotzte sein Gegenüber entgeistert an. Es war ein dummer, unverzeihlicher Fehler, dem ehemaligen Offizier die Umschläge ausgehändigt zu haben. Früher hatte er sich oft gefragt, warum die erfolgreichsten Ganoven zu guter Letzt an einem dummen, aber entscheidenden Fehler scheiterten. Die Psychoanalyse hatte darauf eine Antwort: das Strafbedürfnis des Unbewussten. Der Täter will gefasst werden. Jetzt fragte er sich, ob sein Unbewusstes ihm nicht ebenso einen Strich durch die Rechnung gemacht hatte.

»Sie haben die Kuverts also nicht zur Post gebracht?«, fragte er.

»Vertrauen Sie mir, die Fotos gelangen dorthin, wo sie hingehören.«

»Und wo soll das sein?«

»Die Zusammenarbeit der Reichswehr mit der Roten Armee. Glauben Sie wirklich, alle Offiziere hätten das befürwortet? Der Generaloberst Hans von Seeckt und seine Clique haben das ohne Rücksicht auf Verluste vorangetrieben. Unter der Leitung Oskar von Niedermayer betreiben sie in Moskau eine eigene Zentrale. Sie agieren autonom, oft ohne Wissen des Auswärtigen Amts, bisweilen gegen den Willen des Ministers. Ich habe diese Alleingänge nie gebilligt und da bin ich nicht der Einzige! Von Seeckt ist zwar entmachtet, aber seine Jünger sitzen überall. Höchste Zeit, den Stall auszumisten! Ich kenne Reichswehrminister Geßler persönlich. Ihm bin ich verpflichtet.«

Grenfeld fühlte sich wie ein Boxer, der kurz vor dem Sieg einen mächtigen Schlag abbekommen hatte und nun am Boden liegend die dumpfe Stimme des Ringrichters vernahm, der ihn auszählte. Er verstand nur eines: Falck würde die Fotos für seine innermilitärischen Machtspiele benutzen. Möglicherweise erhoffte er sich dadurch, einen Posten im Truppenamt zu ergattern.

»Geben Sie mir auf der Stelle die Umschläge zurück!«

»Dafür ist es zu spät.«

Er war überrascht, wie sich Falcks Auftreten verändert hatte. Er wirkte selbstbewusst, fast ein wenig überheblich. Die unsichere, devote Haltung eines Kriminalanwärters war verschwunden.

»Es wird Zeit«, sagte er und schritt zur Tür.

»Zeit wofür?«

»Die Abschiedsvorstellung. Wir sollten sie nicht verpassen.«

»Ohne mich, ich nehme um 22 Uhr den Nachtzug nach Paris.«

»Keine Sorge, mein Fahrer wird Sie pünktlich am Bahnhof absetzen.«

Grenfeld blickte ihn mürrisch an.

»Kommen Sie, hier vergeuden wir nur unsere Zeit.«

Er nickte mechanisch, folgte Falck zum Taxi und stieg ein. Während der Fahrt grübelte er unablässig, suchte nach einem Ausweg und hatte doch das Gefühl, Teil einer Inszenierung zu sein, die sich längst verselbstständigt hatte.

»Wir werden das Zirkusgelände vom Bahndamm aus begehen. Sicher ist sicher«, entschied Falck und ließ den Chauffeur in einem Seitenweg der Neuen Kantstraße warten. Als sie über den Platz gingen, entdeckte er Jonny und Olja vor dem kleinen Zelt. Jonny rannte ihm entgegen. »Wissen Sie schon das Neuste«, platzte es aus ihm heraus. »Amina wird heute Abend auftreten. Ein letztes Mal. Dann geht es auf große Fahrt.«

»Ich weiß«, sagte Grenfeld und bemühte sich, zu lächeln.

»Sternheim wird mir zeigen, wie man einen Tiger hypnotisiert. Er wird mich zu seinem Assistenten machen.« Jonny sah erleichtert aus, so als habe er sich aus einem engen Kokon befreit. »Es ist Ihnen doch recht? Ich meine, dass ich mitreise?«, fragte er, und Grenfeld wusste nicht, ob die Frage ernst gemeint war.

»Natürlich. Ich … wünsche dir alles Gute!« Er hätte ihn am liebsten umarmt, festgehalten und nie mehr losgelassen.

»Wissen Sie, ich bin so froh, dass der Mann im Tunnel überlebt hat.«

»Sicher«, erwiderte Grenfeld und war froh, als Olja ihn beiseite nahm.

»Was ist los?«, zischte sie.

»Umarm mich«, flüsterte er und als sie ihm ganz nahe war, murmelte er: »Falck. Er ist im Besitz der Fotos. Irgendetwas läuft hier schief. Der weicht mir nicht von der Pelle.«

Olja nickte und folgte ihnen zum großen Zelt. Die Abschiedsvorstellung war ausverkauft. Nur oben auf den reservierten Plätzen der Sokolows fanden sie Platz. Durch die Röhren unter ihnen drang Warmluft nach oben, doch Grenfeld fror.

»Was ist los? Du zitterst ja«, flüsterte Olja ihm ins Ohr.

»Komm mit nach Antibes! Bitte! So lange, bis alles vorbei ist.«

Als das Orchester zu spielen begann, drückte sie seine Hand. Alles, was in den nächsten Minuten geschah, erlebte Grenfeld wie in Trance: die Pferde, die Clowns, die Akrobaten und schließlich Carl Sternheim mit dem Tiger Rani. Die bittere Erkenntnis, den jungen Anwärter unterschätzt zu haben, nagte an ihm bis zum physischen Schmerz. Er hatte das Gefühl, die letzten Tage und Nächte umsonst ermittelt zu haben. Kurz vor dem Ziel schien sich alles in ein riesiges, schwarzes Nichts aufzulösen. So viel Tote, nur um einem unbedeutenden Offizier zu einem kurzfristigen Sieg zu verhelfen? Irgendwann hallte die Frage nach dem Freiwilligen durch das Zelt. Viele meldeten sich, doch nur einer löste sich von der Masse und stürmte lärmend die Treppe hinunter. Ein Mann im Clownskostüm mit einer roten Nase. Sternheim wirkte irritiert, schien zu überlegen, ob er den Mann annehmen sollte. Doch dann schüttelte er den Kopf. »Es tut mir leid«, sagte er. »Wenn ich Sie akzeptiere, werden die Zuschauer glauben, es sei abgesprochen.« Noch während er sich erklärte, sprang der Mann in den lichtflimmernden Manegenkreis. Erst jetzt erkannte Grenfeld Dojos Gesicht.

»Sie haben es tatsächlich getan«, flüsterte er fassungslos. »Sie haben ihn aus irgendeinem Loch gezogen und ihn gezwungen, sich zu stellen.«

»Mein Name ist Raskolnikow«, rief Dojo und blickte in die Menge. »Ich bitte Sie, Herr Direktor. Geben Sie uns eine Chance. Es ist weniger wichtig für mich als für eine andere Person hier im Zelt.« Sternheim willigte ein und Dojo versuchte, das Gewicht zu heben. Er nahm aber seinen Zeigefinger und erzeugte schallendes Gelächter aufseiten des Publikums. Grenfeld war sofort klar, was hier geschah. Dojo würde die Morde gestehen, aber er würde es auf seine Weise tun. Bevor Sternheim die Hypnose beginnen konnte, wandte sich Dojo an das Publikum. »Ich sage voraus, dass es im Zelt einen Kommissar gibt, der mich verdächtigt, fünf Morde begangen zu haben. Wo ist er?«

Ein Raunen ging durch das Publikum, das offenbar annahm, die Szene gehörte zur Nummer. Grenfeld hatte nicht vor, an diesem Schauspiel teilzunehmen. Er blieb sitzen und blickte nach vorn.

»Wo ist er?«, wiederholte Dojo und durchstreifte mit seinen Blicken die Sitzreihen. »Ich werde nur gestehen, wenn er sich zeigt!«

Widerwillig stand Grenfeld auf und Dojo eilte in seine Richtung. Er sprang die Treppe hinauf und blieb vor ihm stehen. Hut und Perücke waren verrutscht, die Schminke lief ihm über das Gesicht, nur die rote Pappnase verharrte an ihrer Stelle. Dann zog er den Hut und machte eine tiefe Verbeugung. »Ich gratuliere Ihnen! Sie hatten recht«, verkündete er. Als er sich wieder aufrichtete, blickte Grenfeld in den Lauf einer Pistole. Die Zuschauer der umliegenden Sitzreihen waren aufgesprungen. Grenfeld bewegte sich nicht. Er wusste, dass es keinen Ausweg gab. Der zweite fundamentale Fehler seines Unbewussten hatte ihn in diese aussichtslose Lage geführt. Er hätte es wissen müssen. So konnten sie ihn aus dem Weg räumen und gleichzeitig einen verrückten Clown der Öffentlichkeit als Mörder präsentieren. Unendlich lange starrten sie sich an. Unter der herablaufenden Schminke kamen Blutergüsse zum Vorschein. Sie zeugten davon, dass er nicht freiwillig hier war.

»Bring es zu Ende, schieß schon«, zischte Grenfeld.

»Den Gefallen werde ich Ihnen nicht tun«, sagte er und schoss an Grenfeld vorbei. Ein Aufschrei ging durch das Publikum. Dojo versuchte, über die Treppen nach oben zu flüchten, doch ein großer Kerl in der Uniform eines Platzanweisers warf sich auf ihn. Grenfeld sah Dojo um sein Leben kämpfen. Die Zuschauer zweifelten, ob die Kampfszene noch zum Manegenspiel gehörte. Die Ängstlichen drängten eilig zu den Mittelgängen nach unten. Polizeibeamte in Zivil versuchten, gegen den Strom der flüchtenden Masse nach oben zu gelangen, und scheiterten. In der Mitte der Manege gab Sternheim der Kapelle ein Zeichen. Das Orchester begann, eine Polka zu spielen. Falck kletterte über die leeren Sitzplätze nach oben. Sie folgten ihm, rannten bis zum Podium des Orchesters und gelangten über eine Treppe nach draußen. Dort überquerten sie das Gelände und nahmen den Weg, den sie gekommen waren, über den Bahndamm hinüber zur Neuen Kantstraße. Grenfeld blickte zurück auf das Zelt. Dann war ihm, als hätte er einen Schuss gehört.

»Kommt!«, sagte Falck. »Da hinten wartet unser Taxi.« Sie stiegen ein und der Wagen fuhr los.

»Zum Lehrter Bahnhof?«

»Bahnhof Friedrichstraße«, murmelte Grenfeld. Während der Chauffeur mit einer enormen Geschwindigkeit die Bismarkstraße entlang fuhr, kroch die Übelkeit vom Magen her kommend nach oben. Zitternd presste er ein Taschentuch auf seine Lippen, die er vor Aufregung wund gebissen hatte, und versuchte, das Blut zu stillen, das in seinem Mund einen eigentümlichen Geschmack hinterließ. Vor dem hell erleuchteten Opernhaus mussten sie halten. Ein Taxi wartete in zweiter Reihe auf ein elegantes Paar, das Hand in Hand die Treppen hinuntereilte. Grenfeld sah durch sie hindurch, hatte noch immer den weiß geschminkten Clown vor Augen und grübelte unentwegt darüber nach, warum Dojo ihn verschont hatte. Keine seiner Erklärungen überzeugte ihn, doch das Bewusstsein, dem Tod noch einmal entkommen zu sein, löste in ihm ein Feuerwerk an Gefühlen aus. Er wusste nur nicht, wohin mit all der Euphorie, jetzt, wo es zu Ende war. Falck thronte siegessicher auf dem Vordersitz, allein seine unruhigen Hände zeugten von einer gewissen Nervosität. Offenbar konnte er kaum abwarten, bis sie außer Landes waren.

»Unfassbar! Sie haben es geschafft, Herr Grenfeld. Sie haben sie in die Knie gezwungen«, unterbrach Falck die Stille, als sie wieder fuhren.

»Und Sie?«, fragte Olja gereizt. »Für wen arbeiten Sie?«

»Ich bin nur meinem Gewissen als Offizier verpflichtet. Die Fotos gehören nicht in die Hände der Alliierten. Ich werde sie dem Reichswehrminister persönlich übergeben. Herrn Grenfeld jedoch zolle ich den allergrößten Respekt. Er hat einen roten Spion demaskiert und einen Unschuldigen vor dem Zuchthaus bewahrt. Aber jetzt bewahre ich ihn davor, eine Dummheit zu begehen.«

»Wie nobel. Glaubst du wirklich, dass die Welt nach diesem Krieg noch mehr Giftgas benötigt? Noch mehr Lost oder Phosgen auf die Gräber der Toten?«

»Der technische Fortschritt wird uns helfen, Kriege schneller zu beenden. Aber das wird ein Zivilist nie begreifen.«

Grenfeld lachte zynisch. »Du bist der wahre Raskolnikow, mein lieber Falck.«

Um 21:45 Uhr erreichte der Wagen den Bahnhof.

»Der Zug fährt gleich ab. Schnell!« Falck rannte die Treppe nach oben zu den Bahngleisen. »Wo wollen Sie hin?«, fragte er irritiert, als er sah, dass Grenfeld den Weg zu den Schließfächern nahm.

»Ich habe noch Gepäck«, sagte er und zog Olja mit.

Falck eilte hinterher und keuchte. »Der Zug! Ihr habt keine Zeit mehr.«

»Die Negative, ich habe sie im Schließfach deponiert.«

Falcks Gesicht zeigte ein nervöses Zucken. »Negative?«

»Kommen Sie!« Grenfeld bog um die Ecke und als der ehemalige Offizier ihm folgte, schlug er zu. Sein Kopf knallte gegen die Schließfächer und er ging zu Boden. Olja sah ihn entgeistert an. »Verdammt, stell dich vor uns!«, zischte er. Dann durchsuchte er die Manteltaschen und zog einen Gepäckschein hervor.

»Elender Verräter!«, stöhnte Falck. »Du fällst dem Vaterland in den Rücken!« Grenfeld schlug noch einmal zu. Dann rannte er los und zerrte Olja mit sich. Schon von Weitem sah er, dass sich vor dem Gepäckschalter eine lange Schlange gebildet hatte. Ein Reichsbahnbeamter redete mit großer Geste auf einen Bauern ein, der zwei Käfige mit Gänsen auf die Reise schicken wollte. Der Beamte zwirbelte seinen Bart und hielt vor den staunenden Augen eines Lehrbuben einen Vortrag, obwohl die halbe Schlange in den nächsten Minuten irgendeinen Zug erreichen musste. Unter dem Murren der Wartenden drängte er sich nach vorn. Auf dem Gesicht des Beamten mischte sich das Gefühl der Empörung mit jenem der freudigen Erwartung, einem weiteren Ignoranten die Prinzipien der preußischen Reichsbahn lehren zu dürfen. Grenfeld, wohl wissend, dass vom Urteil dieses kleinen Mannes alles abhing, zog zum letzten Mal seine alte Blechmarke hervor und knallte sie auf die Tischplatte. Dann winkte er ihn mit einer ungeduldigen Geste wie einen Dienstmann zu sich heran. Er nannte einen Rang, der weit über dem Vorstellungsvermögen des Mannes lag, raunte ihm Paragrafen aus dem Reichsgesetzblatt zu und ließ seine Stimme zunächst kalt, zum Ende hin aber fürsorglich klingen. Es war jene fein austarierte Abfolge von Strenge und Milde, die auch diesmal ihre Wirkung nicht verfehlte. Und während der Beamte untertänig nickend nach hinten verschwand, fragte er sich, ob es klug war, mit aller Kraft gegen den Lauf der Dinge anzukämpfen. Olja trat nervös von einem Bein auf das andere. Sie schüttelte verzweifelt den Kopf, deutete erst zur Bahnhofsuhr, dann zu den Schließfächern. Es war 21:54 Uhr. Der Zug konnte jeden Moment abfahren, Falck jeden Augenblick um die Ecke torkeln. Grenfeld wurde plötzlich unsicher. Was, wenn die geheimen Dokumente nichts mit dem Gepäckschein zu tun hatten? Was, wenn der Bahnbeamte seinen Betrug durchschaut und längst die Wache alarmiert hatte? Noch drei Minuten würde er warten, dann mit oder ohne Gepäck das Weite suchen. Angespannt beobachtete er den Lehrjungen, der in Mimik und Gestik eine Kopie seines Lehrmeisters abgab. Um 21:59 tauchte der Beamte mit einem sorgfältig verschnürtem Paket auf und übergab es ihm, nicht ohne zuvor noch einmal den Rückgabeschein kontrolliert zu haben. Jetzt rannten sie treppauf zu den Bahnsteigen, stießen gegen Koffer und Taschen, drängten die Langsamen beiseite und rempelten die Entgegenkommenden an. Der Zug nach Paris stand noch auf Gleis neun. Auf den letzten Metern erwartete er einen Schuss aus dem Hinterhalt, zumindest eine polizeiliche Festnahme und wunderte sich, dass sie ungehindert den letzten Waggon erreichten.

»Wir werden bei der nächsten Möglichkeit umsteigen«, flüsterte Grenfeld. »Es ist viel zu gefährlich, in diesem Zug zu bleiben.«

»Du hast ihn niedergeschlagen«, keuchte Olja.

Grenfeld antwortete nicht. Die Zeiger der großen Bahnhofsuhr standen auf zehn Minuten nach zehn. Der Zug sollte längst unterwegs sein. Sie kämpften sich durch den überfüllten Waggon zu ihrem Abteil und warteten angespannt, bis die Lokomotive sich in Bewegung setzte. Schließlich zog Grenfeld die Vorhänge zu, riss das Paket mitsamt des Kartons auf und leerte dessen Inhalt auf das Sitzpolster. Er konnte es nicht fassen, wieder im Besitz der geheimen Dokumente zu sein. Als wollte er eine Patience legen, ordnete er die Fotos sternförmig an und platzierte die Unterlagen mit den roten Stempeln in die Mitte. Noch vor wenigen Tagen, auf dem Bett des Esplanade, waren sie ihm gleichgültig gewesen, doch jetzt konnte er sich nicht vorstellen, sie wieder loszulassen. Er nahm jedes einzelne Foto in die Hand, spürte, wie ein seltsamer Sog von diesen Aufnahmen ausging. Ibrahim hatte recht, viele Menschen hatten Leben und Freiheit riskiert, um sie ihrer endgültigen Bestimmung zuzuführen.

»Falck hat dich unterschätzt«, unterbrach Olja seine

Gedanken. »Hat nicht mit deinem gewaltigen Sturschädel gerechnet.«

»Er hat einen Fehler gemacht, das ist alles«, sagte er und packte die Dokumente hastig in den Karton. »Wenn Helen in Sicherheit ist, schicke ich das Ganze ab. Dann gibt es einen großen Knall.«

»Und wo ist sie?«

»Sie wird nicht kommen«, erwiderte Grenfeld kühl, um seine Enttäuschung zu verbergen. Er stand auf, öffnete das Fenster und beobachtete das Gedränge und Geschiebe auf dem Bahnsteig. Ein ohrenbetäubender Lärm drang von der Bahnhofshalle ins Abteil. Junge Frauen rannten zwischen den Zügen hin und her, boten Blumen, Zeitungen und Schuhputzdienste an. Nervös registrierte er, wie der Zugschaffner auf die Fahrgäste, die sich aus den Fenstern lehnten, einredete. Wegen der Elektrifizierung der Ringbahn und Gleisbauarbeiten würden sie auf eine andere Strecke ausweichen müssen. Zwischen den Reisenden, Hotelagenten und Gepäckträgern erwartete er jeden Augenblick die schwarze Augenklappe. Endlich ertönte der Pfiff und die Dampflok setzte sich in Bewegung. Olja blickte zu ihm herüber. Er ahnte, was ihr durch den Kopf ging. Sie hoffte inständig, dass der Zug keinen Halt mehr machte. Noch einmal sah er auf die Friedrichstraße hinunter, wo sich Omnibus an Omnibus reihte. Kurz nach dem Lehrter Bahnhof konnte er das Moabiter Kriminalgericht sehen und dachte an Kaleko. Sie durchfuhren den Bahnhof Zoo und überquerten die Hardenbergstraße in Sichtweite des Hotel Äquator. Er achtete nicht auf die Leuchtbuchstaben, sondern sah den toten Ilja vor sich, Max mit der großen Portiersmütze und Franzi. Als sie sich dem Bahnhof Charlottenburg näherten, betete er, dass die

Lokomotive nicht stoppte. Doch sie raste durch die Halle, vorbei an den überfüllten Bahnsteigen und kurz darauf erblickten sie die Wagen des Zirkus Sternheim, dahinter das große Zelt unter dem hell erleuchteten Funkturm. Der Zug folgte einer Rechtskurve nach Spandau. Sie passierten die Weiche, an der Kaleko angebunden worden war. Der Bahndamm nahm ihnen jetzt die Sicht. Die Dampflok fuhr in die Tiefe. Er stand auf, sah nur noch die Spitze der silbernen Rakete, konnte nicht erkennen, ob Amina auf dem Seil war. Er dachte an Sternheim und würde sich nicht wundern, wenn der Alte auch Dojos Geständnis seinem Publikum als Illusion verkauft hätte.

»Hast du den Schuss gehört, vorhin im Zelt?«, fragte Olja.

»Vielleicht haben sie Dojo aus dem Weg geräumt.«

»Die geheimen Dokumente«, fragte sie. »Wirst du sie wirklich abschicken?«

»Du hast mir mal vorgeworfen, ich würde mich nicht um das Weltgeschehen kümmern. Kannst du dich erinnern? Auf der Fahrt nach Wünsdorf.«

»Das muss lange her sein.«

»Gerade mal zwei Wochen!«

»Vom Morgen bis zum Abend kann eine ganze Welt zerstört werden!«

»Wer sagt so etwas? Joe Jenkins?«

»Hab ich irgendwo gelesen.«

»Na dann«, knurrte Grenfeld und setzte sich. Seine Finger ertasteten ein Papier in der Hostentasche. Es war Jonnys letzte Rechnung für seine kriminalistische Ermittlungsarbeit. Er würde den Jungen vermissen. Die Gewissheit kam nicht unerwartet und schmerzte dennoch. Der Zug nahm Fahrt auf und ratterte über ein Meer nie enden wollender Weichen. Er starrte aus dem Fenster auf die vorbeiflitzenden Hinterhöfe der Mietskasernen, auf die Backsteinwände mit ihren Reklameschriften, welche die Verheißungen des neuen Zeitalters dem Reisenden noch einmal in Erinnerung brachten. Von den Brücken aus sahen sie auf Straßen herab, die, wie mit einem Lineal gezogen, nirgends zu enden schienen. So wie die ächzenden Puffer über den Gleisen nie Ruhe gaben. Schließlich tauchten die Industrieanlagen mit ihren Fabrikschloten, Halden und Rohrleitungen auf. Zuletzt die Umspannwerke, die Friedhöfe und Laubenkolonien. Der Zug beschleunigte erneut ins Dunkle und es war, als ob sie sich mit der Geschwindigkeit einer Rakete von den gleißend hellen Lichtern der Hauptstadt entfernten.

»Die Gewerkschaft der Detektive«, fragte Olja unvermittelt. »Gibt es die wirklich?«

»Gut möglich, warum?«

»Ach, nur so«, murmelte sie ausweichend. »Ich habe mich erkundigt. In Antibes soll es jede Menge Künstler und Galerien geben. Wir könnten eine Detektei eröffnen, was meinst du?«

»Niemals«, flüsterte Grenfeld und durchsuchte seine Taschen vergeblich nach einer Tablette gegen Sodbrennen. Stattdessen zog er Mienchens Zeichnung hervor. Trotz der eingerissenen Ecken und den Rändern aus getrocknetem Blut konnte man deutlich die Pferde mit ihrem Dompteur erkennen. Olja spielte nervös mit ihrer Kette. Ihre kastanienfarbigen Locken wehten im Fahrtwind. Er wollte etwas Aufmunterndes sagen, sich bedanken, stattdessen nahm er ihre Hand und drückte sie. Der Mann mit der Peitsche hatte verloren, die beiden Pferde ließen sich nicht bändigen. Es war ein Sieg, wenn auch nur für einen Tag.

FIKTION UND WIRKLICHKEIT

Grenfelds Turmbüro mit Aussicht auf die Friedrich- und Kronenstraße ist auf historischen Postkarten zu erkennen. Diesen Ort hatte ich für meinen Helden ausgesucht. Er soll nicht in einem Kellerloch hausen, er muss Überblick behalten. Die Galerie Goldschild und die Verlagsräume der Zeitschrift Rul, das muss ich zugeben, hatte ich aus dramaturgischen Gründen dort einquartiert. Dafür sind die Nachbarn historisch: der Zigarrenladen von Paul Grimm, das Tabakgeschäft von Techel & Janke, Herrenmoden Berkan, die Weinhandlung C. S. Gerold sowie Aschingers Bierquelle. Natürlich auch der 1889 errichtete Equitable-Palast, dessen Räume schon Edvard Munch für eine skandalträchtige Ausstellung gemietet hatte. Der noble Bau der amerikanischen Versicherungsgesellschaft beherbergte zuerst das Café des Billardweltmeisters Hugo Kerkau, später das Café des Robert Zielka, der dort einen Konzertsaal einrichtete. 1925 musste er Konkurs anmelden, worauf die Besitzer wechselten. Erst 1929 wird der Moka Efti Konzern das Gebäude modernisieren: Ein Café mit 3.000 Sitzplätzen auf 2.800 Quadratmetern entstand.

Im Dachgewölbe haust der Straßenjunge Jonny, ein Kontrapunkt zum protzigen Palast. Obwohl eine fiktive Figur, könnte er Teil der wilden Cliquen sein, die Sebastian Hafner in seinem Roman *Jugend auf der Landstraße Berlin* (1932)[1] beschrieb. Einer von tausenden obdachlosen Laufburschen, Tagelöhnern oder Strichjungen. Jonny könnte durchaus mit Mitgliedern des Schwarzen Haufens in Kontakt gekommen sein. Die jüdische Jugendgruppe existierte zwischen 1925 und 1928. Sie wollten radikaler sein als ihre liberalen und sozialdemokratischen Eltern und experimentierten mit linkssozialistischen Positionen. Nach 1933 wurden viele von ihnen verfolgt und ermordet. Der jüdische Boxclub Maccabi existierte in der Auguststraße. Olja arbeitet für die Galerie Goldschild. Wir kennen sie aus dem Roman *Mord in Metropolis*. Sie sitzt wie Hunderttausend ihrer Geschlechtsgenossinnen hinter einer Schreibmaschine. Ihre Welt wird der Journalist Sigfried Kracauer 1929 in seiner Studie *Die Angestellten*[2] treffend analysieren.

Doch Olja will mehr! Ermitteln statt tippen, lautet ihre Vision. Grenfeld denkt mit Recht an die Inspektion K. Im April des Jahres 1927 sollte eine weibliche Kriminalpolizei im Präsidium am Alexanderplatz entstehen. Als Teil der früheren Sitte sollten sich die Polizistinnen um obdachlose Kinder und Vergewaltigungsopfer kümmern. Zunächst aber jagt sie mit Grenfeld einem gestohlenen Kunstwerk hinterher: einer Lithografie des expressionistischen Malers Erich Heckel (1883–1970) mit dem Titel *Zirkus* (1921). Das Bild hatte ich im Buchheim Museum am Starnberger See entdeckt. Die Gesichter der Pferde hatten mich sofort in ihren Bann gezogen.

Der Zirkus hatte damals einen anderen Stellenwert als heute. In den großen Häusern, wie im Busch-Bau an der Spree, erlebten die Städter ihre Blockbuster: Sensationelle Manegenspiele wie *Robinson Crusoe*, *Quo Vadis*, *die Gorillabraut*, *Ben Hur* oder *Vicky wettet um die Welt*.[3] Der Fakir Blacaman hypnotisierte Löwen und Alligatoren, der Artist zwischen Sein und Schein war ein viel diskutiertes Thema. Wenn der Direktor Carl Sternheim um seine Existenz kämpft, dann entsprach dies durchaus der historischen Situation. Selbst die finanzielle Lage des Zirkus Busch war in den Zwanzigern angespannt. Die Konkurrenz von Film, Revue und Varieté war mächtig. Die Blumenfelds, deren Magdeburger Zirkus 1927 Konkurs anmeldete, erlebten zudem antisemitische Boykottaufrufe.[4]

Auch die Geschichte der jungen Seiltänzerin Amina hat einen realen Hintergrund. Aus dem lakischen Dorf Zowkra stammten tatsächlich viele berühmte Hochseilartisten wie zum Beispiel Rabadan Abakarow. Die Erlebnisse seiner Jugend haben mich zu Aminas Geschichte inspiriert.[5] Das Gedicht zu Anfang des Romans stammt von Rassul Gamsatow[6], das Lied der Amina von Said Gabijew[7]. Das Mädchen aus Dagestan hätte durchaus im Flüchtlingslager Wünsdorf landen können. Nach den Bestimmungen des Versailler Vertrags durfte der Truppenübungsplatz Zossen und das zugehörige Lager nicht mehr militärisch genutzt werden. Das ehemalige Halbmondlager diente nach der Rückführung der letzten Kriegsgefangenen als Internierungs- und Heimkehrerlager zur Unterbringung von Flüchtlingen.[8] Die Essensliste, die Grenfeld bei dem Toten findet, entsprach der Wirklichkeit: Am 22. Mai 1924 gab es im Flüchtlingslager Wünsdorf tatsächlich Kohlsuppe, Kompott und zum Abendbrot Kakao mit Semmel.[9] Nach 1930 begann schrittweise der Abriss der Baracken, auch der baufällig gewordenen Moschee. Die Figur des Pazifisten Ibrahim ist erfunden. Die erste Moschee auf deutschem Boden hingegen nicht. Ich habe sie so beschrieben, wie historische Fotos und

Postkarten sie zeigen.[10] Auch die von russischen Kriegsgefangenen geschnitzten Wegweiser und der muslimische Friedhof bei Zehrensdorf sind keine Fiktion.[11] Der Waldfriedhof ist bis heute zu besichtigen. Philip Scheffner zeichnete in seiner Dokumentation *The Halfmoon Files* eindrücklich das Schicksal der internierten afrikanischen und asiatischen Kolonialsoldaten nach.[12] Im Krieg hegte man die Hoffnung, sie für den Dschihad gewinnen zu können.[13] Die Phonographische Kommission hingegen nutzte die Gelegenheit, die Sprachen der Internierten aufzunehmen und zu archivieren. Auch nach dem Ersten Weltkrieg wurden immer wieder Tonaufnahmen in den Lagern durchgeführt. Es wäre also durchaus möglich, dass man Amina dazu gebracht hätte, auf Lakisch in den Trichter eines Phonographs zu sprechen. Die Sammlung umfasste schließlich 1.651 Aufnahmen, darunter auch kaukasische Sprachen.[14]

Und Alexander Kaleko? 1929 veröffentlichte ein Russe unter dem Pseudonym Alexander Kareno seine Abenteuer als Taxifahrer auf den Straßen Berlins.[15] Der aus Russland geflüchtete Literaturwissenschaftler stand Pate für die Figur des Kaleko. 1922/23 hielten sich 350.000 Russen in Berlin auf, 1927 nur noch 150.000. Mitte der Zwanzigerjahre war die Angst, auf den Straßen der vier Millionen Stadt unter die Räder zu kommen, durchaus berechtigt. Trotz des Aufstellens von Ampelanlagen und der Geschwindigkeitsbeschränkung von 35 Stundenkilometern, hatte man die neue Mobilität nicht wirklich im Griff. Der Ufa-Film *Im Strudel des Verkehrs* (1925) stellt den Autoverkehr der damaligen Zeit als unbändigen Gozilla dar. Wer den turbulenten Verkehr direkt vor Grenfelds Büro in der Friedrichstraße beobachten will, sollte sich

Die Stadt der Millionen (1925) ansehen. Grenfelds Angst, sein Wagen könnte von einem Bus gerammt werden, erscheint einem Angesichts der rasant abbiegenden Doppeldeckerbusse durchaus verständlich.

Jaragi Kurbanow wird am 25. Januar 1927 in den Seitz-Sälen auf einer Veranstaltung durch einen Messerstich verletzt. Der Mann aus Dagestan erlebt den ersten Auftritt des neuen Gauleiters der NSDAP Joseph Goebbels in Spandau.[16] Es ist die erste Saalschlacht. Weitere werden folgen.

Der undurchsichtige Taxichauffeur Dojo ist eine erfundene Figur. Das Straflager auf den Solowezki-Inseln hingegen, ein früher Prototyp des Gulag, war traurige Wirklichkeit. Michail Bachtin, für den Dojo sich ausgibt, existierte. Als Philosoph, Philologe und Linguist beeinflusste er mit seinen Ideen über die Polyfonie in Dostojewskis Werken die Debatten der Literaturwissenschaft. Tatsächlich wurde er am 24. Dezember 1928 wegen konterrevolutionärer Tätigkeiten verhaftet und zu fünf Jahren Lagerhaft verurteilt. Sein berühmter Aufsatz *Probleme der Poetik Dostojevskijs17* erschien 1929.

Spionage und Gegenspionage der Geheimdienste waren in den Zwanzigerjahren Realität. Berlin war als Reichshauptstadt Drehscheibe des nachrichtendienstlichen Untergrundes. Fritz Lang, der ein feines Gespür für den Zeitgeist hatte, drehte 1927 den kommerziell erfolgreichen Agentenfilm *Spione*, dessen Bösewicht im Übrigen als Clown auf der Bühne erschossen wird. In einem der letzten Stummfilme dieser Epoche wird er in *Frau im Mond* eine Rakete aufsteigen lassen.

Die Aufdeckung der geheimen Aufrüstung der Reichswehr mithilfe der Roten Armee geschah auch durch Journalisten. Als unser Exkommissar Grenfeld die geheimen Aufnahmen in Händen hielt, erkannte er sofort deren Brisanz. Hatten doch die Veröffentlichungen des *Manchester Guardian* und des *Vorwärts* im Dezember 1926 ein politisches Erdbeben ausgelöst. Immer mehr Details kamen ans Tageslicht: Geheime Waffenlieferungen Russlands an das Deutsche Reich, Erprobung chemischer Kampfstoffe, Ausbildung von Kampffliegern, Produktion von Kriegsgerät auf russischem Boden. Unter dem Deckmantel privatwirtschaftlicher Initiativen verfolgte das Truppenamt unter General Hans von Seeckt, dem Chef der Heeresleitung, seinen großen Geheimplan: Ein Kriegsheer von 102 Divisionen mit 2,8 Millionen Mann. Erst wenige Monate vorher war Deutschland Mitglied des Völkerbundes geworden und die Verständigungspolitik Stresemanns trug langsam Früchte. Januar 1927 hatte niemand Interesse, dass weitere Details der geheimen Aufrüstungsaktivitäten an die Öffentlichkeit gelangten. Sowohl die Regierung, als auch die sowjetische Führung waren nervös. Die Strategie: Leugnen, scheibchenweises Zugeben und Bagatellisieren.[18] Auch wenn man 1927 die Aktivitäten ein wenig ruhen ließ, trieb man ein Jahr später die Aufrüstung weiter voran. Am 1. September 1939, als der Zweite Weltkrieg begann, stand das deutsche Heer tatsächlich mit 102 Divisionen bereit. Ohne Vorarbeit der Abteilungen des geheimen Generalstabs und anderer Heeresämter hätte das Dritte Reich niemals binnen sechs Jahren diese zerstörerische Streitmacht aufbauen können. Der bemerkenswerte Satz, dass an einem Tag die Welt zerstört werden könnte, ist ein Zitat von Martin Beradt[19].

DANKSAGUNG

Mein Dank geht an alle, die mir halfen, meine sehr speziellen Fragen zu beantworten. Sie mailten mir Zeitungsausschnitte, Fotos und Zugfahrkarten oder gaben mir wertvolle Hinweise. Beispielhaft dafür stehen: Herr Kampfe, Garnisonsmuseum Wünsdorf e.V.; Dr. Bärbel Fest, Polizeihistorische Sammlung Berlin; Prof. Dr. Ernst Kausen; Friederike Heinze, Ethnologisches Museum der Staatlichen Museen zu Berlin; Antje Riedler, Museum Treptow-Köpenick; Deutsches Museum für Film- und Fototechnik; Verein der Ausländischen Presse in Deutschland e.V.; Forum des Vereins zur Geschichte Berlins e.V.; Kriminalrat a.D. Manfred Lukaschewski und schließlich der Schachhistoriker Alan McGowan, der vermutlich einzige Mensch auf der Welt, mit dem ich mich über den exakten Standort des Moka Efti im Jahr 1927 austauschen konnte. Für eventuelle Fehler oder historische Ungenauigkeiten bin natürlich nur ich selbst verantwortlich. Danke auch an den Gmeiner-Verlag und meinen Lektor Sven Lang. Ihnen ist es zu verdanken, dass Exkommissar Grenfeld weiter ermittelt.

ENDNOTEN

1 Haffner, E. (1932/2013). Blutsbrüder. WALDE + GRAF bei Metrolit

2 Kracauer, S. (1930/1971). Die Angestellten. Aus dem neuesten Deutschland. Suhrkamp

3 Busch, P. (1992). Das Spiel meines Lebens. Erinnerungen. Berlin: Das Neue Berlin

4 Otte, M. (2006). Jewish Identities in German Popular Entertainment, 1890-1933. Cambridge University Press

5 Winkler, G. und D. (1988). Menschen zwischen Himmel und Erde. Aus dem Leben berühmter Hochseilartisten. DDR, Berlin, Henschel: S. 181-221

6 Gamsatow, R. (1972). Mein Dagestan. Der Morgen Berlin. S. 20

7 In: Chotiwari-Jünger, S. (Hrsg.) (2013). Sehnsucht nach der Heimat. Lakische Prosa aus dem Kaukasus. Aachen: Shaker-Verlag, S. 7

8 Kampe, H.G. (2013). Zossen/Wünsdorf. Herausgegeben vom Förderverein Garnisonsmuseum Wünsdorf e. V.

9 Fotobeleg in: Mierau, F. (1988). Russen in Berlin. Berlin: Quadriga, 156 ff.

10 Höpp, G. (1999). Muslime in der Mark. Als Kriegsgefangene und Internierte in Wünsdorf und Zossen. Berlin: Das arabische Buch, S.113 ff.

11 Kaiser, G. & B. Herrmann (2010). Vom Sperrgebiet zur Waldstadt. Berlin: Ch. Links Verlag. 43 ff.

12 Scheffner, P. (2007): The Halfmoon Files. A Ghost Story ..., Deutschland, Video, 83 min.

13 Kreutzer, S.M. (2012). Dschihad für den deutschen Kaiser. Graz: Ares

14 Ziegler, S. (2000): „Die akustischen Sammlungen", in: Theater der Natur und Kunst, Ausstellungskatalog hg. von Horst Bredekamp/Jochen Brüning/Cornelia Weber, Berlin: Henschel, S. 197-208

15 Kareno, A. (1929). Auto halt! Aufzeichnungen eines Berliner Chauffeurs. Leipzig: Haessel

16 Vgl. Polizeibericht in: Giebel, W. (2012). Das braune Berlin. Berlin Story Verlag. S. 81

17 Bachtin, M. (1929, 1971). Probleme der Poetik Dostoevskijs. München: Hanser

18 Zeidler, M. (1994). Reichswehr und Rote Armee, 1920-1933. München: Oldenburg Verlag

19 Beradt, M. (1965/2003). Die Straße der kleinen Ewigkeit. Rowohlt: Reinbek b. Hamburg. S. 7

ROBERT BAUR
Mord in Metropolis

978-3-8392-1546-3 (Paperback)
978-3-8392-4387-9 (pdf)
978-3-8392-4386-2 (epub)

»Ein Krimi um den berühmtesten Stummfilm aller Zeiten«

Berlin 1925. Die Goldenen Zwanziger haben die Reichshauptstadt fest im Griff. Die Inflation ist überstanden und Berlin dient als Kulisse für den teuersten Stummfilm aller Zeiten: Fritz Langs »Metropolis«. Doch Drohbriefe an die Hauptdarstellerin Brigitte Helm werfen ihre Schatten voraus. Kurze Zeit später wird eine tote Komparsin auf dem Gelände in Neubabelsberg entdeckt. Exkommissar Robert Grenfeld ermittelt im Umfeld der Filmkulissen und taucht ein in die futuristische Großstadt.

GMEINER SPANNUNG

JACQUELINE NORDHORN
Erbe des Verrats

978-3-8392-1838-9 (Paperback)
978-3-8392-4933-8 (pdf)
978-3-8392-4932-1 (epub)

»Die Verfolgung jüdischer Ärzte in der NS-Zeit wirft ihre Schatten auf die heutige Generation.«

Ärztin Marie Reinhardt wird ein tödlicher Kunstfehler vorgeworfen. Damit bringt sie, Erbin der Oppermanns, den guten Namen der Medizinerfamilie in Verruf. Um Abstand zu gewinnen, kehrt sie nach Berlin, die Heimat ihrer Großeltern, zurück. Doch statt Erholung zu finden, wird sie des Mordes verdächtigt. Nach einem heftigen Streit mit ihr wurde eine Kollegin erstochen. Wer will Marie schaden und welche Rolle spielt dabei die Vergangenheit der Familie Oppermann in der NS-Zeit? Marie Reinhardt begibt sich auf die gefährliche Suche nach dem Familiengeheimnis.

Das Neueste aus der Gmeiner-Bibliothek

Unser Lesermagazin

Bestellen Sie das kostenlose Krimi-Journal in Ihrer Buchhandlung oder unter www.gmeiner-verlag.de

Informieren Sie sich …

www … auf unserer Homepage: www.gmeiner-verlag.de

@ … über unseren Newsletter: Melden Sie sich für unseren Newsletter an unter www.gmeiner-verlag.de/newsletter

f … werden Sie Fan auf Facebook: www.facebook.com/gmeiner.verlag

Mitmachen und gewinnen!

Schicken Sie uns Ihre Meinung zu unseren Büchern per Mail an gewinnspiel@gmeiner-verlag.de und nehmen Sie automatisch an unserem Jahresgewinnspiel mit »mörderisch guten« Preisen teil!